LA JUSTICE DE LA MORT

UN THRILLER POLICIER BRITANNIQUE

LES ENQUÊTES DU SERGENT DÉTECTIVE TOMEK BOWEN

TOME 1

JACK PROBYN

CLIFF EDGE PRESS

eBook ISBN format numérique: 978-1-80520-119-9

ISBN format numérique: 978-1-80520-120-5

Première édition

Visitez le site web de Jack Probyn à www.jackprobynbooks.com.

À PROPOS DU LIVRE

Certains secrets ne s'effaceront jamais...

Le long de la côte plate de l'Essex, au cœur de Southend-on-Sea, on découvre le corps d'un homme dans un jardin ouvrier, à moitié nu et sauvagement mutilé.

L'enquête revient rapidement au DS Tomek Bowen de la police de l'Essex qui, trente ans plus tôt, avait trouvé son frère mort dans un lieu et dans des circonstances similaires un soir en rentrant de l'école.

Le meurtre de son frère avait été aléatoire, un acte vicieux et cruel qui avait valu à son assassin l'emprisonnement à perpétuité. Mais lorsque l'identité de la nouvelle victime est révélée, il devient évident qu'il ne s'agit pas d'un acte aléatoire. La victime avait un passé sinistre qui lui avait attiré de nombreux ennemis. Des ennemis venus pour rendre leur propre forme de justice.

Mais quand une seconde victime apparaît, DS Bowen comprend qu'il est sur la piste d'un criminel en série — un justicier qui s'est autoproclamé juge, jury et bourreau.

Alors que Tomek commence à décoller les couches sombres et pourries de la vie des victimes, de plus en plus de secrets se révèlent, ainsi qu'une révélation choquante qui le forcera à remettre en question tout ce qu'il a toujours cru savoir sur la mort de son frère. Mais pourra-t-il attraper le tueur avant qu'il ne frappe à nouveau ?

CHAPITRE
UN

Le vent lui fouettait le visage et projetait des mèches de ses cheveux sales et poudreux dans ses yeux. Tout autour de lui s'étendait une obscurité sans fin, uniquement rompue par les lumières des maisons sur sa droite et les balises rouges clignotantes des avions au-dessus. Le silence était ponctué de temps à autre par le rugissement des réacteurs. À chaque passage, ils semblaient aspirer davantage de lumière.

On lui avait dit d'attendre à cet endroit précis.

À cette heure précise.

Mais cela faisait déjà quinze minutes, et il commençait à penser qu'elle ne viendrait pas. Ou pire, que quelqu'un d'autre viendrait. Ils. *Eux.* Ceux qu'il avait appris à craindre. Si la police était sur ses traces, quelques semaines après sa libération, il ne pourrait pas vivre avec ça. Le jardin ouvrier n'était accessible que par un seul chemin. S'il était encerclé, alors il l'était. Un canard assis. Un cerf piégé par le peloton d'exécution. Et cette fois, avec ses antécédents, ils n'auraient certainement aucune hésitation à appuyer sur la détente.

Si c'était le cas, il lèverait les mains et accueillerait les morceaux de métal déchirant son corps.

Les quinze minutes se transformèrent rapidement en trente, et il continua d'attendre. Nerveux. S'enveloppant plus étroitement dans sa veste, créant des formes étranges avec la buée de son souffle devant son visage. Rêvant du contact de ses petites mains délicates sur son corps. De la sensation de ses doux et beaux cheveux entre ses doigts. De la sensation de ses petites lèvres autour de son pénis.

Il n'était pas le seul à s'exciter : son petit soldat, comme il aimait l'appeler, se mettait déjà au garde-à-vous.

La faim en lui brûlait. Plus fort et plus vite qu'elle ne l'avait jamais fait. Sept ans qu'il avait été forcé d'attendre. Sept ans, deux cent treize jours avant de pouvoir éprouver la délivrance, l'euphorie, le plaisir. Sept ans avant de pouvoir se rappeler ce que ça faisait d'avoir du pouvoir sur une petite fille.

Sept ans de trop.

Il ne pouvait plus attendre. Ne *voulait* plus attendre. La faim en lui était simplement trop forte. Un singe en cage déchirant les barreaux.

Son pénis restait au garde-à-vous. Un garde loyal, prêt et disposé à exécuter les ordres du roi au moindre signe.

La zone était si sombre qu'il ne pouvait pas voir le cadran de sa montre. Bientôt, les avions cesseraient de décoller, et il serait forcé d'attendre dans le silence.

Dans l'obscurité.

Luttant contre le vent.

Rêvant, imaginant, fantasmant.

Et puis il entendit un bruit. Venant de l'entrée du jardin. Le bruissement des feuilles. De petits pieds délicats brisant la terre sèche autour d'eux. Un manteau rouge se balançant dans le vent. C'était ça. Son moment. *Son* moment à elle. Celui dont il avait fantasmé depuis si longtemps. Angelica, c'était son nom. Belle et douce Angelica. Il visualisait sa photo de profil. Une photo d'une fillette de sept ans souriant avec exubérance — lui souriant à lui — devant une piscine. Vêtue de son maillot de bain. Des brassards en caoutchouc attachés à ses bras maigres qui n'avaient pas vieilli suffisamment pour développer des muscles ou de la graisse.

De petits bras maigres qu'il serait assez facile de briser si elle résistait ou s'il sentait qu'il avait besoin d'exercer plus de contrôle.

C'était de cela qu'il s'agissait. Du contrôle. Toujours le contrôle.

Jusqu'à présent dans sa vie, il avait pu tout contrôler. Son éducation. Sa carrière. Son travail. L'impression qu'il laissait aux autres.

Mais quand il avait été à l'intérieur, emprisonné entre les quatre murs de sa cellule, il n'avait eu aucun contrôle. Il s'était senti perdu, impuissant.

Il était temps de changer cela.

Il leva la tête et jeta un coup d'œil à l'entrée du jardin.

Mais ce n'était pas qui il attendait. Ce n'était pas la silhouette d'une petite enfant timide. C'était plutôt une figure beaucoup plus grande, se détachant en silhouette dans l'obscurité. Bloquant l'entrée.

Sa première pensée fut pour la police. Ils l'avaient trouvé. Ils l'avaient finalement rattrapé. Encore.

Mais quand il vit le doux miroitement de la lune sur la lame dans la main de la silhouette, il sut qu'il se trompait.

Qu'il se trompait foutrement.

CHAPITRE
DEUX

La poignée de porte de l'appartement de Tomek avait été le fléau de son existence depuis le jour où il avait emménagé, treize ans auparavant. Elle figurait sur sa liste de « choses à faire » depuis lors, mais, comme pour tout ce qui concernait le travail manuel, il était trop paresseux pour la réparer. Il continuait donc à jurer et à insulter cet objet inanimé chaque fois que sa clé se coinçait ou se bloquait.

— Putain de truc à la con.

— Besoin d'aide ? demanda Molly derrière lui, en glissant sa main sous sa chemise pour lui chatouiller malicieusement les omoplates.

— J'en aurai besoin dans une minute.

Après quelques grognements supplémentaires et quelques mots bien choisis qui auraient provoqué une crise cardiaque à sa voisine âgée, il parvint à ouvrir la porte et s'engouffra à l'intérieur. L'appartement était en désordre. Il savait qu'il allait avoir de la compagnie ce soir, mais il n'avait pas pris la peine de ranger. L'expérience lui avait appris que cela ne changeait pas grand-chose au résultat de la soirée de toute façon.

Il jeta ses clés sur le canapé et se dirigea droit vers la cuisine. Là, il trouva une bouteille de vin blanc qui refroidissait dans le réfrigérateur depuis avant son départ. Une qu'il avait préparée à l'avance, dans le plus pur style de l'émission Blue Peter. Anthea Turner en aurait été fière. Il attrapa deux verres à vin, suivis d'une poignée de glaçons du congélateur, et versa le vin dans les verres.

— Tiens, dit-il en lui tendant un verre.

— Tu essaies de me soûler ?

— Je n'ai *pas besoin* de faire quoi que ce soit.

— Quelqu'un a confiance en lui.

— Est-ce que j'ai mal interprété les signaux ?

Ce n'était pas le cas, et ils le savaient tous les deux. Leur premier rendez-vous depuis plusieurs mois. Leur relation avait commencé en ligne, comme c'était la manière de rencontrer la plupart des gens de nos jours, et il avait passé les dernières semaines à se préparer à ce moment. Elle était un peu plus jeune que son type habituel, mais cela ne suffisait pas à le décourager. Elle semblait mature, intelligente et amusante.

Et s'il y avait une chose dont il avait besoin plus que du sexe, c'était de rire un bon coup.

Il ne fallut pas longtemps pour que l'un et l'autre se produisent. En moins de vingt minutes, ils s'étaient retrouvés blottis dans le canapé, parlant, buvant, grignotant la gêne, dissipant progressivement la tension sexuelle entre eux. Molly avait fait le premier pas. Se penchant à travers le coussin pour embrasser ses lèvres. Doux, tendre, chaleureux. Et puis ils s'étaient retrouvés dans la chambre, enfouis sous les draps, leurs corps et leurs membres entrelacés.

Et puis tout s'était écroulé. Une barrière entre eux.

Son téléphone portable. Sonnant sur la table de chevet.

— Ignore-le, avait-il dit à Molly, qui s'était momentanément distraite. Si c'est important, ils rappelleront.

Le problème, c'est qu'il savait que ce *serait* important. Et qu'ils rappelleraient. Plusieurs fois jusqu'à ce qu'il réponde, en fait. Il était presque minuit, ce qui signifiait qu'il ne pouvait s'agir que d'une seule personne. Le travail. Le groupe de personnes qu'il appelait ses collègues. Le dérangeant. Lui disant que quelque chose de terrible était arrivé. Que le côté obscur de la condition humaine avait fait son apparition.

Encore.

Ils étaient tous deux complètement nus lorsque le téléphone sonna pour la cinquième fois. Qui que ce soit à l'autre bout du fil était persistant, il devait le reconnaître. Un nom lui vint immédiatement à l'esprit. L'inspecteur Tony Hunt.

Clairement distraite par les vibrations constantes sur la table de chevet, Molly s'éloigna de lui et attrapa le téléphone.

— Si tu ne réponds pas, c'est moi qui le ferai.

Ça va vraiment mettre le feu aux poudres, pensa Tomek. Tony n'aimerait pas ça. L'homme d'âge mûr avait rarement parlé à une femme de moins de quarante ans, et Tomek pouvait imaginer sa réaction, son bégaiement en écoutant la voix douce mais séduisante de Molly.

Il était tenté de la laisser faire.

Alors il le fit.

— Allô ? répondit-elle. Elle attendit. — Il est un peu occupé en ce moment. Oh, vous avez besoin de lui parler ? Laissez-moi vous le passer.

À contrecœur, Tomek prit le téléphone.

— Quelqu'un a intérêt à être mort.

— Tu peux compter là-dessus, mon p'tit Tommy. La voix inepte et exaspérante d'un homme essayant de paraître vingt ans plus jeune fit refluer le sang du pénis de Tomek vers les veines palpitantes de sa tête. — Désolé de te déranger, mais il y a eu un meurtre. Un jardin ouvrier près de l'aéroport de Southend. Tu crois que tu pourrais remettre ton petit membre dans ton pantalon et venir ici ?

— Je serai là dès que possible.

— Bon garçon. Elle a l'air vraiment sympa, au fait. Tu penses que celle-ci durera plus longtemps qu'un week-end ?

Tomek dissimula sa grimace derrière son sourire. La dernière chose dont il avait envie - ou besoin - c'était des conseils relationnels de Tony Hunt.

CHAPITRE
TROIS

Lorsque Tomek arriva, une série de projecteurs avait été installée aux quatre coins du jardin ouvrier, illuminant d'une lueur fantomatique les laitues, pommes de terre et autres légumes cultivés par les utilisateurs. Les lumières étaient si vives que Tomek pouvait distinguer les pores de chaque personne présente, les fissures et les crevasses sur leurs visages. Les brins d'herbe individuels sur le sol. Impossible de se cacher, de dissimuler ses émotions sous cette lumière. Et tout le monde semblait à la fois fatigué, en manque de sommeil, et déprimé.

Une pluie légère avait commencé à tomber, humidifiant rapidement la terre dure. Au centre du jardin ouvrier, une équipe de techniciens de scène de crime, vêtus de la tête aux pieds de combinaisons médico-légales blanches et bleues, tentait de monter une tente autour du cadavre. En arrière-plan, le bruit assourdissant des avions s'élevant dans le ciel étouffait toute conversation.

Tomek trouva l'inspecteur en train de parler avec un agent en uniforme près du cordon intérieur.

— Tu appelles ça une heure d'arrivée, Sergent ?

— Bien après l'heure de ton coucher, répondit Tomek. Et du mien aussi.

— On devrait envoyer une note à tous les criminels, tu ne crois pas ? Pas de meurtres après minuit.

— Si tu pouvais. J'ai besoin de mon sommeil réparateur.

— Et ta jeune demoiselle aussi, à ce qu'on entend. Ne crois pas que j'ignore combien de temps il faut pour venir ici depuis ton appartement, Tomek.

Tomek ne savait pas trop comment il était censé répondre à ça. Oui, il avait pris son temps pour arriver. Oui, il était conscient de l'urgence. Mais le cadavre n'allait nulle part, et vu la situation, lui non plus. C'était un problème dont il s'occuperait demain.

Après avoir enfilé leurs combinaisons médico-légales, Tony conduisit Tomek le long des allées du jardin ouvrier jusqu'à la tente. Autour de l'homme nu se tenaient trois techniciens de scène de crime, un responsable de la scène de crime et un photographe. Il y avait à peine de la place pour quatre personnes, encore moins pour les sept qui se retrouvaient pressés les uns contre les autres.

Tomek baissa les yeux vers le défunt. Il gisait là, dénudé, exposé au monde et aux éléments, dépouillé de sa dignité. Sa gorge avait été tranchée, la lame s'étant enfoncée suffisamment profondément pour exposer un peu d'os. Sa poitrine était couverte d'une fleur de sang, entourée de dizaines de trous qui perforaient sa cage thoracique et son abdomen, comme de petites incisions chirurgicales. Le mot « connard » avait été gravé sur ses pectoraux en lettres majuscules, comme si le tueur craignait que son écriture ne soit pas lisible. Juste en dessous se trouvait son chef-d'œuvre. Le pénis et les testicules de la victime avaient été massacrés et, pire encore, retirés. Tomek les découvrit fourrés dans la bouche de la victime, le pénis flasque pendant sur sa lèvre inférieure. Comme un canon dépassant par le trou des défenses d'un navire.

— Pauvre type, murmura Tomek pour lui-même.

— Espérons qu'il était mort avant que ça lui arrive, acquiesça Tony. Je ne peux pas imaginer pire douleur.

— Qui l'a trouvé ?

— Un homme et une femme. Ils sont dehors sur le parking. J'aurai besoin que tu prennes leurs témoignages bientôt.

— D'accord. Depuis combien de temps est-il là ?

— Son sang est encore humide. Et son corps est encore chaud. Donc pas longtemps.

Tomek s'arrêta pour réfléchir. Il examina à nouveau le corps, tournant cette fois son attention vers la tête de l'homme. Un technicien était accroupi à côté de lui, l'objectif de son appareil photo flottant à quelques centimètres du pénis. La séance photo la plus indigne que Tomek ait jamais vue.

— Où sont ses vêtements ?

— Pas ici, répondit Tony de façon sarcastique. Tomek connaissait suffisamment l'homme pour savoir qu'il essayait d'être drôle, mais ça paraissait seulement gênant et légèrement pathétique. Comme un parent racontant une blague inappropriée à un adolescent.

— Nous avons fouillé la zone, mais sans succès, interrompit une voix derrière un masque facial. Elle venait du coin de la tente. Veronica Isles. La responsable de la scène de crime, celle qui dirigeait toute l'opération du point de vue de la collecte des preuves. Mon hypothèse serait que le tueur les a pris. Ils ont quand même eu la délicatesse de laisser le slip et le pantalon autour de ses pieds.

Tomek hocha la tête en signe de compréhension. — Sans oublier les chaussures. Au cas où il aurait besoin de s'enfuir en courant.

Il contourna un technicien et s'accroupit à côté de la tête de la victime. De part et d'autre se trouvaient deux documents. À gauche, une copie du permis de conduire de la victime. À droite, un document du Service pénitentiaire de Sa Majesté. Tomek se pencha pour les examiner, comparant le visage sur le permis avec celui devant lui.

— Ça lui ressemble, dit-il. À l'appendice supplémentaire près, bien sûr.

— Bien sûr, répéta Tony.

— Monsieur Timothy Rosenthal, né le 18 juin 1985, dit-il, s'adressant cette fois au cadavre, sans attendre de réponse. Il trouvait souvent cela réconfortant, une pratique qu'il avait développée en tant qu'agent en uniforme. Initialement pour atténuer l'horreur et les émotions soudaines qu'il avait ressenties après avoir vu son premier cadavre, il l'avait maintenant intégrée à son processus de gestion de la mort. Leur parler les humanisait en quelque sorte, les rendait réels.

Indépendamment de ce qu'ils avaient fait pour mériter le sort qui leur était réservé.

— Qu'as-tu fait pour mériter ça, hein ? Quelqu'un ne t'aimait *vraiment* pas.

Il trouva la réponse dans le document de l'autre côté de la tête de Timothy. Le casier judiciaire de l'homme. Le condamnant pour viol, abus sexuel sur enfant, possession de pornographie infantile et bestialité. Il était rare que Tomek soit tellement horrifié qu'il choisisse de ne pas parler aux morts. Seulement dans des circonstances extrêmes.

C'était l'une de ces occasions.

— Est-ce bien *plastifié* ? demanda-t-il à personne en particulier.

— Ouais.

— Les gens plastifient encore de nos jours ? Je pensais que c'était juste un truc pour les écoles et les hôpitaux.

— Je parie qu'il s'est retrouvé dans pas mal de ces endroits à son époque.

— Ouais, répondit Tomek. Et je parie que si tu ne fais pas attention, on pourrait t'y trouver aussi.

— Va te faire foutre, cracha Tony.

Tomek ignora le commentaire et se leva. Tony rendait aussi bien qu'il recevait, voire plus. Comme tout le monde au CID de Southend. C'était un groupe de vauriens qui n'auraient pas été déplacés dans un alignement de prison.

— Au moins, nous savons qui il est et où il vit. Ça nous facilite mille fois la tâche, remarqua Tomek. On a des indices sur l'identité du tueur ?

— Les techniciens ont trouvé des empreintes de pas là-bas. Tony pointa vers une petite parcelle de terre près de la main gauche de Timothy Rosenthal, marquée par un cône jaune. Mais c'est un jardin ouvrier. Ça pourrait être n'importe qui. Et le sol est vraiment sec, donc on n'aura peut-être pas une bonne correspondance.

— Et moi qui pensais qu'ils nous rendaient service.

— Où serait l'amusement dans tout ça ?

Cela aurait permis de finir tôt, il le savait bien. Il était fatigué et avait du mal à s'empêcher de bâiller toutes les trente secondes. Le masque facial aidait à le dissimuler, mais dès qu'il l'enlèverait pour parler aux témoins clés, ce serait une bataille perdue d'avance. Il n'aurait pas dû prendre ce deuxième verre de vin.

Le vin n'était *jamais* un bon choix.

M. et Mme Telford, ou Mark et Fiona, comme ils voulaient qu'on les appelle, étaient un couple dans la fin de la quarantaine. Vêtus d'habits qui leur donnaient l'air d'avoir justement tué quelqu'un – avec leurs anoraks mi-longs et leurs casquettes de baseball rabattues sur les yeux – Tomek se méfiait d'eux instantanément. Mais il était disposé à entendre ce qu'ils avaient à dire.

— Je suppose que la question évidente, commença Tomek, c'est ce que vous faisiez ici, au milieu d'un jardin ouvrier, au milieu de la nuit ?

— Eh bien, nous... commença Mark, sa voix se brisant sous la pression.

— Oui ?

— Nous faisions une promenade, intervint Fiona.

— Au milieu d'un jardin ouvrier... au milieu de la nuit ?

— Eh bien... Nous... Nous aimons l'air nocturne. C'est beaucoup plus frais ici. C'est beaucoup plus propre. De l'intonation de sa voix, il était clair qu'elle ne se croyait pas elle-même. — Et nous aimons les étoiles ! ajouta-t-elle après coup.

Tomek voyait clair dans leur jeu. — Et la *vraie* raison pour laquelle vous étiez ici ?

Les joues du couple rougirent et ils se regardèrent, comme deux écoliers surpris en train de s'embrasser derrière l'abri à vélos.

— Eh bien...

Si Tomek entendait ce mot une fois de plus, il était prêt à gifler l'homme.

— C'était quoi ? commença-t-il. *Plus Belle la Vie* était fini, et vous aviez envie de creuser un peu dans le jardin ouvrier ? Je ne pense pas que–

— Dogging...

— Pardon ?

— Dogging. Nous... venons ici pour...

— Oh, allez. Vous plaisantez. Du dogging. Vraiment ? Ici ?

Le couple se recroquevilla encore plus. Il n'était pas du genre à juger, leur relation était leur relation, leurs intérêts sexuels étaient *leurs* intérêts sexuels – mais il pouvait penser à de meilleurs endroits pour s'amuser ensemble. Un endroit sans la saleté, le froid, l'herbe, les fleurs, le risque d'être repéré. Mais, plus important encore, un endroit sans la saleté.

— C'est un endroit populaire parmi la communauté du dogging, lui dit Mark, avec une certaine fierté.

La communauté du dogging. Comme s'il s'agissait d'un groupe prestigieux de personnes, où ils tenaient une assemblée générale annuelle et célébraient des récompenses en fin d'année.

Et le prix du Meilleur Doggeur est décerné à…

Avec grande difficulté, Tomek étouffa un ricanement en bâillant. Malheureusement, cette fois, il n'avait pas le masque pour se cacher.

— C'est un point chaud pour les gens… les gens comme nous, continua Mark. Ils viennent ici parce que c'est isolé, il y a très peu de personnes à proximité, et les avions qui passent au-dessus signifient que vous pouvez crier aussi fort que vous voulez.

Bon sang.

Tomek s'attendait à cette réponse de la part de Fiona, mais pas de Mark. Mark l'avait surpris avec ce petit fragment d'honnêteté.

— Je suis ravi de l'entendre, répondit-il. Et pendant votre rencontre romantique de ce soir, avez-vous pu voir ce qui s'est passé avec notre ami là-bas ?

Le couple se regarda, comme pour demander à l'autre la permission d'être honnête. Ce qui, dans l'esprit de Tomek, n'était nécessaire pour aucun des deux. Ils avaient déjà montré à quel point ils étaient ouverts.

— Non, pour faire court, répondit Mark en se grattant nerveusement l'arrière de la tête. Il était déjà comme ça quand nous l'avons trouvé. Dès que nous avons vu dans quel genre… il s'arrêta pour trouver le bon mot, d'*état* il se trouvait, nous vous avons appelés.

— Vous n'avez rien entendu ?

Un hochement de tête négatif.

— Rien vu ?

Encore un hochement négatif.

— Excellent. Eh bien, je vais avoir besoin de prendre une empreinte de vos chaussures, et également de vous inviter à revenir au commissariat demain pour que quelqu'un puisse prendre votre déposition complète, si cela vous convient ?

Ils acquiescèrent tous les deux, et Tomek les conduisit vers l'un des techniciens. Il la laissa se charger des détails plus fins. Un travail qu'il était reconnaissant de ne plus avoir à faire. Quand il retourna sur la scène de crime, il trouva l'inspecteur-détective Tony Hunt en train de parler avec le médecin légiste. Un homme au début de la cinquantaine et proche de la retraite, il était aussi heureux d'être appelé sur une scène de crime au milieu de la nuit que Tomek l'était de laisser une jeune femme dans son lit. Non seulement parce qu'il lui manquait son contact physique, mais aussi parce que ses derniers mots avant qu'il ne parte l'avaient déconcerté.

— Tu n'as pas peur que je te vole ? avait-elle demandé.

Il avait ri, puis répondu : — Je suis policier. Si tu le fais, je te retrouverai, et je te tuerai.

Mais il plaisantait.

Et il espérait qu'elle aussi.

CHAPITRE
QUATRE

Plus tard ce matin-là, Tomek fut soulagé de se réveiller dans une maison où tous ses biens se trouvaient exactement là où il les avait laissés. Après être rentré aux petites heures — étant rapidement devenu superflu au jardin ouvrier — Tomek avait franchi le seuil sur la pointe des pieds et s'était glissé dans le lit auprès de Molly. Pendant les heures qui avaient suivi, alors qu'il dormait comme un bienheureux égoïste, le responsable de la scène de crime et Tony Hunt avaient attendu le verdict du médecin légiste, poursuivi leur examen des lieux, puis sécurisé le jardin ouvrier, laissant à un jeune agent de police la tâche malheureuse et fastidieuse de monter la garde jusqu'à ce qu'il soit temps pour le prochain malheureux de prendre le relais à midi.

Il était 7 heures du matin lorsque Tomek sortit du lit et se traîna sous la douche. En quelques minutes, il était lavé, séché, habillé et prêt à partir. Mais son invitée avait d'autres idées. Rester au lit, pour commencer. S'enfoncer dans la couette en plumes d'oie de 10,5 togs sur laquelle il avait dépensé une fortune chez The White Company. Il pouvait difficilement lui en vouloir — c'était peut-être la chose la plus confortable dans laquelle il ait jamais dormi, et souvent il trouvait difficile de se réveiller certains matins — mais ce n'était pas le moment. Il avait un meurtre à enquêter. Et personne ne pouvait discuter avec un pédophile mort qui avait sa bite enfoncée dans la bouche.

Tomek la poussa doucement. — Hé. Réveille-toi.

Elle remua, grogna, puis roula de l'autre côté et enfouit sa tête plus profondément dans l'oreiller. Il pouvait dire que ça n'allait pas être facile. Un instant, il envisagea de la soulever et de la porter hors de l'appartement. Mais pour un homme de quelques semaines au-delà de la quarantaine, il n'avait plus la même confiance en la force de son dos qu'il y a dix ans. Certes, il prenait toujours soin de lui. Courant chaque matin avant le travail, s'entraînant occasionnellement à la salle de sport, jouant pour l'équipe de football de la CID les week-ends. Mais les maux du vieillissement le rattrapaient. Et l'exercice n'était qu'un remède pour atténuer les effets de ses habitudes de consommation sociale d'alcool après le travail et des longues périodes cloué derrière un écran d'ordinateur. Il ne rajeunissait pas, mais d'un autre côté, personne d'autre non plus.

— Hé, dit-il à nouveau, cette fois en la poussant plus fermement. — Je dois aller travailler. Tu dois partir. Je peux t'appeler un taxi.

Dès que la réalisation d'être mise à la porte fit son effet, Molly se retourna pour lui faire face. — Tu as eu ce que tu voulais et maintenant tu veux que je parte ?

— C'est le travail. Je n'y peux rien. Je vais t'appeler un taxi.

— Mais tu as dit que tu n'aurais peut-être pas besoin d'y aller.

Tomek fouilla sa mémoire, essayant de se rappeler le moment où il avait dit cela. Il fit chou blanc.

— C'est comme ça, répondit-il. — Ça fait partie du job.

Cinq minutes plus tard, après avoir frénétiquement attrapé ses affaires, et n'étant pas tout à fait sûre de les avoir toutes récupérées, Molly sauta dans un taxi. Avant de lui dire au revoir, il lui tendit un billet de vingt livres et lui dit qu'il lui enverrait un message, mais que l'enquête dicterait cependant le délai dans lequel il le ferait.

Une fois qu'elle était bien engagée sur la route et qu'il n'y avait aucune chance qu'elle revienne, Tomek verrouilla la porte de son appartement et se dirigea vers le commissariat.

———

Le quartier général de l'enquête serait basé dans un bâtiment bas et discret, situé à deux pas des tribunaux d'instance et de grande instance de Southend, en plein centre-ville. Le siège de la CID d'Essex se trouvait au deuxième étage, dans l'aile est du bâtiment. Ce n'était pas grand-chose, mais c'était chez eux. Trois rangées de bureaux s'étendaient d'un bout à l'autre de l'espace, avec trois bureaux protégés par des fenêtres du sol au plafond contre le mur du fond. Un pour le commissaire divisionnaire. Un pour le superintendant. Et l'autre pour l'inspecteur principal Tony Hunt. Par un miracle quelconque, l'inspecteur avait réussi à s'approprier un espace privé, une pièce à lui. Probablement pour le mieux, étant donné que le moral de l'équipe était au plus haut quand il n'était pas présent, à raconter ses blagues ineptes et à essayer de toutes ses forces d'être apprécié.

Lorsque Tomek arriva, cependant, il se retrouva dans la position malheureuse de se tenir dans le premier bureau. Celui du commissaire divisionnaire Nick Cleaves. Nick était un homme du mauvais côté de la cinquantaine, chauve, petit, et avec un cul de la taille de son ventre. C'était le genre d'homme qui avait travaillé pendant près de trente ans dans la police et n'avait rien fait pour empêcher que ça se voie.

Tomek le trouva assis sur sa chaise, les yeux rivés sur l'écran de son ordinateur.

— Vous m'avez appelé, monsieur ?

Nick poussa un profond soupir, comme si Tomek l'avait dérangé de quelque chose d'important, alors que c'était Nick qui avait demandé cette rencontre.

— Assieds-toi, Tom.

Tomek fit ce qu'on lui disait et posa le café qu'il avait préparé à la machine sur le bureau.

— J'ai parlé avec Tony, commença Nick. — Il m'a dit que tu étais en retard hier soir.

— Retardé, monsieur.

— C'était quelque chose d'important ?

— Pas particulièrement, répondit Tomek. — Ça ne se reproduira plus, monsieur.

— J'espère bien. Pour ton bien. Je ne peux pas continuer à te défendre comme ça, Tom. Le nombre de fois où j'aurais dû te passer un savon... Ce n'est même pas drôle.

— Je n'oserais jamais me moquer de vous, monsieur.

Un autre soupir. Cette fois plus lourd. Ce bruit, accompagné du dégonflement progressif de tout son corps, était devenu synonyme de Nick en général. C'était une partie de son caractère, de sa personnalité. Tomek aurait pu lui annoncer la meilleure nouvelle du monde, et il aurait toujours réagi de la même façon que si on lui avait dit qu'il avait perdu un pari aux courses. C'était une constante au bureau, et Tomek adorait ça. Il s'était toujours demandé si Nick souffrait d'un problème pulmonaire, mais en fin de compte, il avait réalisé que l'homme n'aimait tout simplement pas être là où il se trouvait, quel que soit le moment. Les deux hommes travaillaient ensemble depuis plus d'une décennie, depuis que Tomek avait fait forte impression en tant qu'agent de police lors d'une enquête pour meurtre impliquant un ami de Tomek. Depuis lors, Tomek avait trouvé des moyens nouveaux et innovants de tester la patience de Nick — et leur relation.

Le visage de Nick se tordit. Quelque chose le préoccupait, et on voyait bien que cela brûlait de sortir. Tomek attendit d'entendre ce que c'était.

— Pourquoi continues-tu à faire ça ? demanda-t-il.

— Faire quoi, monsieur ?

— Sauter d'une relation à l'autre ?

— Je ne comprends pas ce que cela a à voir avec quoi que ce soit.

— Ma propre curiosité. Quelque chose que je me suis toujours demandé. Est-ce parce que tu n'as jamais rien aimé plus que tu ne t'aimes toi-même ? Que tu n'as jamais été capable de te donner vraiment à quelqu'un ?

Tomek hésita avant de répondre. Il ne s'attendait pas à ce que la conversation devienne aussi profonde et personnelle. Du tout. Surtout si tôt le matin. Peut-être était-ce au tour de Nick de tester *sa* patience.

— Je m'ennuie facilement, mentit-il.

La vérité, c'est qu'il savait exactement quel était son problème. Qu'il avait trop peur de laisser quelqu'un entrer. Qu'il ne se sentait pas digne d'amour. Que le piège à ours des émotions s'accrochait à lui quand les choses devenaient trop intenses. Dans ses relations passées, dans les rares moments où il s'était permis d'être complètement vulnérable, il avait été maltraité et brisé, un symptôme de ce qu'il estimait mériter. Alors c'était seulement juste s'il le faisait à quelqu'un d'autre avant qu'ils puissent le lui faire.

Nick grogna, l'expression sur son visage suggérant qu'il ne croyait pas un mot de ce que Tomek disait. Leur partenariat était tel qu'ils étaient capables de voir à travers l'autre avec facilité.

— Nous avons une nouvelle lieutenante qui commence aujourd'hui, reprit Nick. — Ce matin. Une surdouée de la Met. Elle est très recommandée, et du peu que je lui ai parlé, elle est impatiente de se mettre au travail. Comme punition pour ton retard d'hier soir, je veux que tu la présentes à l'équipe. Brise la glace et aide-la à s'installer.

— Vous voulez que je sois son support informatique, monsieur ? Le coin de la bouche de Tomek frémit en un sourire.

— Bon Dieu, non. Pas après ce que tu as fait la dernière fois.

Tomek pouffa intérieurement, se remémorant la fois où Nick lui avait demandé de changer un paramètre sur son téléphone, et qu'il avait plutôt modifié ses paramètres de texte pour que chaque fois que Nick tapait « Nick » dans la barre de texte, cela se transformait en « Nick le Méchant ».

— Combien de temps reste-t-elle avec nous ? demanda Tomek.

— Sur le long terme, d'après ce qu'on m'a dit. Ce qui signifie que tu devras te montrer sous ton meilleur jour. On ne veut pas que tu la fasses fuir avec tes histoires sur ce trou à rats.

— Southend est peut-être un trou à rats, monsieur, mais c'est notre trou à rats. Et nous en sommes fiers.

Nick répondit par un regard moqueur, puis tourna son attention vers l'heure.

— Elle sera bientôt là. Tu as vingt minutes. Je convoque un briefing à neuf heures, alors sois prêt d'ici là.

Tomek leva la main à la tête en un salut. — Oui, mon Capitaine !

Il la trouva qui attendait à l'entrée du bâtiment quelques instants plus tard. Debout avec son poids sur une jambe, le sac en bandoulière pendant à sa hanche, lui tournant le dos. Une cascade de cheveux bruns tombait entre ses omoplates, et un long manteau bleu marine descendait à quelques centimètres au-dessus de ses chevilles.

— Lieutenante Hamilton ?

Elle pivota sur place et se tourna vers lui, ses cheveux rattrapant le reste de son visage peu après.

— Sergent Tomek Bowen, dit-il, en lui tendant la main.

Elle la prit. — Rachel. Enchantée de vous rencontrer, monsieur.

— De même. Bon voyage jusqu'ici ?

— Aussi bon que possible. Les trains sont beaucoup plus calmes en sortant de Londres à cette heure du matin.

— Il faudra faire attention à ça. Je me suis retrouvé coincé plusieurs fois. Surtout au milieu de la nuit. Ils ne sont pas aussi fiables qu'ils voudraient nous le faire croire. Quoique nous ayons un espace dans le placard à balais qui devient assez confortable selon votre niveau de fatigue.

— Je ne suis pas étrangère à devoir dormir au bureau, dit-elle.

— Bien. Vous vous intégrerez parfaitement, alors. On y va ?

Avec un hochement de tête et un sourire, Rachel lui donna la permission de la présenter à l'équipe à l'étage. En montant, ils croisèrent Tony. Après une présentation rapide, restant aussi brève que possible, Tomek la conduisit à travers les portes en haut de la cage d'escalier, et commença la longue traversée du bâtiment.

— Nous l'appelons Tony Tiède, dit-il.

— D'accord. L'intonation dans sa voix suggérait qu'elle voulait savoir pourquoi, mais avait trop peur de demander.

— Il a cette habitude bizarre avec son café : il aime attendre que la bouilloire refroidisse pour ne pas brûler les granules. Puis, comme si ce n'était pas assez étrange, il ne peut pas le boire chaud de toute façon, alors il ajoute environ un gallon de lait pour qu'il atteigne la température ambiante. Au moment où il touche enfin ses lèvres, il est mort depuis quelques jours. D'où le surnom.

— Je vois.

Tomek pouvait sentir le jugement dans sa voix. Et sur son visage.

— Nous avons un autre surnom pour lui. Mais je suis sûr que vous pouvez deviner ce que ça pourrait être.

Elle hésita.

— Avez-vous déjà étudié les rimes quand vous étiez à l'école ?

Et alors ça avait du sens.

Au bout du couloir, ils franchirent une double porte et entrèrent dans le bureau principal de l'équipe d'enquête majeure. La plaque tournante. Dans le court laps de temps où Tomek était sorti, les quelques membres restants de l'équipe s'étaient glissés à l'intérieur, un mélange d'appréhension et d'excitation gravé sur leurs visages. Le début d'une nouvelle enquête majeure était toujours tendu, créant un creuset d'émotions.

Rien de tel qu'une présentation chaleureuse pour apaiser les choses.

— Bonjour à tous, annonça Tomek, en agitant la main pour attirer l'attention de tout le monde. — J'aimerais vous présenter la lieutenante Rachel Hamilton, qui nous rejoint de la grande métropole là-bas. Il pointa vers une fenêtre avec vue sur la mer, dans la direction complètement opposée à Londres. — Nous avons entendu de grandes choses, alors c'est le moment de les mettre à l'épreuve.

Aussitôt, l'équipe se leva et se dirigea vers eux. Certains maladroitement, d'autres avec assurance. Au total, ils étaient huit, y compris Tomek. Un inspecteur principal, en la personne de Tony le Tiède. Juste en dessous dans la chaîne alimentaire venait le Sergent-détective Sean Campbell, une figure imposante d'homme, bâti comme une armoire à glace, que Tomek considérait comme son ami le plus proche. Ils avaient progressé ensemble, et passé la majeure partie de leur carrière l'un avec l'autre, il était donc normal qu'ils passent beaucoup de temps ensemble en dehors du travail aussi.

— Nous l'appelons Sean Kingston, dit Tomek alors qu'ils se présentaient.

— Pas seulement parce que je lui ressemble, ajouta Sean, engloutissant la main de Rachel dans la sienne.

— Mais parce qu'il pense qu'il peut chanter comme lui aussi. Et qu'il l'écoute à chaque moment que Dieu lui donne.

— Je ne pense pas qu'il y ait quoi que ce soit de mal avec un peu de R'n'B des années 2000, dit Rachel avec un sourire. — Il m'est arrivé de l'écouter de temps en temps.

— Vous deux pourrez trouver une belle pièce tranquille tout seuls alors, dit Tomek, avant de présenter Rachel au membre suivant de l'équipe.

Lieutenant Chey Carter.

— Chey ici était le plus récent membre de l'équipe jusqu'à votre arrivée. Il est aussi le plus jeune. Il nous a rejoints alors qu'il était un petit bambin. Presque tout droit sorti du ventre, presque.

— Ce qui signifie, naturellement, que je me fais souvent chambrer, dit Chey en s'approchant, poussant ses lunettes de designer plus haut sur son nez. — Et j'obtiens tous les boulots merdiques que personne ne veut faire. Mais ça ne me dérange pas. Tout fait partie du processus d'apprentissage, je suppose !

Chey avait toujours eu une vision positive et, franchement, idiote de la façon dont il était traité au sein de l'équipe. Mais personne d'autre n'était disposé à changer cela.

— Chey est un peu comme un chien, ajouta Sean. — Pour lui, tout n'est que jeu. Et il est juste heureux d'être ici.

Rachel lui offrit un sourire maternel sympathique en se présentant. — Quel est *ton* surnom alors ?

— Vous apprenez vite, dit Tomek. — Je pense que vous vous entendrez très bien ici. Chey, tu veux prendre celle-là, mon pote ?

Chey n'hésita pas. — Poivre de Chey-enne, répondit-il, incapable d'effacer le sourire de son visage. — Parce que je suis fougueux quand j'ai besoin de me défendre.

— Et parce qu'il pète beaucoup, ajouta Tomek. — Sa mère fait un sacré tikka masala. Évitez juste de vous asseoir à côté de lui quand il en apporte un.

— Merci. Je m'en souviendrai.

Venait ensuite la lieutenante Anna Kaczmarek. Une détective expérimentée avec plus de vingt ans de service, elle était aussi formidable qu'elle était divertissante. Triple Score au Mot était son surnom, en raison de son nom de famille difficile à prononcer et du nombre de points que vous obtiendriez si vous le jouiez dans une partie de Scrabble.

Après elle venait Oscar Perez, un autre lieutenant avec une durée de service similaire.

— Nous l'appelons Capitaine En Fait, chuchota Tomek à l'oreille de Rachel alors qu'il s'éloignait.

— Pourquoi ?

— Parce que vous devez vous assurer que vous êtes absolument, à cent pour cent, sans équivoque, sans ambiguïté, certain de ce dont vous parlez avec lui, parce que les chances sont qu'il le sait déjà. Et si vous avez l'audace de dire quelque chose d'incorrect devant lui, alors... Il fit vibrer ses lèvres. — Vos funérailles, c'est tout ce que je dis.

— J'ai envie de le tester maintenant.

— Faites-le à vos risques et périls. Aucun d'entre nous ne sera là pour vous sauver. Nous avons tous été piqués par cette même queue plusieurs fois.

Avec cet avertissement bien ancré dans l'esprit de Rachel, Tomek lui présenta la dernière personne sur la liste. Lieutenant Nadia Chakrabarti. Elle était enceinte de quatre mois, et tout le monde au bureau le savait. Son rôle d'officier HOLMES 2 signifiait qu'elle n'avait pas à beaucoup bouger, mais cela ne l'empêchait pas de s'énerver contre tous ceux qui le faisaient, alors qu'ils se déplaçaient de bureau en bureau et la frôlaient vingt fois par jour.

— Pas besoin de se lever, dit Tomek avec sarcasme, alors qu'il posait une main sur l'épaule de Nadia.

Elle lui lança un regard qui envoya mille mauvais présages dans sa direction, mais il s'en débarrassa d'un haussement d'épaules.

— Ravie de vous rencontrer, dit-elle à Rachel. — Nous pourrions avoir besoin de plus de femmes au bureau, pour être honnête. Si je dois entendre une autre conversation sur le football, je pense que je pourrais me jeter du bâtiment.

— Ça ne servirait à rien, dit Oscar « Capitaine En Fait » Perez depuis son bureau à côté d'elle. — De cette hauteur, le plus que vous ferez est de vous casser une jambe. Et même là, vous pourriez simplement finir avec un os fissuré au mieux.

— Voudrais-tu que je te pousse par-dessus bord pour qu'on puisse le tester ?

Oscar ne le souhaitait pas et répondit en se détournant de la conversation. Il savait mieux que la plupart quand insister avec Nadia. Ce moment n'en faisait pas partie.

— C'est un plaisir de vous rencontrer aussi, dit Rachel, en tendant une main à sa nouvelle collègue. — J'ai hâte de travailler avec vous tous.

— De même.

Les présentations terminées, Tomek lui montra son bureau dans le coin de la pièce.

— L'espace a été nettoyé, et tout a été effacé du disque dur, dit Tomek. — Le dernier type que nous avions ici était connu pour regarder de la pornographie infantile.

Le regard sur son visage lui dit qu'elle ne comprenait pas la blague.

— Je fais parfois de l'humour quand je rencontre de nouvelles personnes.

— Comme un mécanisme de défense ?

— Si vous voulez appeler ça comme ça.

— Je pense que c'est ce qu'un thérapeute appellerait ça. Avez-vous déjà pensé à consulter ? Vous en auriez pour votre argent.

Tomek ne répondit pas. À la place, il lui lança un regard qui lui dit que la conversation était terminée. Elle ne pouvait pas savoir, mais cela n'en faisait pas moins mal.

— Je..., commença-t-elle. — Désolée, si j'ai-

— C'est bon. Rien à être désolé. Maintenant, je vais vous laisser vous installer. Il regarda sa montre. — Et puis nous serons dans la salle d'incident pour une réunion matinale dans trois minutes.

Juste au moment où il s'éloignait, elle le rappela.

— Tout le monde semble avoir un surnom, mais pas vous. Puis-je supposer en toute sécurité que c'est vous qui les trouvez ?

— Seulement les bons. Je vous laisse déterminer lesquels ce sont. Tomek fit une pause pour observer le bureau, regardant ses collègues à leurs bureaux avec un sentiment de fierté. Il se tourna vers Rachel, un sourire sur le visage. — J'en ai quelques-uns. T-Bone, parce que j'aime mon steak. Tommy la Tétine, pour des raisons évidentes. Mais mon préféré c'est Tommy Téflon. Parce que parfois la merde ne colle pas.

CHAPITRE
CINQ

Le briefing s'est déroulé dans la salle des opérations, une petite enclave au sein du bureau. L'espace était à peine suffisant pour accueillir tout le monde, si bien que quelques agents de police et membres du personnel civil ont dû se contenter de rester dans l'encadrement de la porte. L'humeur du DCI Nick Cleaves avait dégringolé de plusieurs échelons sur l'échelle des humeurs depuis la dernière fois que Tomek lui avait parlé et, de son avis immodeste, il trouvait que Nick avait une tête à faire peur. Ce qui signifiait qu'ils allaient avoir droit à une réunion brève et concise.

— Timothy Rosenthal, annonça Tepid Tony, en plaquant une photo d'identité du visage de la victime sur un tableau blanc, maintenue en place par un aimant jaune fluorescent. Notre suspect numéro un. Retrouvé vers 23 h 30 dans un jardin ouvrier près de l'aéroport de Southend.

Une autre photo, un autre claquement.

— Il a été découvert à moitié nu, au milieu d'un sentier traversant les jardins. Le tueur avait eu la décence de lui laisser son slip et son pantalon autour des chevilles, ainsi que ses chaussures et ses chaussettes. Ils n'ont toutefois pas été généreux dans leur façon de le tuer. La cause exacte du décès reste à déterminer, mais notre hypothèse est soit l'entaille dans sa trachée, soit les quinze coups de couteau dans son abdomen et son bassin. Ou bien, il y a la troisième option.

Une autre photo, un autre claquement. Cette fois suscitant un halètement de l'équipe — et un rire échappé — alors que le gros plan du pénis de Timothy Rosenthal pendant de sa bouche s'affichait sur le tableau blanc.

Puis la dernière photo pour compléter la série. Le message touchant qui avait été laissé sur la poitrine de Timothy.

— Peut-on supposer sans risque que le tueur était un ami proche de la victime, monsieur ? demanda Chey. Si c'est le cas, je ferais peut-être bien de me méfier des miens. M'assurer qu'ils ne me fassent pas un truc pareil lors d'un enterrement de vie de garçon.

— Pas vraiment.

— Est-ce que vous vous moquez toujours de tout ? intervint DC Rachel Hamilton. Le regard sévère qu'elle arborait témoignait de son dégoût face à leur traitement de la victime.

— Pas habituellement, dit Nasty Nick, en intervenant. Il décrocha la photo d'identité du visage de Timothy et l'examina. C'est une partie de notre processus de guérison. Mais quand vous découvrirez ce que cet homme a fait et dont il était capable, ça prend tout son sens.

— Et qu'a-t-il fait pour mériter... *ça* ?

Tepid Tony répondit :

— Il y a sept ans, M. Rosenthal a été condamné et emprisonné pour viol, agression sexuelle sur mineur et possession d'une quantité considérable de pornographie infantile.

— N'oubliez pas la zoophilie, ajouta Tomek.

— Oui. Merci pour cette précision, Sergent.

D'un coup, la condamnation de Rachel se flétrit en même temps qu'elle s'affaissait sur son siège. Elle pinça les lèvres et regarda quelqu'un — n'importe qui — dans l'assemblée, espérant que quelqu'un prenne la parole.

Quelqu'un entendit son appel. Mais ce n'était pas la réponse qu'elle espérait.

— Il a une tête de pervers. Le commentaire venait de Sean de l'autre côté de la pièce. Il était avachi sur sa chaise, les bras croisés.

— Qu'est-ce que ça veut dire ? demanda Tony.

— Tu sais bien. Quand quelqu'un a l'air d'un pervers.

— Non, je ne comprends toujours pas.

— Tout ce que je dis, c'est que quand tu croises quelqu'un dans la rue ou que tu tombes sur son profil Facebook, et que tu te dis immédiatement qu'il ressemble à un pédophile. Si je l'avais croisé dans la rue, j'aurais probablement pensé qu'il était en tête du fichier des délinquants sexuels.

— Tu es un connard, dit Nadia, la main sur son ventre gonflé. Tu ne peux pas te balader en disant que les gens ressemblent à des pédophiles.

— Évidemment, je ne le dis pas en face. Je le *pense* seulement. Je serais vraiment un connard si je le disais en personne.

Tepid Tony, avec une seule main levée comme un salut, fit taire la salle, et toute discussion sur les pédophiles, les pervers et les agresseurs cessa. Heureusement pour Tomek, il était content de constater que cette fois, ce n'était pas sa bouche qui l'avait mis dans le pétrin. Elle avait tendance à dire ce qu'elle pensait, généralement aux moments les plus inappropriés. Mais dans ce cas, il n'était d'accord avec rien de ce que son ami avait dit.

— Je pense qu'il est préférable pour tout le monde de revenir au sujet, vous ne croyez pas ? commença Tony. Comme il n'y eut aucune réponse, il continua. Timothy a été découvert avec son permis de conduire et son casier judiciaire soigneusement placés à côté de son visage. Il est évident que le tueur voulait que nous, ou quiconque le trouverait, sachions pourquoi il avait été tué. C'est important. Quant aux preuves saisies sur la scène du crime, nous avons très peu d'éléments. Quelques empreintes de chaussures ont été relevées, mais comme la terre a été si sèche ces derniers temps, nous ne pouvons pas déterminer si elles appartiennent au tueur, à la victime ou aux témoins clés qui l'ont trouvé. Il n'y a pas d'arme du crime, et il n'y avait pas de voitures sur les lieux du crime, autre que les nôtres, celles des techniciens de scène de crime et celles des témoins. Les techniciens ont toutefois récupéré quelques brins d'ADN capillaire. Ils vont les analyser en laboratoire et nous devrions connaître les résultats d'ici quelques semaines.

— Vous ne leur avez pas encore dit le meilleur, monsieur ! cria

Tomek depuis le fond de la salle. Les personnes qui l'ont trouvé sont un couple d'adeptes de rencontres en plein air, et le jardin ouvrier où ils l'ont trouvé est, je cite, "un lieu prisé pour ce genre de rencontres".

Un chœur de rires résonna dans la salle des opérations. Tomek fut surpris de voir un sourire narquois et gêné sur les lèvres de Rachel. Elle commençait déjà à lui plaire, et il espérait qu'elle s'attachait à l'équipe. Ils traitaient quotidiennement des cas de mort, de viol, de meurtre, de pédophilie et une multitude d'autres affaires sombres et déprimantes ; il n'était que juste qu'ils puissent rire et plaisanter, tout en marchant sur la fine ligne grise du respect quand il le fallait. Aux yeux de la plupart des membres de l'équipe, cependant, le respect n'était pas quelque chose que l'on devait à Timothy Rosenthal. Après avoir brièvement mentionné à l'équipe que le portefeuille de la victime avait été volé et qu'ils devraient surveiller l'utilisation de ses cartes de crédit et de débit volées, la conversation s'est rapidement transformée en bavardage. Et pas du bon genre.

— Tout ce que je dis, commença Sean, c'est que ces gens ne peuvent pas être aidés. Ils sont malades. Ils ont une maladie. Et elle ne peut pas être guérie. On le voit tout le temps aux informations — dès qu'ils sortent de prison, ils retournent à leurs vieilles habitudes perverses. Et que fait-on avec un cheval qui a une maladie incurable ? On l'abat. D'une balle dans la tête.

Un silence stupéfait s'installa dans la pièce. Tomek savait que son ami était franc, mais jamais à ce point. Un instant, il se demanda s'il y avait une partie de l'histoire de Sean qu'il ne connaissait pas et qui était d'une certaine façon liée aux crimes de Timothy. Quoi qu'il en soit, cela le mettait mal à l'aise, comme tous les autres dans la pièce. Cependant, à mesure que les mots de Sean se déposaient et s'infiltraient dans le reste de l'équipe, Tomek percevait un accord silencieux entre eux. Aucun n'était assez courageux pour le dire, mais c'était leur silence qui lui indiquait qu'ils étaient d'accord.

Tomek, en revanche, ne pouvait pas concevoir une telle déclaration. Et, à sa surprise — et agacement — Tony non plus. C'était la première fois que les deux étaient d'accord sur quelque chose, et il n'y avait rien de plus étrange que de partager les mêmes principes moraux pour les unir.

— Si tu les tuais, serais-tu aussi mauvais qu'eux ? avait demandé Tony. Et s'ils avaient fait une erreur et qu'ils avaient été condamnés à tort ? Nous avions la peine capitale dans ce pays et elle a été abolie. Tout comme la castration chimique. Suggères-tu que l'on réintroduise cela pour des gens comme Timothy ?

Avant que la situation ne dégénère en discussion animée, DCI Cleaves était intervenu, soupirant plus fort que tous ceux présents dans la salle ne pouvaient parler. S'il existait un homme capable de dire tant avec si peu, Nasty Nick en était l'incarnation même. Les rides sur son crâne chauve, combinées au bruit projeté par ses narines, avaient le pouvoir de faire taire un stade entier. Comme le Roi levant son verre lors d'une réception.

Tous les yeux étaient rivés sur lui.

— Vous avez soulevé de très bons points, et dans la plupart des cas, je suis enclin à être d'accord avec vous, mais nous avons tous un travail à faire. Et c'est de trouver le tueur. Que vous soyez d'accord ou non avec la moralité de l'acte, cette personne a pris une vie. Et c'est contraire à toutes les lois que nous sommes censés protéger, d'accord ? Alors je ne veux plus entendre parler de cette rétribution que vous réclamez tous. Ce n'est pas le moment pour Batman de sortir de l'ombre et de faire notre travail à notre place. Nous sommes payés pour ça, pas lui.

— Mais Batman était milliardaire, chef, interrompit Oscar. Si nous avions tous ce genre d'argent, nous ferions probablement ce que nous voulons quand nous le voulons.

Tomek grimaça pendant que la réponse de Nick, lourdement chargée de jurons, résonnait dans la pièce. Les mots étaient durs mais nécessaires. Toute l'intelligence d'Oscar ne valait rien quand il s'agissait de bon sens.

CHAPITRE
SIX

Avant de congédier l'équipe, Tony avait distribué les tâches. Il avait fait le tour de la salle, cochant une à une les missions sur sa liste. Et le nombre de tâches que Tomek espérait se voir attribuer diminuait rapidement. À la fin, après avoir été interpellé en dernier, alors que plus personne n'était dans la salle, il s'était retrouvé avec la mission banale et, franchement, subalterne de mener les enquêtes de porte-à-porte dans la rue de Timothy Rosenthal. Un travail normalement réservé aux agents de police en uniforme et aux officiers de police judiciaire débutants. Pas à un sergent-détective. Il savait que c'était la façon dont Tony se vengeait de son retard de la veille. Ce qui ne l'avait pas empêché de se plaindre à Nasty Nick une fois le briefing terminé. Si Tony pouvait gémir auprès de son supérieur, alors lui aussi.

Il avait perdu.

Selon le DCI, Tony était le fer de lance opérationnel de l'enquête, point final. — Si il te demande de t'asseoir, de te taire et de te pencher en avant, tu le feras, avait dit Nick, ce à quoi Tomek n'avait rien pu répondre.

Et c'est ainsi qu'il s'était retrouvé à Prittlewell, l'un des quartiers les plus agréables de Southend-on-Sea. À l'exception de l'armée de véhicules de police qui entourait la rue de Timothy Rosenthal, gâchant l'atmosphère de l'endroit. Une équipe de médecine légale était arrivée une heure plus tôt et avait déjà commencé à passer au peigne fin les effets personnels de Rosenthal. Si quelque chose d'intéressant était découvert, pouvant indiquer où il s'était trouvé avant sa mort, qui il avait rencontré, pourquoi il les avait rencontrés et ce qu'il prévoyait de faire ensuite, alors cela serait saisi et envoyé à la salle des scellés.

Tomek sortit de sa voiture et examina la rue de haut en bas. Résidentielle. Un mélange de bungalows détachés, de maisons mitoyennes étroites et quelques combinaisons des deux. Au bout de la rue se trouvait le Priory Park, une vaste étendue verte qui abritait une rangée de terrains de boulingrin, un lac de pêche, des jardins clos et un musée : Prittlewell Priory. Un bâtiment classé Grade I. Construit à l'origine au 12ᵉ siècle, il était le point focal de la région et attirait fréquemment photographes et amateurs de nature.

À contrecœur, Tomek s'éloigna de sa voiture et se dirigea vers l'agent en uniforme qui se tenait devant la maison. C'était une scène de crime et devait être traitée comme telle.

— Bonjour, dit le jeune officier, qui ne semblait pas avoir plus d'une vingtaine d'années, si tant est. Bien que Tomek n'aimait pas faire de suppositions. Trop souvent, il avait commis l'erreur de mal estimer l'âge de quelqu'un, toujours en visant plus haut qu'il ne fallait. Cela lui avait parfois causé des ennuis, et il avait vite compris qu'il n'y avait rien de bon à en tirer.

Tomek se présenta et montra sa carte de police. Il signa sa présence sur le registre et rendit le stylo.

— Ça fait longtemps que vous êtes là ?

— Mon sergent m'a envoyé ici il y a environ deux heures, monsieur. J'étais là avant l'arrivée des techniciens de scène de crime.

Tomek pouvait le voir. Les chaussures aux pieds du jeune homme n'étaient pas des plus confortables, et il commençait déjà à mettre plus de poids sur un pied que sur l'autre. Le pauvre bougre avait une longue journée devant lui.

Mais Tomek aussi. Et elle ne faisait que commencer.

Par chance, cela débuta mieux qu'il ne l'avait prévu. Alors qu'il disait au revoir à l'agent en uniforme en lui souhaitant une journée rapide et agréable, un monospace se gara dans l'allée de la maison voisine. Une femme élégamment vêtue aux cheveux décoiffés en descendit. Elle semblait pressée et, tandis qu'elle se précipitait vers l'arrière de la voiture, elle l'ignora. Malgré son salut de la main, presque gêné.

— Excusez-moi ?

Pas de réponse. Elle plongea dans le coffre et quelques secondes plus tard, en ressortit avec divers sacs de courses de la taille de valises. Ce n'est qu'après avoir fermé le coffre et verrouillé la voiture qu'elle remarqua enfin sa présence, les mains dans les poches, l'air d'un homme qui voulait lui vendre quelque chose.

— Je n'achète rien, dit-elle.

— Je crois que vous venez justement d'acheter des choses. Tomek pointa du doigt les sacs de courses, mais elle ne trouva pas cela drôle. Il commença à se demander s'il perdait son humour, son charme. C'était la deuxième blague de la journée qui tombait à plat. Peut-être était-il temps de changer de direction.

— Qui êtes-vous ?

— Tom, dit-il, en s'avançant la main tendue. Dès qu'il réalisa qu'elle ne pouvait pas la toucher, il baissa la tête et soupira. Profondément. Canalisant son DCI intérieur.

— Et que voulez-vous, Tom ?

— Une discussion, si cela vous convient ?

— Ma mère m'a toujours dit de ne pas parler aux inconnus. Et comme vous pouvez le voir, je suis un peu occupée en ce moment.

— Ça ne devrait pas prendre longtemps.

— D'où venez-vous ?

— De la police.

Cela sembla la stopper net. Elle s'était rapprochée petit à petit de la porte d'entrée, comme s'il était une sorte de pervers sexuel lui demandant de s'approcher.

— Que s'est-il passé ? demanda-t-elle.

— Pourrions-nous avoir cette conversation à l'intérieur ? Je peux vous aider avec vos courses.

Ce qu'il fit consciencieusement. Avec une certaine réticence, la femme lui confia quelques sacs et il les transporta à l'intérieur de la maison. Le salon, ce qu'il en vit, était propre et bien rangé. La cuisine, en revanche, ne l'était pas. Vaisselle et couverts encombraient l'évier, tandis que des dessins au crayon et divers papiers étaient accrochés au réfrigérateur et sur toutes les surfaces disponibles. Tomek chercha un endroit où poser les courses.

— Vous avez des enfants ? demanda-t-il, en déposant son chargement dans un espace près de l'évier.

— Pas moi, non. Ma colocataire. Elle a une fille. Sept ans, qui en paraît dix-sept.

— Je vois.

— Et vous ?

— Je n'ai ni sept ans ni dix-sept ans.

Ni même trente-sept ans, un âge dont il pouvait se vanter il n'y a pas si longtemps (et qu'il pouvait prétendre avoir encore plus longtemps). Mais maintenant que les cheveux gris commençaient à apparaître, il avait réalisé qu'il ne pouvait plus se faire passer pour quelqu'un qu'il n'était pas. Il ne trompait personne, et aucune quantité de teinture pour barbe ou cheveux ne pourrait convaincre qui que ce soit du contraire.

— Je voulais dire si vous aviez des enfants ? demanda-t-elle.

— Oh. Non. Pas pour moi. Jamais été fan. Ils sont...

— Dégoûtants ?

— Oui. Dégoûtants. C'est un mot pour les décrire.

— Je vous comprends. Je l'adore et tout, mais le désordre est *partout*.

Ce n'était pas quelque chose auquel il pouvait s'identifier, alors il sourit et hocha poliment la tête. Il avait déjà été en contact avec des enfants, bien sûr, mais il n'avait jamais été séduit par eux comme certaines personnes. Ce n'était pas l'objectif de sa vie d'en avoir un. Il était heureux comme les choses étaient. Sauf maintenant. Maintenant, ça devenait rapidement un désastre. Un exemple de comment ne pas parler à un autre être humain, encore moins à une femme ou à un témoin. Il y avait quelque chose chez cette femme qui le rendait nerveux, qui le désarmait. Un sentiment auquel il n'était pas habitué, qui lui était étranger.

Il s'éclaircit la gorge, espérant qu'un peu de son sang-froid remonterait (et pas du vomi).

— Votre voisin, Timothy Rosenthal, commença-t-il. Lui avez-vous déjà parlé ? Le connaissiez-vous bien ?

Elle s'arrêta, la porte du réfrigérateur d'une main et une boîte d'œufs de l'autre. — Est-ce que quelqu'un parle encore à son voisin de nos jours ? Nous sommes tous devenus reclus. Moi y compris. Mon père, lui, aurait pu vous dire le nom de chaque personne vivant dans un rayon de trois kilomètres. C'était une question de génération. Aujourd'hui, plus personne ne parle à personne !

— Oui. Donc vous ne le connaissiez pas ?

Elle le regarda comme si la réponse était évidente. Et comme s'il venait de lui demander d'additionner un et un.

— On se voyait à peine. Je suis toujours sortie, et je ne crois pas qu'il était souvent chez lui non plus.

— Et votre colocataire ?

— Pas que je sache.

— Où est-elle en ce moment ?

— Au travail. Dans une école. Assistante d'éducation.

— Et vous ?

— Pas assistante d'éducation, non, dit-elle avec l'ébauche d'un sourire. Peut-être n'avait-il pas perdu la main après tout. — Je gère ma propre boutique. Une boutique d'uniformes scolaires.

— Astucieux.

— Quoi donc ?

— Une assistante d'éducation qui a une fille à l'école, et une amie qui travaille dans une boutique d'uniformes scolaires. Est-ce qu'elle touche une commission pour chaque personne qu'elle vous envoie ?

— Si c'est le cas, je vais recevoir une sacrée facture quand elle me l'enverra.

C'était bien, mieux. La conversation coulait plus librement. Plus confortable. Plus confiante. Maintenant, tout ce qu'il avait à faire, c'était le travail pour lequel il était payé.

Si seulement.

— Désolé, je n'ai pas eu votre nom, dit-il.

— Katie comme prénom. Norton-Downs, c'est l'enfer de nom composé que mes parents ont insisté pour m'infliger dans mon enfance.

— Essayez d'avoir un nom étranger, dit-il. C'est tout à fait amusant jusqu'à ce que le gamin blanc que vous pensiez cool s'avère être un raciste.

— De petits cons, n'est-ce pas ?

Il ricana. Ils l'étaient. De petits cons. Tous autant qu'ils étaient. Ou, comme sa mère les appelait, des ordures. *Oblech*.

Il sentit leurs longueurs d'onde converger.

— Écoutez, commença-t-il, en fouillant dans sa poche. Si vous pensez à quelque chose – une conversation que vous auriez eue, quelque chose que vous auriez pu entendre, quelque chose que vous auriez pu voir – n'hésitez pas à m'appeler. Je suis joignable à tout moment, tant que ce n'est pas en plein milieu de la nuit.

— Vous ne m'avez toujours pas dit de quoi il s'agissait. Qu'étais-je censée avoir vu ou entendu ?

Quel idiot. Bien sûr qu'il avait oublié de lui donner tous les détails. Il s'était tellement perdu en lui-même qu'il avait oublié comment faire son travail. Il devait sortir de là – de cet endroit qui aspirait son assurance et sa confiance comme un trou noir – et revenir à ce qu'il savait faire. Malgré l'interrogatoire qui se passait terriblement, il sentait que la conversation informelle s'élevait de quelques niveaux. S'équilibrait. Encouragé par cela, il décida de jouer sa dernière carte.

— Peut-être que je pourrai vous le dire une autre fois. Dans un endroit plus agréable que celui-ci. Si cela vous intéresse, vous avez mes coordonnées.

Sur ce, il partit. Et pour la première fois depuis longtemps après avoir parlé avec une femme attirante, il sentit un filet de sueur couler le long de sa nuque.

CHAPITRE
SEPT

C'était la coutume, au début d'une enquête pour meurtre, que Tomek et Sean célèbrent avec une pinte (ou trois) de bière au Fork and Spoon, un pub situé à Leigh-on-Sea qui, malgré son nom, ne servait aucune nourriture. La seule chose au menu (si on pouvait appeler ça comme ça) était le distributeur automatique récemment installé dans le coin, qui proposait aux clients des sachets de chips et des boissons énergisantes à prix exorbitant pour les conducteurs désignés. Le propriétaire, que Tomek connaissait depuis plus d'années qu'il ne voulait s'en souvenir, s'était vu proposer une nouvelle opportunité commerciale, et il en récoltait les fruits.

— Alors ce type entre un jour, tu vois, et il me dit qu'il peut nous faire gagner de l'argent à tous les deux.

— C'est ce qu'ils disent tous, Jim.

— Ouais, mais lui, il est réglo, tu vois ?

— Comment je pourrais le savoir ? D'après ce que tu me racontes, mes alarmes sonnent déjà.

— Eh bien, attends d'entendre le reste. Ce type est entré, d'accord. Il a dit qu'on pouvait faire de l'argent. Beaucoup d'argent. Du sérieux. Au début, j'étais, genre, méfiant et tout ça. Comme toi. Mais une fois qu'il a commencé à parler, j'ai su qu'il tenait quelque chose. Il avait tout là-haut. Jim arrêta de tirer la pinte de Tomek et se tapota le côté de la tête. — Tu vois, ça marche comme ça : je lui facture un loyer pour l'espace dont il a besoin pour le distributeur, puis je lui prends une commission sur les ventes mensuelles. Tout ce qu'il a à faire, c'est acheter le produit et réapprovisionner la machine. Je n'ai rien d'autre à faire que d'encaisser l'argent. C'est gagnant-gagnant pour nous deux.

— Et qui s'en sort le mieux entre vous deux ? Tomek était, comme Jim l'avait justement fait remarquer, sceptique. Mais la pinte qu'il tenait à la main aidait à calmer ses soupçons.

— Eh bien, c'est cinquante-cinquante, tu vois. Un investissement. Je me diversifie, Tom ! Faut suivre le mouvement dans le monde d'aujourd'hui. La fréquentation de cet endroit n'est plus ce qu'elle était.

Tomek porta à nouveau sa pinte à ses lèvres et but une gorgée. — Donc tu choisis simplement de plumer ceux qui font tourner ton commerce pour encore plus d'argent ?

Jim ne voulut rien entendre. Quelle idée stupide. Et après avoir offert une réponse balbutiante, Tomek lui tendit son argent et porta les deux pintes à la table. Il trouva Sean assis, adossé à sa chaise, faisant défiler Twitter.

— Qu'est-ce qu'ils disent ? demanda Tomek.

— La routine. Début de saison épouvantable. On dirait qu'on va déjà se retrouver dans une bataille pour le maintien.

— Déjà ? On n'est qu'à six semaines du début de la saison. On est en septembre, bordel. Il reste encore un long chemin à parcourir.

Non seulement c'était la coutume d'aller au pub au début d'une enquête majeure – parce qu'ils ne savaient pas quand ils auraient à nouveau l'occasion de s'y retrouver – mais c'était aussi la coutume de regarder West Ham jouer ses matchs à l'extérieur. Sean et Tomek étaient tous deux abonnés et assistaient à tous les matchs à domicile quand ils le pouvaient. Mais quand il s'agissait des matchs à l'extérieur, parfois ils n'avaient pas envie de traverser la moitié du pays juste pour voir leur équipe bien-aimée se faire écraser trois ou quatre à zéro. Surtout quand il y avait des meurtriers et des violeurs à attraper.

— Jim me parlait de sa nouvelle opportunité commerciale.

— Ah ouais ?

Tomek récita l'histoire presque mot pour mot. Sean laissa échapper un petit ricanement.

— Il va nous parler de crypto ensuite, cet imbécile. Nous dire d'acheter du bitcoin et de tout investir dans l'Ethereum ou je ne sais quoi.

— C'est ce qui m'inquiète. Pas le fait qu'il s'y mette lui-même, mais que je sois assez stupide pour l'écouter. Tu sais comment sont ces prédateurs intellectuels, ils s'attaquent aux ignorants et aux idiots.

Sean sourit en signe d'accord. — En parlant de prédateurs, comment ça s'est passé tout à l'heure ?

Les enquêtes de porte-à-porte avaient été, comme prévu, un exercice abrutissant et futile. Katie avait eu raison : personne ne connaissait personne, et personne n'avait entendu parler de Timothy Rosenthal. C'était comme s'il n'avait jamais mis les pieds dans cette rue. Personne n'était donc en mesure de révéler s'il était allé rencontrer quelqu'un, sorti boire un verre ou s'il avait eu envie de se promener dans un jardin ouvrier la nuit de sa mort.

— Je suppose que la seule bonne chose qui en ressort, c'est que personne ne savait qui il était, sinon l'un de ses voisins aurait pu le découvrir plus tôt, conclut Tomek.

— Ça nous aurait facilité la vie.

— En parlant de voisins, j'en ai rencontré une tout à l'heure. Je n'ai pas pu m'empêcher de penser à elle depuis.

— Tu as eu son numéro ?

— Elle a eu le mien. Tomek sortit son téléphone et vérifia l'écran.

— Donc maintenant, tu vas rester assis à côté de ce truc en attendant qu'il sonne.

— On dirait bien.

— Le grand Tomek Bowen... a finalement trouvé son égal.

C'était vrai. En effet. Katie Norton-Downs, avec son nom à particule et son charme contagieux, son sens aigu des affaires et son opinion sur les enfants, avait pesé lourdement dans son esprit depuis leur première rencontre. Les yeux bleus puissants. Le nez frappant et net. Les épaules larges mais fermes. Son humour, sa personnalité, son sens de la répartie.

Il sentait que c'était une femme qui savait ce qu'elle voulait dans la vie, et elle savait comment l'obtenir.

Il espérait qu'appeler son numéro de portable faisait partie de ces choses.

Sauf que l'appel ne vint pas. Tout au long du match, durant lequel ils avaient fait match nul 1-1 contre Crystal Palace, il avait constamment vérifié son téléphone, souhaitant qu'il sonne ou qu'il émette une notification de nouveau message. Il se demandait si elle faisait des recherches sur lui, en examinant son empreinte sociale et sa présence en ligne, ou si elle jouait simplement la carte de la difficulté. Dans tous les cas, cela lui donnait encore plus envie d'elle.

CHAPITRE
HUIT

Tomek habitait dans une maison de deux chambres qui avait été rénovée et divisée en deux appartements. Chacun avec une chambre, un salon, une cuisine et une salle de bain. Tout ce dont un homme célibataire avait besoin, et même plus. Quand il avait visité la propriété pour la première fois, il avait eu le choix entre l'étage supérieur ou celui du bas. Il avait opté pour la meilleure option, celle du haut, et n'avait jamais regretté son choix. Le seul inconvénient à vivre au-dessus de ses voisins était de rentrer ivre après une soirée de célébration au pub avec Sean ou le reste de l'équipe. Rayer la serrure avec sa clé. Claquer la porte contre le mur. Trébucher dans les escaliers avec ses pieds de plomb. Même s'il n'avait pas beaucoup bu, les escaliers lui semblaient toujours une tâche insurmontable. Comme l'ascension de l'Everest.

Ce soir ne faisait pas exception.

Il entra dans son salon et posa ses clés sur la commode IKEA. Comme le reste du mobilier, la finition suédoise usée semblait vieille et nécessitait un changement, mais c'était un travail important (et coûteux), et il n'était pas encore prêt à le faire. Il l'ajouterait à la liste des choses qui avaient besoin d'être réparées, remplacées ou jetées. De l'autre côté du salon se trouvait une petite forêt. Un assortiment de ses plantes d'intérieur préférées et les plus chéries. Chacune avec son propre nom.

Grand Ken le Ficus Pleureur.

Dudley le Dracaena.

Gandhi le Spathiphyllum.

Freya le Monstera.

Chacune avec ses propres exigences. Certaines nécessitaient trop d'eau, d'autres pas assez. Et il était capable de les nourrir plus qu'il ne se nourrissait lui-même. Il les traitait, assez bizarrement, comme ses enfants. S'occupant d'elles chaque fois qu'elles en avaient besoin. Nourrissant leur terre, nettoyant leurs pots, taillant les feuilles mortes ou mourantes.

Mais ses véritables fiertés reposaient sur le rebord de la fenêtre. Ces plantes n'avaient pas de noms. Elles étaient trop spéciales pour cette distinction. C'étaient ses bonsaïs. Un orme chinois de plus de cinquante ans et de la taille d'une toilette, ainsi qu'un Ficus de soixante centimètres de haut. Les deux avaient été achetés au même propriétaire (à un prix élevé) dans un vide-grenier, et Tomek s'était senti obligé d'en prendre soin correctement et méticuleusement depuis.

Comme s'ils étaient des enfants.

Des enfants avec de petits bras bruns et des mains d'un vert éclatant. Des enfants qui ne répondaient pas et qui savaient qui était le patron. Le genre d'enfants qu'il pouvait tolérer.

Pas les enfants aux bras et aux mains potelés, avec une voix criarde. Il ne pouvait pas tolérer ceux-là.

Ceux-ci, en revanche – Grand Ken, Dudley, Gandhi, Freya, et les deux bonsaïs – c'étaient ses enfants.

Après avoir fini d'arroser les plantes d'intérieur, il se dirigea vers le grand rebord de fenêtre qui donnait sur la rue. Entre les branches des bonsaïs, il aperçut des phares, pointés dans sa direction. Les mêmes phares qu'il avait vus quand il s'était garé devant sa maison. Probablement rien. Probablement quelqu'un qui attendait pour prendre ou déposer quelqu'un. Mais possiblement quelque chose d'autre, quelque chose de plus menaçant.

Tout en faisant semblant de s'occuper des arbres, les arrosant et taillant leurs feuilles, il gardait un œil sur le véhicule. Dans l'obscurité, il était difficile de distinguer l'apparence du conducteur.

Dix minutes passèrent de plus d'élagage et d'arrosage. Et pourtant la voiture restait là.

Quelque chose dans cette situation le mettait mal à l'aise. Comme s'il était observé. Les poils de sa nuque se dressèrent, et la paranoïa dans ses entrailles s'aggrava.

Il réfléchit un moment à qui il aurait pu faire du tort. Qui il aurait pu contrarier. Mais abandonna rapidement en réalisant que la liste était trop longue. Des ex-amants amers. Des proches éplorés de ceux qu'il avait fait emprisonner. Et même ceux qu'il avait effectivement fait emprisonner. N'étant pas du genre à avoir peur habituellement, il pensa à appeler Sean. Entendre une voix. Avoir quelqu'un à qui parler. Mais il connaissait déjà la réponse qu'il obtiendrait.

— Ne te flatte pas. Tout le monde n'est pas aussi obsédé par toi que tu le penses.

Réponse classique d'un meilleur ami. Une qui caractérisait parfaitement leur relation.

Alors il prit plutôt son téléphone, ouvrit l'appareil photo et se prépara à prendre la photo aussi discrètement que possible. Sans s'en rendre compte, il avait laissé le flash activé, et la grande lumière blanche, qui semblait presque aussi brillante que le soleil, l'aveugla en se reflétant dans la vitre. Lorsqu'il rouvrit les yeux, le véhicule avait disparu. Et la photo qu'il avait prise n'était rien de plus qu'un flou.

CHAPITRE
NEUF

J e marche. Encore. C'est toujours comme ça que ces choses commencent. En marchant. Enfin, pas marcher *marcher*. Plutôt comme marcher, mais plus vite. L'entre-deux entre la marche et le jogging. Du semi-jogging ?

Quoi qu'il en soit, j'avance plus vite que d'habitude. Michał m'attend. Je ne veux pas le décevoir. Et Maman. Elle nous attend tous les deux. Pour le dîner. Je ne me souviens plus de ce que c'était — on n'a même pas fini par manger ce soir-là — mais je sais qu'on doit être rentrés à temps.

L'école est terminée, donc ça doit être après 15 h 30. Mais il faisait très sombre. Comme en pleine nuit, donc ce n'était pas si tôt. La police a dit qu'ils avaient été appelés juste après 17 h. Mme Trundle voulait me parler. Encore une fois. De mon comportement. Toujours mon comportement. Jamais celui des autres. Jamais la faute des autres.

Revenons à Michał.

Je me souviens de marcher dans les rues. Il fait sombre, et il y a des enfants partout, allant dans différentes directions. Des groupes. Des amis.

C'est animé. Il y a beaucoup de circulation. Des klaxons qui retentissent, le bruit des pneus sur le goudron. Je dois traverser la route. Le temps s'écoule, plus de temps pour Michał qui attend. Plus de temps où je ne suis pas là, là pour le protéger.

J'arrive à un rond-point. Le rond-point avant le parc. Plus très loin maintenant. Il y a le magasin Magnet. Le kebab. Et l'épicerie-alcool. C'est plus animé maintenant. Certains élèves de l'école sont rentrés chez eux, se sont changés et sont ressortis. Ils sont tous à vélo, ils discutent et jouent. Probablement en train de fumer, mais je ne me souviens pas d'avoir vu de la fumée. Je les reconnais. Ricky Farleaves en quatrième. Marcus Wilson, aussi en quatrième. Puis il y a Ross Allingham, en cinquième, mais qui prétend être plus âgé qu'il ne l'est. Cette fois, leurs visages sont d'une clarté cristalline. Et leurs vélos. Je me souviens de leurs vélos.

Revenons à Michał.

Le chemin de l'épicerie-alcool au parc est animé. Beaucoup de circulation. Leurs phares m'aveuglent quand ils passent. Toutes sortes de nuances de jaune et de blanc. Chacun laissant une tache sur ma rétine. Comme ce gros point rouge dont on ne peut jamais se débarrasser quand on regarde fixement le soleil.

Le parc, cependant, est différent. Une obscurité presque totale. Il y a quelques lumières aux entrées et dans le coin, mais rien d'autre. La lumière au-dessus de ma tête quand j'entre est orange foncé. Il y a une poubelle juste devant moi. Des crottes de chien et des déchets partout. Puis je m'arrête et cherche Michał. Il n'est pas là où il devrait être. J'écoute. Je ne peux pas l'entendre, je ne peux pas l'entendre s'approcher furtivement. Il y a du vent, et je m'attends à ce qu'il me saute dessus, alors je respire fort. Rapidement.

Je regarde à gauche. Personne là-bas. Du moins, pas que je puisse voir. Personne ne s'est manifesté.

À droite. Toujours l'obscurité. Mais des contours cette fois. Des mouvements noirs sur du noir.

Et puis ça s'arrête brusquement.

CHAPITRE
DIX

Le lendemain matin, après avoir consigné son cauchemar sur papier, Tomek était parti courir. C'était un rituel matinal pour lui, et il avait terminé les 10 km en un temps record : moins de soixante minutes. Il avait filtré les pensées qui tourbillonnaient dans sa tête, repoussant les images du parc et de l'obscurité pour les laisser fermenter dans un coin, permettant à son subconscient de les analyser tranquillement. Le vent d'automne était mordant, transperçant son short et ses sous-vêtements, glaçant ses cuisses et terrorisant ses parties sensibles. Mais il avait tenu bon. Déterminé. Jusqu'à ce qu'il atteigne l'extrémité de la jetée de Southend — à un peu plus de 5 km de chez lui — où il s'était arrêté pour contempler l'estuaire de la Tamise qui s'agitait sous ses pieds. Il s'était immobilisé à l'endroit qui marquait quatre-vingts pour cent du parcours ; une petite lampe en forme de cône qui signalait l'endroit où son ami avait été assassiné. Jeté du bord de la jetée avec une corde autour du cou. Laissé pour mort, étranglé. Se balançant au gré du vent. Tomek avait été le premier sur les lieux. En tant que jeune agent, son devoir était de rester calme et lucide, mais il s'était retrouvé ailleurs. Et quand il avait finalement repris ses esprits, il avait eu envie de frapper quelque chose, de frapper quelqu'un, de mettre le feu à la jetée et de se perdre dans les flammes. C'était sa première véritable confrontation avec la mort en uniforme, et cela avait éveillé en lui une faim, un désir de poursuivre les criminels jusqu'au bout. Un désir qui, il devait l'admettre, avait commencé à s'estomper. Quelque chose qu'il voulait désespérément retrouver. Une façon d'honorer son ami était de visiter le site où il était mort pour se rappeler pourquoi il se battait.

Le bien contre le mal.

Il avait conservé cet élan jusqu'au bureau et, peu après son arrivée, il s'était retrouvé dans la salle de réunion. Toute l'équipe était présente, prête à discuter des événements de la veille. Nick le Méchant, talonné de près par Tony le Tiède, entra dans la pièce et se plaça à la tête de la table.

— Bonjour à tous, commença-t-il. J'espère que vous êtes bien reposés, car nous avons beaucoup à faire aujourd'hui.

— Absolument, ajouta Tony. Il prit le relais de Nick et se frotta les mains, les manches de son blazer trop petit remontant sur ses avant-bras. Tout d'abord, j'aimerais que vous me fassiez part des progrès que vous avez réalisés. Il leur tourna le dos et indiqua le tableau blanc au bout de la salle. En haut du tableau figurait le nom de code de l'enquête : Opération Highlander. En dessous, deux images du même homme, avec son nom au-dessus de sa tête. Au centre du tableau, un grand point d'interrogation. Tony appuya un marqueur effaçable à sec contre le tableau. Rachel, vous pouvez commencer.

Rachel s'éclaircit la gorge avant de commencer. — Hier, j'ai parlé avec les victimes de Timothy Rosenthal. Il a été reconnu coupable du viol de deux femmes, Emma Argyle et Sophia Wainwright, et d'une enfant, Elodie Smith. Emma et Sophia avaient toutes deux une trentaine d'années lorsqu'il les a agressées. Emma Argyle s'est suicidée peu après la fin de l'enquête, et Sophia se trouve actuellement au Pays de Galles où elle rend visite à ses parents, à l'adresse où sont enregistrés son permis de conduire et ses cartes bancaires. J'ai vérifié avec le système ANPR, et tout concorde.

— Qu'en est-il des membres de leur famille ? demanda Tony en notant les noms au fur et à mesure que Rachel parlait.

— Les parents de Sophia sont au Pays de Galles, ce qui les écarte de la liste des suspects...

— Et Elodie ? Quel âge avait-elle quand il l'a violée ?

— Elle avait douze ans. Une enfant. À peine pubère. Rachel prit un moment pour se ressaisir et consulta ses notes. Elle a un frère aîné. Mason. Il était au cinéma avec une fille la nuit de la mort de Timothy. Le ticket dans son portefeuille le confirme, et j'ai parlé avec le personnel du cinéma – l'un d'eux reconnaît avoir vu Mason et la fille sur place.

Tony hocha la tête en signe de compréhension. — Très bien. Efficace et précis. Puis il se tourna vers Chey, qui était chargé de collecter et d'examiner les images de vidéosurveillance autour du jardin ouvrier. Caméras de rue, systèmes de surveillance privés, tout y passait. En tant que benjamin de l'équipe, il faisait partie de la génération habituée à fixer un écran quinze heures par jour et était plus que disposé à le faire, c'était donc un choix logique.

— J'ai réussi à récupérer les images des sonnettes Ring de plusieurs personnes, mais rien de substantiel. Juste un plan d'un couple qui promenait son chien et qui a fini par entrer dans une maison visible dans le cadre.

— Et la voiture de Timothy ? demanda Tony. Il a bien dû s'y rendre en voiture.

Chey secoua la tête, puis passa sa main pour réparer les dégâts causés à son impeccable ligne de cheveux. — Rien, chef. Je l'ai vu quitter son domicile et conduire vers le jardin, mais rien après ça.

— Et pour l'entrée du jardin ? Il n'y a qu'un seul accès pour y entrer et en sortir.

— Les images ne vont pas aussi loin. La dernière fois qu'on le voit, c'est quand il quitte le rond-point le plus proche. Toutes les caméras de ce secteur sont orientées vers l'aéroport.

— Avez-vous essayé les caméras de l'aéroport ? demanda Tomek.

— Pas encore.

— Faites-le aujourd'hui, s'il vous plaît, dit Tony, le ton de sa voix faisant comprendre à tout le monde que lui seul était autorisé à poser les questions. Quelqu'un a pris sa voiture et la conduit librement depuis sa mort. Elle est forcément quelque part.

— Comme devant chez moi.

Un petit halètement, presque inaudible, plana dans la pièce. Comme si Tomek venait d'annoncer la solution d'une équation mathématique centenaire et impossible.

— Pardon, Tomek ? Cette fois, c'était au tour de Nick le Méchant d'entrer dans la mêlée. Vous avez vu le véhicule ?

— Je ne peux pas en être certain. Mais ça y ressemblait.

— Quand ?

— Hier soir. Dehors dans ma rue. Les phares étaient allumés et la voiture était simplement garée là. J'ai essayé de prendre une photo, mais... Il sortit son téléphone de sa poche et agrandit la miniature dans sa galerie.

Tony prit le téléphone et ricana. — Qu'est-ce que c'est que ça ? Si jamais ma femme et moi décidons de nous remarier, rappelez-moi de ne jamais vous demander d'être photographe. J'ai vu des chiens prendre de meilleures photos.

Tomek reprit son téléphone et le passa à Rachel, qui avait tendu le bras, avide de voir. — Au moins, je prends de meilleures photos que vous ne menez des enquêtes pour meurtre.

C'était une piètre attaque de sa part. Un solide deux virgule cinq sur l'échelle des insultes. Mais il l'estimait justifiée. Cependant, dès qu'il l'eut prononcée, il sut que les conséquences seraient sévères. Peut-être pas immédiates, mais inévitables. Un chasseur, à l'affût, attendant que le zèbre imprudent entre dans sa ligne de mire.

Pendant un long moment, Tony ne dit rien. Réfléchissant, calculant. Une réponse digne du temps qu'il avait mis à la formuler. Il devait s'assurer qu'elle soit parfaite – le dernier mot sur la question avant que Nick n'intervienne pour mettre fin au désaccord.

Tomek se prépara.

— Avez-vous vu qui était dans la voiture ? demanda Tony.

L'élan du silence retomba comme un ballon de plomb.

— Non.

— Dommage. Vous auriez dû avoir quelqu'un d'autre avec vous. Vous n'êtes pas très doué pour reconnaître les visages, n'est-ce pas ?

Tomek n'eut pas besoin de beaucoup pour tendre le bras vers Tony et l'attraper par la chemise. Il n'eut pas besoin de beaucoup pour flanquer une trouille bleue à son supérieur. Tomek était peut-être plus petit – de plusieurs centimètres – mais ce qu'il perdait en hauteur, il le compensait en largeur et en muscle. Le tissu du costume de Tony tremblait sous sa poigne, pourtant Tony continuait de sourire effrontément. Avec suffisance. Ce qui ne faisait qu'attiser le feu qui brûlait dans l'estomac de Tomek.

En quelques secondes, Sean et son immense corps d'un mètre quatre-vingt-treize se précipitèrent pour les séparer. Il repoussa Tomek de quelques pas avec aisance et maintint Tony contre le mur, protégé derrière une barrière de muscle et encore de muscle. Le reste de l'équipe assistait à la scène avec stupeur. Dans le cadre de leur travail, ils étaient témoins de violence tous les jours, mais pas à l'interne. Pas entre deux collègues. Tomek percevait l'excitation sur le visage de Chey.

— Qu'est-ce que vous croyez être en train de faire, bordel ? Le DCI Cleaves bondit à travers la pièce, la fureur enveloppant les plis de son visage.

— Rien, monsieur.

— Pardon ?

— Rien.

— Ça n'a pas l'air d'être rien.

Tomek jeta un regard vers Tony ; le sourire narquois persistait. — Juste un petit désaccord, c'est tout.

— Vais-je devoir vous retirer de cette affaire ? Terminé pour vous avant même d'avoir commencé ?

— Non, chef. J'espère que non. Ça ne se reproduira pas.

— Qu'est-ce qui est incertain là-dedans, Tomek ? Que je vous vire de cette enquête ou que vous et le DI Hunt ne vous sautiez plus à la gorge ?

Tomek ne répondit pas. La réponse, tout comme la question, était rhétorique. Mieux valait rester bouche cousue.

— Si je peux me permettre, monsieur, commença Tony, mais il fut immédiatement réduit au silence par un regard noir et un doigt rouge veiné pointé dans sa direction.

— Vous n'êtes pas un saint non plus, Tony. Ne jouez pas l'innocent. Il indiqua une chaise sur laquelle Tomek devait s'asseoir. Maintenant, dois-je vous rappeler ce à quoi nous avons affaire ? Si vous ne voulez pas faire partie de cette enquête, très bien. Je peux arranger les choses et vous faire travailler de nuit avec les personnes disparues. Mais si vous voulez rester, alors que Dieu m'aide, vous feriez mieux de régler vos problèmes. Tous les deux.

Tomek adressa un léger signe de tête à Nick tandis qu'il s'asseyait sur une chaise au fond de la salle, aussi loin que possible de Tony (bien que ce ne fût malheureusement pas assez loin). Le sang dans ses veines avait cessé de bouillonner et commençait à ralentir tandis qu'il laissait sa respiration revenir à un rythme normal. Il n'avait pas souvent des emportements comme celui-là. Il aimait se considérer comme une personne timide, mais le commentaire de Tony – sa méchanceté, sa cruauté – l'avait fait sortir de ses gonds. La cause de ses cauchemars était bien connue de plusieurs membres de l'équipe (à l'exception de Rachel, pour des raisons évidentes), et tous savaient que c'était un sujet à éviter absolument, comme la zone d'exclusion de Tchernobyl. Tony avait franchi la ligne, et il avait découvert le côté sombre de Tomek, celui qu'il n'aimait pas et ne tenait pas à voir trop souvent.

— Maintenant que c'est réglé, commença le DCI Cleaves en s'éclaircissant la gorge, passons à la suite. Je sais à quel point ces enquêtes pour meurtre peuvent être frustrantes, mais si vous commencez à vous en prendre les uns aux autres, cela va devenir un environnement très inhospitalier pour tout le monde. Tout ce que je demande, c'est que vous jouiez franc jeu. Nick s'adressait à toute la salle, mais tout le monde savait à qui c'était destiné. Où en étions-nous ?

— Sean, répondit Tony sans hésitation. Qu'avez-vous découvert hier ?

Regagnant son siège, Sean dit : — Deux éléments de preuve intéressants ont été récupérés au domicile de Timothy Rosenthal. Un ordinateur portable et son téléphone mobile.

— Il ne l'a pas emporté quand il est allé au jardin ?

— Je suppose que non. Peut-être qu'il connaissait la personne qu'il allait rencontrer.

— Ou il ne voulait pas être tracé d'une manière ou d'une autre, ajouta Rachel. Sa voix irradiait le calme. Et Tomek se sentit se détendre en l'entendant. Sa participation à la réunion était terminée.

— Donc il était là pour potentiellement faire quelque chose, ou rencontrer quelqu'un, qu'il savait qu'il ne devrait pas ? demanda Nick pour clarification.

— Je vous l'avais dit, dit Sean. Ces gens sont irrécupérables. Il était sorti de prison depuis seulement quelques semaines, et il était déjà de retour dans ses mauvaises habitudes.

— Ça suffit, dit DCI Cleaves d'un geste de la main. S'il a quitté la maison sans son téléphone portable, cela me suggère qu'il fait soit quelque chose dont son agent de probation pourrait ne pas être trop heureux, soit il est allé rencontrer quelqu'un dont il ne veut pas que d'autres personnes soient au courant. Dans les deux cas, ça sonne l'alarme pour moi. Avons-nous une idée de qui il aurait pu rencontrer ?

— Il pourrait y avoir *quelqu'un*, répondit Sean. C'était maintenant à son tour de chercher dans ses notes. Il le fit délicatement, comme si chaque feuille était un cheveu sur le visage d'une femme. Le surnom secret que Tomek lui donnait était le Géant Doux. Énorme, intimidant, effrayant de laideur, mais doux comme du coton égyptien à l'intérieur.

— Des preuves trouvées sur l'ordinateur portable de Timothy Rosenthal indiquent une relation avec un certain Gary Kershaw. Certains d'entre vous connaissent peut-être ce nom. D'autres non. Cette petite araignée est un pédophile et délinquant sexuel notoire. Je suis presque sûr qu'il a fait des allers-retours dans les commissariats toute sa vie, et pourtant il trouve toujours un moyen de s'en sortir. Sur l'ordinateur portable de Timothy Rosenthal, nous avons trouvé des messages sur WhatsApp entre eux deux, discutant d'une rencontre – et aussi de l'obtention des services d'une petite fille.

— Je pensais que WhatsApp était pour téléphone ? demanda Nadia qui, jusqu'à ce moment, n'avait rien dit. Bien qu'elle fût quelques années plus jeune que Tomek, elle était aussi peu familière avec la technologie que le DCI Cleaves, qui insistait pour surligner les phrases sur son ordinateur au fur et à mesure qu'il les lisait.

— En fait, vous pouvez l'obtenir sur n'importe quel appareil, dit le Capitaine, Oscar. Mobile, tablette, ordinateur de bureau. Tout fonctionne de la même façon, juste des méthodes de communication différentes.

— Oui, merci, Oscar, dit Tony. Les rides sur son visage suggéraient qu'il n'était pas impressionné par la tangente qu'avait prise la conversation. Et, autant qu'il détestait l'admettre, Tomek non plus. Jusqu'à présent au cours de l'enquête, l'équipe avait démontré un manque d'urgence ou d'empathie. Bien sûr, ils aimaient bavarder. Mais se laisser distraire et parler de choses insignifiantes comme WhatsApp n'était ni professionnel ni productif.

Il n'avait cependant pas manqué de remarquer que son éclat de colère plus tôt avait peut-être été le plus grand perturbateur de tous. En conséquence, il décida de rester silencieux.

— Vous n'avez pas trouvé les mêmes messages sur son téléphone ? demanda le Capitaine Je-Sais-Tout.

— Non. Aucun signe de WhatsApp sur son mobile. Juste une version pour ordinateur.

— Encore plus suspect.

Tony captiva l'attention de la salle en griffonnant des notes sur le tableau blanc. Quand il recula, les mots « WhatsApp », « Gary Kershaw », « voiture », « petite fille ? », et « rencontre », soulignés plusieurs fois, apparurent.

— La question que nous devons nous poser est : qui est derrière tout ça ? dit Tony, réfléchissant à voix haute. Le tueur savait où Timothy Rosenthal allait être, et quand. C'était peut-être quelqu'un en qui il avait confiance. Quelqu'un d'assez intelligent pour voler sa voiture et voler ses informations. Quelqu'un avec une vendetta contre lui. Ou peut-être quelqu'un qui savait qui il était et ce qu'il avait fait.

— Avons-nous envisagé la possibilité qu'il y ait plus d'une personne derrière tout ça ? demanda doucement Tomek depuis le fond de la salle.

Au début, personne ne semblait l'avoir entendu. Ce n'est que lorsqu'il posa la question une seconde fois, un peu plus fort, que quelqu'un répondit.

— Pourquoi dites-vous cela ? demanda Rachel, se retournant pour lui faire face.

— Les voitures, elles me tracassent toujours. Quelqu'un aurait dû y conduire, et qu'ils volent la voiture après coup, ça n'a pas de sens. Où est passée la voiture du tueur ? C'est juste quelque chose à considérer. À moins qu'ils n'y soient allés à pied – mais les caméras de surveillance auraient pu les repérer.

Tous les regards se tournèrent vers Chey. — Je vais tout revoir aujourd'hui. Voir si j'ai manqué quelque chose.

— Bien, dit DCI Cleaves. Nadia, ajoutez cela à la liste des actions, s'il vous plaît. Tomek, je veux que vous rendiez visite à Gary Kershaw, pour voir ce qu'il sait sur notre victime. Mais d'abord, je vous veux dans mon bureau. Quant au reste d'entre vous, Tony vous donnera vos rôles.

CHAPITRE
ONZE

— Deux fois en deux jours, monsieur. Je commence à croire que je vais devoir m'installer.

— Ne joue pas au malin avec moi, Tomek. C'était quoi cette scène là-dedans ?

— Tu sais parfaitement de quoi il s'agissait, chef.

— Oui. Mais tu ne peux pas simplement agresser un officier supérieur comme ça.

— J'ai été provoqué.

— Ça ne rend pas la chose acceptable.

— Ça ne la rend pas inacceptable non plus. Légitime défense.

Nasty Nick poussa un profond soupir. Ce faisant, tout son corps se dégonfla. — Tu ne peux pas invoquer la légitime défense, Tomek, et tu le sais. Tu marchais déjà sur une corde raide hier. Et aujourd'hui, cette corde commence à céder. Il faut vraiment que tu règles ce problème, mon vieux. Je sais que ce qui est arrivé à ton frère et tout ça est intense pour toi, mais allez... Tu es un adulte. J'attendrais de quelqu'un avec ton expérience — pas seulement dans le métier mais dans la *vie* — qu'il soit capable de mieux gérer une petite remarque sournoise.

— Comment ça se fait que le DI Hunt ne soit pas ici en train de se faire réprimander aussi ?

— Il le sera, ne t'inquiète pas. Je voulais juste m'occuper de toi d'abord. Nick passa la main sur son crâne chauve et brillant et massa les veines au-dessus de ses oreilles. — Tu me compliques la vie, mon vieux. Je déteste avoir à le dire.

— Déjà ? On ne fait que commencer.

— Personne d'autre que toi n'est à blâmer pour ça. Parfois, tu dois assumer tes actes, petit.

Bien sûr, cela semblait facile à faire en théorie. Mais le mettre en pratique était difficile, et quelque chose qu'il n'avait jamais eu besoin de faire auparavant.

— Qu'est-ce que vous attendez de moi aujourd'hui, patron ?

— Que tu restes loin des ennuis. C'est un aussi bon point de départ que n'importe quel autre.

— Ça n'a pas l'air trop difficile. Est-ce que j'aurai des heures supplémentaires pour ça ? Tomek adressa à l'homme un sourire espiègle.

Il n'a pas apprécié.

— Dégage.

CHAPITRE
DOUZE

Gary Kershaw vivait dans une cité HLM à Basildon. Tomek connaissait bien le quartier. Sean habitait à quelques pâtés de maisons et invitait souvent Tomek à boire un verre ou deux tout en regardant le football. Parfois, le confort d'un foyer était préférable à être entassé avec cinquante quinquagénaires dans un minuscule pub, à transpirer les uns sur les autres et à respirer leurs haleines nauséabondes.

Les maisons de briques de la cité étaient serrées les unes contre les autres, comme des briques LEGO placées côte à côte. Un trio d'enfants à vélo flânait au milieu de la route, appuyés sur leurs guidons, déterminés à agacer les conducteurs, tandis qu'un autre groupe faisait rebondir un ballon de football contre un mur de briques. C'était un jour d'école, et Tomek se demandait pourquoi ils n'étaient pas assis devant un professeur. Probablement parce qu'ils n'aimaient pas ça, n'y *croyaient* pas. Que leur temps était mieux employé à traîner dans la cité, sans être utiles à personne. Il se demanda si ce serait toujours le cas s'ils savaient qu'ils vivaient à vingt mètres d'un prédateur sexuel.

En sortant de sa voiture et en se dirigeant vers la maison de Gary Kershaw, il réalisa qu'ils étaient déjà au courant : des détritus, des bouteilles cassées, des objets ménagers abandonnés comme des vélos brisés, des coussins de canapé et d'autres débris s'étaient entassés devant la porte d'entrée de Kershaw. On aurait dit une maison de dealers, abandonnée et désaffectée. Pour couronner le tout, le mot NONCEFERATU avait été bombé sur le mur de briques en lettres roses vives et audacieuses. S'il y avait un doute quant à l'identité du propriétaire, les graffitis le dissipaient rapidement. Gary Kershaw était la racaille de la cité, et tout le monde semblait le savoir.

Alors que Tomek s'approchait de la propriété, le groupe d'enfants à vélo l'encercla, comme des vautours tournant autour d'une proie.

— Faites attention, m'sieur, l'appela l'un d'entre eux, d'une voix quelques octaves au-dessus de la puberté. Un pédophile habite dans cette maison.

Tomek s'arrêta sur le bord du trottoir. — Vous ne devriez pas être à l'école ?

— Probablement. Mais on traîne ici, tu vois. Quelqu'un doit s'assurer que cette ordure ne s'approche pas de personne.

— Et s'il le fait ?

Le jeune homme était sur le point de mettre la main dans sa poche, mais un autre, devinant la profession de Tomek, l'arrêta. Le jeune homme sourit, affichant un soupçon d'innocence et de charme sur son visage, et dit : — On appellerait la police, évidemment. C'est ce qu'il faut faire.

Tomek sourit et indiqua les graffitis. — Je suppose que vous ne savez pas qui est responsable de ça ?

— Non, m'sieur. J'sais rien de tout ça. Aucun des garçons ne sait. C'est juste apparu un matin.

— Vous êtes sûr ?

— Oui, m'sieur. Ce serait correct de vous le dire si je savais. Mais je ne sais pas.

— Et vos amis là-bas ? Tomek fit un geste vers les garçons qui jouaient encore avec le ballon.

— Nan. Aucun d'eux sait lire ou écrire.

— Alors vous êtes le seul ?

— Le plus intelligent de ma classe.

— Où vous devriez être maintenant, non ?

Le garçon reposa ses avant-bras sur le guidon. — Comme j'ai dit, quelqu'un doit s'assurer que ce pédophile ne s'approche pas de l'école.

— Comment savez-vous qu'il est... Tomek réfléchit au mot approprié à utiliser devant l'enfant. Mais il se ravisa. Inutile d'essayer d'éviter le sujet. — Comment savez-vous qu'il est pédophile ?

— Tout le monde le sait par ici. C'est de notoriété publique, tu vois. Faut pas être un génie pour le comprendre, non plus.

Et je parie que tu te considères comme l'un d'eux, n'est-ce pas ? pensa Tomek.

— Il a toujours quelqu'un qui vient ici, dit le deuxième garçon. Il était plus petit, plus mince, mais sa voix était aussi prépubère que celle du premier. — Quelqu'un qui a l'air bien. Officiel, comme *vous*. Parfois, on essaie de lui demander ce qu'elle fait ici, mais elle nous dit pas grand-chose. Elle monte juste dans sa voiture et s'en va. Elle pense qu'elle a peur de nous pour une raison quelconque, mais elle comprend pas qu'on essaie juste de protéger nos mères et nos sœurs.

Les mères étaient le cadet de leurs soucis. C'étaient les sœurs et les filles qu'il fallait protéger de Gary Kershaw. Tomek avait lu sa fiche d'arrestation avant de venir, et sa lecture était désagréable. Et il connaissait la femme à laquelle le garçon faisait référence. Depuis cinq ans, Gary Kershaw recevait des visites mensuelles d'un agent de probation, envoyé pour s'assurer qu'il se comportait bien et gardait ses parties du corps hors des endroits où elles ne devraient pas être. Tomek avait reconnu le nom – une femme redoutable et pragmatique nommée Cathy – et se demandait si elle était la seule femme dans la vie de Gary Kershaw qui ne le craignait pas.

Il s'éloigna des garçons et se dirigea vers la maison, se frayant un chemin dans ce champ de mines d'immondices. Il frappa deux fois à la porte et attendit. La porte s'ouvrit deux minutes plus tard, dans une attente tendue et dérangeante. Devant lui se tenait Gary Kershaw. La soixantaine bien entamée, grisonnant, arborant une silhouette qui ne détonerait pas au Fork and Spoon, avec son ventre de bière et ses joues tombantes qui donnaient l'impression que son visage s'était retourné. Sa barbe rasée de près donnait l'impression qu'il avait saupoudré du sel sur tout son visage.

— Monsieur Kershaw ?

— Le fait que vous soyez là, debout sur mon palier, signifie que vous connaissez déjà la réponse à cette question, mon gars.

— Puis-je entrer ?

Ce n'était pas une question. Et Gary le savait.

L'intérieur de la maison était aussi en désordre que l'extérieur. Des chaussures boueuses sur le sol près de la porte d'entrée, des boîtes de plats à emporter encombraient la table de la salle à manger, des paquets de chips vides et des canettes de bière étaient posés à côté de la poubelle. Des vêtements pendaient aux dossiers des chaises et aux accoudoirs du canapé. Et l'odeur. L'odeur était toujours le pire. Tant sur la personne de Gary que dans la maison. Comme s'il ne s'était pas douché depuis des semaines et se complaisait dans sa propre crasse. Ce qui avait du sens, étant donné le type de comportement auquel il s'adonnait. Debout là, fixant la crasse qui se formait sous ses yeux sur la table de la salle à manger, Tomek ne put s'empêcher de penser qu'un peu de vandalisme pourrait égayer l'endroit. Y ajouter un peu de caractère.

— Je n'attendais personne aujourd'hui, commença Gary, en se traînant devant Tomek jusqu'au salon. Il se laissa tomber sur le canapé, posa ses pieds sur le pouf au milieu de la pièce, et reporta son attention sur la télévision. Tomek se demanda combien de temps il passait dans cette position, le seul changement occasionnel étant une canette de bière à la main au lieu de la télécommande. — Cathy a dit qu'elle viendrait demain. Rien au sujet d'une visite aujourd'hui.

— Je ne travaille pas avec Cathy.

— Je peux le voir. Votre façon de vous tenir. J'ai déjà vu votre genre avant. Quelque chose de différent chez vous par rapport aux autres. J'ai rien fait de mal.

— Personne n'a dit que vous l'aviez fait.

— Alors pourquoi vous êtes là ?

— Pour vous poser quelques questions.

— J'en ai répondu pas mal dans ma vie.

— Peut-être que quelques-unes de plus ne feront pas de mal.

— Vous pouvez essayer. Mais mon émission devient tout juste intéressante.

Tomek se demanda combien de temps il avait avant de perdre

complètement l'intérêt de Gary. Des minutes ? Ou était-ce une question de secondes ?

— Ce n'est pas à propos de vous, dit-il.

Cela sembla fonctionner. Un mouvement de sourcil. Un subtil signe d'intrigue.

— C'est à propos de votre ami.

— J'en ai aucun.

— Nous avons des raisons de croire le contraire. Tomek chercha un ordinateur portable dans le salon, mais n'en vit pas. — Timothy Rosenthal. Vous reconnaissez ce nom ?

Cette fois, le choc se lisait sur le visage de Gary. Ses yeux s'élargirent et ses pupilles se dilatèrent. Le mouvement était infime, mais visible pour l'œil exercé de Tomek.

— Je ne suis pas sûr de le reconnaître. Qu'est-ce qu'il est censé avoir fait ?

— Rien qui ne mettra son nom sur la liste des honneurs, c'est certain. Vous êtes sûr que vous n'avez pas entendu parler de lui ?

— Ça me dit rien.

— Et il y a deux nuits ?

— Quoi, il y a deux nuits ?

— Où étiez-vous ?

— Ici.

— En train de... ?

— Ce que je fais toujours. Il pointa la télévision pour prouver son point.

Pas en train de vous masturber sur des images de petits enfants ?

Ou sur la vraie chose.

— Quelqu'un peut le confirmer ?

— Ouais.

Tomek attendit que Gary développe, mais il savait que c'était inutile. Gary Kershaw allait rendre les choses aussi difficiles que possible pour lui. Au fil des années, il avait développé une aversion naturelle à répondre aux questions, et maintenant Tomek en faisait l'expérience pleine et entière.

— Avez-vous passé la nuit avec quelqu'un ?

— J'ai eu personne qui est venu ici depuis longtemps. Qui, selon vous, voudrait visiter un endroit comme celui-ci ?

Un enfant sans méfiance qui ne savait pas s'en méfier lui vint à l'esprit, mais il se mordit la lèvre.

— Ceux dehors peuvent témoigner pour moi.

— Quels gens ? demanda Tomek.

— Vous voulez dire que vous n'avez pas remarqué l'entourage de gosses sur leurs vélos là-bas ? Vous êtes aveugle ou juste un flic de merde ?

— Ni l'un ni l'autre.

— Ils sont devant ma maison tous les jours, toute la journée, pour s'assurer que je ne parte pas.

— Je me demande pourquoi... murmura Tomek, juste assez audible pour être entendu par-dessus la télé. Sans surprise, après avoir parlé avec les enfants dehors, il ne doutait pas du tout de Gary. Cela avait parfaitement du sens qu'il soit resté chez lui toute la nuit, maintenu en résidence surveillée par un groupe de gamins de treize ans en errance.

— Je peux rien faire contre eux, vous comprenez, dit Gary. — Mais s'ils pensent qu'ils peuvent se débarrasser de moi, ils se trompent sérieusement.

— Ah bon ?

— M'avoir ici signifie qu'ils ne peuvent pas partir non plus. Quelques fois j'ai vu une maison mise en vente ici, mais dès qu'ils découvrent que quelqu'un comme moi est l'un de leurs voisins, les acheteurs potentiels ont des doutes et trouvent un endroit plus agréable où vivre.

— Vous n'envisagez pas de déménager vous-même ?

— Je ne pourrais pas, même si je le voulais.

Tomek n'était pas là pour discuter des derniers développements du marché immobilier. Il était là pour enquêter sur une mort.

— Parlez-moi de Timothy Rosenthal.

Gary ne dit rien. Continua à regarder son émission.

— Nous savons que vous lui avez parlé sur WhatsApp.

Toujours pas de réponse.

— Nous voulons savoir ce qu'il faisait il y a deux nuits.

— Pourquoi ?

— Parce qu'il a été assassiné.

Aussitôt, Gary tomba dans le silence. Il détourna son attention de l'écran et regarda dehors, dans son minuscule espace qui lui servait de jardin. Au fond de ce petit espace se trouvait un abri de jardin, cabossé et délabré. Tomek se demanda quels secrets étaient cachés à l'intérieur, mais sans mandat de perquisition, il n'avait aucun droit de les chercher.

— Quelqu'un... quelqu'un l'a tué ? La peur imprégnait les mots de Gary, et Tomek pouvait presque entendre le nœud dans son estomac se resserrer.

— C'est exact. Et nous espérons que vous pourriez nous dire ce qu'il faisait la nuit de sa mort.

— Je... Gary avala sa surprise et sa douleur. — Il a dit qu'il allait rencontrer quelqu'un. Mais il n'a pas dit qui. Je...

— Quel âge avaient-ils ?

Lentement, avec hésitation, la tête de Gary se tourna vers Tomek. Ses yeux étaient devenus creux, presque transparents. Et tandis qu'il les fixait, Tomek se surprit à ressentir une étincelle de sympathie pour l'homme. Il avait perdu un ami – un ami détraqué et pernicieux, certes – mais un ami néanmoins.

— Il a dit qu'il rencontrait un vieil ami. C'est tout ce qu'il a dit. Un vieil ami. Une partie de moi supposait que c'était quelqu'un avec qui il avait travaillé, ou quelqu'un qu'il connaissait du passé – ou même de son séjour en prison – mais je n'ai pas demandé.

— Tandis que l'autre partie de vous supposait qu'il s'agissait de quelqu'un de plus jeune ?

Gary hocha la tête sans rompre le contact visuel. Bon sang.

— Garçon ou fille ?

— Fille. Timothy n'aimait pas les petits garçons.

Contrairement à Gary qui, selon sa propre fiche d'arrestation, avait une préférence pour les deux.

Tomek ne voulait pas penser aux implications de ce que Kershaw avait dit. Si Timothy Rosenthal était allé rencontrer une fille mineure, alors l'enquête devenait plus complexe. Non seulement ils cherchaient le tueur – ou les tueurs – mais ils cherchaient aussi la petite fille qui avait été utilisée pour l'attirer vers sa mort.

— Savez-vous qui pourrait être derrière tout ça ? demanda Tomek. C'était un coup dans l'eau, mais une question qu'il devait poser.

Gary secoua la tête. Comme prévu.

— Eh bien, si vous pensez à quelque chose, faites-le-moi savoir.

— Quelque chose comme quoi ?

— N'importe quoi d'inhabituel. Des gens qui viennent, qui traînent dans la rue. Quelqu'un qui vous envoie des messages. Ce genre de choses.

Tomek tendit sa carte à l'homme et se retourna pour partir. Il était arrivé jusqu'au paillasson quand il fut rappelé.

— Suis-je en sécurité, détective ?

Tomek ouvrit la porte et regarda le terrain de jeu de l'autre côté de la rue. Les garçons qui se renvoyaient le ballon s'y étaient déplacés, tandis que les deux garçons sur leurs vélos continuaient à encercler la maison. Ils aperçurent Tomek qui sortait la tête par la porte et l'appelèrent, mais il ne pouvait pas entendre.

— Je ne m'inquiéterais pas si j'étais vous, dit Tomek à Gary. — Bizarrement, si quelqu'un voulait vous faire du mal, je pense que ces enfants voudraient être les premiers à le faire.

CHAPITRE
TREIZE

En milieu d'après-midi, le soleil avait commencé à décliner, et les lampadaires de Leigh s'étaient mis à illuminer les trottoirs. La ville côtière, riche de son patrimoine et de son histoire, était divisée en deux parties. Le vieux Leigh, célèbre pour son industrie de pêche millénaire, perché au bord de l'eau, avec ses nombreux pubs, restaurants, poissonneries et chantiers navals — et une petite étendue de plage. Puis il y avait Leigh Broadway, la partie plus moderne et urbaine de la ville. Elle abritait des boutiques, des bars, des restaurants indépendants et des cafés — beaucoup, beaucoup de cafés — chacun avec son charme unique. Tomek avait appelé cet endroit son foyer depuis trente-cinq ans, depuis que sa mère et son père l'avaient déménagé avec ses frères de Pologne à la recherche d'une vie meilleure et plus fructueuse. Depuis lors, Tomek avait exploré chaque avenue, parcouru chaque route et expérimenté tout ce que la ville avait à offrir. C'était son havre de paix, et il ne pouvait imaginer vivre ailleurs.

Après plusieurs heures passées à rédiger ses notes et à tout rapporter à Nick, Tomek s'était dirigé vers la ville. Selon le planning que Tony le Tiède avait établi, il avait l'après-midi pour lui. Le seul problème était que cela signifiait un début plus tôt le lendemain matin, suivi d'un travail intensif pendant le week-end.

Il décida d'utiliser son temps à bon escient. Demain était

l'anniversaire de sa mère. Il ne savait pas quel âge elle avait. Il avait arrêté de compter. Et toute carte qui lui rappelait son âge n'était jamais une bonne idée.

Un vent cinglant déchira la grande rue et fit claquer les pans de son manteau contre ses jambes. Il se précipita dans la boutique de cadeaux la plus proche et acheta une carte d'anniversaire et des fleurs. En sortant, il passa rapidement devant un sans-abri dans la rue et continua vers sa maison. Un trajet de dix minutes à pied.

Il arriva jusqu'au bout de la rue, puis s'arrêta.

Au début, il n'était pas sûr de l'avoir vue ou si c'était le fruit de son imagination. Mais en ralentissant et en regardant à nouveau, il réalisa que son intuition avait raison. Puis il leva les yeux et vit l'enseigne « *Too School for Cool* », et sut qu'il était au bon endroit.

De l'autre côté de la vitrine du magasin, faisant les cent pas de droite à gauche, rangeant méticuleusement, se trouvait Katie. Katie Norton-Downs. La femme qui ne quittait pas ses pensées. La femme qui semblait encore plus belle que la première fois qu'il l'avait vue.

Pendant un instant, il resta là, regardant à travers la fenêtre, indifférent au vent qui lui battait le visage et aux hordes de piétons qui se faufilaient devant lui, grommelant furieusement en le contournant. Puis, alors que la réalisation s'installait sur lui comme un nuage venant du rivage, il fit un pas en avant et posa une main sur la porte. C'est alors qu'il remarqua que ses paumes étaient moites. Moites malgré le froid. Moites de nervosité.

Il poussa et entra.

Dès que la porte se referma derrière lui, le sifflement du vent s'étouffa et il ne restait plus que les sons de Katie se déplaçant dans le magasin. Il prit un moment pour tout absorber. Les murs de blazers noirs et gris suspendus à des crochets, les étagères de chaussures, les portants de chemises, polos, jupes et pantalons. Tout ce dont un enfant avait besoin pour son premier jour d'école.

— Comment ça marche alors ?

Son intervention soudaine la prit par surprise. Puis elle le salua d'un sourire.

— Est-ce que tu couds l'écusson de mon école sur le blazer ou est-ce que tu les stockes déjà prêts à l'arrière ?

— Je le couds, dit-elle, ses yeux brillant vivement sous les lumières fluorescentes. Puis ils tombèrent sur les fleurs dans ses mains. — Elles sont... ?

— Pour toi ? Non ! Désolé. Il les baissa le long de sa cuisse. — Elles sont pour ma mère. C'est son anniversaire demain. Je suis en route pour chez elle.

— Et tu voulais lui acheter un uniforme scolaire comme cadeau ?

— Ce serait bizarre...

— Oui. Tu as raison. Désolée. Tu m'as prise par surprise. Je ne t'attendais pas.

— Je ne m'attendais pas non plus à te croiser. Bien que... Il fit une pause. Laissa sa phrase suspendue dans l'air. La laissa s'y accrocher. — Tu n'as jamais appelé.

Katie repoussa une mèche de cheveux derrière son oreille. — Tu attendais que je le fasse ?

— J'ai attendu près du téléphone toute la soirée. Meilleure soirée de ma vie, en fait.

— Je ne peux qu'imaginer à quel point tu as été déçu.

— Et si tu te rattrapais en me laissant t'inviter à dîner ?

— C'est autorisé ?

— Tout est autorisé. Ça dépend juste si tu peux t'en tirer.

— Ça ressemble à quelque chose qu'une personne de mauvaise influence dirait.

— Je peux être très persuasif quand il le faut. Je ne suis pas de service, si ça te met plus à l'aise concernant l'offre.

Katie réfléchit un moment. Elle se précipita derrière le comptoir et déposa les vêtements qu'elle avait dans les bras sur une chaise. Ses mouvements étaient élégants, habiles. Il était clair qu'elle prenait fierté et soin dans son travail.

— Où ? Quand ?

— Tu finis à quelle heure ce soir ?

— *Ce soir* ?

— C'est ce que j'ai dit.

— Le temps que j'aie fini tout ici, que je sois rentrée chez moi et que je me sois préparée, ce ne sera pas avant vingt heures.

— Parfait. Je passerai te prendre à ce moment-là.

— Tu ne m'as toujours pas dit où...

Tomek lui tourna le dos et se dirigea vers la sortie. — Ce sera une surprise. J'espère que tu aimes le poisson...

CHAPITRE
QUATORZE

Tomek et ses parents vivaient en pleine campagne de l'Essex, à un peu moins d'une heure de son appartement à Leigh-on-Sea. Après une brillante carrière comme directeur de construction, où il avait amassé des millions en construisant des maisons pour des gens qui n'en avaient pas besoin, le père de Tomek avait suggéré à sa mère et lui de quitter la vie cosmopolite et effrénée de la côte pour profiter d'un second souffle au milieu de nulle part. C'était parfait, et Tomek était heureux pour eux maintenant qu'ils étaient tranquillement à la retraite, mais le seul problème était que c'était un véritable casse-tête pour s'y rendre. Des routes de campagne étroites et sinueuses l'empêchaient de conduire aussi vite qu'il l'aurait souhaité. Surtout quand il était pressé. C'était un lieu propice aux accidents de la route et aux innombrables cerfs et blaireaux qui perdaient inutilement la vie.

Il était presque dix-sept heures lorsqu'il s'arrêta devant la demeure de ses parents — un manoir de cinq chambres, quatre salles de bains et deux salons situé au fin fond de nulle part, en face d'une ferme, avec peu ou pas de réseau. Pourquoi deux personnes de près de soixante-dix ans avaient besoin d'un espace aussi grand, avec autant de chambres, cela le dépassait. À moins qu'ils n'organisent des soirées échangistes tous les deux soirs, il n'imaginait pas l'utilité de toutes ces chambres d'amis. Et ils étaient encore à quelques années de l'incontinence, donc le nombre de salles de bains dans la maison lui semblait également excessif.

Le seul avantage d'avoir autant d'espaces vides, c'était pour les anniversaires et les fêtes du Nouvel An. Grands buveurs (ils étaient une famille polonaise après tout, cela venait avec le passeport) et encore plus grands cuisiniers, ils étaient célèbres dans la région pour organiser les meilleures réceptions. Fêtards, vieux amis, collègues et parents éloignés se réunissaient de loin pour célébrer les festivités.

Son père, Perry, lui ouvrit la porte. Malgré la soixantaine, sa silhouette était toujours large et solide, la mémoire musculaire de ses bras, de son dos et de ses épaules n'ayant jamais faibli. Tomek avait hérité de la carrure de son père et faisait de son mieux pour l'entretenir. Mais les exigences du travail l'empêchaient de fréquenter la salle de sport aussi souvent qu'il l'aurait voulu.

— Ravi de te voir, fiston, dit-il.

— Moi aussi.

Ils s'embrassèrent brièvement, puis Tomek entra dans la maison.

— Elle est dans la cuisine, en train de préparer le repas.

— Pour son propre anniversaire ?

— Tu la connais.

Tomek la connaissait bien. La cuisine était le domaine de sa mère, son château. Et elle en était le roi, la reine et la marraine la fée. Personne n'était autorisé à y entrer pendant que le four était allumé ou que les soupes et les bouillons mijotaient. Si quelqu'un s'y risquait, il se retrouvait bientôt avec une marque rouge sur le bras. Ou parfois derrière la tête.

À plusieurs reprises, Tomek et ses frères avaient élaboré des stratégies et planifié leurs attaques ensemble. Ils en étaient venus à la conclusion qu'ils fonctionneraient peut-être mieux en équipe, ne serait-ce qu'un peu, si ce n'était pour les chamailleries et les coups de poing. Il se souvenait d'une occasion en particulier. Tout ce qu'ils voulaient, c'était un grand sac de *paluszki*, ces fines brindilles de pain salé qui étaient un élément de base de l'alimentation polonaise. Mais dès que leur mère mettait les pieds dans cette cuisine, c'était comme si elle se transformait en version polonaise de Bruce Lee. Rien ne lui échappait. Elle possédait la capacité miraculeuse de développer une vision à trois cent soixante degrés à volonté, et ses membres semblaient s'étendre comme ceux d'Elastigirl des *Indestructibles*. Personne n'était à l'abri, mais cela ne les avait pas empêchés d'essayer. Leurs deux principales méthodes d'entrée consistaient soit à la bombarder tous à la fois, au risque de perdre potentiellement un homme ou deux dans les retombées, soit, alternative, l'un des frères se précipitait et se sacrifiait pendant que les autres pillaient les placards et les réfrigérateurs. En tant que benjamin, c'était généralement à Tomek de risquer sa peau pour que les autres survivent. Un rite de passage, disaient-ils. Un putain de moment douloureux, selon ses propres mots.

— Tu restes longtemps ? demanda Perry Bowen.

— Je ne peux pas, j'en ai peur. J'ai un rendez-vous ce soir.

— Encore un ?

— Oui.

— Celui-là est différent, je peux le voir.

Perry posa une main sur son dos, arrêtant net Tomek.

— C'est ton sourire, fils. Je n'ai jamais vu cette expression avant. Mais ne le dis pas à ta mère. Ça ne ferait que l'agiter.

Et il ne voulait pas de ça.

— Ah, et bien joué pour les fleurs. Elles sont magnifiques. Mais donne-les-moi quand même.

Tomek passa le bouquet à son père et le regarda entrer dans la cuisine. Dès que la porte se referma derrière son père, Tomek attendit. Se composant une attitude. Passant ses doigts sur les bords de la carte qu'il avait écrite à la hâte sur le tableau de bord quelques minutes plus tôt.

Prêt, il s'avança et ouvrit la porte. Comme prévu, à la veille de son anniversaire, sa mère Izabela était en train de battre du bœuf avec un rouleau à pâtisserie. Elle préparait du *rolada*, un plat traditionnel polonais. De l'oignon mariné, du concombre et de la saucisse roulés dans le bœuf, accompagnés de *kluski*, un assortiment de boules de purée de pommes de terre bouillies dans l'eau. Un cadeau d'anniversaire en soi. L'un de ses plats préférés. Bien qu'il l'ait essayé dans divers restaurants et se soit même donné la peine de le préparer lui-même, rien n'avait jamais le même goût que lorsque sa mère le préparait.

Sa mère portait son tablier autour du cou, et les manches de son pull étaient remontées jusqu'au coude. Sur son nez reposaient de fines lunettes, et ses cheveux semblaient aussi impeccables que d'habitude. C'était une femme qui prenait soin d'elle, et en tant qu'ancienne propriétaire d'un salon d'esthétique, elle savait comment faire. Tomek avait beaucoup de respect pour ses parents. Ils avaient tous deux réussi par eux-mêmes. Après s'être rendu en Pologne pour un enterrement de vie de garçon, son père était tombé amoureux et y était resté. Puis ils avaient eu trois enfants assez rapidement et s'étaient rendu compte que la qualité de vie et les perspectives économiques de vivre en Angleterre étaient bien meilleures et plus prometteuses, alors ils avaient tous déménagé pour recommencer à zéro. Ça n'avait pas été facile au début — on lui avait dit qu'il y avait eu des mois où ils vivaient avec peu ou pas de nourriture — mais ils avaient persévéré. Et maintenant, ils en récoltaient les fruits.

— *Cześć*, *Mama*, dit Tomek. Il s'approcha d'elle et l'embrassa sur la joue. — Comment vas-tu ? Quand elle ne répondit pas, il ajouta : — Je t'ai apporté une carte.

— Merci, dit-elle. Froide, comme toujours. Malgré avoir vécu dans le pays pendant plus de quatre décennies, son accent persistait.

— Tu n'as pas envie de laisser Papa cuisiner cette fois-ci ?

— Non.

— Peut-être pour tes soixante-dix ans, alors.

— S'il survit jusque-là.

Tomek se dirigea vers l'évier et se servit un verre d'eau. — Désolé, je ne pourrai pas être là demain. Quelque chose est arrivé au travail. On va être débordés tout le week-end.

— Ce n'est pas grave.

— Tu as hâte d'y être ?

— Pas particulièrement. Personne n'aime vieillir.

— Tu as tout préparé ?

— Je pense que oui.

— Bien. Tomek prit une gorgée pour combler le silence. Il redoutait souvent de venir ici seul, sans son frère aîné Dawid pour lui tenir compagnie. Non seulement il égayait l'ambiance, mais il était aussi un bon bouclier, un frère de taille parfaite derrière lequel se cacher. — À quelle heure la famille Brady arrive-t-elle demain ?

— Ne les appelle pas comme ça.

— D'accord. Les Pierrafeu, alors.

— *Przestań*. Arrête ça. Pourquoi dois-tu être si grossier ?

— C'était juste une question, Maman.

Une question qui allait un peu trop loin. Mais il n'était pas prêt à l'admettre.

— Tu as toujours quelque chose de drôle à dire. Tout le monde n'a pas envie de rire et de plaisanter tout le temps.

— Mais c'est bon quand Dawid les appelle comme ça ? Juste pas quand *moi* je le fais. Tomek jeta la carte sur le comptoir avec dégoût. — Rien n'est jamais assez... Il s'arrêta, incapable de terminer sa phrase. À la place, il s'éclaircit la gorge et se tourna vers son père. — Je suis venu ici de bonne foi, avec de bonnes intentions. Je commence à regretter d'être venu.

— Surveille ton langage ! s'écria sa mère. Elle frappa le rouleau à pâtisserie sur le comptoir et lui lança un regard noir.

— De tout ce que je viens de dire, c'est ce que tu remarques ? Mon putain de langage de merde.

— C'est bon ! Perry frappa dans ses mains, ponctuant le silence et l'atmosphère, et se plaça entre eux. Le seul qui ait jamais réussi à atténuer et à désamorcer la tension dans la relation conflictuelle entre Tomek et sa mère. — Je pense que tout ce stress nous monte à la tête. Ça ne fait rien de bon pour notre santé. Tomek, tu dois avoir une longue route pour rentrer. Et tu voudras arriver à temps pour ton rendez-vous ce soir.

Tomek, réalisant que son père s'adressait à lui, répondit nonchalamment. — Ouais. Ouais, tu as probablement raison, Papa.

— Laisse-moi te raccompagner.

Izabela reporta son attention sur le bœuf. — C'était bon de te voir, Maman, lui lança-t-il. Puis : — Oh, et je vais bien, merci de demander.

Ils atteignirent la porte d'entrée en quelques enjambées. La colère et la fureur bouillonnaient sous la surface de Tomek. Il saisit la poignée et la tint fermement, comme s'il avait peur de la lâcher. Son père posa une main affirmative sur son dos, plus douce qu'il ne l'aurait attendu de mains de constructeur.

— Elle est stressée, dit-il.

— Depuis trente ans ?

— Tu sais comment elle est à cette période de l'année.

— Oui. Et je sais comment *tu* es. Et comment *Dawid* est. Rien de comparable à elle. Je ne sais pas ce que je peux faire de plus.

— Elle cherche encore, mon vieux. On cherche tous. Un de ces jours...

— Son souhait se réalisera et je serai parti.

— Ne dis pas ça.

— Je vais faire un pas de plus dans cette direction et partir maintenant. Ça te va ?

Pas de réponse.

— Content de te voir, Papa. Comme toujours. Prends soin de toi. Et salue Dawid et les enfants de ma part.

Son père lui rendit un sourire. — Yabba dabba doo... Puis il ferma la porte.

CHAPITRE
QUINZE

Tomek avait besoin d'une distraction. Une distraction puissante. Et en entrant dans The Grove, un restaurant méditerranéen situé au sommet de la colline surplombant la Tamise, il l'avait trouvée accrochée à son bras. Après avoir quitté la maison de ses parents, Tomek était rentré en vitesse chez lui, s'était douché, changé, avait récupéré Katie, et l'avait conduite jusqu'au restaurant. En peu de temps après être rentrée du travail, elle avait réussi à trouver un blazer dans sa garde-robe, ainsi qu'une chemise et un joli jean pour l'accompagner. C'était simple, discret, et pourtant il la trouvait plus belle et époustouflante que certaines des femmes qu'il avait emmenées en rendez-vous et qui portaient considérablement moins de vêtements. Pendant le trajet, elle avait été en grande forme et lui avait immédiatement fait oublier le désastre qu'était sa relation avec sa famille. Et maintenant qu'il était assis à table, avec vue sur la rivière, les lumières scintillantes du Kent brillant au loin comme des sequins, un verre de bière à la main, il repoussa encore plus loin les pensées concernant ses parents. C'était la dernière chose à laquelle il voulait penser avec Katie en face de lui.

— Je suis contente que tu aies enfin eu le courage de m'inviter, dit-elle en sirotant son vin. La marque de rouge à lèvres s'assombrit sous l'ombre du bord du verre.

— Il fallait bien que quelqu'un le fasse. Je ne te voyais pas décrocher le téléphone de sitôt.

— J'ai été occupée.

— Et tu crois qu'une enquête pour meurtre est aussi facile que de se torcher le cul ?

— Je ne saurais pas dire.

— Parce que tu ne t'es jamais torchée, ou… ? Tomek leva un sourcil d'un air séducteur.

— Il y a beaucoup de choses que je n'ai jamais faites. Mais celle-là n'en fait certainement *pas* partie. Pour qui me prends-tu ? Si elle était offensée par sa remarque, elle n'en montra rien. En fait, il sentait qu'elle aimait ça.

— J'espère qu'à la fin de la soirée, je saurai exactement pour qui te prendre. Et où.

— Tu anticipes déjà le deuxième rendez-vous ?

Tomek sourit en buvant une gorgée de bière. — J'ai déjà planifié le mariage et les funérailles.

Ce qu'il n'avait pas prévu, cependant, c'était à quel point le restaurant deviendrait bondé. Ils étaient arrivés après huit heures, ce qui était tôt selon lui mais tard pour beaucoup d'autres, avait-il supposé. Mais le restaurant était vide à leur arrivée, et en l'espace de dix minutes, ils se sont retrouvés entourés de familles de chaque côté. Quatre adultes. Sept enfants. Le cauchemar de Tomek. C'était déjà assez pénible de supporter les triplés de Dawid, âgés de dix ans, qui gémissaient et se plaignaient à chaque instant. Suppliant pour avoir l'iPad, suppliant pour regarder la télé, se plaignant qu'un frère avait frappé sa sœur. C'était chaotique, et maintenant il devait écouter plus du double de ce vacarme juste à côté.

— C'est bien ici, dit-il à Katie d'un ton sarcastique, en guise d'excuse. Je m'attendais à ce que ce soit plus calme.

— Peu importe quand on a de la bonne nourriture, du bon vin, une belle vue et une compagnie encore meilleure.

La nourriture qu'ils avaient commandée arriva en quelques minutes. Un steak pour Tomek et du homard pour Katie.

— Je peux goûter une frite ? demanda-t-elle, fourchette déjà en main, prête pour le vol.

— Désolé mais non. Si tu voulais des frites, tu aurais dû en commander.

— Malpoli.

— Je suis très protecteur de ma nourriture. Surtout de la viande le vendredi.

— Pourquoi ?

— C'est une histoire de famille. Pas de viande le vendredi.

— Mais le reste de la semaine c'est bon ?

— Selon le catholicisme - et ma mère - oui. Comme beaucoup d'autres choses discutables.

— Quel est l'intérêt ?

Tomek haussa les épaules. — Quelque chose en rapport avec la pénitence. Ou Jésus. C'est généralement l'une de ces deux options.

— Tu es un homme dévot, alors ?

— Loin de là. Mais mes parents sont assez rigides avec ces trucs.

— Donc tu es un adolescent rebelle, qui se goinfre de viande quand Papa et Maman ont dit non.

— N'oublie pas les escapades nocturnes. Et les beuveries tard le soir.

Il y en avait eu beaucoup dans sa jeunesse. Trop, avait dit son frère. Mais tout avait une raison. Une rébellion. Un appel à l'aide. Comme tout le reste dans sa vie.

— Parle-moi de ta boutique, dit-il, en enfournant une bouchée de frites. Je suis fasciné.

— Au moins ça fait une personne. La plupart des gens trouvent juste ça bizarre.

— Oh, c'est vrai. Je veux dire, je n'aurais jamais pensé que les uniformes scolaires étaient une source de revenus - j'ai toujours cru qu'ils étaient achetés et vendus directement par les écoles - mais je suppose que s'il y a une niche sur le marché...

— Pas tant une niche. Juste une... une petite ouverture. Tu sais, la fente qu'on trouve dans une tirelire ? C'est à peu près aussi grand. Ça ne va pas faire de moi une millionnaire, mais ça paie les factures. Et j'ai un petit extra à dépenser comme je veux. En plus, je suis ma propre patronne, donc je fais ce que je veux, quand je le veux.

— C'est quelque chose de puissant de nos jours. Tomek l'admirait beaucoup et leva son verre pour elle. — Alors que moi, je suis près du bas d'une très longue chaîne alimentaire, à ce qu'il paraît parfois.

— Tu n'as jamais pensé à grimper l'échelle proverbiale ?

— S'ils me laissent faire.

— Qu'est-ce que ça veut dire ?

Tomek ne savait pas comment répondre à la question. Que c'était à cause de ses propres erreurs, de son propre égoïsme, de sa propre idiotie, qui l'empêchaient de faire quoi que ce soit de significatif avec sa carrière.

— Parle-moi de *ton* travail, dit-elle. Maintenant c'était son tour.

— Que voudrais-tu savoir ?

— Tous les détails sanglants.

— Plus c'est sanglant, mieux c'est ?

— On peut dire ça. As-tu fait des progrès dans l'enquête sur mon voisin ?

— Tu ne connais toujours pas son nom ?

Katie rougit. — C'est mal de ma part ?

— Ça fait de toi un être humain terrible. L'un des pires que j'aie jamais rencontrés, en fait.

— Tu n'es pas si brillant non plus. Elle laissa échapper un petit rire. Juste assez fort pour qu'il l'entende. Espiègle.

— Parfois je pense que mes patrons ressentent la même chose.

— Vraiment ?

— On n'est pas d'accord sur beaucoup de choses. Surtout sur cette affaire. Par exemple... Tomek hésita. Combien devrait-il partager ? Combien *pouvait*-il partager ?

— Par exemple, si tu savais que Timothy était, disons, un pédophile et un violeur, et que quelqu'un l'avait assassiné précisément pour cette raison, qu'en penserais-tu ?

Katie fit tourner son verre autour de son menton, surprise par la question. — Je dirais bravo. Du bon travail.

— Tu vois, je suis différent. Je ne pense pas que ça justifie de le tuer du tout. Ce n'est jamais bien de prendre une vie.

— Comment peux-tu dire ça ? Elle semblait offensée et baissa son verre. — Si c'est le cas, et qu'il a fait les choses que tu viens de dire, alors il a volé à quelqu'un *son* enfance, *sa* vie d'adulte - *sa* vie. Cette personne devra vivre avec ce qui est arrivé jusqu'à sa mort. Ce qu'il a fait est bien pire.

— Je pense que c'est différent pour les femmes, dit-il, puis le regretta immédiatement. Ces choses vous arrivent à *vous*. Je suis en dehors du processus. Je ne pourrai jamais savoir ce que c'est de le vivre.

— Mais tu pourrais savoir ce que c'est quand ça arrive à quelqu'un que tu aimes.

Tomek considéra cela un moment. S'il se mettait à la place de sa mère, et que quelque chose lui était arrivé, comment se serait-il senti alors ?

— Je suppose que tu as raison, dit-il sans conviction.

Katie s'agita un instant, prenant un moment pour se contrôler. La conversation l'avait manifestement énervée, et Tomek se sentait stupide d'avoir déjà créé un fossé entre eux.

— Eh bien, nous ne sommes pas plus près de trouver le salaud qui l'a fait de toute façon, donc tout ça est académique pour le moment.

— C'est pour ça que tes patrons ne t'aiment pas ? demanda-t-elle, redevenue espiègle. Je peux tout à fait comprendre pourquoi.

— Parfois, j'ai l'impression qu'ils m'en veulent. Par exemple, quand je suis venu chez toi l'autre jour, ils ne m'ont envoyé que comme punition pour être arrivé en retard.

— C'est une bonne chose qu'ils l'aient fait. Ses yeux brillèrent tandis qu'elle pressait le verre contre ses lèvres. — Tout arrive pour une raison.

Quelle que soit cette raison, il espérait qu'elle se manifesterait bientôt de façon inévitable. Après avoir fini leurs plats principaux, la conversation a dérivé vers la famille de Katie, un sujet dont elle avait autant de mal à parler que Tomek. Elle venait d'une famille militaire. Son père avait servi dans les forces armées, ce qui l'avait amenée à passer d'une ville à l'autre. Elle et sa mère avaient développé un lien étroit, presque fraternel, en conséquence. Jusqu'à la mort de celle-ci il y a près de dix ans.

— Papa ne l'a pas très bien pris, dit-elle. Il s'est rendu fou à force de chercher des choses à faire. C'est l'absence de quelqu'un à qui parler qui l'a vraiment fait basculer.

— Oh.

— Il s'est suicidé quelques années plus tard. Ce salaud m'a vraiment laissée dans la merde.

— Je suis désolé d'entendre ça.

Katie mit un moment à répondre. Clairement perdue dans ses pensées, peut-être évoquant des images de Papa et Maman. Des temps plus heureux et plus agréables.

— Ça te fait te demander quel est le but, n'est-ce pas ? dit-il. L'amour. La vie. La famille. Les relations. Les amitiés. Tout le monde finit par te décevoir à un moment donné.

— Mais au moins ils t'auront élevé, et pour cela, tu ne peux qu'être reconnaissant pour les bons moments.

Maintenant c'était au tour de Tomek de tomber dans le silence. Il devint introspectif et pensa à ce qui s'était passé quelques heures auparavant. La dispute, la façon dont sa mère lui avait parlé. Leur relation était presque au plus bas, ce qui signifiait qu'il n'y avait qu'une seule direction possible.

Vers le haut.

— Ça va ? Katie tendit la main et la posa sur la sienne. Le premier contact physique de la soirée. — Ta poitrine n'a pas bougé depuis un moment, et je m'inquiète que tu fasses une attaque.

— Si c'est le cas, alors je suis heureux que ce soit la dernière chose que je voie.

C'était gênant, totalement gênant, dix sur dix sur l'échelle de la gêne, mais ça a fonctionné, et ça a fait rougir Katie.

— Je vais bien. C'est juste que ça me fait penser à mes parents et à ma famille.

— Ils sont tous les deux en vie ?

Tomek acquiesça.

— Alors tu as de la chance. Et tu devrais te le rappeler chaque jour. Es-tu proche d'eux ?

C'était la question. Est-ce que ça comptait si la réponse n'était que cinquante pour cent ? Était-il prêt à lui dire ce qui s'était passé ? Il avait déjà partagé l'histoire avec ses collègues et amis, mais pas l'histoire dans son intégralité, pas depuis longtemps. Pas depuis le thérapeute qui avait essayé de l'aider après cette nuit-là, après que les cauchemars avaient commencé.

— Tu fais des cauchemars ? demanda-t-elle.

— Parfois, dit-il. Pas tout le temps. C'est aléatoire. Il ne semble pas y avoir de déclencheur naturel.

— Ils sont à propos de quoi ?

Tomek inspira profondément. Se composa. Allez. Pas de retour en arrière maintenant. Il est temps de partager. Un problème partagé est à moitié résolu, et tout ça.

— J'avais neuf ans et mon frère du milieu venait d'entrer au collège. Il avait onze ans. Nos écoles étaient proches l'une de l'autre à Hadleigh, et comme Maman et Papa travaillaient tard, ils ne pouvaient pas toujours venir nous chercher. Alors ils ont décidé que nous devrions rentrer ensemble à pied. Dawid, mon frère aîné, était assez grand pour marcher avec ses amis, et il ne voulait rien avoir à faire avec nous. En plus, il participait à plein de clubs après l'école, donc il rentrait quand il voulait. Mais pas Michał et moi. On était coincés l'un avec l'autre. Il n'aimait pas ça, mais moi je trouvais ça bien. Je n'avais pas beaucoup d'amis en classe, à cause de la barrière de la langue, et je n'avais aucun de mes frères dans la cour. Alors j'étais souvent seul. Mes après-midis, en marchant avec M, étaient les seuls bons moments de ma journée.

Tomek fixait le premier plan, inconscient des mouvements de Katie et de son sourire qui disparaissait rapidement.

— Mais un jour, les choses ont mal tourné. Je ne sais pas ce qui s'est passé. J'essaie de reconstituer les pièces depuis. Une autre pause. Il avala profondément. La surface de la table devant lui devenait de plus en plus floue jusqu'à ce qu'elle ne soit plus qu'un flou et ait été remplacée par la même obscurité qu'il voyait dans ses cauchemars. — Je devais le retrouver dans le parc après l'école, comme d'habitude. C'était notre lieu de rendez-vous. Le parc. Loin de l'école pour que ses amis ne le voient pas. Ça ne me dérangeait pas. C'était comme ça. Mais pour une raison quelconque, j'étais en retard. Pas beaucoup, peut-être une demi-heure, quarante-cinq minutes. Le professeur avait besoin de discuter de quelque chose avec moi - mon comportement en classe - alors je me dépêchais pour le rejoindre. Je ne voulais pas le faire attendre, et je savais que Maman serait furieuse si nous étions en retard.

À présent, la plupart des clients du restaurant, en particulier les deux familles de chaque côté d'eux, étaient partis. Ils avaient mangé, fait un désordre, et étaient partis.

— Quand je suis arrivé au parc, j'ai su que quelque chose n'allait pas. Je ne le voyais pas. D'habitude, il m'attendait à l'entrée, mais cette fois il n'était pas là. Alors je suis entré et, au bout d'un moment, j'ai commencé à entendre ces bruits venant des balançoires. J'ai regardé, mais il faisait trop sombre pour distinguer exactement ce qui se passait. Mon cœur battait la chamade. Mais je me suis approché. C'est là que j'ai vu deux personnes debout au-dessus de mon frère. Il était allongé là, inconscient. Mort. Son visage avait été défoncé à coups de pied. Il avait été battu avec des briques. Ils avaient mis le feu à ses chaussures et à ses chevilles. Aspergé son visage d'eau de Javel. C'était...

Tomek fit une pause. Les images dans sa tête s'étaient arrêtées dès qu'il était entré dans le parc ; le reste de l'histoire avait été raconté de mémoire. À partir des mots dans sa tête qu'il avait ressassés d'innombrables fois.

La chose suivante que Tomek remarqua fut le toucher de Katie. Sa main sur la sienne. Douce, presque éphémère.

— Tomek, je suis tellement désolée. Je ne peux pas... je ne peux pas imaginer ce que ça a dû être pour toi.

— J'ai vu un thérapeute pendant quelques années après. Pour aider à combattre et comprendre les cauchemars. Mais ça n'a pas marché.

— Ont-ils trouvé qui l'a fait ?

Tomek acquiesça. — Ils ont arrêté un gamin en quatrième, trois ans de plus que Michał. Apparemment, il avait juste pensé que c'était amusant à faire. Que battre mon frère à mort était une chose amusante à faire. Il secoua la tête de désespoir. Cela faisait longtemps qu'il n'avait pas pensé à Jason Cartwright. Et encore plus longtemps depuis la dernière fois qu'il l'avait vu. Souriant de l'autre côté de la table.

— Je croyais que tu avais dit qu'il y avait deux personnes impliquées ?

— C'est là que ça devient délicat.

— Délicat comment ?

— Pour une raison quelconque, mon cerveau s'est immédiatement fermé et a verrouillé ces pensées, ces images de ce que j'ai vu. Je pense que j'étais tellement sous le choc que je ne pouvais pas les traiter, et je n'ai jamais pu le faire correctement. En conséquence, je n'ai jamais pu identifier la deuxième personne. Et les preuves trouvées sur la scène du crime n'indiquaient qu'un seul agresseur. Donc la police, étant donné qu'elle suivait la foi aveugle d'un garçon de neuf ans, ne m'a pas cru. Et ce qui est pire, c'est que ma mère non plus. Depuis cette nuit-là, notre famille est fracturée. Ma mère m'a blâmé - et continue de me blâmer jusqu'à aujourd'hui. Elle pense que c'est de ma faute s'il est mort. Si j'avais été là cinq minutes plus tôt, j'aurais pu le sauver.

— C'est terrible. Pour ce que tu en sais, si tu avais été là plus tôt, ils auraient pu t'attaquer aussi. Et alors elle aurait perdu deux enfants.

Tomek ne voulait pas répondre à ce commentaire. Parfois, il s'était demandé la même chose, si ça aurait été pire...

Il continua : — Elle ne me regarde toujours pas dans les yeux et n'a pas de vraie conversation avec moi sans que quelqu'un d'autre soit dans la pièce. Tout ça parce que j'ai dit qu'il y avait un deuxième agresseur. Elle garde toujours l'espoir qu'ils le trouveront. Que *je* le trouverai. « Elle cherche toujours », dit mon père. Elle cherche une conclusion. Et je suis le seul à pouvoir la lui donner. Mais ça fait trente ans, et je ne suis toujours pas plus près de découvrir le visage de l'autre garçon qui a tué mon frère. Je l'ai vu - je sais que je l'ai vu. Il se tapota le côté de la tête. — C'est juste enfermé ici quelque part, dans cette excuse merdique de cerveau.

— Ne sois pas stupide. Sois indulgent envers toi-même. Rien de ce qui s'est passé n'est de ta faute. Tu ne devrais pas te blâmer. Il n'y avait rien que tu puisses faire. Et si ta mère ne peut pas t'aimer pour ce que tu es, alors franchement, je ne pense pas que tu devrais te soucier d'elle.

— Comment ? C'est ma mère. Elle a tout abandonné pour nous soutenir pendant notre enfance.

— Et regarde comment elle te traite. Comme si tu n'existais pas.

Il y avait des moments où, peu après le meurtre, il avait pensé à ne plus exister. Envisagé cette idée. *Vraiment* envisagé. Se pendre, se trancher les poignets dans la baignoire, s'enfuir de la maison et ne jamais revenir. S'il n'était plus là, alors il ne pourrait plus contrarier sa mère. S'il ne pouvait pas la contrarier, alors elle pourrait être heureuse à nouveau. Comme elle l'avait été avant qu'il n'entre dans leur vie.

Sans doute judicieusement, il décida de garder cette information pour lui.

Quand la nuit, et leur rendez-vous, prit finalement fin, Tomek conduisit Katie hors du restaurant avec elle à son bras et la raccompagna jusqu'à sa voiture. Le ciel était dégagé, et les étoiles dans la nuit scintillaient au-dessus de leurs têtes, signalant l'espoir d'un jour meilleur. Elles lui rappelèrent une citation qu'il avait lue une fois :

Quand il pleut, cherche des arcs-en-ciel. Quand il fait sombre, cherche des étoiles.

Parfois, c'était plus facile à dire qu'à faire.

Sur le trajet de retour vers chez Katie, Tomek conduisit prudemment. Bien qu'il n'ait pris qu'un seul verre, il était conscient du fait qu'il transportait une cargaison précieuse dans la voiture avec lui (une cargaison précieuse qui connaissait maintenant son secret le plus sombre), et il voulait assurer sa sécurité. Au moment où il s'est garé devant chez elle, il était plus de minuit. D'une manière ou d'une autre, ils avaient réussi à parler toute la soirée, apprenant à se connaître. Et à la fin, il était infatué par elle. Son charme, sa prestance, son intelligence, son élégance. Tout en elle. C'est pourquoi, quand elle lui avait demandé s'il voulait entrer pour un thé ou un dernier verre, il avait refusé. Il ne voulait pas tout gâcher en se précipitant, en faisant quelque chose qu'ils pourraient tous les deux regretter plus tard.

— D'ailleurs, avait-il dit, nous ne voudrions pas nous réveiller avec la fille de ton amie frappant à la porte, n'est-ce pas ?

Ce à quoi elle l'avait giflé de façon espiègle sur le bras, puis lui avait donné un baiser sur les lèvres. C'était tout ce qu'il aurait ce soir. Et c'était plus qu'il n'en avait besoin.

Alors qu'il retournait d'un pas léger vers sa voiture, il passa devant la maison de Timothy Rosenthal. La décision avait été prise plus tôt dans la journée d'évacuer les lieux et de mieux utiliser les ressources ailleurs. Ils avaient déjà rassemblé tout ce dont ils avaient besoin, et l'endroit n'était plus considéré comme une scène de crime. Pourtant, des vestiges de la présence policière demeuraient ; de petites chutes de ruban de police jetées flottaient mollement dans le vent ; des traces de bottes sales, disposées en une seule ligne à l'entrée et à la sortie du point d'accès, salissaient l'allée ; et un seul marqueur de preuve jaune avait été laissé à côté de la porte d'entrée.

La porte d'entrée.

Au début, Tomek n'avait pas enregistré ce qu'il avait vu. Il s'était trompé. Le marqueur était à l'intérieur de la propriété plutôt qu'à l'extérieur. Ce qui signifiait que, dans leur précipitation, les équipes de la SOCO et les agents en uniforme avaient oublié de fermer à clé.

Ou bien quelqu'un était entré par effraction.

Il ne pouvait pas croire que ses collègues auraient été si incompétents au point de laisser un désordre derrière eux, d'oublier un marqueur de preuve et d'oublier de verrouiller la porte. Certes, d'après ce qu'il avait compris, aucun d'entre eux n'était enthousiaste à l'idée de dépenser tant de ressources pour trouver le tueur, surtout quand c'était quelqu'un qu'ils croyaient avoir fait ce qu'il fallait, mais c'était pousser la paresse un peu trop loin.

Quiconque était responsable allait avoir sa tête au bout d'une pique.

Il s'avança. Hésitant, prudent.

Et puis il l'entendit. Le son de pas, de mouvement. Venant de l'intérieur.

Il y avait quelques fois où un policier vivait certaines situations comme dans un film, et Tomek en avait eu sa part. Mais s'il y avait une chose qu'il avait apprise - et une chose au milieu de laquelle il se retrouvait directement - c'était que toute rationalité, toute pensée logique et tout jugement disparaissaient.

Il aurait dû appeler quelqu'un en renfort. N'importe qui. Katie. L'antipathique Nick. Sean. Rachel. Même le tiède Tony. Mais ses sens s'étaient concentrés, myopes dans leur intention : découvrir ce qui se passait.

Il savait que Timothy Rosenthal ne pouvait pas être revenu d'entre les morts. Ce serait ridicule. Il avait *vu* le corps. Allongé là avec sa bite dans la bouche. Mais cela n'empêchait pas la pensée irrationnelle d'entrer dans son esprit. Le phallus serait-il toujours là, ou serait-il tombé ?

La réponse fut quelque peu décevante.

Immédiatement devant lui, penché sur la table de la salle à manger, feuilletant un dossier de documents, se trouvait une silhouette masquée. Grande, mince et dégingandée. Pendant un bref instant, Tomek se demanda s'il n'avait pas surpris Tony. Puis il réalisa que, derrière le masque de ski, la silhouette avait des yeux plus sombres.

Il ne les reconnaissait pas.

— Qui êtes-vous ? demanda Tomek.

— Qui êtes-vous, bordel ?

Il ne reconnaissait pas la voix non plus. Il n'était plus surpris. C'était devenu une caractéristique de sa vie.

— Je suis la police. Qui êtes-vous et que faites-vous ici ?

Dès que Tomek avait mentionné ce mot particulier, *police*, la silhouette attrapa un dessous-de-verre en ardoise sur la table et le lança sur Tomek. La première chose qu'il ressentit fut une légère piqûre au coin de sa tempe, suivie par la puissante onde de choc qui traversa sa tête. L'ardoise atterrit sur le sol avec fracas et se brisa à la surface. Avant que Tomek ne puisse se ressaisir, l'agresseur se jeta sur lui, frappa sauvagement du poing, et connecta avec le menton de Tomek. Au moment où il avait repris le contrôle - non seulement de son équilibre, mais aussi de sa fierté - et ouvert les yeux, la silhouette avait disparu. Et le monde était devenu rouge.

Il pensa à le poursuivre, mais savait qu'il n'irait pas très loin. Habillé dans sa tenue de dîner, il aurait eu plus de succès à remporter une médaille d'or aux Jeux olympiques.

CHAPITRE
SEIZE

Gary Kershaw n'avait jamais été doué pour suivre les conseils. Ni les règles d'ailleurs. Surtout quand ils venaient de la police. Pour qui se prenaient-ils, à l'intimider comme ça, à le confronter dans sa propre maison ? C'était diffamatoire et ridicule. Ils pouvaient tous aller pourrir en enfer.

Il n'était pas tout à fait sûr de quand sa prédilection pour les petits garçons et filles avait commencé. C'était peut-être vers l'époque où il avait atteint la puberté. Une attirance contre nature avait commencé à se former pour ceux plus jeunes que lui. Il n'était pas difficile. Parfois c'était des garçons, d'autres fois des filles. Peu importe lequel était le plus joli, et lequel lui accordait le plus d'attention.

C'était ça, le véritable élément déclencheur. C'était ce qui l'attirait vers eux en premier lieu. Bien sûr, ils avaient leurs jolis cheveux, leurs jolis yeux, leur peau douce intacte des souillures du monde. Mais c'était l'attention qu'il aimait. Et le pouvoir. Dès qu'ils commençaient à lui parler, il se sentait comme un dieu. Capable de choses auxquelles il n'avait jusqu'alors que pensé.

Sa première rencontre sexuelle avec une mineure avait eu lieu dans les bois. Margaret, c'était son nom. Ou Maggie, comme elle préférait qu'on l'appelle. Il avait quinze ans, et elle n'en avait que dix. Un écart d'âge de cinq ans, et ça se voyait. Ils étaient allés se promener, main dans la main.

Parlant. Se mettant à l'aise. Bien sûr, lui savait ce qui allait se passer, mais pas elle. Il aurait pu la tuer qu'elle ne l'aurait pas vu venir.

Mais *lui* le savait. Parce qu'il avait le pouvoir.

Au début, ça avait commencé par un toucher. Sa main sous son haut. Juste pour tester les eaux. Et quand elle n'avait ni protesté ni repoussé ses avances, il était passé à l'étape suivante, puis à la suivante. Jusqu'à ce qu'il finisse par forcer son pénis dans sa bouche en lui ordonnant de sucer.

Leur petit secret.

Pour toujours.

Qui demeure jusqu'à ce jour.

Depuis, ses méthodes étaient devenues plus intelligentes, plus sournoises, plus discrètes. Le problème auquel il faisait face de nos jours était le gouffre dans la différence d'âge. Et le grand public, maintenant plus averti et plus conscient des risques liés au fait de laisser leurs enfants sous la garde d'un homme plus âgé, l'avait empêché d'agir selon ses pulsions.

Et puis il avait découvert Internet. En particulier, les plateformes de médias sociaux et le Dark Web. Ils étaient remplis de gens comme lui. Différents. Pas maléfiques, pas des monstres comme les médias et tout le monde les dépeignaient. Différents.

Parfois les filles et les garçons lui envoyaient des messages, parfois c'était l'inverse. Ils avaient besoin de quelqu'un à qui parler, quelqu'un à qui se confier. Il était plus que ravi de les laisser faire.

Parfois, ils aimaient le rencontrer. Parfois, ils lui envoyaient des photos d'eux-mêmes, à moitié nus. Précipitées parce qu'ils avaient peur que leurs parents ou leurs frères et sœurs les surprennent. Ça lui était égal. Il les gardait toutes. Stockées sur un disque dur, conservées pour plus tard.

Celui que la police n'avait jamais pu trouver.

Ce soir, il avait déjà préparé son matériel. L'appareil photo au bout du lit sur le trépied. La caméra vidéo cachée sur l'étagère. Les bouteilles d'eau et les verres de boissons non alcoolisées, déjà mélangées avec de l'alcool et du Rohypnol (une méthode qu'il avait été obligé d'inclure dans son rituel à mesure que l'écart d'âge avait augmenté). Et les draps tout neufs qui seraient détruits le lendemain matin.

Qui l'attendaient à son retour.

Il était dans un parc voisin, assis dans sa voiture. Comptant les minutes jusqu'à ce qu'il la voie et lui ouvre la porte.

Quand elle a finalement émergé des ombres, seule, il a senti le sang affluer vers son pénis, et il a été tenté de lui demander si elle voulait le toucher tout de suite. Mais cela aurait gâché le plaisir. *Son* plaisir.

Au lieu de cela, il l'avait laissée entrer, baissé le volume de la radio, et démarré. Certain que personne ne les avait vus. C'était le milieu de la nuit, et quiconque était dehors avait autant à cacher que lui. Et ces foutus voyous devant sa maison ne seraient pas un problème non plus. Il était bien passé leur heure de coucher, et il ne les avait pas vus avant de partir.

La fille était plus petite qu'il ne s'y attendait. Mais plus jolie. Bien plus jolie. Ses cheveux étaient d'une teinte brune foncée, et ses yeux d'une teinte encore plus profonde de noir. Pourtant, ils semblaient jeunes, vibrants, pleins de vie et d'innocence. Tous ses composants préférés. Elle portait des collants avec une mignonne jupe en jean qui s'arrêtait à quelques centimètres au-dessus de ses genoux. Sur le haut, elle portait un chemisier blanc sous un manteau parka rouge.

— Il fait froid dehors, n'est-ce pas ? lui dit-il.

— Ouais.

— Voulez-vous que j'augmente le chauffage ?

— D'accord.

Alors il l'a dûment fait, espérant qu'elle aurait peut-être enlevé le manteau au moment où ils arriveraient chez lui.

Ce n'était pas le cas. Mais, à sa grande joie, cela n'avait pas d'importance. Il avait eu raison au sujet des adolescents. Ils n'étaient visibles nulle part. Et le quartier était mortellement silencieux. Bizarre, pour un vendredi soir. Peut-être qu'ils étaient tous sortis en ville quelque part. Se saoulant et se bagarrant, tandis que lui se préparait pour une nuit de plaisir et de débauche avec une enfant de sept ans.

En moins de cinq minutes après l'avoir fait entrer chez lui, Gary Kershaw avait offert deux boissons à la fille. Une douce, l'autre plus forte. Elle n'avait accepté ni l'une ni l'autre.

Étrange. Les filles qu'il ramenait autrefois se jetaient habituellement dessus. Comme donner des bonbons à un bébé. Peut-être était-elle timide, nerveuse.

Mais c'était acceptable. Il pouvait gérer ça. Il devrait juste faire appel à un peu de son vieux charme.

Cependant, avant qu'il ne puisse commencer, la sonnette retentit.

Le bruit soudain et fort le fit sursauter. Il n'attendait personne, alors il décida de ne pas répondre. Mais ils ne s'arrêtaient pas. Le son constant commença progressivement à l'irriter. *Petits enfoirés persistants*, pensa-t-il.

— Reste ici, d'accord ? Je vais voir ce qu'ils veulent et je reviendrai dans une minute, d'accord ?

La fille ne dit rien alors qu'il fermait la porte derrière lui et descendait les escaliers.

Quand il ouvrit la porte d'entrée de la maison, il ne savait pas à quoi s'attendre. Mais ce n'était pas la silhouette encapuchonnée devant lui, tenant un couteau, et le pointant directement sur sa gorge. La dernière chose à laquelle il pensa, avant que la lame ne traverse son cou, fut ce salaud de détective de police qui lui avait rendu visite plus tôt dans la journée.

CHAPITRE
DIX-SEPT

Le lendemain matin, Tomek arriva chez Gary Kershaw avec un mal de tête infernal. Même une dose potentiellement mortelle d'aspirine et de paracétamol ne pouvait atténuer les coups que Mike Tyson et Muhammad Ali semblaient porter à l'intérieur de son crâne.

— C'est ta faute pour t'être mêlé de quelque chose qui ne te regardait pas, déclara le DCI Cleaves à côté de lui.

— Je crois que c'est probablement la chose la plus gentille que vous m'ayez dite, chef.

— Ça ne peut qu'empirer à partir de maintenant, n'est-ce pas ?

Tomek n'était pas sûr s'il faisait référence au mal de tête, à leur relation, ou au cadavre devant eux.

— Je pense qu'il reçoit plus de sympathie que moi. Tomek désigna l'homme qui avait été assassiné d'une manière aussi macabre que Timothy Rosenthal. Comme Timothy, on avait tranché la gorge de Gary, volé ses vêtements, placé son permis de conduire et son casier judiciaire à côté de sa tête, et son pénis avait été sectionné et enfoncé dans sa bouche. Tout était identique, à l'exception des trous dans son corps et de l'inscription sur sa poitrine qui étaient absents.

— Tu es prêt à parier combien ? demanda Nick.

— Dix livres ?

Les deux hommes se serrèrent la main et contournèrent le corps.

— Qui l'a trouvé ? demanda Tomek.

— Son agent de probation.

— L'alerte rouge a été lancée à tous les pédophiles et violeurs du coin, c'est ça ? demanda Sean en entrant dans le salon. Ils vont tous se cacher maintenant.

— Ou alors c'est parce qu'elle avait prévu de passer, dit Tomek. Il m'a dit hier qu'elle devait lui rendre visite. Comme aucun des deux hommes ne répondait, il continua : Quand pensez-vous qu'il est mort ?

— À un moment donné aux premières heures du matin. Le sang est encore humide sur la moquette, il y en a tellement. La pathologiste, Christina Ferryman, était vêtue d'une combinaison médico-légale bleu foncé. Christina, jusqu'à il y a quelques mois, était connue sous le nom de Chris. Jusqu'à ce qu'elle révèle être transgenre. Elle se préparait maintenant pour sa chirurgie de réassignation de genre. Et elle avait tout le soutien de Tomek sur la question. Mais tout le monde ne pouvait pas en dire autant.

— À quelle heure avez-vous terminé chez Timothy Rosenthal ? demanda Nick.

Tomek fouilla dans sa mémoire. L'heure, comme la plupart de ce qui s'était passé après l'arrivée de l'agent de police Hamilton et d'un groupe d'agents en uniforme, était floue. Bien qu'il fût assez certain d'avoir quitté la maison de Timothy Rosenthal, tenant toujours fermement une compresse froide contre sa tête, juste après 1 heure du matin.

— Ce qui signifie qu'il a peut-être été tué peu après, dit Tomek, réfléchissant à voix haute.

— Quelle est la signification ? demanda Sean.

— Ça veut dire que celui qui était dans la maison, celui qui m'a attaqué avec un putain de dessous de verre, aurait pu venir directement ici et le tuer.

— Mais je croyais que tu avais dit qu'il avait agité les bras dans tous les sens et qu'un coup de poing maladroit t'avait atteint au visage.

— Je n'ai jamais dit ça.

— C'était dans le rapport de Rachel.

Tomek leva les yeux au ciel. Maintenant, tout le monde saurait qu'il avait été mis à terre par un homme aux bras mous comme de la gelée.

— Ça ressemble au travail d'un homme qui sait comment maîtriser un autre homme, ajouta le DCI Cleaves.

— C'est vrai. Mais il ne s'attendait pas à me voir chez Rosenthal. Et je ne m'attendais pas non plus à ce qu'il soit là. Mais pour celui-ci... il l'avait déjà fait avant. Il savait ce qu'il faisait. C'était plus calculé, préparé. Je ne pense pas qu'on puisse prétendre qu'il n'avait pas déjà prévu de couper la bite du pauvre type et de la lui enfoncer dans la bouche.

Nick tendit la main devant Tomek. — Tu me dois ces dix livres.

— Quoi ?

— Tu viens de l'appeler "pauvre type". Dans mon vocabulaire très étendu, cela tombe sous le vernaculaire de la sympathie. Tu viens de perdre ton propre pari.

— Putain de merde.

— Crache le morceau.

Tomek repoussa la main de son patron. — Tu l'auras quand j'aurai de l'argent.

— Je ne t'ai jamais vu avec de l'argent de ma vie.

— Précisément.

Un claquement sonore les prit par surprise et interrompit net leur conversation. Tous les trois se tournèrent vers Christina, qui se tenait les mains pressées l'une contre l'autre.

— Messieurs, ne pensez-vous pas que nous devrions revenir à l'événement principal ?

— La matinée ou la soirée ?

— Tu seras à l'affiche de la soirée si tu n'es pas prudent.

Christina se retourna, sortit du salon et les conduisit à la chambre. En sortant, quelque chose attira l'attention de Tomek. Pas un objet spécifique en particulier. Plutôt, l'agencement de la salle à manger. La propreté de l'ensemble. Les canettes de bière disparues. Les emballages de fast-food disparus. C'était comme si Gary avait engagé une entreprise de nettoyage dans les heures qui s'étaient écoulées entre la visite de Tomek et sa mort. *Peut-être qu'il se préparait pour la visite de son agent de probation*, se demanda-t-il.

À l'étage, ils trouvèrent deux techniciens de scène de crime qui inspectaient la chambre. L'un plaçait des follicules pileux dans un sac à preuves tandis que l'autre dépoussiérait un ensemble de verres sur la table de chevet.

— Quelle est la signification de ceci ? demanda Christina, comme si leurs rôles s'étaient inversés.

Tomek examina le contenu de la table de chevet. Un emballage de bonbons vide et deux verres de Coca. — C'était un homme assoiffé.

— Ou il recevait quelqu'un, ajouta Sean.

— Vous allez prélever des échantillons dans tous les cas, n'est-ce pas ? La question était adressée aux agents de la scène de crime, mais il leur fallut un moment pour la comprendre.

— Absolument. C'est déjà fait, monsieur.

— Parfait, dit le DCI Cleaves.

Après avoir terminé la visite de la maison – et plaisanté sur le prix qu'elle pourrait atteindre sur Rightmove – ils retirèrent leurs combinaisons médico-légales et quittèrent la scène de crime. Nick était attendu au commissariat, alors il partait, tandis que Tomek et Sean devaient rester pour mener les enquêtes de porte-à-porte.

Tomek pensa à contester, mais il savait quelle serait la réponse. Que, grâce à son travail précédent dans la rue de Timothy Rosenthal, il était considéré comme un expert. Qu'il pourrait les boucler en moins d'une heure.

Tout cela était bien beau, mais en regardant l'ensemble des témoins devant lui, il n'avait pas besoin que des adolescents boutonneux lui disent ce qu'il savait déjà. Alors qu'il se préparait à parler avec le premier de ses témoins, il remarqua quelque chose du coin de l'œil. Un jeune garçon, pas plus de dix ans, qui taguait le mot "Pédophile" sur le côté de la voiture de Gary Kershaw. Tomek regarda autour de lui, incrédule que personne ne l'ait remarqué. Finalement, il siffla un agent en uniforme, qui s'approcha en traînant, et dit : — Personne ne va faire quelque chose à propos de lui ?

Acquiesçant, l'agent se précipita et arrêta le garçon au milieu du mot. Il n'avait réussi qu'à écrire "Péda" et l'avait mal orthographié. Une partie de Tomek se sentait mal de l'avoir interrompu, tandis que l'autre partie pensait qu'il valait mieux qu'il ne finisse pas le mot, car plus vite ils l'arrêteraient, plus vite ils pourraient le renvoyer à l'école où il apprendrait à l'épeler correctement.

Cela fait, Tomek porta son attention sur quelqu'un qu'il reconnaissait. Le garçon de la veille. Celui à vélo, avec les poches. Aujourd'hui, il portait une tenue différente, une qui ne risquait pas de l'incriminer si la police décidait de le fouiller.

— Tu ne saurais pas ce qui s'est passé ? demanda Tomek.

— Nan, mec. Mais j'dis pas que c'est une mauvaise chose non plus. Ça d'vait arriver un jour ou l'autre.

— Qu'est-ce que tu faisais hier soir ?

— J'baisais ta mère.

— D'accord.

— Et puis j'suis allé directement au lit. J'ai rien vu, j'ai rien entendu. J'aurais aimé voir ça quand même.

Non, tu n'aurais pas aimé, pensa Tomek. Pensant à son propre frère. Comment cela l'avait affecté de plus d'une façon.

Décidant que le garçon lui faisait perdre son temps, il passa à un homme qui se tenait à quelques mètres derrière lui. Il portait une boucle d'oreille à chaque oreille, une chaîne en or autour du cou, et un imperméable léger qui noyait ses épaules. Son nom était Murray, et c'était le père du petit garçon.

— Que faisiez-vous hier soir ?

— Rien. Je regardais la télé.

— Vous n'êtes pas sorti ? Vous n'avez vu personne ? Tomek pouvait presque sentir l'alcool dans son haleine.

— J'fais plus ça maintenant. J'ai tourné la page.

— Donc vous n'avez pas vu ce qui s'est passé ici ?

— Non. Mais j'vous jure que j'ai vu un truc bizarre quand même.

L'intérêt de Tomek fut piqué.

— Ouais. J'vous jure que j'ai vu cette petite fille sortir de sa voiture et rentrer avec lui.

— Et vous savez qui est cet homme ? Vous savez ce qu'il a fait dans le passé ?

— Bien sûr.

— Et vous n'avez pas pensé à nous appeler ?

— J'ai essayé. Mais y'a personne qui répond.

Parce qu'ils étaient trop occupés à s'occuper de moi et de ce putain de Poings de Laitue.

— Vous n'avez pas pensé à l'arrêter ? Ou à intervenir quand vous pensiez qu'une petite fille était en danger ?

Murray mit un moment à répondre. Tomek pouvait voir l'homme essayer de calculer une réponse qui ne l'incriminerait pas. Puis Tomek sentit une bouffée de cannabis flotter à travers la cité, et comprit la vérité. Si, comme il le soupçonnait, Murray et sa famille dirigeaient une sorte d'opération de drogue depuis leur domicile, la dernière chose qu'ils voudraient serait une bande de flics rôdant dans le quartier – et dans son salon. C'était dommage, pour lui, qu'ils soient déjà là de toute façon. Tomek remercia l'homme pour son temps, puis nota de transmettre l'adresse à la brigade des stups, puis tira Sean à l'écart.

— Le mec là-bas prétend que Gary a ramené une mineure chez lui hier soir.

— Ces gens... Je te l'ai dit, ils sont malades, mec. Après que tu lui as dit ce qui était arrivé à Rosenthal, il a quand même fait ça. Cette ordure mérite ce qui lui est arrivé.

— Quoi qu'il en soit, nous devons toujours découvrir qui est cette petite fille et où elle se trouve maintenant. J'ai un sentiment inquiétant que celui qui fait ça l'utilise comme appât pour attirer des types comme Timothy Rosenthal et Gary Kershaw hors de leurs cachettes. Et ce n'est qu'une question de temps avant que quelqu'un d'autre ne tombe dans le piège.

CHAPITRE
DIX-HUIT

Il y avait deux façons d'entrer au commissariat de Southend. Et deux façons d'en sortir. L'une vous menait directement sur le parvis principal où les tribunaux étaient accessibles sur la gauche et les bureaux municipaux sur la droite. La seconde voie était l'entrée moins connue, réservée uniquement aux membres actifs de la police. Ils utilisaient généralement cette entrée lorsqu'ils devaient amener un prisonnier ou un délinquant depuis la rue sans vouloir que les regards indiscrets du public n'en soient témoins. La seconde entrée était la préférée de Tomek. Non seulement elle était plus facile d'accès (il n'aimait pas l'idée de faire inutilement tout le tour du bâtiment), mais elle disposait aussi d'une rampe d'accès. Une rampe d'accès qu'il adorait car ses genoux n'étaient plus ce qu'ils étaient.

Abigail Winters du *Southend Echo* l'attendait, adossée au mur de briques du bâtiment. Cette publication existait depuis la fin des années soixante et avait révélé certains des secrets les plus sombres de l'Essex tout en mettant en lumière ses nombreuses réussites. Tomek connaissait Abigail depuis des années, leur relation étant à quatre-vingt-quinze pour cent professionnelle et à cinq pour cent personnelle.

— Tu sais que tu ne devrais pas être ici, lui dit-il, peu impressionné. C'était une règle tacite que les journalistes devaient attendre leur scoop de l'autre côté du bâtiment.

— Ce n'est pas une façon d'accueillir une vieille amie, lui répondit-elle. D'ailleurs, les règles ne sont-elles pas faites pour être enfreintes ?

— En effet, corrigea-t-il. Et pas à moins que tu ne veuilles passer l'après-midi avec moi dans une salle d'interrogatoire.

Elle ouvrit la bouche, laissant entrevoir sa langue. — Je pourrais imaginer pire façon de passer ma journée.

Tomek n'était pas d'humeur à flirter. Pourtant, elle l'était visiblement. D'habitude, il aurait été tout à fait réceptif. Mais pas maintenant. Pas avec cette douleur interminable dans sa tête, pas avec ces deux « pédos » morts pour lesquels il devait trouver justice, pas avec Katie qui tournait dans son cerveau comme un morceau de plastique flottant dans l'océan — insubmersible, indestructible.

— Écoute, commença-t-il, je n'ai pas beaucoup de temps. De quoi as-tu besoin ?

Il pouvait voir que sa brusquerie l'avait offensée, mais cela lui importait peu. Les quatre-vingt-quinze pour cent venaient de passer à quatre-vingt-seize.

— Des informations privilégiées.

— À quel sujet ?

— Les doubles meurtres.

— Lesquels ?

— Allez, Tomek. Ne fais pas l'idiot.

— Je ne fais pas l'idiot. Beaucoup de gens sont assassinés chaque jour partout dans le monde.

Elle plongea la main dans son sac et en sortit un petit carnet. — Que dirais-tu de Timothy Rosenthal, retrouvé mort dans le jardin ouvrier près de l'aéroport de Southend ? Ou de Gary Kershaw, retrouvé mort ce matin à son domicile ?

Tomek tenta de cacher sa surprise, mais avec peu de succès.

— On dirait que tu sais déjà tout ce dont tu as besoin. Pourquoi aurais-tu besoin de moi ?

— Pour tout ce que je ne sais pas encore. Les détails croustillants. Au minimum, une citation. Tu me dois bien ça.

— Et puis quoi encore. Pour quelle raison ?

Abigail hésita avant de répondre. Tomek savait pourquoi, quoi, quand et où. Mais il ne voulait pas se l'admettre.

— Mon patron m'a tellement donné de fil à retordre après cette soirée, dit-elle.

— Et j'en suis désolé.

— Désolé pour le baiser, ou désolé de t'être fait prendre ?

Tomek réfléchit avant de répondre. Il ne voulait pas la contrarier, mais dans tous les cas, le résultat n'était-il pas le même ? Une gifle, un regard mécontent, peut-être même une rumeur colportée à son sujet dans le journal. Il pouvait gérer ces choses. Mais ce qu'il ne pouvait pas gérer, c'était de blesser inutilement les sentiments de quelqu'un.

— Je suis désolé de ne jamais être intervenu pour expliquer, dit-il. Si tu m'en avais parlé, j'aurais pu lui expliquer ce qui s'était passé.

— Je n'ai pas besoin de ton aide, Tomek. Je suis capable de m'occuper de moi-même.

— Sauf quand tu as besoin d'une citation d'un séduisant et parfois maussade sergent-détective ?

Elle ne trouva pas ça drôle. Bien qu'il puisse difficilement lui en vouloir.

— Écoute, dit-il, canalisant à nouveau son DCI Cleaves intérieur avec un soupir puissant. Il n'y a pas grand-chose de plus à savoir. Les deux victimes étaient d'anciens détenus.

— Pour quels délits ?

— Viol. Pédophilie. Pornographie infantile. Il leur manquait un crime pour figurer dans les livres d'histoire. Des trucs vraiment ignobles. Et la façon dont ils sont morts était encore pire.

— Certains pourraient dire que c'était justifié.

— C'est exactement ce que tout le monde semble penser.

— Qui ça ?

— L'équipe. Il n'y a que deux d'entre nous là-haut qui pensent qu'on devrait faire un effort sérieux pour trouver le tueur. Et je n'aime pas la compagnie que je garde.

Dès qu'il l'eut dit, il comprit qu'il n'aurait pas dû. Et la lueur dans les yeux d'Abigail lui indiqua que, tout bien considéré, il n'aurait probablement pas dû non plus. Sans s'en rendre compte, il venait de lui donner la citation dont elle avait besoin. Et ce n'était pas une citation qu'il se sentait à l'aise de défendre.

Gonflée à bloc par son succès, Abigail lui fit un signe d'adieu et se dirigea vers sa voiture. Une fois qu'elle fut hors de vue, Tomek entra dans le bâtiment et se dirigea vers la salle des opérations. À l'intérieur se trouvaient certains des membres seniors de l'équipe, moins le DS Sean Campbell, à qui l'on avait demandé de superviser la scène de crime chez Gary Kershaw. À la tête de la salle se trouvaient le DCI Cleaves et la DC Anna Kaczmarek. En tant qu'officier de liaison avec les médias, c'était son travail de faciliter et de surveiller les communications avec la presse. Elle était le canal entre ce que l'équipe savait et ce que le public savait.

— Content que tu sois là, dit Nick à Tomek alors qu'il était le dernier à entrer. La raison pour laquelle je vous ai appelés ici, c'est que, au cas où vous ne l'auriez pas remarqué en entrant, les gratteurs sont de retour. J'ai même eu l'un d'entre eux qui est venu par l'arrière et qui a essayé de me poser quelques questions.

Maintenant Tomek se sentait insulté, humilié, un idiot de première classe. Abigail lui avait fait croire qu'il était le seul à qui elle voulait soutirer des informations. Alors qu'en réalité, elle ne faisait que son travail. Et il était tombé dans le panneau.

— DC Kaczmarek et moi-même avons discuté de notre plan pour l'opération Highlander. Nous voulons un blackout médiatique aussi longtemps que possible. Plus nous pourrons contrôler étroitement nos informations, mieux ce sera. Rien ne sort, vous m'entendez ?

Oh, merde.

Maintenant, il s'était vraiment mis dans le pétrin. Réalisant qu'il marchait déjà sur la corde raide, et qu'un seul souffle maladroit suffirait à le faire dégringoler, Tomek décida de se taire. Rien ne garantissait qu'Abigail publierait ses paroles. Ni qu'elle le citerait comme source. Peut-être paniquait-il prématurément. Mais il n'aimait pas ses chances.

— Pourquoi prenons-nous cette direction, monsieur ? demanda lentement Tony le Tiède. Bien que ce soit une phrase contenant peu de mots, elle avait déjà réussi à ennuyer Tomek.

— Je ne pense pas que ce soit un secret que certaines personnes dans ce bureau sont en accord silencieux avec ce que fait ce tueur. Je sais que ce n'est pas correct de le mentionner à haute voix, mais j'ai l'impression que c'est un espace sûr, et si je découvre que ce n'est pas le cas, alors je sais à qui m'en prendre. La déclaration ne visait pas Tomek, mais elle semblait être une attaque personnelle. L'ironie, c'est que Nick avait raison. Il connaissait trop bien Tomek. — N'oubliez pas que nous ne sommes qu'un groupe de dix. Imaginez le tollé si les mots « justice vigilante » étaient publiés sur le Web ? Ce serait un tollé. Tout le monde et son chien irait chasser des pédophiles et des violeurs. Pas seulement dans l'Essex. Partout. Cette personne donnerait à votre quidam moyen l'idée qu'il a le droit de tuer quelqu'un pour être un criminel.

— On pourrait toujours l'utiliser comme campagne de recrutement, dit Tomek. Ça me semble être une bonne tactique marketing. On pourrait avoir besoin de plus d'effectifs.

— Premier poste : sergent-détective.

Le visage de Tomek se ferma, tandis que ceux de tous les autres dans la pièce s'éclairaient.

— Très drôle.

— Pas aussi drôle que tu le seras sans emploi. N'oublie jamais ça.

— Excusez-moi, chef. La voix venait de l'entrée. Tomek se retourna pour voir qui était entré. C'était la DC Hamilton.

— Est-ce important, Rachel ? demanda DCI Cleaves en soupirant. Nous sommes en pleine réunion de crise en ce moment.

Elle hésita dans l'encadrement. Son inexpérience — et sa légère appréhension — face à Nick le Méchant brillait intensément. — C'est au sujet de ce dont vous discutez, monsieur. Les médias.

La peau de Tomek devint froide, son estomac se serra, et son postérieur se contracta. En attente. À l'écoute. Priant pour que ses paroles n'aient pas déjà été postées en ligne sur Twitter ou une autre plateforme de médias sociaux dont il n'était pas membre.

— Qu'est-ce que c'est ? Nick devenait rapidement impatient.

— Avez-vous déjà entendu parler d'un type nommé Jimmy Hunter ?

La salle tomba dans le silence, répondant à sa question.

— C'est une personnalité des médias sociaux en ligne. En fait, je pense que le terme aujourd'hui est influenceur. Mais si c'est le cas, alors nous devons vraiment espérer qu'il ne soit pas au courant de ce qui s'est passé.

— Viens-en au fait, s'il te plaît.

— Bien. Désolée. Selon sa page Facebook, Jimmy Hunter est un chasseur de pédophiles. Il met en place des opérations d'infiltration ; il prétend être de petites filles, il contacte des hommes âgés et des pédophiles en ligne. Ensuite, il les laisse le manipuler — *la*, la petite fille qu'il prétend être — et puis quand ils conviennent d'une rencontre, il documente tout.

— Nom de Dieu, dit Nick, en croisant les bras sur sa poitrine. Les choses que certaines personnes sont prêtes à faire.

— Il a plus de dix mille followers, monsieur.

— C'est censé m'impressionner ?

— Ne pensez-vous pas que c'est un nombre élevé de personnes ? Ses vidéos sont vues des millions de fois. S'il découvre l'existence de Timothy Rosenthal et Gary Kershaw, il pourrait diffuser la nouvelle avant nous.

— C'est des conneries.

Tomek leva la main. Ce n'était pas quelque chose qu'il avait fait depuis qu'il avait quitté la salle de classe, mais il se sentit poussé à le faire pour une raison inconnue. — Désolé si j'ai l'air vraiment stupide en disant ça, chef, mais de quoi parlez-vous ?

— Pardon ?

— Pourquoi parlez-vous de ses followers et de ses vues ? La principale préoccupation n'est-elle pas qu'il manipule ces hommes en prétendant être de petites filles ? Et s'il utilisait réellement des filles mineures lors de ces rencontres ?

L'évidence s'imposa enfin. — Oh, je vois. Oui. Peut-être as-tu raison. Il se tourna vers le DI Hunt. — Tony, j'ai besoin que tu signales Jimmy Hunter à ton équipe et que tu voies si quelqu'un peut lui parler. Vois ce qu'il sait.

— Compris.

— En attendant, je vais placer des agents en uniforme à l'extérieur de chacune des scènes de crime jusqu'à nouvel ordre. Nous ne pouvons pas avoir une répétition de la nuit dernière. Le pauvre Tomek n'a plus beaucoup de neurones à perdre.

Cela provoqua quelques rires. Notamment de la part du DI Hunt. Aux dépens de Tomek. Comme toujours.

— Merci, chef. C'est drôle comme celui qui n'a pas de neurones est celui qui vient de signaler le problème avec Jimmy Hunter. Je ne sais pas ce que ça dit du reste d'entre vous.

Nick ne répondit pas. À la place, il congédia la salle et les renvoya à leurs occupations.

CHAPITRE
DIX-NEUF

Tomek avait pour première mission après la réunion de s'entretenir avec Cathy Sharpe. L'agent de probation de Gary Kershaw avait été envoyée au commissariat pour compléter une déposition de témoin. Tomek était l'heureux élu pour s'en charger. DC Nadia Chakrabarti lui avait assigné cette tâche dans HOLMES 2, ce qui signifiait qu'il n'avait pas son mot à dire.

— Content de vous revoir, inspecteur, dit-elle lorsqu'il entra dans la salle d'interrogatoire.

— De même. Je vous ai apporté un verre d'eau. Je me suis dit que vous auriez peut-être soif.

— Vous savez ce qu'on dit, examiner des cadavres, ça donne *vraiment* soif.

Tomek n'avait jamais réussi à cerner Cathy. Elle parlait d'une voix grave, douce, presque monocorde et sans la moindre variation. Ce qui rendait extrêmement difficile de déterminer si elle plaisantait ou si elle était sérieuse. En toutes circonstances. Par conséquent, Tomek abordait toujours leurs conversations avec une certaine appréhension et crainte. La crainte de dire quelque chose de déplacé sans pouvoir s'en rendre compte.

— Parlez-moi de ce qui s'est passé, dit-il en s'asseyant face à elle.

— Depuis le début ?

— De préférence. Je ne suis pas sûr de savoir comment écrire une histoire à l'envers, ou en commençant par le milieu.

Cathy but une gorgée d'eau puis expira profondément, presque avec ironie. — Je devais le voir ce matin. Une de nos visites de contrôle. Il traversait une période difficile récemment, et j'avais prévu de faire le point avec lui mais je n'ai pas eu le temps.

Tomek connaissait ce sentiment. Les restrictions budgétaires et les réductions de ressources signifiaient que chaque membre du secteur public travaillait dix fois plus. Et il n'y avait aucune lumière au bout du tunnel.

— Les politiciens peuvent aller se faire foutre, si vous voulez mon avis, dit-elle en aparté, avant de poursuivre. Je sais que ce n'est pas un homme très équilibré. Je sais qu'il a ses défauts...

Défauts ? L'homme était un pédophile. Ce n'était pas un défaut. C'était un dysfonctionnement de la plus haute gravité. Tomek ne voyait pas comment on pouvait jamais justifier cela. Il était clair que Cathy avait un niveau d'empathie qu'il ne partageait pas — et ne partagerait jamais.

— Mais c'est un homme malade. J'ai fait tout mon possible pour lui trouver de l'aide. Du travail. Un revenu stable. Mais il n'écoute rien. C'est mon délinquant le plus difficile. Et c'est un miracle que je sois restée aussi longtemps à m'occuper de lui.

— Si vous ne l'aviez pas fait, qui sait quand nous l'aurions découvert ? répondit-il.

— Quand l'odeur serait devenue insupportable, je suppose.

C'était bien vrai. Et combien d'autres cadavres auraient pu s'accumuler depuis ?

— Donc vous avez frappé à la porte, et ensuite ?

— Eh bien, évidemment, il n'a pas répondu, n'est-ce pas ? Sinon ça aurait été assez dingue. Non... il laisse une clé sous le paillasson, alors je suis entrée. Puis je l'ai trouvé là.

— Et quand diriez-vous que vous lui avez parlé pour la dernière fois ?

Elle hésita, fouillant dans sa mémoire et passant en revue les différents dossiers de délinquants dans son esprit. — Plus tôt dans la semaine. Lundi, je crois.

— Environ quatre jours avant sa mort, donc. Tomek hocha la tête en faisant le calcul mentalement. — Et a-t-il mentionné quoi que ce soit à propos d'une rencontre avec un ami, un ancien collègue ou une connaissance cette semaine ?

Cathy secoua la tête.

— Et avez-vous remarqué quelque chose d'inhabituel dans l'appartement ?

— C'était propre. Anormalement propre. C'est un fainéant invétéré en temps normal, mais je ne l'ai jamais vu comme ça.

— Donc vous diriez que c'était inhabituel ?

— Oui, tout à fait. Pensez-vous qu'il devait rencontrer quelqu'un ?

Tomek ne répondit pas. Au lieu de cela, il poursuivit la conversation. — Gary vous a-t-il déjà parlé d'un type nommé Timothy Rosenthal ?

Cathy fouilla à nouveau dans sa mémoire. Cette fois, creusant plus profondément dans ses dossiers mentaux, dans leurs conversations antérieures. Tomek savait que c'était beaucoup demander (il se souvenait à peine des détails de la conversation qu'il avait eue avec Sean au pub l'autre soir), mais il espérait qu'elle pourrait fournir un aperçu de l'étendue des relations entre Timothy et Gary — des informations qu'ils ne pourraient peut-être pas découvrir sur leurs disques durs respectifs.

— Je suis désolée, inspecteur, dit-elle. Mais il ne parlait pas beaucoup. Et quand il le faisait, ce n'était certainement pas au sujet de Timothy.

— Vous connaissez ce nom ?

— Bien sûr que je connais ce nom. Il est sur ma liste.

Un lien. Ce n'était peut-être pas grand-chose, mais il existait un lien entre les deux victimes. Dans sa tête, il essayait d'en discerner un. Jusqu'à présent, il n'avait pas pu voir au-delà de l'évidence : qu'ils avaient tous deux été tués parce qu'ils étaient des violeurs et des pédophiles condamnés. Des personnes malfaisantes qui, selon l'opinion de quelqu'un, méritaient de mourir. Mais cela n'expliquait pas comment le tueur avait connu leurs identités ou leurs adresses.

C'est à ce moment-là que leur conversation prit un tournant. Soudain, Cathy était passée du statut de témoin à celui de suspecte potentielle ou de complice d'entrave à la justice. Elle n'était peut-être pas celle qui les avait tués, mais elle aurait pu savoir qui l'avait fait. Ou, à tout le moins, avoir transmis leurs informations à quelqu'un qui aurait pu savoir ce qui s'était passé.

— Ça vous dérange si je m'absente un instant ? Tomek se leva sans attendre de réponse. — Je peux vous apporter un autre verre d'eau si vous voulez.

Tomek referma doucement la porte derrière lui. De peur qu'en la fermant plus bruyamment, cela ne perturbe les pensées dans sa tête et ne les disperse. Il avait besoin d'un moment pour réfléchir, pour traiter le chaos dans son esprit. Avant de laisser une seule pensée s'échapper, il monta en courant à la salle des opérations et trouva DC Nadia Chakrabarti assise à son bureau, tenant une bouteille de Coca Light d'une main tandis que l'autre tapait soigneusement sur les touches.

— Exactement la personne que je cherchais, lui dit-il.

— Vu que personne d'autre n'est là, je suppose que je suis la *seule* personne que tu cherches.

— Tu es mon unique et seul amour, Nadia. Ne l'oublie jamais.

— Qu'est-ce que tu veux ?

— Cathy Sharpe. Il s'avère qu'elle est l'agent de probation à la fois de Timothy et de Gary. Je veux qu'elle soit ajoutée à la liste des actions. Quelqu'un doit en savoir plus sur ses relations, si elle a des liens avec... Tomek s'arrêta. Bien sûr qu'elle avait des liens avec des personnes malfaisantes. Elle travaillait avec elles pour gagner sa vie. Elle n'aurait aucune difficulté à trouver un meurtrier condamné pour tuer Timothy et Gary si elle en avait besoin. Peut-être en échange d'une référence positive ou d'une recommandation, d'un coup de main pour une demande d'aide sociale.

Mais qu'avait-elle à gagner en faisant cela ? Tomek n'avait pas encore de réponse à cette question.

Puis il réalisa qu'il avait laissé Nadia en attente.

— Fais juste en sorte que quelqu'un enquête sur elle. Voir si elle connaît des personnes particulièrement intéressantes.

— Tony est au courant ?

— Pas encore. Tu peux être celle qui aura la chance de le lui dire. Je sais que tu as un faible pour lui, surtout après la—

— N'ose même pas mentionner—

— La fête de Noël.

— Espèce de con. Maintenant, dégage.

Tomek lui adressa un sourire espiègle puis retourna à la salle d'interrogatoire. Avant d'entrer, il se rappela qu'il avait oublié l'eau et se dépêcha d'aller chercher un verre.

— Désolé pour l'attente, lui dit-il.

— Tout va bien ?

— Absolument. Jamais mieux. J'ai bien peur, cependant, de devoir vous demander où vous étiez hier soir.

— Pardon ?

— Vos allées et venues hier soir. Entre minuit et deux heures du matin.

— Je dormais.

— Quelqu'un peut le confirmer ?

— Ma montre connectée. Elle leva son poignet et retira sa Apple Watch. — Elle indique que... entre ces heures-là, j'entrais juste dans ma phase de sommeil paradoxal.

— Et la nuit où Timothy Rosenthal est mort ?

Elle vérifia à nouveau. Cette fois, elle n'avait pas de réponse.

— Je ne la portais pas à ce moment-là. Mais je dormais aussi.

Tomek prit note. Elle disait peut-être la vérité, mais cela ne signifiait pas qu'elle n'avait pas transmis des ordres à quelqu'un d'autre. Quelqu'un de plus compétent. Et cela n'expliquait certainement pas pourquoi Poings de Laitue, comme Tomek l'appelait maintenant, s'était trouvé dans la maison de Timothy Rosenthal. La théorie selon laquelle plus d'une personne était impliquée prenait de plus en plus de poids dans son esprit.

Tomek la remercia pour son temps, mentionna qu'elle devrait rester dans les parages au cas où d'autres questions se présenteraient, puis la laissa partir.

CHAPITRE
VINGT

Le martèlement dans sa tête avait presque atteint le point de l'évanouissement. Implacable et malveillant. Cela faisait plusieurs heures qu'il n'avait pas bu d'eau ni pris quelque chose pour soulager la douleur, et cela commençait à affecter sa productivité. La fin de matinée et le début d'après-midi avaient été un calvaire fastidieux. Remplir le formulaire de déposition des témoins lui avait pris une heure, et il avait fallu encore plus de temps à lui et au DC Chey Carter pour parcourir les heures de vidéosurveillance que les membres de l'équipe avaient réussi à obtenir des différents voisins de Gary Kershaw. Ils avaient finalement trouvé une capture d'écran d'une jeune fille en manteau rouge. C'était tout ce qu'ils avaient. Rien avant, rien après. L'image était floue, et la fille sur la photo leur tournait le dos. Mais c'était au moins un début et un pas dans la bonne direction. Fixer l'écran pendant des heures semblait avoir exacerbé son mal de tête, et malgré l'offre d'être conduit à l'hôpital (où il aurait dû attendre au moins six heures pour être vu), il avait refusé. Ce qui ne l'avait pas empêché de s'en plaindre toutes les dix minutes.

— Tu es vraiment un homme typique, avait dit Nadia.

— Je croyais que tu disais que j'étais unique en mon genre.

— Tu peux être les deux à la fois. Un connard unique en son genre, et un connard d'homme typique. Donc je suppose que cela fait simplement de toi un connard à longueur de journée.

— Je savais qu'il y avait une raison pour laquelle je t'appréciais, Nadia, répliqua Tomek. Tu n'as pas peur de dire les choses comme elles sont. Et je respecte ça. Ton mari est un homme chanceux.

Elle pouffa et roula des yeux. — Ne me parle pas de *ce* connard.

En milieu d'après-midi, alors que la nuit commençait à tomber, le mal de tête s'était miséricordieusement atténué avec elle, et il se sentait prêt, bien qu'à contrecœur, pour la tâche qui lui avait été confiée plus tôt. Celle qu'il repoussait depuis longtemps : parler à l'une des victimes de viol de Gary Kershaw, pendant que Sean et Rachel parlaient avec les autres.

Avant de partir, Tomek avait lu les notes du dossier pour se familiariser avec les faits. Il ne voulait pas que son visage ait l'air surpris quand il lui demanderait de les lui raconter pour ce qui devait être la énième fois.

Harriet Montgomery vivait de l'autre côté de Southend, à Shoeburyness, près de l'eau. À vingt ans, elle vivait encore chez ses parents et en plaisantait alors qu'ils s'asseyaient.

— Les loyers sont tellement chers de nos jours, c'est impossible de trouver quelque chose. C'est pourquoi je vis encore avec papa et maman. Ils ne me font pas payer de loyer, et je peux économiser tout ce que je gagne et le mettre de côté.

— C'est bien pour vous.

— Je m'inquiète parfois pour ma génération, parce que tout le monde n'a pas autant de chance que moi. Tout le monde n'a pas le même amour, le même soutien et les mêmes fondations que moi.

Non, certainement pas.

Pendant qu'elle parlait, elle jouait avec ses doigts, grattant ses ongles parfaitement manucurés. Il était évident qu'elle était angoissée, réfléchissant trop et s'inquiétant de ce qu'elle allait dire. Tomek était heureux de la laisser parler et se calmer à sa façon.

— Je ne veux pas me vanter ou quoi que ce soit, dit-elle.

— Je ne pense pas que ce soit le cas. Nous avons un gars au poste qui vit encore chez ses parents. Bien que je pense que c'est parce que sa mère l'a mis aux arrêts domiciliaires. Mais vous avez raison, ce n'est pas facile.

Et ça n'avait pas été facile pour Tomek quand il était plus jeune, travaillant à toute heure du jour pour pouvoir payer son crédit immobilier, se privant de repas juste pour s'assurer qu'il respectait les échéances. Mais il s'était sacrifié, et il avait surmonté cette épreuve.

— Si j'ai pu le faire, alors il y a de l'espoir pour tout le monde.

Un bruit se fit entendre depuis la cuisine, par-dessus son épaule. La mère d'Harriet était occupée à préparer le dîner pour la famille, ce qui donnait à Tomek un peu moins d'une demi-heure pour poser ses questions et partir.

— Je m'excuse pour cette visite inopinée, commença Tomek, changeant de sujet pour passer aux affaires d'un simple changement de ton. Mais nous voulions vous parler avant que vous n'entendiez quoi que ce soit aux informations ou que vous ne le découvriez en ligne.

— Vous me faites peur.

— Il s'agit de Gary Kershaw.

Tomek attendit que le choc du nom se manifeste sur le visage d'Harriet. Sourcils levés, yeux écarquillés. Puis ils tombèrent au sol.

— Je n'ai pas pensé à lui depuis des années.

— Je peux l'imaginer. Tôt ce matin, il a été retrouvé mort chez lui. Il a été assassiné par quelqu'un qui, nous le croyons, s'attaque à des personnes comme lui.

— Vous pouvez dire le mot, vous savez. Ce feu, cette détermination, était revenu dans ses yeux lorsqu'elle rencontra son regard. La même détermination qui n'avait pas laissé entrevoir qu'elle connaissait la raison de sa visite. La même détermination qui l'avait aidée à surmonter ce qui lui était arrivé. — C'est un violeur et un pédophile. Et si vous voulez mon avis, il mérite tout ce qui lui est arrivé.

— Nous voulions simplement vous informer avant que cela ne sorte dans les informations. Et vous avertir que votre nom pourrait être remis sur le tapis. Bien que ce soit peu probable, nous voulions vous y préparer.

— J'apprécie cela, merci.

— Et, malheureusement, je dois vous demander... Ça y était. Le moment qu'il redoutait. — Où vous trouviez-vous hier soir, entre minuit et deux heures du matin ?

— Vous plaisantez, j'espère ?

— Je suis désolé. Vraiment, je le suis. Mais cela fait partie de notre enquête. Des questions de routine.

— Je suis une victime. Sa victime. Savez-vous ce qu'il m'a fait ?

Tomek le savait, mais il pressentait qu'il allait l'entendre à nouveau.

— J'étais une enfant quand il m'a trouvée. Il m'observait au parc devant ma maison, devant mon école. Il m'a *choisie* comme on choisit un animal dans une animalerie. Savez-vous à quel point c'est malsain ? Ensuite... et puis il a fait ce qu'il a fait.

Tomek était content qu'elle lui ait épargné les détails sordides. Il n'était pas sûr de pouvoir les supporter une seconde fois.

— Pourriez-vous répondre à ma question, s'il vous plaît, Harriet ? Juste pour qu'on puisse vous éliminer de la liste des suspects.

— J'étais ici, d'accord ? J'étais à la maison. En train de dormir. Avec ma mère et mon père et—

À ce moment, la porte du salon s'ouvrit brusquement et une petite fille, pas plus âgée que sept ans - approximativement de la même taille et corpulence, et avec la même couleur de cheveux que la fille sur la photo - bondit dans le salon et sur les genoux d'Harriet. Tomek regarda deux fois et sortit subrepticement de sa poche la photo de la fille au manteau rouge.

— Maman, j'ai faim ! dit-elle.

— Je sais, ma chérie. Grand-mère est en train de cuisiner. Pourquoi n'irais-tu pas dans la cuisine voir si elle a besoin d'aide ?

La petite fille sauta des genoux d'Harriet et fila à travers la porte du salon, ses longues nattes brunes battant l'air derrière elle. Harriet, avec l'attitude d'une mère qui ramasse toujours après sa fille, ferma la porte derrière elle. Tomek eut besoin d'un moment pour assimiler ce qu'il venait de voir et d'entendre.

Maman. La jeune fille était la fille d'Harriet. Soit cela avait été omis des dossiers de l'affaire, soit cela n'avait jamais été mentionné. Et puis il fit le calcul.

— Je suis désolé, commença-t-il. Mais je dois vous demander. Votre fille... est-elle... ?

— Le fruit de mon viol ? Oui. Je suis tombée enceinte de Grace quand j'avais treize ans. Oui.

— Est-ce qu'elle... Tomek avait du mal à trouver les mots justes. Il avait même du mal à comprendre ce qui était arrivé à Harriet et à sa famille. Tout ce qu'elle avait dû être forcée de sacrifier en accouchant si jeune. Tout ça à cause de ce que Gary Kershaw avait fait.

— Elle ne sait pas, non. Et je n'ai pas l'intention de le lui dire un jour, alors j'apprécierais que vous ne mentionniez pas son nom quand elle est dans la pièce.

— Bien sûr. Absolument.

Harriet se tourna vers la porte de la cuisine. Son expression s'assombrit et sa voix devint solennelle. — Parfois, je me demande si elle ne va pas finir par lui ressembler. Pas tant dans le comportement, mais dans l'apparence. Ses traits. Ses yeux. Tout ce genre de choses. Je n'ai pas pu me sortir les images de son visage de la tête depuis cette nuit-là. Je ne pense pas que je pourrais le supporter si elle était son portrait craché.

D'après le bref aperçu qu'il avait eu de la fille d'Harriet, Tomek était presque certain qu'elle n'avait rien à craindre.

— Est-ce que... ou plutôt, est-ce que Gary savait ?

— Absolument pas. Et maintenant, il ne le saura jamais.

Un léger sourire narquois se forma sur son visage.

Ce qui l'inquiéta. Et le ramena à l'enquête.

— Vous n'avez pas répondu à ma question tout à l'heure. Que faisiez-vous hier soir ?

— Nous dormions. Moi, ma mère, Grace, mon père, et...

Harriet s'arrêta en comptant la liste dans sa tête.

— Qui manquait ?

Il fallut un certain temps avant qu'elle ne réponde à nouveau. — Mon frère. Donovan. Il... il a dit qu'il sortait, mais je ne sais pas où.

— Et il vit ici ?

— Il n'a que dix-huit ans. Si moi je ne peux pas trouver un logement, lui c'est carrément impossible.

— Savez-vous où il est maintenant ?

Harriet secoua la tête. — Je ne l'ai pas vu de la journée. J'étais au travail la plupart du temps, mais il va et vient. Vous savez comment sont les jeunes de cet âge. Ils font la fête, vont en boîte.

— Vous avez le même âge, vous savez.

— C'est loin d'être pareil. J'ai dû grandir, et assez vite. Je ne peux pas faire les mêmes choses que lui, pas avec une enfant de sept ans qui veut encore dormir dans ma chambre parce qu'elle a peur la nuit.

— A-t-elle dormi avec vous la nuit dernière ?

— Non, mais...

— Si je vous donne ma carte, pourriez-vous la transmettre à votre frère pour moi et lui demander de m'appeler ? J'aimerais vraiment avoir l'occasion de lui parler.

Tomek lui remit une carte de visite. Harriet l'examina, passant son pouce sur les bords tranchants. — J'essaierai de m'en souvenir, dit-elle.

— Merci pour votre aide, dit-il. Puis la mère d'Harriet depuis la cuisine les informa que le dîner serait prêt dans cinq minutes. Tomek prit cela comme son signal pour partir. En se levant, il plongea la main dans sa poche et sortit la photographie de la fille au manteau rouge. — Vous ne reconnaissez pas ceci, n'est-ce pas ?

Harriet jeta un œil sur la photographie, effectuant une recherche moins intensive que celle qu'elle avait faite sur sa carte de visite. — Non, désolée. Je ne reconnais ni la fille ni le manteau. Désolée.

Tomek sourit poliment et se dirigea vers la sortie. Sur le pas de la porte d'entrée, il se tourna vers elle et dit : — Je sais que ce n'est pas ma place, et je sais que je n'ai aucun droit de prétendre savoir ce que vous traversez, ou quelle est votre expérience, mais tant que vous avez encore vos parents qui vous aiment et qui feront n'importe quoi pour vous, essayez d'être une jeune adulte pendant un moment. J'ai aussi dû grandir assez vite, mais je n'avais pas la relation aimante et nourrissante avec mes parents que vous avez. Et je n'ai jamais pu faire l'expérience de la vie nocturne quand j'étais plus jeune. Je n'ai pas pu créer les souvenirs comme la plupart de mes amis d'école. Je pense que, si vous ne le faites pas, vous risquez de le regretter comme je l'ai fait.

C'était pourquoi il avait rattrapé le temps perdu dans sa vingtaine - faisant la fête, allant en boîte, multipliant les aventures - et dans une certaine mesure, continuait à le faire à l'âge de quarante ans.

— Comme je l'ai dit, continua-t-il. C'est juste quelque chose à considérer. Et n'oubliez pas de demander à votre frère de m'appeler.

CHAPITRE
VINGT-ET-UN

Lorsque Tomek termina sa première bière, il sentit que son mal de tête avait presque disparu. Près de vingt-quatre heures après son apparition.

— Au diable le paracétamol, l'ibuprofène et toutes ces conneries. Le vrai remède contre le mal de tête, c'est une bonne vieille pinte en fin de journée.

— Je trinque à ça, approuva Sean.

Ils entrechoquèrent leurs verres. C'était au tour de Tomek d'aller chercher la tournée suivante, et il se dirigea vers le bar pour commander deux autres pintes. Pendant qu'il attendait, son téléphone sonna. Un message de Katie, lui demandant quand ils pourraient se revoir. En réfléchissant à sa réponse, un sourire se dessina sur son visage. Maintenant, ils étaient à égalité. C'était lui qui avait pris l'initiative de leur premier rendez-vous, et maintenant c'était elle qui prenait les devants pour le second. Il aimait ça. Il voulait faire passer les choses au niveau supérieur. Toute la matinée, l'après-midi et la soirée, elle était restée dans un coin de son esprit. La façon dont il avait quitté sa maison. Comme il s'était maudit de ne pas avoir fait le geste qu'il désirait tant faire. Mais c'était la bonne décision. Rien ne pressait. Et ça lui ferait du bien d'avancer à un rythme plus lent, plus tranquille.

Quand les bières furent posées devant lui, la mousse débordant sur les côtés, il appuya sur envoyer et rangea son téléphone dans sa poche. C'était réglé. Le lendemain soir. Même heure. Endroit différent. Juste eux deux. Un peu plus calme et intime cette fois. Sans enfants qui crient ni parents à l'horizon.

— Pourquoi ce sourire ? demanda Sean. Ce chanceux avait eu le temps de rentrer chez lui et de se changer avant de ressortir.

— C'est juste Katie, répondit Tomek, essayant de dissimuler l'enthousiasme dans sa voix. Sans succès.

— Qu'est-ce qu'elle dit, ta voisine ?

— On se voit demain soir.

— Si le travail le permet.

— Évidemment.

— Tu vas devoir faire attention avec celle-là, Tom. Ne te laisse pas tellement distraire que tu commences à négliger ton boulot. Tu ne voudrais pas donner à Nick le Méchant une autre raison de te tomber dessus.

— On dirait qu'il a un dossier sur moi ou quoi.

— C'est le cas. Et je l'ai vu. Il est plus gros que ta maison.

Tomek rit de cette remarque et but une gorgée de sa bière. Avec un peu de chance, son mal de tête aurait disparu d'ici le matin et il aurait le temps d'aller courir.

Ils passèrent les dix minutes suivantes à discuter de l'enquête, en gardant la voix basse pour éviter que les clients à proximité ne les entendent. Le sujet de conversation était sensible, et il ne voulait pas que quelqu'un ayant soit une tendance à la violence, soit une tendance à traquer les pédophiles et les violeurs, ne se fasse des idées.

Sean lui raconta sa journée. Comment il était allé parler à la première victime de Gary Kershaw. Une femme aujourd'hui dans la quarantaine. Comment Gary avait été un ami de la famille, comment il l'avait manipulée, comment il s'était imposé à elle. Et comment il avait fait la même chose à son frère. La pédérastie était ce qui avait rendu ses actes normaux à ses yeux. Si cela ne lui était arrivé qu'à elle seule, elle aurait dit quelque chose, elle aurait parlé, elle l'aurait crié sur tous les toits. Mais comme c'était arrivé à tous les deux, c'était devenu normal, *une de ces choses*. Ce n'est que lorsque leur père avait surpris Gary avec eux deux qu'elle avait réalisé à quel point elle se trompait. Et combien de douleur Gary avait infligé à leur famille.

— À part ça, il n'y avait rien d'autre. Pas de pistes, pas d'autres témoins. La pauvre femme vivait seule, et toute sa famille était morte. Jusqu'à il y a quelques années, il ne restait qu'elle et son frère. Mais quand il est décédé, elle est devenue la seule survivante. Et, pour être honnête, je ne la vois pas impliquée dans les meurtres. Malheureusement, je ne pense pas que Nick le Méchant va apprécier mon rapport demain matin. Temps... perdu.

Sean finit sa bière et la claqua sur la table, sa frustration débordant.

— Tu as remarqué que Nick le Méchant n'a pas été si méchant dernièrement ? continua Sean.

— Parle pour toi. Je suis à une réunion près que les gens pensent qu'on est en thérapie de couple.

— Cette pauvre, pauvre femme, dit Sean en secouant la tête.

Puis il s'arrêta, regardant fixement dans le vide. Pendant un instant, Tomek pensa qu'il faisait un anévrisme cérébral. Mais quand il agita sa main devant le visage de son ami, Sean revint à lui.

— Tout va bien, mec ?

— Ouais, dit-il. Ça va.

— Tu n'en as pas l'air.

— Ce n'est rien, juste... j'ai quelque chose à te dire.

Tomek commença à s'inquiéter. Craignant le pire. Peut-être que son ami était mourant, qu'il avait une maladie incurable. Ou qu'il quittait le boulot pour s'installer à la campagne.

— Tu es gay ? dit Tomek, plaisantant. Son mécanisme de défense fonctionnait à plein régime. Il trouvait souvent que faire des blagues ou des commentaires inappropriés pendant les moments gênants et troublants le calmait. Malheureusement, on ne pouvait pas en dire autant pour tout le monde autour de lui.

— Tu aimerais bien. Je serais un sacré parti.

— N'importe quel homme aurait de la chance de t'avoir.

Un moment de silence s'installa entre eux et les fit reculer de quelques centimètres. Tomek attendit, retenant son souffle.

— J'ai rencontré quelqu'un...

Tomek éclata de rire et se tortilla sur son siège, se tenant la poitrine.

— Putain, mec. Tu m'as vraiment presque donné une crise cardiaque. Putain, *j'ai rencontré quelqu'un*. Je pensais que tu avais été frappé par un cancer. Mais je suppose que c'est bien pire. Le grand R. La grande relation...

— Tais-toi. Tu prends le même chemin avec Katie.

— L'amour fait des miracles, Sean. Je te taquine, espèce d'idiot. Allez, qui est-elle ? Qui est l'heureuse élue ?

Sean avala sa salive et sortit son téléphone. — Tu as entendu parler d'elle. Tu as même travaillé avec elle.

— Ce n'est pas Mot Compte Triple, n'est-ce pas ?

— Ne sois pas dégoûtant.

— Rachel ?

— Non. Quelqu'un d'autre.

Finalement, Sean cracha le nom, et il fallut un long moment — plus long qu'il n'aurait dû peut-être — pour que Tomek enregistre le nom.

Abigail Winters. Journaliste de l'année 2017 pour le *Southend Echo*. Au début, Tomek ne savait pas comment réagir. Sa première pensée fut pour le baiser qu'ils avaient partagé, et combien il avait été agréable. Fugace, passionné, un moment partagé rapidement mais jamais vraiment oublié. Qu'il ait oublié ou non ce baiser n'avait pas d'importance. Ce qui comptait vraiment, c'était de savoir si Sean était au courant.

Il choisit ses mots suivants avec beaucoup de précaution.

— C'est super, mec. Félicitations. Je suis content pour toi.

— Merci, mon pote. J'apprécie. On n'a eu que quelques rendez-vous, mais je pense que ça peut aller loin, tu vois.

Un large sourire rayonnant s'épanouit sur le visage de Sean. C'était la première fois que Tomek le voyait aussi heureux. À part la fois où Tomek l'avait emmené au London Dungeon pour Halloween. Sean, depuis son enfance, avait été fasciné par les films d'horreur et avait toujours assisté aux fêtes d'Halloween. Et pour une raison que Tomek ignorait, il considérait le London Dungeon comme le saint Graal de la peur et de l'horreur.

— Je sais que vous avez eu vos difficultés par le passé, commença

Sean. Mais j'aurais vraiment besoin de ton soutien sur ce coup-là. C'est nouveau pour nous deux.

— Bien sûr, mon pote. Absolument.

Donc il ne savait rien du baiser. Juste de la froideur et des chamailleries qui avaient suivi. Tomek décida de ne pas en parler. Ce n'était pas important, et rien de bon n'en serait sorti.

— J'ai même pensé qu'on pourrait faire un double rendez-vous...?

— Tu veux que j'amène ma moitié inférieure, le DCI Cleaves ?

— Je pensais plutôt à Katie, mais peu importe ce qui te convient.

C'était une proposition intéressante, sur laquelle il devrait réfléchir. Et, bien sûr, consulter Katie. Il n'était pas très enthousiaste à l'idée de se retrouver au milieu d'un triangle amoureux, mais si Abigail était assez sensée pour garder ça pour elle, alors lui aussi. Et si tout le monde jouait son rôle, où était le mal ?

— En parlant de Nick le Méchant, commença Tomek, tu lui as déjà annoncé ? Quelque chose dans sa nature me laisse penser qu'il pourrait avoir quelque chose de peu flatteur à dire sur le conflit d'intérêts.

— C'est une conversation que je n'ai pas hâte d'avoir.

— Tu lui as dit combien ?

— Pas grand-chose.

— Mais assez ?

— Ouais. Donc je me demandais aussi, combien de chances te reste-t-il ? Parce que plus il te déteste, moins il me détestera quand je lui dirai.

— Alors tu attends juste que je fasse une connerie ?

— À peu près. Ça ne devrait pas être trop long, non ?

Tout bien considéré, Tomek ne pensait pas que Sean était loin de la vérité.

CHAPITRE
VINGT-DEUX

Tomek a découvert à quel point il était proche de la vérité le lendemain matin. Nick le Terrible avait écrasé et surpassé la décision de Tony le Tiède d'organiser une réunion à 8 heures en envoyant un message à tous les membres de l'Opération Highlander les convoquant à sept heures à la place. Encore une journée, encore un jogging manqué. Le texto était arrivé peu après quatre heures du matin, ce qui signifiait que Nick avait eu peu ou pas de sommeil. Ce qui impliquait aussi que sa colère serait d'une ampleur encore plus grande.

Quand Tomek était entré dans le bureau, il avait initialement prévu de garder ses distances. Mais quand le DCI Cleaves l'avait suivi jusqu'à son siège, il avait compris que ce ne serait pas possible.

— Tu es en retard.

— Non, je ne le suis pas. Il est six heures cinquante-cinq.

— La belle affaire. Tu es le dernier arrivé. Ce qui signifie que tu es en retard.

Tomek se mordit la lèvre.

Il garda cette attitude jusqu'au début de la réunion. Le DCI Cleaves commença par distribuer le journal du matin. Un exemplaire pour chacun. Ouvert à la page intérieure. Puis il projeta le même article sur l'écran en tête de la salle. Avant que Cleaves n'ait fini de distribuer les journaux, Tomek avait commencé sa lecture. Il ne lui fallut pas longtemps pour comprendre pourquoi la réunion avait été convoquée en premier lieu. Une boule se forma dans sa gorge.

Le titre disait : *La Police se moque du Tueur de Pédophiles.*

En dessous se trouvait le nom de l'auteur de l'article. Mais il le savait déjà. Abigail Winters.

— Quelqu'un, dit Nick, a complètement ignoré ce que moi-même et le DC Kaczmarek avons dit hier. Et personne ne quittera cette pièce avant qu'on ait une confession. Quelqu'un doit assumer la responsabilité de ce bordel immédiatement.

Tomek ne voulait pas entendre cela, alors il noya le bruit et tourna son attention vers l'article.

Jeudi matin, le corps d'un délinquant sexuel, récemment libéré après avoir purgé une peine de sept ans pour viol, a été retrouvé mort à son domicile à Basildon. La victime avait également été arrêtée et condamnée pour des accusations d'agression sexuelle sur mineurs dans les années quatre-vingt et quatre-vingt-dix. Ce criminel récidiviste est la deuxième victime à avoir subi un sort similaire la même semaine.

— Je veux que vous réfléchissiez tous sérieusement aux personnes à qui vous avez parlé ces dernières vingt-quatre heures, poursuivit Nick le Terrible dans son monologue oppressant. Il leur suffit d'un indice pour qu'ils s'en emparent et l'amplifient démesurément, certes. Mais ça...

Tomek continua sa lecture.

Des rumeurs commencent à se répandre selon lesquelles un justicier, opérant au cœur de la région de l'East Essex, a commencé à faire le travail de la police à sa place. Peut-être est-ce le travail qu'ils ont trop peur de faire eux-mêmes. Cela ne les empêche pas d'approuver ce que fait le tueur, cependant. Une source proche de l'enquête a fait remarquer qu'il n'y avait que quelques membres de l'équipe d'enquête sur le meurtre qui « pensent que nous devrions faire un effort sérieux pour trouver le tueur », laissant entendre que le tueur leur rend service, à eux et à tous les habitants du comté. Ces gens sont une menace pour la société, un danger pour nos femmes et nos enfants. Et si la police ou le système judiciaire ne sont pas disposés à débarrasser ces personnes de leurs maladies en premier lieu, on ne peut pas tenir le grand public pour responsable s'il prend les choses en main.

Le corps de Tomek se sentit froid. Détaché. À mille kilomètres de son esprit et de son âme. Avec le vague arôme de citron vert qui chatouillait l'arrière de ses sens. Abigail ne l'avait peut-être pas nommé directement, et elle n'avait peut-être pas répété sa phrase entière mot pour mot, mais elle avait enfoncé le clou aussi fort qu'elle le pouvait.

— C'est in-croy-able, continuait de se lamenter le DCI Cleaves. Tomek n'entendait qu'à moitié, prêtant attention à tous les passages importants, généralement signalés par l'utilisation d'un juron. Je ne pense pas que vous compreniez la gravité de ce qui s'est passé ici. Et si ce n'est pas le cas, alors laissez-moi être clair en disant que ce genre de comportement est complètement et totalement inacceptable, putain.

Tomek reporta son attention sur l'article, le lisant cette fois avec plus d'attention. À y regarder de plus près, il remarqua qu'il y avait quelques mots qui ressemblaient beaucoup au vocabulaire de Sean : maladie, prendre les choses en main. Le genre de chose que son ami aurait pu lui dire lors d'un dîner, aveuglé par son pénis et l'alcool qui coulait dans son sang. Ce n'était ni inconcevable, ni improbable.

— Qui était-ce ?

Nick s'arrêta au centre de la projection. La lumière illuminait son visage en différentes nuances de noir et blanc.

— Quelqu'un doit avouer d'ici huit heures ou vous restez tous ici. Et je vous parlerai un par un.

Tomek se sentit un peu effrayé. Il n'avait jamais vu Nick aussi contrarié. Alors qu'il fixait son patron, cherchant les veines qui ressortaient sur son front, Nick s'arrêta et le pointa du doigt.

— Tomek. Quelque chose à dire ?

Tomek balbutia un instant, les mots tombant sur ses dents. Il jeta un regard en coin à Sean, qui le regardait avec espoir, désespérément. Presque trop désespérément. Combien de ce que Sean avait dit à Abigail avait été répété dans la presse ? Ou combien était de son propre fait ?

Très rapidement, il pesa ses options. Mentir et risquer d'être découvert à la fin - auquel cas les répercussions seraient dix fois plus sévères. Ou l'assumer, l'admettre, et faire face à ce qui l'attendait maintenant.

Avant de répondre, il avala profondément.

— Je me suis fait prendre au dépourvu, dit-il.

— Tu quoi ?

— Abigail m'attendait dehors hier. Je ne lui ai pas dit grand-chose. Je parlais simplement, et elle a sorti mes propos de leur contexte.

— Quel contexte ? Celui où tu es un parfait abruti ?

— À peu près, chef.

Nick le Terrible, qui était en plein élan bien que Tomek sentait qu'il avait encore beaucoup à dire, se tourna vers la salle. — Pourriez-vous tous nous laisser une minute ?

Sans hésitation, les collègues de Tomek quittèrent silencieusement leurs sièges et sortirent de la salle. En passant, Sean offrit à son ami un regard d'excuse et de consolation. Une fois la porte fermée, Tomek se leva. Il ne voulait pas être intimidé en restant assis.

— Assieds-toi, aboya Nick.

À contrecœur, Tomek fit comme on lui demandait.

— À quoi pensais-tu ?

— Je ne pensais pas.

— Et tu crois que ça justifie tes actions ?

— Non.

— Nous n'en sommes qu'à quelques jours, Tomek, et tu as déjà raconté au monde entier ce qui se passe.

— Je peux me rattraper.

— Comment ?

— Dis-moi. Tout ce dont tu as besoin, je le ferai. Il baissa la tête sur ses genoux. Il n'avait pas été réprimandé comme ça depuis un moment. Je ne peux pas me permettre d'être écarté de cette affaire.

— Tu aurais dû y penser avant d'ouvrir ta bouche.

— Laisse-moi t'expliquer.

— Tu vas faire bien plus que ça.

Tomek haussa un sourcil. — Tu veux dire... ?

— Tu restes sur l'affaire. Pour l'instant. Il se précipita vers Tomek et tendit un doigt à quelques centimètres de son visage. Mais je jure devant le Christ et tout ce qui est puissant et saint, c'est ta dernière chance. À partir de maintenant, tu arrives tôt à chaque putain de réunion — avant tout le monde. Tu soumets tes rapports à temps. Tu fais ton travail et celui de tout le monde. Je me suis plié en quatre trop de fois et tu continues à me le jeter au visage. Je ne peux pas le tolérer, Tomek, même si tu représentes...

Nick s'arrêta avant d'en dire trop. Même s'il ne l'avait jamais dit, Tomek savait que ce bougon le considérait comme un fils. Ils n'avaient que dix ans d'écart, mais pas en mentalité. Parfois, Tomek était aussi enfantin, stupide et imprudent que le fils de Nick, qui avait déserté la famille pour rejoindre la marine. Après avoir quitté l'école à quinze ans, fréquenté les mauvaises personnes et s'être impliqué dans des choses pour lesquelles son père aurait dû l'arrêter, Robbie Cleaves avait laissé ses deux sœurs s'occuper de leur mère, qui le pleurait depuis qu'il avait fait ses bagages et était parti. Tomek était présent à l'époque, et il avait vu l'effet — visible et invisible — que cela avait eu sur Nick et sa femme. Ils étaient devenus distants, séparés, et chacun se blâmait et blâmait l'autre. Cela avait créé une relation toxique, et Tomek avait été celui qui avait aidé à la réparer, à combler le fossé d'une certaine manière. Il n'était pas tout à fait sûr de ce qu'il avait fait de bien. Il passait juste de temps en temps, envoyait ses vœux, disait bonjour s'il les voyait. Il ne pensait pas que c'était extraordinaire, mais apparemment ils le pensaient, et il n'allait pas les contredire.

— Je suis désolé, Nick, dit Tomek. À partir de maintenant, je ne dis plus un mot à personne. Je garde ma grande bouche fermée.

— Pas si vite, mon grand, dit Nick, en lui donnant une tape dans le dos. L'ombre d'un sourire revint sur son visage. D'abord, tu dois présenter des excuses publiques et expliquer ce que tu voulais vraiment dire.

— Quelque chose que les Tories ne pourraient jamais faire.

— Essaie de laisser la politique en dehors de ça.

— Quand ?

— À neuf heures. Il y a une conférence de presse en bas. Nous allons rendre publiques toutes les informations — nous n'avons plus vraiment le choix maintenant. Alors tu ferais mieux de réfléchir à ce que tu vas dire.

CHAPITRE
VINGT-TROIS

Le restaurant qu'il avait choisi pour le dîner était l'un de ses préférés. La Cocina, une authentique steakhouse sans chichis. Leur menu fixe de steak-frites, avec une entrée de salade, servi avec un verre de vin rouge, était un délice non négociable. Le restaurant, propriété familiale depuis près de cinquante ans, était situé au cœur de Southend-on-Sea, à l'écart de la grande rue et des axes principaux. Étant le seul établissement haut de gamme dans une ville qui devenait rapidement l'un des pires endroits où vivre dans le pays, Tomek était surpris qu'il ait survécu si longtemps. Il attribuait le succès du restaurant au pouvoir du bouche-à-oreille. Pour ceux qui pouvaient se le permettre, ils devaient généralement attendre en file devant le restaurant, regardant bêtement à travers les fenêtres les clients qui savouraient leur festin délectable.

— Ne te laisse pas effrayer par les drogués et les ivrognes, lui avait-il dit pendant qu'ils attendaient.

— On en avait aussi dans le Cambridgeshire, tu sais. Ils ne sont pas exclusifs à votre coin.

Comme s'ils étaient une possession, une commodité que les habitants d'Essex avaient trop peur de partager. Comme des enfants gâtés.

Une fois à l'intérieur, ils furent accueillis par une bouffée d'air chaud. Tomek retira la veste des épaules de Katie et la plaça sur le dossier de sa chaise avant de la laisser s'asseoir. Elle le remercia, puis il prit place en face d'elle. Un serveur, vêtu d'un pantalon noir, d'un gilet noir et d'un tablier blanc, s'approcha d'eux. Sans demander, il leur versa un verre d'eau et plaça une assiette de pain entre eux. Ils commandèrent leurs boissons, puis le serveur repartit d'un pas pressé vers son prochain client, l'air maussade.

— Il me rappelle mon patron, dit Tomek.

— Je t'ai vu plus tôt.

— Ah bon ?

— Juste un extrait. J'étais sur le site d'*Essex Live* — c'était vraiment une journée *lente* aujourd'hui, mais la plupart le sont — et ton visage est apparu. J'ai trouvé que tu avais l'air élégant.

Il ne l'avait pas ressenti ainsi. La conférence de presse avait été l'une des choses les plus embarrassantes et intimidantes qu'il ait jamais faites. Il avait essayé de son mieux d'éviter de lire les commentaires en ligne ou de vérifier ce que les habitants de Twitter avaient à dire, mais ça avait été difficile. Maintenant que les informations sur les meurtres de Timothy et Gary étaient rendues publiques, c'était là. Dans l'éther. À la vue de tous. Pour que tous puissent avoir une opinion. Et ce qui était inquiétant, c'était que la majorité écrasante des gens qui avaient commenté avaient dit bon débarras, que Timothy Rosenthal et Gary Kershaw méritaient de mourir. Qu'ils auraient aimé le faire eux-mêmes. Le pouvoir polarisant des médias sociaux n'affectait pas seulement la santé mentale des jeunes enfants, comme il l'avait tant lu, mais incitait également à la violence. Une forme de violence terrifiante et incontrôlable.

Il essaya de ne pas y penser et observa plutôt Katie sous la lumière intime au-dessus d'eux. Ce soir, elle portait des baskets blanches sobres, un jean en denim et un blazer. En dessous, elle avait un haut en soie noire. Un look simple mais élégant, dans lequel il commençait rapidement à la trouver encore plus attirante.

— C'est dommage que tu aies dû t'excuser pour ce que tu avais dit, ajouta Katie.

— Peut-être.

Apparemment, il n'avait aucune chance d'oublier le travail. La dernière chose dont il voulait discuter était la conférence de presse, mais si elle insistait...

— Tu as le droit d'avoir une opinion, poursuivit-elle.

— Pas quand tu es dans la police.

— Pourquoi pas ?

— Pour la même raison que tu ne peux pas à la BBC. Ils ne veulent pas être perçus comme prenant parti. Je croyais que tu avais regardé la conférence ?

Katie eut un petit sourire narquois. — Je l'ai fait. J'ai juste été un peu distraite.

Sa jambe frôla la sienne de manière aguicheuse, frottant de haut en bas jusqu'à ce qu'il se sente durcir.

— Je ne peux pas être tenu responsable de tes distractions, Mademoiselle Norton-Downs. Tu vas devoir les contrôler toi-même.

Elle rapprocha son pied de son sexe. — Et si je ne peux pas ?

Avant qu'il ne puisse répondre, leur nourriture arriva. Une assiette empilée de plusieurs tranches de steak et une montagne de frites. À point pour Tomek, bien cuit pour Katie. Sans attendre, ils se mirent à manger tout en essayant de maintenir la conversation entre les bouchées de nourriture. Apprendre à se connaître davantage, augmentant le niveau de flirt jusqu'à ce qu'il déborde presque. La tension sexuelle ce soir était à un autre niveau, et Tomek était excité à l'idée de la ramener chez lui. Il commençait à entrevoir une relation avec elle, une relation qu'il avait eu trop peur d'expérimenter depuis sa dernière petite amie il y a plus de treize ans.

— J'ai eu des relations avec les personnes que j'ai arrêtées qui se sont mieux terminées qu'avec elle.

— Que s'est-il passé ?

— Elle m'a trompé.

— Je suis désolée.

— C'est de l'histoire ancienne. Tout arrive pour une raison.

Et cette raison le fixait en face. Le fin trait d'eye-liner subtilement appliqué sous ses yeux, les cils épais et sombres qui accentuaient leur intimité. Il en bavait presque.

— As-tu déjà trompé quelqu'un dans une relation ?

La question le prit au dépourvu.

— On en arrive déjà là ?

— C'est le territoire du deuxième rendez-vous, mon pote.

— Non, fut la réponse. Je n'ai jamais trompé.

Et c'était la vérité. Parce qu'il ne s'était jamais retrouvé dans une relation ou une position où cela pourrait être considéré comme de l'infidélité. Il aimait garder les choses ouvertes, mutuelles.

— Et toi ? demanda-t-il. Tu n'es pas une petite briseuse de ménages, n'est-ce pas ?

— La plus grande que tu aies jamais vue.

Tomek fut reconnaissant pour le sarcasme dans sa voix.

Après avoir terminé le dîner, ils firent une promenade le long du front de mer. La longue étendue de bitume d'un mile était jonchée d'adolescents et de groupes d'enfants à vélo. Fumant. Buvant. Des mères adolescentes poussant leurs landaus, sautant d'une salle d'arcade à l'autre. Des gars d'Essex bruyants et ivres qui aimaient boire, peu importe le jour de la semaine. Des racailles traînant devant les différents magasins, un sac de fish and chips à la main. Avec une poignée de couples épars mêlés à la foule.

Alors qu'ils passaient devant le parc d'attractions Adventure Island, la deuxième destination la plus populaire de la ville (après la plus longue jetée de plaisance du monde), un groupe de quinze voitures suralimentées et surbaissées passa. Moteurs rugissants. Musique tonitruante. Échappements crachants. Célèbre pour sa scène de conduite populaire, l'Essex était aussi le berceau du pilote typique. Le jeune homme qui n'avait rien de mieux à faire de son temps que de coller aux fesses de la personne devant lui, freiner brusquement, et espérer que la fille qu'il venait de dépasser vienne courir après lui (et que son pénis ait grandi de quelques centimètres entre-temps). Bien sûr, cela n'arrivait jamais, mais cela ne les empêchait pas d'essayer. Dans le peu de temps qu'ils pouvaient se permettre d'épargner, ils se réunissaient, généralement en groupes de trente à cinquante, et se faisaient la course sur des routes désaffectées et vides au milieu de la nuit. Comme s'ils rejouaient leurs scènes préférées de la saga *Fast and Furious*.

Tomek les détestait tous. Premièrement, il n'avait jamais compris la fascination pour un moteur de voiture ou son design comme quelque chose sur quoi se masturber ; et deuxièmement, il avait perdu le compte des nuits qu'il avait passées à les poursuivre, seulement pour que ces adolescents boutonneux le déjouent et le surpassent à un rond-point. En tant que professionnel ayant reçu une formation en conduite d'évasion, cela avait donné un coup à son ego.

Une fois les voitures parties, Tomek fit s'arrêter Katie. Ils marchaient bras dessus, bras dessous, et il enleva son manteau pour le placer sur ses épaules.

— Merci, dit-elle. Quel gentleman.

— Je vais le reprendre si tu continues à être aussi ingrate.

Ils se tenaient sur une petite jetée le long de l'esplanade, regardant l'estuaire de la Tamise. Ce soir, le ciel était dégagé, et des dizaines de points de lumière perçaient le ciel. Le doux bruit des vagues léchant le sable avait finalement noyé le bruit des moteurs de voiture de l'autre côté du parc d'attractions.

— C'est probablement la chose la plus romantique que j'ai faite, dit-il.

— Oh, mon Dieu. Vraiment ?

— Je m'assure juste que tes attentes ne soient pas trop élevées.

— Tout ce que j'ai à faire, c'est me mettre devant toi, placer tes mains autour de ma taille, et ce sera comme si on était sur le Titanic.

— Oh mon Dieu, j'adore ce film !

— Quoi ?

— Meilleur. Film. De tous les temps.

— Je... Je... Je n'aurais jamais imaginé que tu aimerais ce film. Jamais. En un million d'années.

— Tu peux y croire, bébé.

Elle se tourna vers lui. Fixa ses yeux. Il se sentit se perdre en eux.

— J'aime aussi les bains.

— Va te faire foutre.

— Quoi ? Ils me relaxent.

— Mais qui es-tu ?

— Oh, tu sais. Je suis juste un homme-enfant de quarante ans qui a un profond besoin psychologique d'approbation et d'adoration constantes. Et si je ne les obtiens pas, je m'emporte et blesse les gens d'une manière que je ne devrais pas.

Le visage de Katie s'assombrit.

— Je plaisante.

Il espérait avoir rattrapé le coup. Si sa réaction était un indicateur, alors c'était le cas.

Souriante, elle dit : — Je peux changer ça. Tu es un peu une énigme, n'est-ce pas ?

— Une surprise constante, disait ma mère. Et pas toujours dans le bon sens.

— Oh, je le dis dans le bon sens, affirma-t-elle. Et elle l'embrassa. Fort. Passionnément. Intimement.

C'était la première fois que tous deux étaient proches, physiques, intimes. Et tout semblait juste. Le moment parfait. Ses doigts parcouraient les contours de son corps, glissant sur la chemise en satin qui semblait aussi douce que sa peau.

Un prélude à la vraie chose.

CHAPITRE
VINGT-QUATRE

C'était le milieu de l'automne, ce qui signifiait généralement qu'il faisait nuit noire lorsque Tomek ouvrait les yeux pour aller travailler ou quand il partait pour son jogging matinal. Mais pas ce matin-là.

Ce matin, il ne devait pas être au travail avant l'après-midi. Et il n'avait vraiment pas envie d'aller courir. Pas après l'exercice physique de la nuit précédente.

Il ne se souvenait plus de l'heure à laquelle ils s'étaient finalement endormis, mais c'était tard.

— Quelqu'un a le sourire aux lèvres, lui dit Katie en se retournant. À moitié nue, elle était blottie sous les couvertures, la couette remontée jusqu'au cou.

Tomek ouvrit la bouche pour parler mais ne trouva rien à dire. Ce n'était pas normal qu'il soit à court de mots. En fait, c'était tout le contraire. Anormalement bizarre. Et il n'était pas sûr d'aimer ça.

— Petit déjeuner ? Je crois que j'ai du riz et des haricots dans le frigo.

— Quel choix impressionnant.

Plus que la dernière fille n'a eu. Elle n'a eu qu'un taxi pour rentrer chez elle.

Et mes vœux de bonne journée.

— Ou on pourrait rester au lit... encore.

— Encore ? La nuit dernière n'était pas suffisante ?

— Visiblement pas.

— Je ne sais pas où tu trouves ton énergie.

— Je n'ai pas couru depuis environ cinq jours. Donc c'est clairement ça.

— Clairement.

Tomek glissa sa main plus profondément sous les couvertures et la posa sur sa hanche.

— Je ne peux pas, dit-elle en le repoussant. Même si j'*adorerais* ça, j'ai une boutique à gérer. Tu te souviens ?

— Ah, oui.

— Et toi, tu as une enquête pour meurtre à mener.

— Ah, oui. Sauf que ce n'est pas moi qui la dirige, donc...

— Peu importe. Le *non* reste valable.

Il respecta sa volonté et se prépara pour le travail. Quand il eut terminé, il la déposa chez elle, puis rentra chez lui. Il avait du temps à tuer. Quelques heures selon son estimation. Alors il appela son père. Quelques jours s'étaient écoulés depuis l'anniversaire de sa mère et, à part un texto lui souhaitant une bonne journée, il n'avait parlé ni à l'un ni à l'autre. La conversation ne dura pas longtemps. Sa mère était occupée dans le jardin et son père réparait quelque chose dans le garage. Toujours en train de réparer quelque chose. Toujours en train de réparer quelque chose de cassé. Tomek se demandait souvent si son père cassait des choses exprès juste pour avoir une excuse pour passer toute la matinée et l'après-midi dans le garage. Il aurait probablement fait la même chose s'il avait été marié à sa mère. Cette pensée resta avec lui. Mais pas d'une manière bizarre. Au lieu de ça, il pensa à Katie et à sa mère. À quel point elles étaient différentes. Comment l'une était gentille, drôle, compatissante. Alors que l'autre était froide, calculatrice et, à bien des égards, sans cœur.

Le vieil adage selon lequel les hommes choisissent leur partenaire en fonction de leur mère, dans son cas particulier, était faux. Et *cette* pensée lui fit naître un sourire sur le visage.

Mais celui-ci ne dura pas longtemps.

Au moment où il arriva finalement au bureau, toute pensée de Katie et de la nuit qu'ils avaient partagée avait disparu. Son optimisme pour la journée, ainsi que son sourire, s'étaient évanouis quand il avait appris qu'il se rendait à Derby.

— Les cartes bancaires volées de Timothy Rosenthal ont été utilisées à un distributeur par quelqu'un à deux cent cinquante kilomètres d'ici, lui avait dit Tony le Tiède. Et le DCI Cleaves veut que *tu* t'y rendes.

— Je me demande pourquoi, dit Tomek d'un ton sarcastique.

Il connaissait la raison. Une punition. Une forme de torture. La première d'une longue série de tâches ennuyeuses et lointaines que le SIO avait, il l'imaginait, prévues pour lui.

Tomek n'était jamais allé à Derby. Le plus proche qu'il s'en était approché, c'était en passant devant sur la route vers Liverpool pour l'enterrement de vie de garçon d'un ami d'école. La seule chose qu'il savait de cet endroit était qu'ils avaient une équipe de football en dessous de la moyenne. En ce qui concernait sa connaissance géographique du pays - y compris l'Écosse et le Pays de Galles - chaque ville était répertoriée dans sa tête selon qu'elle avait ou non une équipe de football. Si on lui avait demandé où se trouvait Scarborough, il aurait pu le montrer sur la carte et indiquer le nom de leur stade. Son don encyclopédique était à la fois terriblement précis et inutile. Sauf pour la soirée quiz au Fork and Spoon. La seule fois où cela était utile. Et même dans ces cas-là, ils perdaient généralement.

— Nous avons des images de vidéosurveillance de la racaille retirant de l'argent du distributeur, et nous avons envoyé l'équipe locale le chercher, continua Tony.

Tomek ne pouvait pas tolérer cela. D'abord *des meurtres*, et maintenant *la racaille*. On aurait dit un enfant dans le corps d'un adulte.

— L'ont-ils déjà trouvé ?

— Pas encore. Mais ils s'en occupent. Ils savent qui c'est.

— Ne devrais-je pas attendre ?

— Non. Le DCI Cleaves aimerait que tu y ailles maintenant.

Tomek avait envie d'effacer d'un coup net le sourire suffisant du visage de Tony. Pas seulement avec un coup de poing. Mais dix. Peut-être même vingt. Jusqu'à ce que ce grand échalas ne puisse plus ouvrir la bouche.

— Ça me semble une perte de temps.

— Pas quand c'est Nick qui te dit de le faire.

▭

Malheureusement, ce grand échalas avait raison. Au moment où Tomek arriva à Derby, peu après l'heure du déjeuner, après une conduite humide et misérable sur la M1, la police du Derbyshire avait réussi à localiser et arrêter le délinquant qui avait utilisé les cartes de débit de Timothy Rosenthal au distributeur automatique.

Il s'appelait Martin Emerson, un homme d'une trentaine d'années, et il rappelait à Tomek une version plus âgée de quelqu'un dont il se souvenait de l'école primaire. Un personnage étrange, avec de longs cheveux blonds et fins qui lui couvraient les yeux et le forçaient à incliner la tête sur le côté, comme si sa tête était perpétuellement alourdie par eux. D'après ce qu'il avait pu recueillir lors d'une brève présentation avec la police du Derbyshire, la dernière adresse connue de Martin Emerson était celle de ses parents, et il était entré et sorti de la garde à vue de la police pour diverses accusations de flânerie et d'indécence, en plus de se trouver trop près des écoles à l'heure de la sortie. Après l'avoir cherché dans toute la ville, ils l'avaient finalement trouvé assis dans le salon de ses parents, en train de lire ses bandes dessinées.

Tomek entra dans la salle d'interrogatoire et tira la chaise de dessous la table.

— Quelqu'un vous a-t-il demandé si vous vouliez boire quelque chose ? demanda-t-il. Vous attendez depuis un moment.

— Avez-vous du lait ?

— Pardon ?

— Du lait.

— Non, oui, j'ai entendu ça. Mais, quoi ?

— J'aimerais du lait si vous en avez.

— Nous n'avons que de l'eau.

— Donc pas de lait ?

— Non.

— C'est regrettable.

Ce qui était regrettable, c'était que Tomek se soit retrouvé là en premier lieu. Déjà, il sentait qu'il était parti pour un long après-midi. Un qui pourrait signifier qu'il ne rentrerait pas chez lui avant tard dans la soirée. Ou pire, aux premières heures du matin. Même la perspective d'être payé une bonne dose d'heures supplémentaires ne rendait pas cette proposition excitante.

Tomek ignora l'homme, quitta la pièce et revint avec deux verres d'eau.

— J'ai demandé du lait.

— C'est du lait. C'est du lait d'Essex, d'où je viens. On le fait bizarre dans le sud.

— Hmmm.

Martin ne semblait pas impressionné. Cela faisait deux d'entre eux.

— Savez-vous pourquoi vous êtes ici cet après-midi, Martin ?

— Je pense que oui.

— Pourriez-vous me le dire ?

— Mais je ne comprends pas.

— Essayons de comprendre ensemble alors. Pourquoi pensez-vous être ici ?

— Parce que j'ai fait ce que je devais faire. Je suivais les instructions.

— Lesquelles- ?

— Mais faire ce qu'on vous dit de faire ne devrait pas signifier que vous êtes arrêté.

— Cela dépend de la tâche. Si quelqu'un vous dit de tuer quelqu'un d'autre et que vous le faites, est-ce que cela signifie que vous ne devriez pas être arrêté ?

— Tuer, c'est mal.

— Et utiliser la carte bancaire de quelqu'un d'autre aussi. C'est de la fraude.

Martin baissa son regard sur ses genoux et commença à se ronger les ongles. Ce retrait complet suggérait à Tomek qu'il savait exactement que ce qu'il avait fait était mal, mais qu'il l'avait fait quand même.

— Où avez-vous obtenu les cartes bancaires, Martin ?

— Le facteur.

— Il vous les a données ?

— *Elle* me les a données quand *elle* a frappé à la porte.

Tomek leva les yeux au ciel intérieurement.

— Et elles vous étaient adressées ?

— Je pense que oui. Je ne me souviens pas. Avez-vous du lait ?

— Non. Nous n'avons pas de lait. Si elles ne vous étaient pas adressées alors-

— J'aimerais vraiment du lait, dit Martin lentement, regardant toujours ses genoux. Ça m'aide à me calmer. Je préfère le boire à même la brique. C'est comme ça qu'il a meilleur goût.

Nom d'un chien, pensa Tomek en mettant l'enregistrement en pause, sortant de la pièce et se précipitant vers la zone d'accueil. Après avoir demandé à la dame derrière le bureau s'ils avaient du lait, elle éclata de rire et passa un coup de téléphone. Quelques instants plus tard, il découvrit qu'ils n'en avaient pas et que quelqu'un devrait aller en chercher.

Près de dix minutes plus tard, il avait la précieuse brique de lait de vache et retourna dans la salle d'interrogatoire.

— C'est un lait vraiment spécial, celui-là, dit Tomek à Martin. Acheté spécialement pour vous.

— Juste pour moi ?

— Oui. Je pensais que vous n'aimeriez pas que d'autres personnes y aient bu.

— Non, vous avez tout à fait raison à ce sujet.

Sans rien dire d'autre, Martin ouvrit l'opercule d'aluminium de la brique et la porta à sa bouche. Penchant la tête en arrière, il versa le liquide dans sa gorge et but jusqu'à ce qu'il n'en reste plus. Une brique de lait disparue comme ça avant que Tomek n'ait eu le temps de dire « J'espère que vous apprécierez ». Après avoir fini, Martin expira bruyamment et posa délicatement la brique sur la table, comme si cette boisson spéciale devait être chérie, presque vénérée.

Dans un léger état de stupéfaction et d'incrédulité (il avait vu des choses dans la salle d'interrogatoire, mais rien d'aussi bizarre que cela), Tomek poursuivit l'interrogatoire.

— Parlez-moi de la lettre que la *factrice* vous a donnée.

Le lait semblait faire des merveilles sur Martin. Fidèle à sa parole, il se détendit. Ses épaules s'abaissèrent, il s'installa confortablement dans la chaise et put soutenir le regard de Tomek.

— Je ne suis pas sûr d'où elle venait, mais j'ai reçu la lettre l'autre jour. Je pense que c'était hier. Elle portait mon nom - je m'en souviens maintenant. Normalement, je ne reçois rien de la factrice. Chaque fois qu'elle vient, je lui demande si elle a quelque chose pour moi. Parfois, elle me remet de petites notes que j'ouvre et je lis, mais ce sont juste des notes me souhaitant une bonne journée. Mais celle-ci était différente. Je me souviens du sourire sur son joli visage quand elle me l'a remise. « Regarde, Martin ! » a-t-elle dit. « Tu as vraiment du courrier cette fois. Je parie que c'est vraiment important ». Et ça l'était. C'étaient les cartes bancaires de quelqu'un. M. T Rosenthal, c'était écrit sur le devant de l'une des cartes. Je m'en souviens.

— Et que disait la note ? Comment saviez-vous que c'était important ?

— Parce que la lettre me disait qu'on me confiait une mission top secrète. Je devais prendre soin des cartes de M. Rosenthal et retirer cinq cents livres ce matin même à l'ouverture des banques.

— Pourquoi ?

— La lettre ne le disait pas.

— Et que deviez-vous faire avec l'argent après ?

— Ils ont dit que je pouvais en dépenser un peu. Alors c'est ce que j'ai fait. J'ai acheté mes bandes dessinées et je les ai emportées dans le parc devant l'école. Mais ensuite il a fait trop froid, alors je suis rentré chez moi et c'est là que la police m'a trouvé.

Tomek fit une pause pour assimiler tout ce que Martin avait dit, essayant de suivre toutes les informations dispersées. La personne derrière le meurtre avait volé les cartes bancaires de Timothy Rosenthal, les avait postées, il présumait au hasard, à Martin, et avait attendu que la police - *lui* - enquête. Cette piste ne menait nulle part.

À moins que.

— Avez-vous toujours la lettre, Martin ?

— Non, je ne pense pas. Je l'ai jetée à la poubelle quand je suis allé à la banque.

— Pensez-vous qu'elle pourrait encore y être ?

Martin haussa les épaules. — Il faudra demander aux éboueurs - ou aux ébou*euses*. Je ne connais pas leur horaire. Mais si vous le découvrez, pourriez-vous me le faire savoir, s'il vous plaît ? J'aimerais connaître ce genre d'informations.

Tomek se demanda pourquoi, mais ne prit pas la peine de le questionner. Finalement, il accepta que quelqu'un de la police du Derbyshire transmette l'information. C'était leur problème maintenant. Et il espérait que ce serait la femme à l'accueil. Une vengeance pour s'être moquée de lui comme elle l'avait fait.

— Enfin, dit Tomek, avez-vous vu quelque chose dans la lettre indiquant de qui elle venait ?

Martin secoua violemment la tête. De grandes mèches de cheveux balayèrent son visage d'un côté à l'autre, masquant ses yeux et son nez.

— Si vous me mentez, Martin, je le découvrirai. Vous le savez, n'est-ce pas ?

— Oh oui. Je le sais très bien. Vous êtes très bon dans votre travail, monsieur. Vous tous. C'est pourquoi je ne mens pas à la police.

Tomek conclut l'entretien, et en quittant la salle d'interrogatoire, il ne put s'empêcher de souhaiter que chaque voyou ou criminel soit aussi honnête que Martin. Cela rendrait leur vie dans la police beaucoup plus facile, et tout ce que cela leur coûterait serait quelques litres de lait de temps en temps.

CHAPITRE
VINGT-CINQ

Je cours. Cette fois, je cours. Le béton sous mes pieds semble plus ferme, plus solide. Je peux faire davantage confiance à cette version des événements qu'aux autres. Mes jambes ne sont pas comme de la gelée, elles ne semblent pas savoir ce qui va arriver. Au contraire, elles sont aussi rigides et lucides que le béton. Elles ignorent ce qui se trouve au coin de la rue. Comment pourraient-elles le savoir ?

Je sors de l'école en courant. Mon sac se balance et cogne contre mon dos. J'entends le bruit des crayons, des livres et de mon déjeuner intact qui s'entrechoquent bruyamment. Je jure, même si je ne suis pas censé le faire. Je me souviens avoir pensé : Si Maman m'entendait maintenant, je me prendrais une claque. Certainement plus d'une.

Le ciel semble plus clair cette fois. Pas de beaucoup, peut-être seulement de quelques nuances. Comme quand on regarde les différentes pigmentations au comptoir de maquillage chez Boots. Elles ont toutes l'air identiques, mais on sait qu'elles sont différentes, chacune unique. C'est comme ça que le ciel apparaît ce soir. Unique. Meilleur, plus clair, plus optimiste que je ne l'ai jamais vu auparavant.

Progrès.

Et puis tout s'évanouit à nouveau. Se fond dans le mirage des couleurs. Je ne vois pas les garçons devant l'épicerie-tabac. Ils ne sont pas là. Je sais qu'ils devraient y être, mais je ne les vois pas. On dirait qu'ils sont quelque part à l'intérieur du magasin. Et maintenant quelqu'un sort du magasin Magnet en face. Un couple. Ils ont l'air de se disputer. De se chamailler pour quelque chose.

Le vent souffle les cheveux de la femme sur son visage. Elle peut à peine voir. L'homme se précipite vers la voiture et y monte le premier. Elle le suit juste derrière. Puis ils démarrent. Alors que je traverse la sortie, la voiture vient vers moi. Ils ne peuvent pas me voir parce que je suis trop petit, et ils conduisent un putain de tank. À deux mètres du sol.

Je n'ai jamais vu ça avant.

Est-ce pour ça que j'étais en retard pour Michał ? Est-ce que leurs excuses m'ont perturbé ?

Je leur dis que ce n'est pas grave - que je vais bien - puis je m'enfuis en courant.

Continue à courir.

Mouvements solides et lucides, plus rapides et plus synchronisés maintenant.

Je n'ai pas l'impression d'avoir encore loin à aller, mais c'est le cas.

Et puis ça coupe.

Je suis dans le parc. C'est visiblement différent maintenant, plus sombre. Les sons sont plus amplifiés. J'entends toutes ces choses que je n'avais jamais entendues auparavant. Comme le chant des oiseaux. Les moteurs de voitures, les motos. La sonnette d'un vélo derrière moi. Toutes ces choses que je n'ai jamais appréciées avant. Là, perdu dans mes pensées.

Il me faut un moment pour réaliser où je me trouve à nouveau. Mon souffle embue mon visage. Il fait froid, mais je ne ressens pas le froid. Le sang me tient chaud. Et mon manteau. Celui que Michał m'a légué. C'est son manteau, et je l'ai trouvé mort dedans.

Bientôt, il sera couvert de sang.

Et puis ça coupe.

Cette fois, il est couvert de sang. Son sang. Beaucoup de sang.

Michał est allongé là sur le sol. Son visage est méconnaissable. Pourtant, c'est le plus clair qu'il ait jamais été.

Un liquide blanc pend de sa bouche, des bulles se formant en son centre. Au début, je pense que c'est de la salive, mais j'apprendrai plus tard que c'est de l'acide de batterie. Et que les bulles ne sont pas vraiment là.

Ses yeux ne sont plus des yeux. Ce ne sont que des trous rouges creusés dans son visage. Ils ont été piqués, enfoncés et crevés par le poteau sur le sol.

Et les débris de brique et de terre sur lesquels il est allongé couvrent son corps, se mélangeant au sang sur sa peau. Comme des miettes de biscuits saupoudrées sur un chocolat chaud. Sale.

Les sons ont disparu. Tous partis.

Sauf le bruit des garçons qui crient en s'enfuyant.

J'essaie d'écouter les voix, mais je ne les reconnais pas. Elles sont trop lointaines.

Et Michał aussi est parti.

Criait-il avant de mourir ? Ou est-il mort trop soudainement ?

J'espère répondre bientôt à cette question.

Mais avant que je ne puisse le faire, ça coupe.

CHAPITRE
VINGT-SIX

Le cauchemar avait été plus viscéral cette fois-ci. Plus proche de la réalité que jamais. Il ne savait pas pourquoi, comment, ni ce qui influençait cette reconstitution précise des événements, mais il voulait le découvrir. Il avait un soupçon, mais c'était une théorie qui, comme tout bon policier le savait, nécessitait une enquête.

Les événements de cette nuit-là avaient été enfermés si longtemps, et il avait si souvent répété la même chose, qu'il avait oublié ce qu'était la réalité. L'histoire avait été écrite et réécrite d'innombrables fois, au point qu'il ne savait plus quoi croire. Ne savait plus quoi croire depuis bien longtemps.

L'esprit était une chose capricieuse. Et la mémoire l'était encore plus. Les humains étaient capables de se mentir à eux-mêmes quand il s'agissait de versions spécifiques des événements. Un petit détail manquant ici, un détail embelli là. Un détail complètement nouveau la fois suivante.

Sa version des événements de la nuit où son frère était mort avait subi un sort similaire. Mais maintenant les choses s'amélioraient. Changeaient. L'histoire était en train d'être corrigée.

Et il n'y avait qu'un seul autre changement dans sa vie.

Katie.

Il ne savait pas comment ni pourquoi, mais il soupçonnait que c'était grâce à elle.

Le mot en H.

Heureux. Quand il pensait à elle, il se sentait chaud à l'intérieur. Quand il était avec elle, cette sensation s'intensifiait. Il souriait chaque fois qu'il voyait son nom apparaître sur son portable – même si c'était juste pour lui envoyer un mème amusant.

Pour la première fois depuis longtemps, il se sentait heureux.

Si heureux qu'il était prêt à monter au grenier et à chercher le manteau de son frère. Celui qu'il portait quand il avait trouvé le corps de Michał. Pendant trop longtemps, il avait eu peur de le voir, de le toucher, de revivre ce moment. Jusqu'à maintenant.

Le manteau était minuscule, deux fois plus petit que son corps désormais adulte. Des taches de sang séché couvraient le devant et les manches. En le regardant, il se souvenait avec une clarté magnifique comment il avait tenu son frère et crié. Sa voix avait été faible, aiguë. Michał avait pesé lourdement dans ses bras, mettant à l'épreuve ses petits muscles.

Le vêtement lui avait été rendu par la police. Après avoir fini de l'examiner pour trouver des preuves médico-légales – et n'avoir rien trouvé, à part l'ADN de Tomek et de Michał – ils avaient été heureux de le lui rendre. C'était étrange ; Tomek n'avait pas voulu garder les jouets ou les vêtements de Michał comme souvenirs ; à la place, il avait voulu le manteau de son frère. Comme s'il savait que cela l'aiderait à débloquer les secrets de son esprit trente ans plus tard.

Il était proche.

Vraiment proche.

Il le sentait.

CHAPITRE
VINGT-SEPT

Pour la première fois de sa carrière, Tomek fit un effort concerté pour arriver en premier à la réunion du matin. Elle était prévue plusieurs heures avant sa prise de service. Mais lorsqu'il arriva au bureau vide, à l'exception de Tony qu'il ne comptait pas vraiment, il se rendit compte que Nick était ailleurs, hors de la ville.

— Il règle des affaires personnelles, avait dit Tony.

Brillant. Pour une fois qu'il faisait ce qu'il était censé faire, la personne dont il avait besoin n'était même pas disponible. Mais s'il connaissait bien Tony, et il était assez sûr que c'était le cas, il savait que l'homme ferait un rapport. Tomek était à deux doigts de lui envoyer un selfie pour prouver sa présence.

Le reste de l'équipe arriva au bureau peu après, chacun tenant un café dans une main et leur téléphone portable dans l'autre. Le désespoir se lisait dans leurs yeux. L'enquête les épuisait. Depuis la conférence de presse, la pression d'en haut s'était intensifiée et la situation commençait à se dégrader. Si les autorités n'étaient pas satisfaites du travail produit par l'équipe, on parlait d'introduire de nouveaux membres, de faire venir de l'aide de la police métropolitaine et même de plus loin, du quartier général de la police d'Essex à Colchester.

Personne ne voulait ça. Pas même Tomek. Cela les faisait paraître faibles, inférieurs, incapables de faire leur travail. Ce qu'aucun d'entre eux ne pouvait tolérer.

— Merci d'être venus ce matin, commença Tony le Tiède. Dans sa main, il tenait une tasse de thé. Tomek l'avait observé la préparer pendant qu'il attendait l'arrivée des autres. Cela l'avait à la fois peiné et choqué que quelqu'un puisse avoir autant de temps pour préparer une tasse de thé ou de café.

— Le DCI Cleaves ne peut pas être présent aujourd'hui, alors nous allons commencer sans lui. Tony pointa le tableau blanc. Rien n'avait changé depuis la dernière réunion. — Ça semble plutôt vide, les gars. Je déteste le dire, mais je ne suis pas impressionné. Il y a plein de pistes que nous pourrions explorer. J'espère que vous avez tous quelque chose à me présenter maintenant.

Tony ouvrit la discussion.

Tomek commença le premier. Après avoir expliqué à l'équipe que Martin Emerson avait été manipulé pour commettre un crime, Rachel dit :

— Celui qui a fait ça devait savoir pour quoi il avait été arrêté.

— Que voulez-vous dire ? demanda Tony.

— Vous ne voyez pas le lien ? Deux pédophiles et violeurs condamnés ont été tués. Martin, d'après la description de Tomek, semble être sur la bonne voie. Il n'y est pas encore tout à fait. Alors au lieu de le tuer, ils l'ont piégé et maintenant il a été arrêté.

— Je n'y avais pas pensé comme ça. Brillante idée ! Tony écrivit le nom de Martin, accompagné d'une brève description de ce dont ils avaient discuté, sur le tableau blanc. Il menait la réunion comme un cours d'école, où chaque élève obtenait des points supplémentaires pour avoir proposé une bonne idée.

— Les implications de cela sont bien plus graves que pour Timothy Rosenthal et Gary Kershaw, déclara Tomek. Non seulement le tueur a accès aux informations d'anciens prisonniers, mais il a également accès aux dossiers de police d'une manière ou d'une autre.

— Comment est-ce possible ? demanda Sean.

— Ce n'est pas censé l'être, répondit Rachel. Évidemment, seuls nous-mêmes et les services pénitentiaires ont accès à ces dossiers. La fuite vient de l'un de ces deux endroits.

— Ce sera comme chercher une aiguille dans une botte de foin, dit Sean.

C'était précisément ce que Tomek craignait.

— DS Bowen, commença Tony. Je veux que vous vous en chargiez. Prenez rendez-vous avec HMP Chelmsford et voyez ce qu'ils ont à dire.

— À vos ordres, Capitaine ! Tomek leva la main en un salut moqueur. — Je le ferai cet après-midi, monsieur.

— Bon garçon. Merci.

La conversation passa à la voiture de Timothy Rosenthal. Selon DC Chey Carter, un groupe d'adolescents l'avait découverte, calcinée, au milieu d'un parking désert près de Shoeburyness. Les experts de la police scientifique avaient examiné chaque centimètre du véhicule, mais aucune trace d'ADN n'avait été retrouvée.

— Il est difficile de dire quand elle a été incendiée. L'équipe d'enquête sur les incendies estime qu'elle a été détruite hier soir.

— Je me demande pourquoi maintenant et pas plus tôt ? demanda Tomek, pensant à voix haute.

— Peut-être qu'ils ont paniqué. Ils ont vu la conférence de presse aux informations et ont réalisé qu'ils devaient s'en débarrasser.

Tomek y réfléchit davantage. Le temps écoulé entre les meurtres de Timothy Rosenthal et de Gary Kershaw n'avait été que de deux jours. Deux meurtres en si peu de temps. Mais depuis la conférence de presse, plusieurs jours auparavant, il n'y avait rien eu. Pas de nouveaux corps. Rien. Soit le tueur planifiait son prochain coup plus méticuleusement, soit il avait pris peur. Quelque chose disait à Tomek que c'était la première option. Et si les deux meurtres précédents avaient démontré la prouesse et l'attention aux détails du tueur, il s'inquiétait de ce qui allait suivre.

— En parlant de preuves ADN, commença Tony, ignorant clairement le reste de l'équipe et pensant en avance par rapport aux autres, où en sommes-nous avec l'agresseur qui a attaqué le DS Bowen ?

La question était une tentative délibérée de se moquer de lui, mais

Tomek ne mordrait pas à l'hameçon. Il ne donnerait pas à Tony la satisfaction de lui fournir une autre raison de le suspendre de l'enquête.

— Nulle part, monsieur, dit Nadia, posant ses mains sur son ventre de femme enceinte. Plus que tout le monde, elle semblait la plus épuisée. Des valises pendaient sous ses yeux, et sa peau semblait rougie par le stress. — J'ai passé les preuves dans le système plusieurs fois, en filtrant divers nœuds et descriptions, mais rien.

— Décevant, mais au moins nous l'avons dans nos dossiers. Tony tourna à nouveau son attention vers le tableau, comme s'il cherchait autre chose à mentionner. Et puis il trouva. Il fit un petit hoquet quand cela lui vint. — Jimmy Hunter. Notre mystérieux chasseur de pédophiles. Où en sommes-nous avec lui ?

— Pareil, monsieur, répondit Oscar. Aujourd'hui, Monsieur Je-Sais-Tout avait opté pour un costume trois pièces qui serrait étroitement son corps et lui donnait l'air de quelqu'un qui était en retard pour une apparition éméchée sur la piste de danse lors d'une cérémonie de mariage. — Il semble que nos recherches sur M. Jimmy Hunter n'aboutissent à rien de concluant. À toutes fins utiles, il ne semble pas exister.

— Qu'est-ce que ça veut dire ? Il est partout sur les réseaux sociaux. J'ai vu son profil.

— C'est son alias, monsieur. Nous n'arrivons pas à localiser son véritable nom.

— C'est incroyable. C'est notre suspect numéro un...

— Depuis quand ? demanda soudainement Tomek.

— Depuis que je l'ai dit. Et nous devons le trouver et l'amener pour l'interroger dès que possible. Quelqu'un quelque part doit savoir qui il est.

CHAPITRE
VINGT-HUIT

Chelmsford. Le berceau de la radio. Également le berceau de la relation tumultueuse de Tomek avec l'administration pénitentiaire. Lors de sa seule visite précédente à la prison de Chelmsford, lui et un collègue s'étaient rendus sur place dans le cadre d'une enquête pour meurtre afin de s'entretenir avec un détenu. Ils avaient mené l'entretien, recueilli les informations nécessaires, puis avaient rencontré la directrice, Hillary Pointer. Tomek, encore plus stupide et naïf à l'époque qu'il ne l'était aujourd'hui, avait fait une remarque sur la grossesse de la directrice. Qui n'existait pas. Et qui n'existerait probablement jamais, à moins qu'elle ne se mette à apprécier les hommes. Abasourdi par sa propre idiotie, Tomek avait rapidement appris à ne plus jamais poser cette question. Et à rester loin de la prison aussi longtemps que possible. Jusqu'à maintenant. Heureusement, il fut ravi de découvrir que Pointer était partie depuis et avait été remplacée par une femme qui ne savait pas du tout qui il était.

— Ravie de vous rencontrer, inspecteur.

La femme en face de lui, Linda O'Hara, était une silhouette mince et creuse, qui lui rappelait sa grand-mère qui travaillait autrefois dans une jardinerie. Le froncement de sourcils profondément ancré sur son visage lui indiquait qu'elle pourrait faire plus de dégâts avec une paire de sécateurs que n'importe quel jardinier. Elle semblait expérimentée — Tomek ne savait pas exactement en quoi, mais il n'avait pas l'intention de le découvrir.

— De même, dit-il, en essayant de stabiliser sa voix. Tout ce qu'il pouvait imaginer, c'était Hillary Pointer avec son ventre imposant. Et le regard embarrassé et horrifié sur son visage après qu'il l'eut insultée. Je vous remercie de prendre le temps de me parler. Je suis sûr que votre emploi du temps est assez chargé.

— Ce n'est pas un problème. J'ai lu quelques articles dans la presse sur votre enquête, et ça semble être une affaire sordide.

— Diabolique est le mot que j'utiliserais, madame. Mais tout le monde n'est pas d'accord.

— C'est ce que j'ai entendu.

À peine avait-elle fini que la porte du bureau s'ouvrait pour laisser entrer un homme de carrure et de stature similaires à Linda. Il était habillé d'une chemise et d'une cravate et, de prime abord, semblait faire partie du personnel administratif.

— Voici Jonathan Marquis, notre chef des opérations. Il pourra répondre à toutes vos questions spécifiques concernant votre enquête.

Tomek se présenta, accomplit les politesses d'usage et serra la main de l'homme. Sa poignée était plus faible qu'il ne l'avait imaginé. En fait, ni l'un ni l'autre ne ressemblait aux personnages effrayants et imposants qu'il s'attendait à voir diriger un service pénitentiaire. Il s'était presque imaginé qu'ils ressembleraient au Terminator et à Mademoiselle Trunchbull. Au lieu de cela, on lui avait donné Laurel et Hardy. Mais comme il allait le réaliser, à ce niveau de la chaîne alimentaire, ce n'était pas la puissance de l'aboiement qui comptait, mais celle de la morsure. Et tous deux étaient capables d'une morsure assez puissante pour terrasser un ours.

— Je dois dire que je suis un peu inquiet au sujet de cette réunion, inspecteur, commença Jonathan. C'est une chose de dire que nous sommes incompétents, mais c'en est une autre de dire que nous sommes corrompus.

— Le tueur obtient des informations de quelque part.

— Et vous avez épuisé toutes les autres pistes d'enquête potentielles ?

— Il n'y a que deux endroits où il aurait pu mettre la main dessus. Via vos systèmes ou les nôtres.

— Et vous avez vérifié les vôtres, n'est-ce pas ?

— Quelqu'un est en train de le faire — ou l'a fait. Et maintenant je suis ici pour faire de même.

— On dit souvent que la pourriture commence toujours de l'intérieur, inspecteur.

Tomek sentit son dos se raidir. — Ne nous voilons pas la face, d'accord ? Vos services sont tout aussi susceptibles que les nôtres de connaître ce genre de problèmes. Voire plus.

— *Vos services*, dit Linda d'un ton sec. Que voulez-vous dire par *vos services* ? Votre ton m'insulte, inspecteur.

Eh bien, ça commençait bien.

— On peut se pointer du doigt toute la journée, et je suis sûr que c'est quelque chose que vous aimeriez passer votre temps à faire, mais pas—

— Je vous demande pardon ? Cette fois, le visage de Linda se durcit. La situation tournait vraiment au vinaigre plus vite qu'il ne l'avait prévu. Sa grande gueule de con le faisait encore trébucher. Nous sommes l'un des services les plus sous-financés et les moins soutenus du secteur public. Nous n'avons pas le temps d'être traités de la sorte. Nous sommes tous très occupés. Nous avons plus de mille détenus dans nos cellules. C'est surpeuplé, houleux et dangereux là-bas — tant pour mes employés que pour les prisonniers — mais je suis sûre que nous pouvons trouver de la place pour une personne de plus si vous continuez comme ça.

— Il y a effectivement de la place, interrompit Jonathan, gardant son regard fixé sur Tomek.

— Depuis quand ?

— Un de nos prisonniers vulnérables s'est suicidé ce matin.

— Je suis désolé d'apprendre ça, dit Tomek, soudainement ramené à la réalité. Leur dispute était mesquine. Une vie avait été perdue. Et elle méritait d'être respectée.

— Pendant le petit-déjeuner, continua Jonathan. Le personnel est allé le chercher dans sa chambre mais l'a trouvé pendu là comme une branche cassée, immobile, sans vie. Apparemment, ils ont trouvé une note dans sa main.

— Une lettre d'adieu ? Tomek devint curieux d'en savoir plus.

— Non. Un journal. D'hier. Il y avait les visages et les noms de vos deux victimes. En dessous, il y avait deux mots. *Tu es le prochain.*

Tomek eut l'impression qu'on lui avait coupé le souffle.

— Quelqu'un lui a envoyé ça ? demanda-t-il, bien que ce soit évident.

— Nous enquêtons. Notre soupçon est que cela vient de l'intérieur. Il n'est pas possible que cela ait passé inaperçu si ça avait été envoyé par la poste. Ça aurait été scanné et confisqué.

— Donc un prisonnier lui a envoyé ça ?

— Vous comprenez vite, dit Jonathan. Je parie que vous êtes content d'être dans la bonne profession.

La main de Tomek bougea une fraction — juste une fraction — avant qu'il ne se retienne de faire un doigt d'honneur au visage de l'homme. Ce crétin se moquait de lui et il n'appréciait pas ça. Mais il y avait encore une autre bataille à mener, et jusqu'à présent, il était en train de la perdre.

— Nous allons avoir besoin de voir une copie de cette note, dit Tomek. Si elle est liée de quelque manière que ce soit à notre enquête, elle tombe sous notre juridiction et nous devons prendre le relais.

— Vous aurez votre note une fois que nous l'aurons traitée en interne.

— De la même manière que vous traiterez la fuite ?

— Il n'y a pas de fuite, inspecteur, dit Jonathan, sa voix calme et résolue tandis qu'il articulait chaque mot. Nous avons une équipe de trois personnes qui s'occupent des données de nos invités à la prison de Chelmsford, et je peux personnellement me porter garant de chacun d'entre eux. Je les connais par cœur. Ils ne feraient jamais une chose pareille. Qu'auraient-ils à y gagner ?

— À part une incitation financière ?

Jonathan haussa les épaules, comme s'il se moquait de la réponse à sa propre question.

— Peut-être qu'ils recherchent la notoriété d'avoir contribué à tuer certains des pires criminels du pays, poursuivit Tomek. Je suis sûr qu'il y a un sacré coup de pouce à l'ego attaché à ça.

— Est-ce pour ça que votre équipe ne se soucie pas de trouver qui c'est ?

Tomek savait que ce point allait surgir. Cet article. Ce foutu article qui revenait le hanter.

— Ils vous font courir après une chimère en posant des questions sur des pistes qui n'existent pas.

Tomek roula des yeux et se força à transformer sa frustration en rire. Non seulement cela les désarmait, mais les déconcertait aussi.

— Vous êtes un homme drôle, Jonathan. Tomek se leva de sa chaise et se dirigea vers la porte. Ç'avait été une perte de temps, et il n'était pas prêt à rester assis là plus longtemps. Peut-être que *vous* n'êtes pas dans le bon métier, après tout. Vous devriez peut-être envisager de vous lancer dans la comédie. Animer quelques soirées comiques devant vos *invités*. Voyons combien de temps vous tiendrez. Et si vous percez, n'oubliez pas de m'envoyer une invitation. Vous me trouverez au fond de la salle avec une grande pancarte disant « allez vous faire foutre ».

▭

Tout bien considéré, cela s'était mieux passé que Tomek ne l'avait prévu. Ce n'avait pas été joli, et ce n'avait pas été perspicace. Mais ce n'était pas le feedback qu'il avait donné à Tony. Il avait dit à l'inspecteur que l'administration pénitentiaire enquêtait sur l'affaire. Et puis il lui avait parlé du suicide.

— Tu penses que c'est lié ?

— Si ce n'est pas le cas, c'est une sacrée coïncidence.

— Combien de temps te faudra-t-il pour revenir au commissariat ?

Tomek regarda l'heure. 17 heures. Le temps qu'il arrive sur l'A12, ce serait l'heure de pointe.

— Une heure et demie, deux heures si j'ai de la chance.

— Alors reste là-bas. Je vais venir avec une équipe, et nous pourrons nous en occuper ce soir.

— Ce soir ?

— Je suis impatient de régler ça le plus rapidement possible.

— D'accord.

— On va brûler de l'huile de minuit, mon pote !

Tomek faillit vomir à l'idée que tous deux travaillent côte à côte jusqu'au milieu de la nuit pendant qu'ils élucidaient le mystère du suicide.

Cela ruinait aussi les plans de Tomek pour la soirée pour la deuxième nuit consécutive. Il avait espéré passer une autre soirée tranquille avec Katie dans son appartement. Peut-être un film, quelques en-cas, même un verre de vin. Blottis sur le canapé. Maintenant, il devait se débarrasser de la belle fille et la remplacer par un homme qui ressemblait au Slender Man.

Il était presque minuit quand Tomek rentra chez lui de la prison. Lui et Tony, ainsi que les deux agents en uniforme qui l'avaient accompagné, avaient saisi le journal trouvé dans la cellule de la victime, fouillé la cellule elle-même, puis parlé avec tous ceux de l'aile qui y avaient accès. Cela avait pris plusieurs heures, mais à la fin, ils avaient trouvé leur réponse.

C'était une blague. Une blague qui avait mal tourné.

Deux des dernières additions de la prison, tous deux inculpés de vol et d'agression, avaient été forcés de le faire par l'un des gangs dans le cadre de leur processus d'initiation. C'était tout ce que c'était. Un défi, un bizutage rituel. Évidemment, les deux individus n'avaient pas réalisé que la victime se donnerait la mort, mais cela ne signifiait pas qu'ils étaient moins coupables. Et ils allaient donc être inculpés d'homicide involontaire.

Le résultat était positif. Bien qu'ils n'aient pas pu rayer de suspects de leur liste, Tomek était soulagé que les affaires n'aient pas été liées. Il se sentait déjà terrible que la conférence de presse — celle qui avait été provoquée par sa propre erreur — ait donné l'idée au gang. Il lui était impossible de ne pas se sentir responsable dans une certaine mesure. Et il craignait maintenant que si d'autres personnes avaient la même idée, alors il serait en partie responsable de cela aussi. Inspirer une vague de meurtres impitoyables de justiciers parce qu'ils pensaient que la police n'était pas assez concernée pour les arrêter.

CHAPITRE
VINGT-NEUF

Tomek avait enfin son premier jour de congé depuis ce qui lui semblait une éternité. Il ne se souvenait même plus de la dernière fois qu'il en avait eu. Et il en avait encore deux à venir.

D'habitude, il n'avait pas grand-chose pour s'occuper, à part aller courir, rattraper son sommeil, ou la perspective d'un match de foot le soir ou pendant la journée s'il avait de la chance. Mais maintenant que Katie était entrée dans sa vie, il ne pensait à rien d'autre qu'à passer du temps avec elle. Ça pouvait être simple : des câlins, regarder la télé, se promener le long du front de mer, faire du shopping à Chelmsford. Juste quelque chose de différent. Quelque chose avec elle. Il ne se l'avouerait pas, mais c'était la compagnie qu'il adorait par-dessus tout. Avoir quelqu'un à qui parler ; il ne pouvait parler à ses bonsaïs que pendant un certain temps avant de réaliser qu'il devenait complètement dingue.

Maintenant, il n'avait plus à s'inquiéter de ça.

C'était un mercredi exceptionnellement chaud et ensoleillé sur Leigh Broadway, et le monde entier avait eu la même idée. Se précipiter dans la rue commerçante et dépenser l'argent qu'ils n'avaient pas pour des choses dont ils n'avaient pas besoin. Tomek n'avait jamais compris cette fascination pour les possessions matérielles. C'était un homme simple avec des besoins simples et basiques (presque préhistoriques), et il pouvait utiliser un T-shirt neuf pendant au moins quatre ans s'il faisait attention.

Cinq à la rigueur. Katie, en revanche, avait besoin d'une nouvelle tenue chaque semaine. Ou, dans les cas extrêmes, plusieurs tenues. Tenir une boutique, expliquait-elle, signifiait qu'elle devait paraître fraîche et propre chaque jour, au cas où un client entrerait et la verrait porter la même chose dans la même semaine. De plus, ça l'aidait à se sentir bien, ça boostait sa confiance. Pas qu'elle en ait besoin, lui avait-il dit.

Ils marchaient le long de la rue commerçante, main dans la main, quand elle l'arrêta devant une petite boutique de cadeaux. C'était à quelques portes de sa propre boutique, qu'elle était obligée de fermer les mercredis et jeudis (parce qu'elle aussi avait besoin de ses deux jours de repos obligatoires). Elle pointa du doigt un petit coin de la vitrine. Un petit livre entouré de cœurs lui faisait face.

— Je l'ai vu sur les réseaux sociaux, dit-elle.

— Qu'est-ce que c'est ? Il était incapable de cacher l'appréhension dans sa voix.

— Un livre d'amour. Apparemment, il fait des merveilles dans les relations des gens.

— Est-ce qu'il va faire se rappeler à ma mère comment m'aimer ?

Elle fit un claquement de langue et une grimace. — J'ai dit des merveilles, pas des miracles.

Tomek ne s'offusquait pas de la pique. Il s'y était habitué, en fait. Sans compter que ça aidait s'il en plaisantait en premier. Comme ça, ça mettait les gens à l'aise, rendait ça *acceptable*. Mais Katie était le genre de personne à le dire quand même. Il admirait ça chez elle. Elle disait que les gens avaient trop peur de dire ce qu'ils ressentaient vraiment de nos jours, de crainte de contrarier ou d'offenser quelqu'un. « Le monde a besoin de plus de trous du cul », avait-elle dit. Et il était d'accord.

— Qu'est-ce qu'il fait ? demanda Tomek en pointant le livre.

— Il ne *fait* rien. Il donne des conseils sur comment revitaliser et redynamiser ta relation ou ton mariage.

— On en est déjà là ? On n'a eu que quelques rendez-vous. Je ne t'ai même pas encore demandé si tu voulais être ma petite amie.

— La réponse est oui, dit-elle franchement.

— Pardon ?

— Oui. Si, ou quand, tu te décideras à me le demander, la réponse sera oui.

Tomek saisit l'allusion et lui demanda tout en sirotant son café.

— Tellement romantique, répondit-elle. C'est exactement comme je l'avais toujours imaginé.

— J'aurais pu le faire après le sexe...

— Ça, c'est tragique. J'aime penser que tu as un minimum d'élégance.

Katie expliqua ensuite que le livre suggérait aux couples de faire deux rendez-vous. L'un centré sur les intérêts d'un partenaire, tandis que l'autre se concentrait sur ceux de l'autre. Tomek dut chercher longtemps pour trouver son intérêt. Il ne pouvait pas l'emmener dans une boutique de bonsaïs, car c'était ennuyeux et fastidieux. Il *pourrait*, cependant, l'emmener à RHS Hyde Hall à Chelmsford, mais il y était allé tellement de fois que l'expérience s'était émoussée. Et puis il réalisa. Il y avait un endroit. Un endroit qui l'excitait à chaque fois qu'il y allait. Un endroit qui était différent à chaque visite.

— Un match de foot. L'excitation dans sa voix le fit couiner.

Katie leva les yeux au ciel. — Les hommes et leur football.

— C'est le grand unificateur. Comme la bière.

— Mais je n'aime ni l'un ni l'autre.

— Donc tu vas me faire te demander d'être ma petite amie et ensuite refuser de faire les choses que je veux faire. C'est un prélude à ce qui nous attend ?

— Tu peux y croire, mon chéri. Elle serra sa main dans la sienne. — Bien sûr que j'adorerais aller à un match de foot avec toi. Mais il faudra que ce soit local. Je n'aime pas trop les trains, et j'aime encore moins Londres.

— Southend FC, alors. Les puissants Shrimpers. Tomek lui donna un baiser sur les lèvres. — Quelle est ton idée de rendez-vous ?

— Le kayak.

— Quoi ?

— C'est comme du canoë, mais avec un type de pagaie différent... et le bateau est fait de plastique, pas de bois.

— Je sais ce qu'est le kayak, idiote. C'est juste que tu n'en as jamais parlé avant.

— Parce que les gens réagissent généralement comme ça. Mon père m'emmenait ramer sur la Cam. Après avoir vu la Boat Race à la télé, j'en suis tombée amoureuse.

Comme je tombe amoureux de toi.

— L'Essex a plein d'endroits où aller. Surtout en automne et en hiver, quand il fait brumeux et froid. L'air est si frais... Elle inspira profondément. — Il n'y a rien de tel.

Tomek était d'accord avec elle, et ensemble ils inscrivirent les événements dans leur emploi du temps. Le kayak viendrait d'abord - demain - mais le football devrait attendre.

CHAPITRE
TRENTE

Le froid mordait la peau de Tomek malgré la couche de néoprène censée le protéger.

Katie avait suggéré de se mettre à l'eau dès le matin, quand la marée était à mi-chemin entre montante et descendante. C'était apparemment le moment où l'eau était la plus calme. Tomek n'en était pas convaincu, alors qu'il luttait pour s'installer dans le kayak et faillit perdre l'équilibre et tomber tête la première dans l'eau à plusieurs reprises. Jurer contre cet objet inanimé ne l'aidait en rien. Une fois installé, piégé à l'intérieur de ce minuscule bateau en plastique comme dans le cockpit d'un avion de chasse, il se débattit avec le gilet de sauvetage qui s'enfonçait dans son cou, irritant sa peau. Il n'était dans l'eau que depuis deux minutes et voulait déjà en sortir, agitant ses bras et ses rames en l'air comme les pattes de Bambi. Pendant ce temps, Katie, elle, était une pro ; habile, fluide et élégante dans ses mouvements sur l'eau tranquille. Elle faisait paraître cela facile. Mais pour Tomek, avec ses larges épaules et ses hanches encore plus larges, c'était tout sauf simple. Il aurait dû avoir la force du haut du corps nécessaire pour gérer son poids, mais après quelques coups de rame, ses muscles se transformèrent en gelée et il flottait simplement le long des nombreuses rivières. Les marais de Tollesbury offraient l'un des paysages les plus étranges qu'il ait jamais vus. Plat, à perte de vue. Ponctué par une multitude de bateaux à voile qui se détachaient à l'horizon, comme les poils sur le visage d'un adolescent. Un nuage bas avait commencé à rouler depuis l'est, et avec lui, la température chutait.

Katie était à quelques centaines de mètres devant lui. Manifestement, elle s'amusait. Tomek ne voulait pas être celui qui gâcherait son plaisir, alors il se ressaisit et fit une pause. Retrouva sa contenance. Et se rappela ce que l'instructeur avait dit avant qu'il ne soit déposé sur l'eau.

Lentement mais sûrement. Ils n'étaient que tous les deux, il n'y avait donc absolument aucune raison d'être compétitif ; c'était simplement dans sa nature. Il ne pouvait pas tolérer d'être le second en quoi que ce soit. Le deuxième meilleur frère (ce qui avait été une promotion après la mort de Michał) ; le deuxième meilleur en éducation physique à l'école ; le deuxième meilleur en formation de police. Il aimait être au sommet du podium, regardant tout le monde de haut.

Finalement, après dix minutes d'efforts, il rattrapa Katie. Surtout parce qu'elle avait ralenti. À présent, les muscles de ses épaules et de ses bras s'étaient endurcis et s'étaient familiarisés avec la gamme inhabituelle de mouvements qu'il leur imposait. Et il détestait l'admettre, mais il commençait vraiment à apprécier l'expérience.

Tout était si calme, si silencieux. L'air était frais, teinté d'une pointe de sel. Différent de la plage, différent de l'air de Leigh-on-Sea auquel il s'était tant habitué. Ici, il était... moins dense. Plus léger, flottant. Tout comme lui sur l'eau.

— Tu commences à prendre le coup ! lui lança Katie alors qu'il la dépassait brièvement. Ils avaient emprunté l'une des nombreuses avenues qui serpentaient à travers les marais, encadrés de chaque côté par les marécages.

— J'apprends vite, répondit-il. C'est facile, en fait. Je ne sais pas pourquoi je m'inquiétais.

— On fait la course ?

Tomek réfléchit un instant. — Qu'est-ce que gagne le vainqueur ?

— Le perdant doit préparer le dîner ce soir ?

— Chez moi ou chez toi ?

— Chez toi, dit-elle. Sophie et Caitlin organisent une soirée cinéma. Je ne pense pas qu'elles voudront qu'on les dérange.

Tomek acquiesça. C'était la chose sensée à faire, pour toutes les parties concernées.

— Alors, qu'en dis-tu ? On fait cette course ?

Tomek sourit en baissant légèrement la tête. Puis ils s'alignèrent l'un contre l'autre aussi près que possible, se balançant d'avant en arrière sur l'eau.

— Le premier à atteindre ce bâtiment là-bas est le gagnant, dit Katie.

Tomek leva les yeux à la recherche de la structure qu'elle avait mentionnée. Il ne l'avait pas vue au premier abord, mais là, au milieu des marais, se trouvait une petite grange ou cabane à bateaux, construite en bois et en briques, située au milieu d'une vaste étendue d'herbe à plus d'une centaine de mètres.

— Marché conclu, dit-il.

Et ils partirent.

Comme un cheval gavé de kétamine, Tomek démarra lentement, perdant l'équilibre dès le départ. Mais au moment où il atteignit enfin sa pleine vitesse, c'était inutile. Katie était déjà bien devant. Vingt mètres d'avance et l'écart se creusait. Vingt-cinq. Trente. C'était terminé avant même d'avoir commencé. Il semblait qu'elle n'avait pagayé qu'à cinquante pour cent de ses capacités, et qu'elle avait encore beaucoup plus à donner.

Tomek n'avait jamais eu la moindre chance.

Elle était déjà sortie de l'eau et pataugeait dans la boue au moment où il la rejoignit enfin.

— On va jeter un coup d'œil ? demanda Tomek, haletant.

— Tu n'en as pas envie ?

— Si... Mais..., dit-il entre deux respirations. Donne-moi une minute. Je suis crevé.

— Après *ça* ? Ce n'était rien. Tu devrais essayer sur la Tamise. Je fais partie d'un club de kayak à Westcliff. Là, c'est *vraiment* difficile.

Il ralentit jusqu'à s'arrêter, son corps se penchant en avant alors qu'il s'échouait dans la boue. — Mon corps est fait pour le rugby ou le foot, pas pour ça. Il y a plus de cent kilos de moi, et presque rien de toi.

— Ça n'a rien à voir avec ta force, lui dit-elle, déjà sur la terre ferme, l'attendant avec impatience. C'est une question de technique. Une fois que tu as compris ça, tu peux tout faire.

Tomek sortit de son kayak avec autant de grâce qu'un père ivre dansant sur une chaise et pataugea dans la boue vers elle. Il détestait le sourire agaçant et suffisant sur son visage. Elle était meilleure que lui, et elle le savait.

— Ne sois pas si dur avec toi-même, dit-elle d'un ton moqueur. Tout le monde ne peut pas être bon en tout.

— Ah vraiment ?

Tirant un pied de la terre et le posant à côté d'elle, il enroula ses mains autour de sa taille et la souleva. Ses cris résonnèrent à travers les marais, mais personne ne l'entendit. Personne ne pouvait entendre quoi que ce soit ici. Et puis il la laissa tomber sur le dos. Droit dans la boue. Sans le vouloir, il tomba sur elle, ses mains s'enfonçant dans la terre.

Ils se retrouvèrent face à face. À quelques centimètres l'un de l'autre. De petites taches de boue et d'herbe salissaient les cheveux et les joues de Katie, mais ça ne le dérangeait pas. À ce moment-là, il voulait l'embrasser.

Alors il le fit.

Malgré le froid, ses lèvres étaient chaudes, tendres. Comme une étreinte chaleureuse. Il prit soin de ne pas brusquer les choses alors que leurs langues entraient en contact, se tournant l'une autour de l'autre.

Lorsqu'il s'écarta, ses mains s'enfoncèrent plus profondément dans la boue.

— Merde, je suis coincé.

— Oh non, on va mourir ici.

Tomek prit le commentaire au premier degré.

— Sérieusement, tu as affronté des meurtriers, des violeurs et des pédophiles, et tu as peur d'un peu de boue ?

— Sans commentaire.

Avec un petit grognement, Katie libéra l'une de ses mains et le poussa loin d'elle. Une fois sorti de la boue, elle se dégagea elle-même et ensemble, ils se dirigèrent vers la structure. C'était un bâtiment d'un étage. La porte était en bois et commençait à pourrir. Elle grinça lorsque Tomek l'ouvrit. En tant qu'officier de police professionnel, il était le plus courageux des deux. Il possédait l'expérience qu'elle n'avait pas, et il entra le premier.

La cabane à bateaux lui rappelait sa chambre. Assez grande pour un lit double, mais c'était à peu près tout. L'intérieur était dépourvu de vie, vide. À l'exception d'un assortiment d'équipements de navigation qui y avaient été laissés, abandonnés depuis des années. Laissés à la poussière qui s'y déposait.

— À quoi servait cet endroit ? demanda-t-il.

— Un refuge, peut-être. Des réparations pour les bateaux sur l'eau. Ou bien il a pu être utilisé pendant la guerre comme tour de guet.

L'Essex avait joué un rôle central dans la lutte contre les Allemands pendant la Seconde Guerre mondiale. En particulier, la côte est qui, grâce à ses marais plats et denses, avait empêché les nazis d'envahir. Le terrain était impraticable pour le transport humain et véhiculaire, et leurs sous-marins auraient été repérés à des kilomètres, donc leur seule voie d'accès restante était par les airs. Pour combattre la menace croissante des attaques aériennes, plusieurs tours avaient été stratégiquement placées le long de la côte. Signalant toute attaque imminente, assurant que Londres soit préparée à l'avance. Parmi la plupart des tours de guet qui subsistent, certaines ont été réutilisées pour des pratiques militaires modernes, d'autres ont été transformées en musées ou autres attractions, tandis que d'autres - comme celle où ils se trouvaient - avaient été laissées à l'abandon.

Tomek se sentait privilégié d'être là. Dans cette petite cabane qui avait peut-être protégé des dizaines de vies, les sauvant de la mort par explosion. D'être là où les vrais héros s'étaient tenus autrefois.

— Fascinant, dit-il, pensif.

— N'est-ce pas ? L'Essex est plein de ces petits endroits.

— Comment se fait-il que tu en saches plus que moi ? Tu n'es même pas d'ici.

— Parce que j'ai *exploré*. Je sors plus que toi. Ce n'est pas comme si ton travail te le permettait.

Temps pour un changement de carrière ? Il ne pensait pas. Mais à partir de maintenant, il voulait faire un effort concerté pour explorer le comté qu'il appelait sa maison. Découvrir son histoire, explorer ses secrets. Mais d'abord, il voulait rentrer chez lui. Loin du froid et dans la chaleur. Il ne s'en était pas rendu compte, mais en se tenant là, inactif, ses muscles avaient cessé de bouger et son pouls s'était apaisé - tout cela abaissant les digues contre le froid qui revenait mordre à travers sa combinaison.

Ce soir-là, après deux douches et quatre couches de vêtements, Tomek se sentait enfin au chaud. En punition pour avoir perdu la course, il était responsable du dîner. En tant que vainqueur, Katie avait demandé une paella maison. Un de ses plats préférés. N'étant pas lui-même un grand amateur de paella et n'en ayant jamais préparé auparavant, Tomek fut contraint de chercher une recette en ligne. Tout en mélangeant le riz à la viande, il versa une quantité excessive d'épices sur le plat, puis entra dans le salon. Katie, vêtue d'un ensemble de pyjama qu'elle avait apporté, était assise sur le canapé, un plaid rouge drapé sur ses épaules. Regardant la télévision. Un chocolat chaud réchauffant ses mains.

— Ça ne devrait pas tarder, dit-il, puis il se dirigea vers son bureau de l'autre côté de la pièce. La petite table donnait sur la rue en contrebas et c'était l'endroit où il complétait souvent tout travail en suspens qu'il ne pouvait pas faire au bureau. Ce n'était pas souvent qu'il ramenait du travail à la maison, mais cette enquête était différente. La notoriété des victimes, et maintenant l'activité accrue autour de l'affaire grâce à l'article de presse et à la conférence de presse, signifiait une augmentation de la pression venant d'en haut. Durant l'après-midi, Tomek avait jeté quelques coups d'œil à ses emails et en avait vu plusieurs de Tony. L'inspecteur détective demandait des mises à jour sur tout - dont personne n'avait rien. Le plus gros problème dans l'enquête, selon le Maître Tiède, était de trouver Jimmy Hunter. L'homme avait une dent contre lui et, à en juger par le langage utilisé dans ses emails, voulait sa tête au bout d'une pique. Tony était convaincu qu'il était leur suspect numéro un, mais Tomek n'en était pas si sûr.

— Je croyais que tu n'étais pas censé travailler aujourd'hui, lui dit Katie alors qu'il ouvrait son ordinateur portable.

— J'aimerais bien ne pas le faire, répondit-il. C'est juste... l'Opération Highlander. Le SIO ne la lâche pas. Tony est dans tous ses états.

— Vous êtes plus proches de savoir qui est derrière tout ça ?

Un éclat de rire s'échappa des lèvres de Tomek. — Tu te souviens quand je me débattais avec ma pagaie tout à l'heure ?

— Oui.

— Considère ça comme une représentation littérale de là où nous en sommes dans l'enquête.

— Tu veux en parler ? Parfois, discuter des choses peut t'aider à y voir plus clair dans ta tête.

Tomek ne voyait pas le mal à cela.

— Après le dîner, répondit-il.

À sa grande surprise, ses talents culinaires avaient dépassé ses propres attentes. La paella était délicieuse, et il la considérait maintenant comme l'un de ses plats préférés. Un plat qu'il pourrait être amené à cuisiner plus souvent à l'avenir, réalisa-t-il plus tard. Une fois qu'ils eurent fini, ils laissèrent la vaisselle dans l'évier et se tournèrent vers les notes de l'affaire de Tomek. Il la mit au courant de tout.

— Nous n'avons aucune idée claire de qui c'est. Juste un tas de suppositions bancales et ténues. Le tueur n'a laissé aucun ADN sur les lieux, nous n'avons pas l'arme du crime, et nous ne savons même pas où se trouve la petite fille qu'ils utilisent.

— Qui sont vos suspects ?

Tomek lui raconta. À propos de Cathy Sharpe, l'agent de probation. À propos de son ancien petit ami prisonnier que Chey avait découvert suite aux instructions de Nadia. À propos de Harriet Montgomery, la victime de Timothy Rosenthal. À propos de son frère qui n'avait pas d'alibi pour la nuit de la mort de Timothy. À propos de Jimmy Hunter.

— Tu as déjà entendu parler de lui ?

Katie secoua la tête. — Je ne peux pas dire que oui. Je ne suis pas très active sur Facebook.

— Moi non plus. Je devrais probablement m'y inscrire à un moment donné.

— Pardon, quoi ?

— Je devrais m'inscrire à...

— Tu n'es *pas* sur Facebook ?

Tomek secoua la tête. Il n'avait jamais trouvé l'envie de perdre d'énormes quantités de son temps à voir ce que les autres faisaient.

— Twitter, Instagram, ce nouveau...

— TikTok ?

— Ouais. Je ne suis sur aucun d'entre eux.

— Tu es un tel vieux grincheux, c'est incroyable.

— J'ai de meilleures choses à faire de mon temps.

— Comme attraper des criminels ?

— Exactement. Sinon j'ai peur de finir par passer trop de temps là-dessus et oublier ce qui est important.

Katie rit de lui, puis lui donna un baiser sur la tête. Comme s'il était un enfant, récompensé pour avoir fait ses devoirs à temps.

— D'accord, vieillard, commença-t-elle. Concentre-toi. Que sais-tu d'autre sur le tueur ?

— À ce stade, je ne suis même pas sûr qu'il s'agisse d'un seul tueur. Ils semblent avoir accès aux informations personnelles des victimes - leurs adresses ainsi que leur casier judiciaire. Ces choses n'apparaissent pas comme par magie. Ils doivent savoir où les obtenir.

Tomek ouvrit le dossier qu'il avait apporté du travail et commença à examiner les notes de l'affaire que lui et le reste de l'équipe avaient tapées. Chacune avait été préparée par le DC Kaczmarek quelques jours auparavant et avait été partagée avec l'équipe.

Alors que Tomek feuilletait les pages, quelque chose attira l'attention de Katie. Elle tendit la main devant lui et posa son doigt sur le document. Juste en dessous de la photo de Gary Kershaw.

— Je le reconnais, dit-elle.

— D'où ? L'inquiétude montait dans sa voix.

— Je jure qu'il est venu dans ma boutique l'autre jour.

— Pour un uniforme scolaire ?

— Oui.

— Et tu es sûre que c'est lui ?

— Je veux dire, ça lui ressemble beaucoup.

— Il a acheté quelque chose ?

— Oui. L'ensemble complet. Jupe, collants, blazer, chemise. Il a dit que c'était pour sa petite-fille - elle avait besoin d'un nouvel uniforme. Au début, j'ai trouvé ça bizarre, c'était un vieil homme, mais je ne voulais pas juger.

— Peut-être que maintenant tu devrais, dit Tomek, ses pensées s'emballant. Quand est-ce que c'est arrivé ?

Katie retraça ses étapes. — Je crois que c'était vendredi.

— Le jour de sa mort. Ce salaud malade...

Après la rencontre de Tomek avec lui, l'informant de la mort de Timothy Rosenthal, Gary Kershaw n'avait guère tenu compte de l'avertissement et était allé en ville pour obtenir un uniforme scolaire. Tomek ne doutait pas de la personne à qui il était destiné. La petite fille qui avait été vue sur la vidéosurveillance. Tomek fouilla dans les dossiers, à la recherche de la photographie de la fille au manteau rouge.

— C'est elle... Elle semble apparaître lors des deux meurtres. Je pense que nous devons concentrer notre attention sur elle.

Katie le regarda perplexe. — Est-ce que tu viens de dire murderings ?

Putain de bordel de merde. Il l'avait dit. Involontairement et de façon non ironique. Devenait-il de plus en plus comme Tony ? D'abord ils partageaient les mêmes croyances, et maintenant ils utilisaient les mêmes mots. Il ne voulait pas y penser. Si c'était le cas, autant épargner à tout le monde le tracas et se tirer une balle.

Tomek ignora le commentaire et poursuivit son raisonnement. — Elle est la clé de tout ça, dit-il. La petite fille. Elle sait qui est derrière tout ça. Nous la trouvons, nous trouvons les tueurs.

— Où vas-tu la trouver ?

Tomek ne savait pas. S'il avait connu la réponse à cette question, il ne serait pas assis dans son salon à penser à se tirer une balle.

— Avez-vous essayé les écoles ? Elle doit bien aller dans l'une d'elles. Quelqu'un la reconnaîtra.

Tomek leva les yeux vers elle, les yeux écarquillés d'adoration. Pendant un moment, elle le regarda, confuse. Comme s'il venait de lui demander de l'épouser.

— Tu es un génie. Les écoles ! Comment avons-nous pu être si stupides pour oublier ? Elle doit aller à l'école. Et même si elle a été retirée de l'une d'elles, des gens l'auront vue. Des gens la reconnaîtront - ainsi que le manteau ! Tu es un génie. Merci.

— Tu peux me remercier si tu veux ?

Tomek n'avait pas besoin qu'on le lui dise deux fois. Inspiré par cette nouvelle révélation, il bondit de sa chaise, la souleva du sol et la porta jusqu'à la chambre. C'était la seule façon qu'il connaissait pour dire merci - et le penser vraiment.

CHAPITRE
TRENTE-ET-UN

Des cris. Toujours des cris. Le pire son que j'ai jamais entendu. Les mêmes cris qui me suivaient partout où j'allais.

Chaque fois que je faisais une erreur. Chaque fois que je ne lavais pas correctement la vaisselle. Que je ne ramassais pas mon linge. Que je n'essuyais pas la cuvette des toilettes avant de tirer la chasse.

Les cris qui me hanteront jusqu'à ma mort.

Ceux de maman.

Elle porte une longue parka pour se protéger du froid, mais elle semble plus élégante que pratique. Elle n'a pas mis longtemps à adopter le style de vie typique d'Essex. Tant que les vêtements sur ton corps coûtent plus cher que ta maison, tout va bien. Tu es sûr de t'intégrer. Papa n'a pas aidé, avec tout son argent, à le lui donner, à le dépenser pour elle.

Mais assez parlé d'eux.

Revenons aux cris. Les cris sont pires cette fois. Ils me font physiquement mal aux oreilles. À tel point qu'elles bourdonnent après. Je me demande, est-ce normal ? Mais j'ai trop peur de dire quoi que ce soit. Je ne veux pas me prendre une gifle. Maman est déjà en train de frapper les policiers alors qu'elle essaie de voir son fils préféré. Je ne vais pas être celui qui lui barre la route.

Elle est venue au parc parce qu'elle a paniqué. Quand elle ne nous a pas trouvés à la maison, elle est partie à notre recherche. À une époque où les téléphones portables n'existaient pas, elle dépendait beaucoup des gens qui respectaient leurs plans. Il n'a pas fallu longtemps avant qu'elle ne s'arrête et ne voie les gyrophares. Au début, elle ne m'avait même pas reconnu. Elle ne s'inquiétait que pour Michał. Michał le Magnifique.

Papa était en route, mais il n'y avait aucun moyen de savoir quand il arriverait.

Les policiers, il y en avait des dizaines, qui envahissaient la zone. Ils avaient fermé les entrées du parc et d'énormes projecteurs avaient été installés autour de l'aire de jeux. Une tente blanche, aussi grande que l'un des fourgons qui avait déposé les policiers, se dressait au-dessus du corps de Michał. Pour le protéger. Mais c'était inutile.

Ils se déplacent rapidement maintenant. Beaucoup de cris, beaucoup de discussions. Quelqu'un dit aux autres quoi faire, où aller, à qui parler, mais sa voix est noyée par les cris hystériques de maman. Quelqu'un doit la faire taire, je me souviens avoir pensé. La police doit faire son travail. Je dois faire mon travail. C'est moi qui ai tout vu se produire. Je peux être celui qui les aide.

Et puis ça se coupe.

Je suis assis à l'arrière d'une voiture de police avec Papa. Maman était trop bouleversée pour venir avec nous et est partie dans une voiture séparée. Bien. Papa, en revanche, semble calme, réservé, traitant silencieusement les événements. Nous sommes en route vers le commissariat. Je ne suis pas en difficulté, me disent-ils. Ils veulent juste me poser quelques questions. Mais je sais déjà ce qu'ils vont me demander, et je crains de ne pas pouvoir leur dire ce que je sais, ou ce qu'ils veulent entendre.

Mon estomac commence à me faire mal, à se nouer. Je n'ai pas les mots pour le décrire. Je regarde vers Papa, mais il regarde simplement par la fenêtre. Alors je fais la même chose, espérant que cela puisse m'apporter des réponses.

Les lampadaires jaune-orange défilent rapidement au-dessus de nous, et je tapote du doigt chaque fois que l'un d'entre eux entre dans le cadre de la fenêtre. Tap, tap. Ils se succèdent rapidement. La pluie a commencé. Forte, agressive. Tout comme la façon dont Michał est mort.

Je ferme les yeux et essaie d'imaginer ce qui s'est passé. Mais je n'y arrive pas. Les rêves dans les rêves n'existent pas.

Mais quand j'ouvre les yeux, je vois quelque chose.

Une silhouette, enveloppée de noir, couverte d'obscurité. Debout là, au bord de la route.

L'image devient plus nette.

Et puis ça se coupe.

CHAPITRE
TRENTE-DEUX

Tomek ouvrit les yeux et se retourna de l'autre côté, loin de la lumière matinale qui s'infiltrait peu après 8 heures. Katie dormait profondément, mais cela ne le dérangeait pas. Il profita de l'occasion pour la contempler un moment, repoussant l'instant où il se lèverait pour noter son rêve dans son journal. Cette fois-ci, le rêve avait été plus vivant, révélant des scènes et des informations qu'il n'avait jamais vues auparavant. Mais, bizarrement, il n'était pas pressé.

La réponse à tout cela le regardait droit dans les yeux. Avec ses yeux fermés. Tant qu'elle serait allongée à ses côtés et présente dans sa vie, il était convaincu que les rêves continueraient. Et qu'ils continueraient en abondance.

Tomek retira la couette de son corps et peina à sortir du lit. Il n'avait pas beaucoup de luxe dans sa vie. Le canapé, les chaises, le reste des décorations dans son salon - tout était modeste, des petits trucs bon marché qu'il avait achetés quand il le pouvait. Mais son lit... ça, c'était un investissement. Un qu'il avait longuement médité. Pour lui, le sommeil était essentiel. S'il y avait une affaire particulièrement macabre qui le tenait éveillé la nuit, et qu'il ne dormait pas sur son matelas, alors il avait autant de chances de s'assoupir que de courir le marathon de Londres en moins de deux heures. Mais s'il était dans son lit, bien au chaud sous les couvertures, rien ne le réveillerait, rien ne le dérangerait. Pas de quoi s'inquiéter.

Le seul problème survenait le matin. Quand il était temps de se réveiller. C'était là la plus grande lutte. Surtout pendant ces nuits d'automne sombres et déprimantes.

Il avait d'abord développé ses mauvaises habitudes de sommeil peu après la mort de Michał. Les cauchemars. Les ténèbres. La dépression silencieuse dont il n'avait pas conscience, le tirant progressivement de plus en plus profondément dans le vide. Jusqu'à ce qu'il trouve une faible lueur sous la forme d'un thérapeute, qui avait commencé le processus de guérison. Le processus de guérison qui ne serait jamais achevé. La ligne d'arrivée du marathon qui ne serait jamais atteinte. Toujours hors de portée.

Mais maintenant, il y avait une lumière dans sa vie. Une lumière vive et fluorescente qui n'était pas là avant. Une lumière qui rendait la ligne d'arrivée plus facile à atteindre.

À *sa* portée.

Et Katie ne devenait pas seulement une lumière éclatante dans sa vie personnelle, elle projetait également une lumière très importante et d'une couleur différente sur l'enquête. Sans ses intuitions, il n'aurait jamais eu la percée qu'ils avaient eue la nuit précédente. Maintenant, tout ce qu'il avait à faire était de convaincre le DI Hunt que c'était une piste d'enquête qui valait la peine d'être poursuivie et non un énorme gaspillage des ressources policières, comme il savait que cela pouvait l'être.

Quoi qu'il en soit, pour la remercier, ce matin-là, après avoir terminé la transcription de son cauchemar dans son journal, Tomek prépara le petit-déjeuner au lit pour Katie.

CHAPITRE
TRENTE-TROIS

—Bonjour, monsieur.

Tomek venait d'entrer dans le bureau où Tony était assis devant son ordinateur, le regard fixé sur l'écran, les yeux à quelques centimètres de la fenêtre en plastique.

— *Bonjour... Monsieur* ? dit Tony, retirant ses lunettes et les posant sur le bureau. Qui êtes-vous et qu'avez-vous fait de Tomek ?

— Monsieur ?

— Je ne pense pas que tu m'aies jamais appelé monsieur depuis qu'on travaille ensemble.

Il haussa les épaules. S'il voulait convaincre Tony de croire à son éclair de génie, il allait devoir jouer le gentil. Il allait falloir lécher des bottes. Chose qu'il n'avait jamais eu à faire avec Tony. Il imaginait que c'était osseux, sans viande, et poilu. Mais peu importait. C'était le moment de se montrer obséquieux.

— Je me sens de bonne humeur aujourd'hui, monsieur. C'est tout.

— Est-ce le grand mot commençant par A ?

Tomek réfléchit un instant. — Antipathie ? Apathie ? Amputé ?

— Amour, Tomek. Es-tu victime de ce que les jeunes appellent une violente montée d'hormones ?

— Personne n'a jamais appelé ça comme ça, monsieur.

Tomek ferma la porte derrière lui et s'avança dans la pièce.

— J'espérais pouvoir vous demander conseil sur quelque chose, dit-il.

— Il ne reste plus grand-chose à prendre dans ma vieille tête, j'en ai peur.

— Vieille tête ? Vous ne faites pas un jour de plus que cinquante-cinq ans.

Un sourire narquois apparut sur le visage de Tony. — Enfoiré.

Ce n'était pas la première fois qu'ils se faisaient rire mutuellement. La première fois était survenue l'autre soir, pendant leurs investigations à la prison de Chelmsford. Être enfermés dans une pièce tous les deux les avait forcés à discuter, à échanger, à apprendre à se connaître à un niveau plus personnel. Quelque chose qu'ils auraient peut-être dû faire plusieurs années auparavant. Tomek avait expliqué la situation avec son frère, et Tony l'avait écouté attentivement. Il ne s'était pas moqué, il n'avait pas jugé. Il avait simplement compris. Et à la fin, il s'était excusé pour sa remarque antérieure lors d'une des réunions d'équipe. Il n'avait pas compris la gravité de ce qui s'était passé et n'avait pas eu l'intention de l'offenser. Tomek avait apprécié le geste, puis ils avaient parlé de Tony. L'homme était plus drôle et singulier que Tomek ne l'avait cru. Il avait passé toute son enfance à essayer de s'intégrer mais s'était toujours retrouvé en marge des groupes sociaux. Son ami le plus proche pendant son enfance avait été le chien de la famille. D'une certaine façon, Tomek éprouvait de la pitié pour lui. Et il se rendait compte que cela expliquait beaucoup de choses : les compétences sociales maladroites, les commentaires inappropriés, le besoin constant d'approbation. Après leur discussion, il avait commencé à mieux comprendre et apprécier l'homme. Il était marié, sans enfants, et semblait satisfait de sa vie. Mais Tomek percevait qu'il y avait une aspiration à quelque chose de plus, quelque chose caché sous la surface.

— Sur quoi veux-tu me demander conseil ?

— Les enfants, dit Tomek.

— Je ne peux pas t'aider là-dessus, mon vieux. Je suis aussi stérile que le jour est long.

Tomek rit maladroitement. — Je me souviens que vous l'aviez mentionné. *Exactement* comme ça, d'ailleurs. C'est à propos de la fille, celle sur les images de vidéosurveillance.

— D'accord.

— Hier soir, j'ai eu l'idée géniale de la chercher à l'école.

Tony réfléchit un moment. — Tu te rends compte du nombre d'écoles qu'il y a dans le secteur ?

— Beaucoup, probablement.

— Et encore plus d'enfants. Sans compter qu'elle pourrait aller à l'école en dehors du secteur. Canvey, Rochford, jusqu'à Colchester. Ce filet est bien trop large, j'en ai peur. En plus, nous concentrons nos efforts sur la recherche de M. Jimmy Hunter.

— Et comment ça avance ? Tomek était incapable de cacher le mépris dans sa voix. Apparemment, faire du lèche-bottes à Tony n'avait que peu d'effet.

— C'est la merde. Impossible de le trouver.

— Alors pourquoi ne pas consacrer notre temps à retrouver la fille ?

— Es-tu conscient des ressources nécessaires pour cela ? Nous n'avons pas le budget.

— Budget, schmuget, Tony. Si nous trouvons la fille, nous trouvons le tueur.

— Et si nous trouvons Jimmy Hunter, nous trouvons le tueur.

— Vous ne pouvez pas en être certain.

Tony se frotta les yeux, plongé dans ses réflexions. — Les chances de succès sont bien plus grandes avec cette piste Hunter. Désolé, mon vieux.

Tomek n'allait pas accepter un refus.

— Et si j'ai raison, et que vous avez tort ? Si vous pouvez faire approuver ça par Nick, je vous laisserai en récolter tout le crédit.

Ça valait le coup d'essayer.

— Tu crois que je suis si facile à acheter ?

— Bien sûr que non. Je pense simplement que c'est quelque chose que nous devons faire. Genre, que nous devons *vraiment* faire. Parce qu'elle pourrait être en danger. Le bien-être d'un enfant est bien plus important que le bien-être de quelqu'un qui pourrait se retrouver sur la liste du tueur.

Les oreilles de Tony se dressèrent. — Tu changes de discours.

Tomek était prêt à déformer la vérité — et ses propres convictions — si cela lui permettait d'obtenir ce qu'il voulait. — Voyez les choses sous cet angle. Quand nous irons dans les écoles, nous pourrons leur rappeler l'importance de rester en sécurité en ligne. De ne parler à personne qu'ils ne connaissent pas. Les enfants utilisent des appareils de plus en plus jeunes de nos jours, et ils ont besoin qu'on leur enseigne quelques règles de base.

— Comme ne pas parler aux pédophiles, par exemple.

— Hé, c'est vous qui le dites. Pas moi. Excellente idée. Tomek leva les mains en l'air, comme pour se décharger de l'idée. — Vous devriez peut-être en avoir plus souvent, plaisanta-t-il.

— Sale enfoiré.

Une autre pensée le frappa. C'était une idée qu'il avait eue au début de l'enquête, mais qui était depuis devenue dormante, reposant au fond de son esprit comme le visage du meurtrier disparu de son frère.

— Les documents, dit-il.

— Lesquels ?

— Les casiers judiciaires et les lettres de mise à l'épreuve trouvés à côté des têtes de Timothy Rosenthal et Gary Kershaw.

— Quoi avec eux ?

— Ils étaient plastifiés.

Tony leva les yeux au ciel et se frappa la tête contre la table.

— Toi et ta fichue plastification. Tu en es obsédé.

— Oui, parce que *personne* ne plastifie plus.

— *Nous*, on le fait, bordel ! Tony se leva de sa chaise et pointa le mur du doigt. Tomek ne l'avait pas remarqué, mais accrochés à diverses formes d'épingles et d'accessoires de bureau se trouvaient des morceaux de papier plastifié.

— Ils n'étaient pas là l'autre jour, fit remarquer Tomek.

— Tu as raison, je viens de les accrocher pour te faire marcher. Ne sois pas idiot, espèce d'andouille. Ils ont toujours été là. Tu ne les as simplement jamais remarqués avant. Et maintenant que tu as le syndrome de la voiture jaune, tu en vois partout.

Tomek soupira et ouvrit la bouche, mais les mots ne sortaient pas. Ce fut un moment avant qu'il n'ait autre chose à dire.

— Vous vous souvenez de ce que j'ai dit l'autre jour ? Ce sont soit les hôpitaux, soit les écoles qui plastifient des trucs. Les écoles, Tony. Les écoles...

— Oui, merci, Tomek. Il lui lança un regard moqueur, comme si Tomek venait de lui rappeler qu'il fallait expirer après avoir inspiré. — Tu penses que quelqu'un dans une école pourrait avoir quelque chose à voir avec ça ?

— Peut-être.

— Et quelqu'un dans une école avec un petit enfant, possiblement âgé de sept ans, avec un grand manteau rouge...

— Et un accès facile à la plastification. N'oubliez pas la plastification.

Un autre rappel pour respirer. Un autre regard peu impressionné.

L'hésitation de Tony enthousiasma Tomek au point qu'il commença à le laisser transparaître sur son visage.

— C'est un oui ?

Plus d'hésitation. Puis : — J'y réfléchirai. Tu auras ma réponse avant la fin de la journée.

CHAPITRE
TRENTE-QUATRE

Le district scolaire de Southend-on-Sea comprenait quarante-deux écoles primaires et vingt-deux écoles secondaires. Soixante-quatre au total. Ce qui, en fin de compte, était un nombre bien plus important que ce à quoi Tomek s'attendait. Et cette zone ne s'étendait que jusqu'à Leigh-on-Sea, sans couvrir Hadleigh, Benfleet, Canvey Island et au-delà. En combinant tous ces chiffres, ils dépassaient largement la centaine d'établissements. Et comme chaque école nécessitait la présence d'au moins un membre de la brigade criminelle ou d'un agent en uniforme, on estimait qu'il leur faudrait au minimum un mois pour vérifier chaque établissement de manière approfondie. Sans point de départ, sans idée précise de l'endroit où la fille au manteau rouge avait pu étudier – si tant est qu'elle ait étudié – cela avait rapidement commencé à ressembler à une mauvaise idée.

Ils en étaient presque à une semaine dans ce qu'on appelait la tournée des écoles, et ils n'étaient toujours pas plus près de trouver la fille. Tomek avait visité dix écoles au cours des cinq derniers jours, s'entretenant avec les directeurs, divers enseignants dont les enfants fréquentaient la même école (heureusement, ce nombre était nettement inférieur et ne nécessitait pas autant de travail), puis s'adressant au reste de l'école lors d'assemblées distinctes pour les avertir des dangers des messageries en ligne. Pour que l'initiative soit approuvée par Nick et que le budget soit validé, Tony avait veillé à ce que ce point soit non négociable. Apparemment, ils faisaient du bien à la communauté. Bien que l'idée vienne de lui, Tomek commençait à penser que le seul bien qu'ils faisaient concernait les quotas de Nick. Il avait des comptes à rendre, et s'il pouvait faire d'une pierre deux coups, il allait s'assurer de les faire.

La prochaine sur la liste des écoles à visiter pour Tomek était l'école primaire de Kents Hill. Son ancien terrain de jeu.

Le bâtiment était beaucoup plus petit que dans ses souvenirs, et la cour de récréation qui lui avait semblé autrefois vaste et sans fin (à l'âge de onze ans) paraissait confinée, le périmètre clôturé visible depuis l'entrée principale. Cela faisait longtemps qu'il n'y avait pas mis les pieds. Pendant des années, il avait évité de passer devant, que ce soit en voiture ou à pied. Ses souvenirs de cet endroit étaient ternis par ce qui était arrivé à son frère. Au début, quand il avait vu le nom sur la liste, il avait envisagé de l'échanger avec quelqu'un d'autre. Mais il avait décidé de ne pas le faire.

Trente ans s'étaient écoulés. Il était grand temps.

Et il y avait toujours la possibilité de se rappeler davantage de cette nuit-là. Plus que ce que les cauchemars avaient à offrir.

Il se dirigea vers l'accueil. À sa droite se trouvait la réceptionniste, une femme qui semblait refuser de quitter les années soixante-dix, perchée derrière une vitre. Elle lui sourit et, après avoir entendu la raison de sa visite, fut plus que ravie de l'aider. Pendant qu'elle appelait la directrice, Tomek lui tourna le dos et regarda le mur opposé. C'était un collage de photos de classe. Des dizaines d'enfants perchés sur des marches, les plus grands au fond, les plus petits devant, les joues roses et les yeux grands ouverts, fixant l'appareil photo. Immunisés et naïfs face aux dures réalités d'une vie à venir. Tomek se souvenait de sa photo. Il était sûr qu'elle se trouvait quelque part chez ses parents. C'était par une journée ensoleillée, en été, et tous portaient leur polo, l'emblème violet brodé sur leur poitrine. On avait demandé à Tomek de se tenir au fond. L'un des plus grands de son année. Le point central de la photo. Pourtant, en réalité, personne n'avait voulu lui parler, personne n'avait choisi de jouer au football avec lui pendant la pause déjeuner, personne n'avait pris la peine de faire sa connaissance. Au lieu de cela, ils l'avaient harcelé et taquiné.

Tomek scruta les visages des enfants qui progressaient au fil des années. Il ne reconnaissait aucun des enseignants. Stupide, vraiment, étant donné que cela faisait trente ans et que beaucoup d'entre eux étaient maintenant soit morts, soit à la retraite. Cette pensée l'attrista un moment. Mais elle fut rapidement interrompue.

À l'entrée de la salle d'assemblée se tenait une femme dans la quarantaine. La directrice, présuma-t-il, à en juger par sa tenue. Élégante, les manches de sa veste retroussées sur ses bras, et portant des bottines à talons. Peut-être trop formelle et sophistiquée pour une école primaire, mais il respectait déjà son niveau de professionnalisme. Il pouvait dire que ce serait succinct, rapide et précis. Que ce soit productif ou non, cela restait à voir.

Après s'être présentée comme Vanessa Parris, elle l'emmena dans son bureau situé à l'arrière du comptoir d'accueil et lui offrit une tasse de thé. Après avoir refusé, il s'assit sur une chaise horriblement inconfortable faite d'un tissu rêche, bleu foncé, qui irritait sa peau à chaque respiration.

— Je vois que les chaises n'ont pas changé depuis ma dernière visite, dit-il.

— Désolée, répondit Vanessa. Les seules personnes que je reçois souvent ici sont des élèves. Ils les trouvent beaucoup plus confortables que les sièges en plastique rigide sur lesquels ils doivent s'asseoir en classe.

Vanessa parlait avec articulation, produit d'une éducation prestigieuse quelque part en dehors du comté. Immédiatement, par sa façon de s'asseoir – droite, poitrine en avant, épaules en arrière – elle donnait l'impression d'être une femme fière de sa position, et qui avait travaillé avec acharnement pour l'obtenir.

— Comment puis-je vous aider aujourd'hui, officier ?

Tomek expliqua la raison de sa visite. Il fouilla dans la poche de son manteau et sortit la photo de la fille au manteau rouge. — Vous ne reconnaissez pas ce manteau par hasard ? Vous l'auriez peut-être vu dans la cour de récréation, porté par l'une des élèves quand on vient la chercher ?

Vanessa examina la photo avec la même attention aux détails que celle qu'il soupçonnait qu'elle accordait à ses élèves. Méthodique, minutieuse.

— Il ne me dit rien. Ni les cheveux, malheureusement. Je veux dire, nous avons beaucoup de filles dans cette école avec cette couleur de cheveux. Ce n'est guère unique.

Tomek en était conscient. C'était la même réponse qu'il avait reçue de tous ceux à qui il avait parlé à ce sujet.

— Et qu'en est-il des enseignants qui ont des enfants qui viennent à l'école ? En avez-vous ?

Vanessa secoua la tête. — Ils sont tous partis maintenant.

— Les enseignants ou les enfants ?

— Est-ce important ?

Tout bien considéré, non.

— Je suis désolée de demander... commença-t-elle maladroitement. Mais je reconnais votre nom...

Elle n'acheva pas ce qu'elle avait à dire parce que Tomek savait qu'elle ne le pouvait pas. C'était un sujet difficile à aborder. Il décida de lui donner un coup de main.

— Oui. C'est bien moi. Enfin, pas *moi*. C'était mon frère qui est mort. J'étais juste celui qui l'a trouvé.

Le visage de Vanessa devint compatissant, et elle lui lança un regard qu'elle avait utilisé mille fois. Pour consoler des enfants bouleversés et contrariés. Pour montrer qu'elle comprenait. Un visage qui exsudait l'empathie. Qu'elle soit fausse ou réelle, peu lui importait. C'était l'intention qui aidait.

— Je ne sais pas si vous êtes au courant, poursuivit-elle, mais l'avez-vous vu récemment ?

— Vu quoi ?

S'il vous plaît, ne dites pas son corps. S'il vous plaît, ne dites pas son corps.

— Son banc.

— Pardon ?

— Il y a un banc dans l'école. Dédié à sa mémoire. Vous ne le saviez pas ?

Tomek était stupéfait. Il avait l'impression que l'oxygène avait été expulsé de ses poumons et qu'il ne pouvait plus fournir à son cerveau ce dont il avait besoin pour réfléchir correctement. Pendant un long moment, il resta assis là, fixant le col de sa chemise, inconscient des cris des enfants qui couraient dans la cour de récréation à l'extérieur.

Quand il revint finalement à lui, il réalisa que sa bouche était tombée ouverte et qu'une flaque de salive s'était formée près de ses dents.

— Voulez-vous le voir ?

CHAPITRE
TRENTE-CINQ

Tomek avait à peine quitté le banc des yeux qu'il arrivait déjà à l'école suivante de sa liste. Celle-ci, il ne l'avait jamais visitée, mais il en avait entendu parler. Southend High School for Girls. Comme son nom l'indiquait, c'était une école exclusivement pour filles située au nord de Southend, comprenant une école primaire pour les enfants jusqu'à onze ans, et un établissement secondaire pour les onze ans et plus. Parce que Nick avait insisté sur la protection des enfants de Southend, il avait passé les deux dernières heures à s'adresser à des classes entières sur les dangers et les pièges des messageries en ligne et des réseaux sociaux. Il n'avait pas de présentation PowerPoint sophistiquée ni de script pour l'aider, seulement ses propres réflexions – influencées par la formation qu'il avait suivie plusieurs années auparavant. Il lui avait fallu un moment pour maîtriser son propre discours, mais au moment où il avait atteint la classe de première, il l'avait bien rodé. Le seul problème, c'est qu'elles s'en fichaient complètement. La tranche d'âge à laquelle sa sensibilisation était principalement destinée n'en avait rien à faire. C'étaient des adolescentes odieuses et ignorantes, et alors qu'il scrutait la salle, face à près de quatre cents gamines de seize ans, à la fois en pleine effervescence hormonale et affamées, il était reconnaissant de ne devoir faire cela que pour une courte durée. Il n'aurait pas pu imaginer supporter ça quotidiennement. Pas comme certains intervenants professionnels.

L'attitude, l'addiction constante à leurs téléphones portables ; il pouvait voir certains de leurs visages s'illuminer d'une teinte bleu-blanc de temps en temps alors qu'elles envoyaient des messages à leurs amies sur leurs genoux sans grande discrétion.

— Je suis sûr que certaines d'entre vous ont récemment vu aux informations, commença-t-il, qu'un tueur s'en prend à d'anciens délinquants sexuels qui ont été inculpés pour viol et pédophilie. Ce dont je voulais discuter avec vous aujourd'hui, ce sont les dangers de parler avec des inconnus en ligne.

Tomek décida d'emblée qu'elles étaient assez âgées pour entendre la vérité. Elles pouvaient être ignorantes, certes, mais pas stupides. Elles verraient à travers ses euphémismes, et s'il voulait gagner leur respect, il allait devoir être franc et honnête avec elles sur les réalités de ce qui pourrait arriver si elles ne faisaient pas attention.

— Les deux victimes ont été reconnues coupables de grooming en ligne et de relations sexuelles avec des mineurs, et dans les événements précédant leur mort, nous pensons qu'ils ont envoyé des messages à une jeune fille en ligne et devaient la rencontrer. C'était dans des moments comme celui-ci qu'il aurait aimé avoir une présentation PowerPoint derrière lui, pour pouvoir cliquer sur un bouton et montrer une photo de la fille au manteau rouge. Suivie d'images plus dérangeantes prises sur les scènes de crime de Timothy Rosenthal et Gary Kershaw. — Ces hommes ne sont pas seuls dans leurs actions. Il y en a des dizaines d'autres qui cherchent à trouver des garçons et des filles plus jeunes en ligne pour leur envoyer des messages, dans l'espoir de finalement les rencontrer. Ils peuvent paraître drôles, inoffensifs et amicaux, mais ils ne le sont pas. Leurs méthodes visent à flatter et à tromper. Peut-être traversez-vous une période difficile avec votre petit ami ou petite amie, ou peut-être avez-vous eu une dispute avec vos parents, et vous avez besoin de quelqu'un à qui parler. Ils apparaîtront d'abord comme votre ami. Mais ensuite, quand vous commencerez à vous sentir plus à l'aise en leur parlant, et qu'ils sentiront que vous vous ouvrez davantage à eux, c'est là qu'ils commenceront à vous demander des choses. Au début, ce pourrait être quelques photos de vous. Puis cela pourrait progresser vers des vidéos. Jusqu'à ce que finalement, cela aboutisse à une rencontre où vous

vous exposez à la possibilité d'être violée. Ces hommes se fichent de qui vous êtes ou de ce que vous faites. Ils ne veulent qu'une seule chose.

Tomek leva son doigt en l'air pour souligner son propos. Il s'était légèrement écarté du sujet, mais il l'avait jugé nécessaire. Les enfants devaient savoir.

— Si quelqu'un vous contacte, la meilleure façon de gérer la situation est d'en parler à votre parent, tuteur, ou même à votre professeur. Ils pourront vous aider à faire ce qu'il faut. Si nécessaire, cela sera signalé à la police, et nous pourrons prendre le relais. Mais la seule façon dont nous sommes au courant de ces choses, c'est si vous nous le dites.

La salle d'assemblée tomba dans le silence. Le froissement des fesses sur les sièges et le tapotement impatient des pieds sur le sol s'arrêtèrent. Qu'il les ait stupéfiées ou ennuyées, il ne pouvait le dire. Tout ce qui importait, c'est qu'elles l'avaient écouté.

Du moins, c'est ce qu'il pensait.

— Mon père dit que celui qui commet ces meurtres ne mérite pas d'être attrapé, lança l'un des petits visages immatures depuis la foule sans lever la main.

Tomek chercha la propriétaire de la voix, mais ne put la trouver. — Votre père est un homme stupide s'il pense cela, dit Tomek. Puis il s'adressa au reste de la salle. — Et si quelqu'un connaît quelqu'un d'autre qui dit quelque chose de similaire, alors cette personne est également stupide. Tuer aveuglément un autre individu n'est pas une façon d'exercer la vengeance ou la justice. C'est pour cela que nous, et le système judiciaire, existons.

Une main se leva brusquement. Tomek la désigna, se sentant comme s'il participait à un épisode de *Question Time*. Bien qu'il espérait ne pas être attaqué comme certains membres du panel qu'il avait vus s'effondrer dans cette émission.

— Comment ça se fait que vous n'avez pas encore trouvé la personne qui l'a fait ? demanda la voix.

— Nos enquêtes sont en cours, répondit Tomek. Une enquête pour meurtre est un processus long et minutieux.

— Mon père dit que vous retardez pour qu'ils tuent plus de gens, comme ça vous n'avez rien à faire.

Nom de Dieu, pensa Tomek. *Est-ce que le père de tout le monde a quelque chose à dire ?*

— Votre père ne sait pas de quoi il parle, j'en ai peur. Maintenant, quelqu'un a-t-il des questions sur ce dont j'ai discuté ?

Une multitude de mains se levèrent. Tomek était réticent à en choisir une, de peur qu'elle ne fasse un autre commentaire stupide. Il prit un risque et choisit une fille du premier rang. C'était la première fois qu'il pouvait voir une des personnes à qui il s'adressait. Son uniforme était en désordre – cravate trop courte, jupe trop haute, boutons du haut déboutonnés – et son maquillage était épais.

— Oui ? lui dit-il.

— Comment ces personnes communiquent-elles ?

— Bonne question. Il existe différentes façons pour les prédateurs sexuels de communiquer avec vous en ligne. Mais ils choisissent principalement de le faire via les réseaux sociaux.

— Donc des choses comme TikTok, Facebook, Instagram, Snapchat, Twitter ?

— Oui, c'est exact.

— Êtes-vous sur l'un d'entre eux, monsieur ?

— Oh mon Dieu, Elizabeth, tu ne peux pas demander ça ! dit l'une des filles assises à côté d'elle.

— Mademoiselle Wheeler, ça suffit, intervint un professeur depuis l'ombre au fond de la salle.

— Non, ce n'est pas grave, dit Tomek, calmant la salle d'assemblée de quelques gestes de la main avant que la situation ne dégénère. — Non, continua-t-il. Je ne suis sur aucune plateforme de médias sociaux.

Il s'apprêtait à passer à la question suivante quand elle poursuivit. — C'est dommage. Vous auriez pu vous glisser dans mes DM, monsieur, et je n'aurais rien dit à personne. Ça aurait pu être notre petit secret.

— Très bien, Elizabeth, c'en est assez – allez, sors d'ici.

Avant même que la fille ne soit debout, Tomek décida qu'il en avait assez lui aussi, et quitta l'estrade sous un chœur d'acclamations et de cris.

Putain d'adolescents.

CHAPITRE
TRENTE-SIX

— Comment ça s'est passé ?

— À peu près comme je m'y attendais, pour être honnête. Et ce n'est pas dire grand-chose.

La directrice Miranda Hartwell pinça les lèvres en l'écoutant, comme si elle posait pour une séance photo. Il l'estimait dans la même tranche d'âge que lui et trouvait qu'elle faisait jeune pour son âge. Soignée, convenable et peut-être un peu stricte. « Je suis désolée que les filles n'aient pas pu vous être plus utiles, inspecteur. Et je suis navrée pour Elizabeth. Laissez-nous lui dire deux mots. Ce n'est pas dans leurs habitudes de se comporter ainsi. Je dois admettre que je me demandais comment elles réagiraient face à un homme comme vous. »

Un homme comme lui ? Lui faisait-elle des avances ? Depuis que sa relation avec Katie avait commencé à se développer, il n'avait guère accordé d'attention au reste de la gent féminine. Il était devenu myope, avec Katie comme point focal, sa vision périphérique occultée.

— Peu importe qui vient leur parler, dit-il, espérant minimiser ses avances, elles devraient être attentives. Il est important qu'elles apprennent à distinguer le bien du mal.

— À qui le dites-vous, répondit-elle. Je suis constamment en train de réprimander ma fille parce qu'elle passe trop de temps sur sa tablette. C'est ma faute, je le sais. Mais c'est tellement... *facile* de la leur donner et de vaquer à ses occupations. Elles sont contentes, je suis contente. Et je peux enfin faire mon travail.

La question suivante de Tomek le brûlait depuis sa première phrase. — Vous avez une fille ?

— Oui. Je suis mère célibataire. S'il s'agissait d'un geste inconscient ou (comme Tomek le présumait) délibéré, Miranda caressa l'annulaire de sa main gauche, avant de regarder celui de Tomek. J'ai élevé ma fille seule depuis qu'elle était bébé. Son père ne voulait pas faire partie de sa vie et j'étais heureuse de le laisser partir.

— Quel âge a votre fille ?

— Sept ans. Elle en aura huit dans quelques semaines. Née en janvier. Capricorne. Elle est très indépendante...

— Sauf pour la tablette.

Miranda laissa échapper un petit rire. — Oui. Sauf pour la tablette.

Les idées de Tomek s'emballaient, mais il ne voulait pas révéler ce qu'il avait en tête. Alors il inspecta plutôt la pièce, cherchant une photo de l'enfant. C'était la première fois qu'il parlait avec une enseignante ou une directrice qui avait une fille du même âge que la fillette au manteau rouge. Mais Miranda semblait s'assurer que celle-ci n'existait pas. Pas de photos, pas de dessins ni de souvenirs offerts par sa fille. Rien ne suggérait qu'elle avait même un foyer où rentrer. Ce n'était pas inhabituel, mais Tomek s'attendait à plus de la part d'une mère célibataire.

Ou peut-être était-ce justement cela. Peut-être que c'était l'absence totale d'effets personnels qui sonnait l'alarme. Le tueur avait utilisé un enfant comme appât dans les meurtres. Et il s'était demandé à plusieurs reprises, quel genre de mère ferait cela ? Quel genre de père ? Quel genre de parent ?

Le genre qui négligeait son enfant et la laissait jouer avec sa tablette au lieu de créer des liens avec elle ?

Tomek pensait que c'était un peu tiré par les cheveux. Mais chaque piste, même improbable, méritait d'être explorée si cela permettait d'empêcher un tueur dérangé et macabre d'ajouter d'autres victimes à sa liste.

— Y a-t-il autre chose que je puisse faire pour vous aujourd'hui, inspecteur ?

Le silence de Tomek l'avait effrayée. En l'espace de quelques fractions de seconde, elle était devenue taciturne, tendue, et cherchait déjà à le faire sortir de la pièce.

— Votre fille fréquente-t-elle cette école ? demanda-t-il, faisant toujours semblant de faire la conversation.

— Non. Je l'ai inscrite dans une autre école. Chalkwell Hall. Pas loin d'ici.

Ce n'était pas sur la liste de Tomek, mais il en prit note quand même.

— Autre chose ?

Il avait touché un point sensible, et elle voulait vraiment se débarrasser de lui. Dans la presse et en ligne, il avait commencé à voir des grognements de guerriers du clavier prétendant que la police protégeait l'un des leurs. Quelqu'un soupçonné d'être soit un violeur, soit un pédophile. Et ainsi, en ne poursuivant pas le tueur, ils permettaient à la brebis galeuse du service de s'échapper ou de se cacher. L'argument était complètement absurde, mais il savait à quel point les mots de quelques-uns pouvaient être persuasifs en ligne. Et le voilà, un homme adulte posant des questions sur sa fille de sept ans.

— Reconnaissez-vous la fille sur cette photo ?

Tomek sortit de sa poche la photo de la fillette au manteau rouge et la tint devant le visage de Miranda. Elle étudia l'image pendant un moment, l'examinant attentivement. Plus longtemps que toutes les autres personnes à qui il avait montré la photo. Soit elle essayait de cacher un éclair de reconnaissance dans ses yeux, soit elle tentait de comparer les traits avec les centaines d'enfants du même âge qu'elle voyait quotidiennement. Tomek ne pouvait dire laquelle des deux options était la bonne.

— Non, répondit-elle. Je ne peux pas dire que je la reconnais. Avez-vous une image du visage ?

— Malheureusement, non...

Elle pinça les lèvres et inclina la tête sur le côté. — Alors, non, je regrette. Je... je ne pense pas pouvoir vous être d'une grande aide.

Tomek rangea l'image et la remit dans sa poche. — Très bien. Merci pour votre temps. Je vous recontacterai si nous avons besoin de vous.

CHAPITRE
TRENTE-SEPT

P as de nouvelles, bonnes nouvelles, comme dit le proverbe. Sauf quand on est au milieu d'une enquête sur un double meurtre. Dans ces circonstances particulières (et heureusement assez rares), pas de nouvelles signifie mauvaises nouvelles.

Pas de nouvelles voulait dire que l'enquête stagnait. Qu'elle se dirigeait rapidement et inexorablement vers une impasse. Comme un rocher dévalant la montagne qu'on ne pouvait plus arrêter, et toute l'équipe se tenait en bas, bouche bée, clouée sur place. Attendant l'inévitable vague de dépression et de fatigue qui allait les frapper. Ce qu'il fallait, c'était un regard neuf, une nouvelle perspective sur la façon dont les choses avançaient. Mais malheureusement pour la police d'Essex, ce n'était pas possible. Tous les autres officiers de la brigade criminelle de Chelmsford et d'ailleurs étaient déjà débordés, et le soutien qu'ils pouvaient envoyer était plus que limité.

L'ambiance dans la salle des opérations, le lendemain matin de la rencontre de Tomek avec la directrice Miranda Hartwell, était morose. Tomek pouvait presque voir les visages de ses collègues se refléter sur le rocher qui faisait des culbutes en descendant la montagne. Il n'y avait aucune trace de sourire, aucun indice d'une bonne idée à l'horizon. Alors que Tomek, de son côté, avait toutes les raisons d'être heureux, d'être excité.

— Je pense que je vais lancer la réunion, commença-t-il, alors que le briefing matinal démarrait. Vous avez tous l'air d'avoir vu votre père se raser les fesses avec une jambe posée sur la baignoire. En hurlant à la lune. Personne n'a besoin de voir ça. Pas même Tony.

Cela provoqua un léger rire dans la salle, y compris de la part de Tony, qui se contenta de lever les yeux au ciel et laissa Tomek continuer. Public difficile ce matin.

— D'abord, j'aimerais tous vous remercier pour vos efforts dans les entretiens avec les écoles et les enseignants. Je sais que c'était beaucoup de travail, mais je pense que nous avons pu en tirer quelque chose d'utile.

— Ce qui signifie que *toi*, évidemment, tu en as tiré quelque chose, dit Rachel. Alors pourquoi ne pas nous dire de quoi il s'agit ?

Tomek fit une pause. Un peu sous le choc. Il n'avait jamais reçu une réplique aussi cinglante de sa part. Quelque chose n'allait pas.

— Une des directrices à qui j'ai parlé a une fille du même âge que notre fille au manteau rouge. Je n'ai pas pu l'identifier, ni la faire correspondre avec la photo, mais je sais dans quelle école elle va. Chalkwell Hall.

Tomek balaya la salle du regard.

— Qui s'est occupé de celle-là ?

Personne ne leva la main, ni ne dit quoi que ce soit.

— Personne ? Personne ? Bueller ? Bueller ?

Son imitation de *La Folle Journée de Ferris Bueller* était médiocre, mais elle eut le même effet que dans le film. Toujours pas de réponse.

— D'accord, alors laissez-moi reformuler : qui était *censé* aller à cette école ?

Cette fois, une petite main se leva. Le plus petit membre de l'équipe.

— Monsieur Pepper, dit Tomek. Je vois. Et pourquoi ne l'avez-vous pas fait ?

— Occupé, monsieur.

— Si vous voulez qu'on commence à vous appeler une Porsche Cheyenne, alors vous allez devoir faire un peu plus d'efforts. Parce que pour l'instant, vous pourriez envisager un Chey-ngement de carrière.

Tomek soupira et posa ses mains sur ses hanches. Il refusait de croire qu'il devenait de plus en plus comme Nasty Nick au fil des mois.

— Que faisiez-vous à la place ?

Chey déglutit avant de répondre.

— Nous avons retrouvé la voiture de Timothy Rosenthal, monsieur.

— Quand ?

— L'autre jour. J'ai enquêté là-dessus.

Tomek tourna son attention vers Tony.

— Comment se fait-il que personne ne m'ait prévenu ?

Tony, assis les jambes croisées, les décroise et se leva.

— Parce que Chey est venu me voir. Tu n'étais pas là, alors je m'en suis occupé. C'est tout.

Malgré leurs progrès, après avoir fait un pas ou deux en avant, Tomek avait l'impression de venir de reculer de dix. Ce n'était qu'un inconvénient mineur, mais Chey, en tant qu'inspecteur, était censé rendre des comptes à Tomek. Et quand il passait au-dessus de sa tête, il n'appréciait pas.

— Quoi de neuf sur la voiture ? demanda Tony, s'emparant de la conversation.

— Rien, monsieur. Elle a été gravement brûlée, et il n'y avait absolument aucune trace d'ADN sur les lieux. La police scientifique a examiné chaque centimètre, mais ils ne peuvent trouver aucune preuve de qui l'a conduite tout ce temps.

— Depuis combien de temps était-elle là ?

— On pense depuis un certain temps. Quelques semaines, au moins. Depuis, il a plu des cordes, il y a eu du vent, du brouillard. Même quelques renards et oiseaux ont chié dedans. Recueillir une preuve quelconque allait toujours être difficile.

— Et les plaques d'immatriculation ? demanda Tomek.

— Fausses. Elles ont été changées à un moment après la mort de Timothy. J'ai essayé de les retrouver sur la vidéosurveillance et les systèmes de reconnaissance automatique, mais rien n'apparaît. C'est comme si elles étaient fantômes.

— Où l'a-t-on retrouvée ?

— Au milieu d'une zone industrielle à Tilbury.

— Là où des centaines de personnes travaillent chaque jour, passant devant en voiture ?

Chey haussa les épaules.

— C'est Tilbury, monsieur. Quelqu'un pourrait vous poignarder en pleine poitrine et vous fermeriez quand même les yeux.

Chey avait raison, mais cela ne signifiait pas que c'était la fin de la conversation. Ou la fin de *son* enquête.

— Donc quelqu'un a dû la déposer, la brûler, et ensuite quoi ? Frotter sa lampe magique et disparaître chez lui ?

Le visage de Chey se tordit de confusion.

— Je vous demande comment ils sont sortis de la zone industrielle pour retourner dans le trou où ils vivent sans que personne ne les voie.

— Pas très sûr, monsieur. Il n'y a pas de caméras dans la zone.

Tomek leva les yeux au ciel et soupira intérieurement. Putain de Tilbury. Laissant tomber l'équipe, encore une fois.

— Et l'arme du crime ? demanda-t-il, plein d'espoir, même s'il savait que c'était inutile vu la tournure qu'avait déjà prise la conversation. A-t-on trouvé quelque chose sur les lieux ?

Chey secoua la tête et dit à Tomek tout ce qu'il avait besoin de savoir. Il ne pouvait pas le nier, il était déçu du jeune homme. Au lieu de le réprimander, comme Nick l'aurait fait avec lui, Tomek décida de rompre avec la tendance et de lui donner une chance de se racheter.

— Allez à Chalkwell Hall et voyez ce que vous pouvez découvrir sur la fille de Miranda Hartwell, dit-il. Voyez ce que ses professeurs ont à dire à son sujet. Il y a des chances que la fille au manteau rouge soit timide et réservée avec ses pairs, mais habituée à être entourée d'adultes.

— Oui, monsieur.

— En fait, je vais venir avec vous. Pour garder un œil sur vous.

À partir de ce moment, Tony prit le relais de la discussion et dirigea leur attention sur Jimmy Hunter. Il n'y avait toujours aucune nouvelle sur l'emplacement de cet homme insaisissable, car ils n'avaient pas pu découvrir son nom d'origine. Mais ils s'en rapprochaient. Tony le sentait. Il était trop tôt pour qu'ils communiquent le nom de leur principal suspect aux médias ou le diffusent en ligne. Ils devaient attendre d'être absolument certains.

Après la fin de la réunion, Tomek se précipita dans la cuisine à la recherche de la bouilloire, où il trouva Rachel déjà en train de planer au-dessus.

— Tu pourrais m'en faire un aussi, s'il te plaît ? demanda-t-il poliment.

— Bien sûr.

Toujours la même réponse froide et brève qu'elle lui avait donnée plus tôt.

— Tout va bien ?

Rachel se tourna vers lui. Son front était plissé, et la couleur avait quitté ses joues. Elle avait l'air plus malade que frustrée.

— Est-ce que ça va toujours être comme ça ? demanda-t-elle lentement.

— Non... Je suis capable de faire mon propre café.

— Ce n'est pas ce que je voulais dire. Je parlais de... l'enquête. C'est tellement... lent. Ça nous prend beaucoup trop de temps pour arriver quelque part. On n'a pas de pistes, on n'a aucune idée de qui on cherche.

— Tony semble penser qu'on est après Jimmy Hunter, dit Tomek.

— Il bande pour le mauvais type. Je le sais, tu le sais.

— Je pense que ça vient d'en haut. Tu sais ce qu'on dit, la merde coule vers le bas.

— Et l'argent et une licorne aussi quand on les pousse assez fort, mais je ne vois ni l'un ni l'autre en ce moment.

Tomek ne savait pas quoi lui dire ; il ne pouvait certainement pas lui dire ce qu'elle voulait entendre, parce qu'il ne savait pas ce que c'était.

— Tu te souviens quand tu as rejoint l'équipe et que je t'ai dit que les choses fonctionnent un peu plus lentement ici ?

— Je pensais que tu voulais dire voiture de course au lieu de Formule 1. Pas glacial, bon sang. Je m'attendrais à ça quelque part dans le nord, où ils passent leur temps à repousser des moutons et des vaches.

— On fait la même chose ici, dit-il. Mais on les appelle les habitants d'Essex. Ils ont le même tempérament et la même obstination que les moutons, et certains d'entre eux peuvent être de vraies vaches.

Elle sourit. Pour la première fois aujourd'hui, elle sourit.

— Ne plaisante pas, dit-elle. C'est juste frustrant.

— Je comprends. C'est frustrant pour moi aussi. C'est frustrant pour nous tous. On y est juste plus habitués que toi.

— Je m'inquiète d'une troisième victime, continua-t-elle, en baissant la voix.

— Que veux-tu dire ?

— Le tueur s'est fait discret. Je pense qu'il s'est soit caché, soit qu'il prépare le prochain meurtre. Ça fait trop longtemps qu'il n'a pas frappé.

— Peut-être qu'on l'a effrayé. Dès qu'il a entendu qu'on faisait appel à l'une des meilleures de Londres, il s'est enfui.

— *Tesco's Finest*, plutôt.

Sans vouloir la traiter avec condescendance, Tomek lui dit qu'elle faisait du bon travail et qu'elle devait persévérer. Les réponses étaient là, quelque part, ils devaient juste les trouver.

Heureusement pour Tomek, rien de ce qu'elle pouvait dire, ni son pessimisme, ne pouvait effacer le sourire de son visage.

CHAPITRE
TRENTE-HUIT

Deux heures plus tard, ils étaient assis dans le bureau de Harvey Prince. Le directeur de l'école primaire Chalkwell Hall était un homme mince avec une pomme d'Adam de la taille du poing de Tomek. Des poils de nez jaillissaient de ses narines comme de minuscules chauves-souris, et ses dents avaient pris une teinte jaunâtre, soit à cause d'une vie entière à fumer, soit à sucer des bonbons au citron. Parmi tous les directeurs que Tomek avait rencontrés, il semblait certainement le moins professionnel, le moins qualifié pour ce rôle. Mais il n'était pas là pour juger. Pour ce qu'il en savait, les qualifications de Harvey pouvaient être supérieures à celles de tous les autres directeurs réunis.

Il y avait quelque chose de vaguement familier chez Harvey Prince. Cette touffe de cheveux clairsemés. Cette barbe fine, irrégulière d'un côté et complète de l'autre. Ces joues creuses et cette mâchoire anguleuse. Pourtant, Tomek n'arrivait pas à le situer.

Et pourtant, Harvey l'avait remarqué aussi ; lors de leur première rencontre, ses yeux s'étaient écarquillés, presque jusqu'à exprimer de la peur. Certes, il était inhabituel de voir un policier dans une école primaire, mais il y avait autre chose. Quelque chose de caché derrière le voile de son regard.

Chey avait dû intervenir pour se présenter avant que les choses ne deviennent gênantes. Maintenant, ils se retrouvaient dans son bureau, attendant que l'assistante de Harvey apporte un plateau de thé. Elle arriva quelques instants plus tard.

Harvey la remercia et attendit qu'elle quitte la pièce avant de commencer.

— Je dois dire que cette visite est plutôt inhabituelle, dit-il d'une voix qui prit Tomek au dépourvu. Elle était étonnamment grave, et il s'exprimait avec élégance. Beaucoup trop élégamment pour avoir grandi et vécu dans l'Essex. Peu importe les efforts de quiconque, il y avait toujours quelques glissements, un retour aux manières locales de s'exprimer.

— Nous espérons que vous pourrez nous aider dans notre enquête, dit Chey.

— Bien sûr. Je ferai tout mon possible pour vous aider.

— D'où venez-vous ? intervint Tomek. Il avait prévu de laisser Chey aborder les points importants. Mais d'abord, il devait poser ses propres questions.

— Je suis né ici mais j'ai déménagé dans le Kent quand j'avais quinze ans, répondit Harvey.

— Vous venez de l'autre côté de l'eau. Courageux de revenir ici.

Harvey gloussa et baissa la tête. — Rien de bien extraordinaire, vraiment. Les maisons sont moins chères et il y avait plus d'emplois disponibles.

— Il faut parfois suivre l'argent, dit Tomek sèchement.

— Malheureusement, oui.

Chey les remit rapidement sur la bonne voie. Pendant qu'il expliquait la raison de leur visite, Tomek observait la réaction de Harvey. Le visage de l'homme resta parfaitement immobile tandis qu'il absorbait les mots. Ne révélant rien. De temps en temps, ses yeux voltigeaient vers Tomek, s'y attardaient un moment avant de revenir à Chey.

— Je peux vous assurer que je n'ai jamais rien remarqué d'anormal chez Diana, dit Harvey, une fois que Chey eut terminé. Certes, elle paraît parfois un peu timide et réservée — plus timide que certains autres enfants — mais je ne peux penser à aucun comportement inhabituel ou suspect. Depuis que ces meurtres ont commencé, nous avons parlé aux élèves et leur avons rappelé de ne pas parler aux inconnus ni de monter dans les véhicules d'étrangers. C'est regrettable que nous devions leur rappeler cela dans la société actuelle. Si ils voient quelque chose d'étrange ou qui leur fait peur, nous leur demandons de venir nous trouver immédiatement.

Tomek pensait qu'il était difficile pour des enfants de moins de sept ans de faire la différence entre ce qui était étrange et ce qui était potentiellement dangereux. Mais que savait-il ? Il trouvait aussi terrible que le risque d'enlèvement et de préjudice en rentrant de l'école à pied persiste encore aujourd'hui. Mais après tout, les enfants américains étaient forcés de s'entraîner à échapper aux balles dans les couloirs des écoles tous les jours. Alors qui était vraiment gagnant ?

— Avez-vous déjà parlé avec les parents de Diana, Monsieur Prince ?

— Seulement sa mère. Le père n'est plus dans le tableau, je crois. Miranda et moi rencontrons régulièrement d'autres directeurs de la région pour discuter des budgets, des règlements, des conseils.

— Vous avez même votre petit groupe WhatsApp et tout ? L'intonation de Chey injectait une note plus légère à la conversation, espérant mettre Harvey à l'aise.

— Mon Dieu, tellement. Tout le monde a besoin d'un groupe WhatsApp pour tout de nos jours. Je m'y perds parfois.

— Comme nous tous. Chey prit une petite gorgée de thé, mais prit son temps. — Alors, diriez-vous que vous êtes assez proche de Miranda ?

Il serrait la vis. Tomek approuvait.

— Je veux dire, oui, nous nous entendons bien. Mais cela ne veut pas dire que nous sommes impliqués ou quoi que ce soit de ce genre.

— Non, bien sûr que non. Mais elle vous fait confiance ? Et sa fille vous fait confiance ?

— Où voulez-vous en venir ?

— Nous essayons simplement de trouver un tueur, monsieur. La personne responsable des meurtres de Timothy et Gary a utilisé une petite fille comme appât pour attirer les victimes vers leur mort. Ces noms vous disent-ils quelque chose ?

— Non.

— Je ne vous ai pas donné leurs noms complets... dit Chey.

Il continuait à tourner la vis. La serrant maintenant. Mais s'il tordait trop fort, le cadre en bois pourrait se fendre.

— Je reconnais les noms de la télé. C'est tout. Je ne les connais pas personnellement.

— Et vous seriez prêt à le confirmer officiellement ?

Le dos de Harvey se raidit. — Absolument. Je n'ai jamais eu affaire à ces deux hommes. Ni au tueur.

Chey hocha la tête d'un air pensif. Tomek était impressionné.

— Enfin, dit-il avec une pointe d'excitation comme si l'idée venait juste de lui venir, vous avez dit que vous aviez sensibilisé les élèves à signaler tout comportement suspect — quelqu'un s'est-il manifesté pour vous faire part de quelque chose ?

Harvey secoua la tête. — Rien qui ait abouti à quoi que ce soit. Nous avons eu quelques questions de la part de parents concernant Abdul.

— Abdul ?

— Oui. Il gère le club parascolaire local. Pour les enfants dont les parents travaillent tard et ne peuvent pas venir les chercher immédiatement après l'école.

— D'où le nom.

— Bien sûr.

— Et Diana va-t-elle à ce club parascolaire ?

Harvey hocha la tête. — Presque tous les jours. Avec sa mère qui est directrice d'une autre école, elle a du mal à finir à l'heure. J'ai le même problème. C'est la galère, comme disent les jeunes de nos jours.

Mais pas les enfants de votre école, pensa Tomek. *Ils sont trop jeunes pour connaître les difficultés de quoi que ce soit.*

Avant de partir, Tomek et Chey remercièrent l'homme pour son temps, lui dirent qu'ils resteraient en contact, et prirent note des coordonnées du club parascolaire d'Abdul. Dehors, les oiseaux chantaient leur chœur de l'après-midi, et au loin, dans le ciel orange et rose, un avion passait. Il n'y avait pas de nuages, et tout était calme, silencieux.

La soirée s'annonçait agréable.

— Alors, dit Tomek en arrivant à la voiture. Qu'est-ce que tu en as pensé ?

— Je pense que s'il n'avait pas arrêté de te déshabiller du regard, j'aurais peut-être été obligé de me joindre à lui. Je me sentais un peu mis à l'écart.

Tomek sourit narquoisement. — C'est peut-être mon allure virile et mon charme irrésistible.

— Non, c'est parce que tu as quarante ans et que ton visage de bébé te fait paraître dix ans plus jeune. Et la teinture pour ta barbe...

— Autre chose ?

— Tu veux que je te lèche les bottes davantage ?

— Non. Je parlais de Monsieur Prince.

— À part le fait que je pense qu'il se tapait cette femme Miranda une ou deux fois de temps en temps, non, je ne pense pas qu'il soit le tueur. Cependant, je pense que notre chevalier en armure étincelante du club parascolaire pourrait en savoir un peu plus.

Tomek était d'accord.

— Allez, dis-moi, continua Chey en sortant du parking de l'école. Comment je m'en suis sorti ? Je me suis racheté ?

Il lança à Tomek un sourire malicieux. Un de ces sourires qui lui rappelaient ceux qu'il utilisait autrefois pour se tirer d'affaire.

— Pas mal, dit-il, réservé. Un peu décousu dans ton interrogatoire, mais je pense que ça a joué en ta faveur cette fois. Je pense que tu obtiendrais probablement un C sur ton bulletin. Il y a encore de la marge pour s'améliorer.

CHAPITRE
TRENTE-NEUF

L'odeur de poulet tikka masala et de riz pilaf flottait dans le salon. Elle éveilla les sens de Tomek et fit gargouiller son estomac. Katie était dans la cuisine, en train de préparer le plat tout prêt, car ils étaient trop paresseux pour cuisiner. Sur le canapé, à côté de lui, se trouvait son sac de voyage. Tout ce dont elle avait besoin pour son séjour à l'Hôtel Bowen. Qui se transformait rapidement en Casa Bowen. Et bientôt, il se demanda combien de temps s'écoulerait avant qu'il ne cède et lui remette une clé. C'était une réflexion pour une autre fois. Pour l'instant, il retournait dans sa tête les événements de la journée. Contemplant, analysant. Il trouvait souvent que les émissions de téléréalité merdiques qui semblaient couvrir les chaînes de télévision comme une chlamydia l'aidaient à le faire. Elles engourdissaient son cerveau et lui permettaient de se déconnecter pour se concentrer sur l'essentiel. Sans compter qu'elles étaient aussi là pour le plaisir de Katie. Elle était une fan inconditionnelle de programmes comme *Made in Chelsea* et, bien qu'il détestât reconnaître son existence même, *The Only Way Is Essex*. L'émission avait, assez malheureusement, mis Essex sur la carte. Et pas pour les bonnes raisons. Elle dépeignait un portrait minable d'Essex, rempli de têtes creuses dont les cordes vocales semblaient réglées à cinquante pour cent, et dont la seule préoccupation dans la vie était d'avoir belle apparence, la coiffure parfaite et de s'assurer qu'ils ne consommaient aucun glucide avant de s'envoler pour Marbella. Pas de glucides avant Marbs, comme ils disaient. Et chaque fois qu'il l'entendait, il avait envie de se tirer une balle.

Non, même cela ne serait pas une évasion assez rapide des dents aveuglantes et des seins en plastique qu'il voyait constamment à l'écran. Il lui faudrait trouver un moyen plus instantané de s'éteindre. Peut-être un changement d'identité. Chaque fois qu'il disait à quelqu'un qu'il venait d'Essex, on supposait immédiatement qu'il vivait à Brentwood, le lieu de tournage de l'émission, et qu'il sautait dans le lit des membres de la distribution. Qu'il les connaissait mieux qu'il ne se connaissait lui-même.

À bien y réfléchir, l'idée du pistolet semblait bonne.

Avant qu'il ne puisse se reconcentrer sur ses pensées, Katie arriva avec son assiette.

— Oh, magnifique, lui dit-il. Merci.

— Je vais bientôt gagner mon étoile Michelin.

— Ouais, j'ai entendu dire qu'ils les bradent de nos jours. Préchauffe le four à cent quatre-vingts degrés, règle une minuterie sur trente minutes, et tu as décroché ta récompense.

Katie le frappa gentiment sur le bras, et ensemble, ils se mirent à dîner sur le canapé. Par bonheur, ils passèrent ce temps à parler de leur journée. Celle de Katie avait été tranquille. Rien de nouveau. Quelques clients ici et là. Des personnes qui faisaient perdre du temps, tandis qu'une cliente avait assez d'argent pour se faire une toute nouvelle tenue chaque jour de la semaine.

— On voyait qu'elle avait de l'argent, poursuivit Katie. Et le gamin avait l'air d'un vrai désastre. Il avait de la boue partout sur le visage, les mains et les poignets.

— Je suppose que certains enfants aiment jouer dans la saleté. Tomek enfourna une cuillère pleine de riz. En parlant d'enfants... il m'est arrivé un truc bizarre hier.

— Ah oui ?

— Une ado m'a dragué.

Katie éclata de rire, manquant de recracher sa nourriture et de l'éparpiller sur le tapis. Elle le frappa au bras en essayant de se contenir. — Ne te flatte pas trop, Tom.

— Quoi ? C'est vraiment arrivé.

— Bien sûr.

— Si, je te jure ! Une certaine Elizabeth m'a demandé si j'étais sur les réseaux sociaux, et a dit que j'aurais pu lui *glisser dans ses DM*, peu importe ce que ça veut dire.

— Messages directs, Papi.

— Ouais. Bon, voilà.

— Alors comme ça, tu les aimes plus jeunes ? demanda-t-elle d'un ton taquin.

— Arrête. J'ai déjà mis tout le monde en danger de se retrouver au fichier des délinquants sexuels avec le nombre d'écoles qu'ils ont tous dû visiter. Moi y compris.

Katie finit d'essuyer ses lèvres et lui donna un petit coup sur la jambe. — C'est ce que je voulais te dire.

— Que tu es pédophile ?

— Va te faire foutre. Elle roula des yeux et posa son assiette sur la table en verre devant eux. Je voulais te dire qu'un autre type est venu aujourd'hui. À la recherche d'un uniforme scolaire. Il a dit que c'était pour sa fille.

— D'accord...

— Je pensais que je devrais te le dire. Tu sais, après la dernière fois.

— Quel âge avait-il ?

Elle haussa les épaules. — Sais pas. Peut-être la mi-trentaine.

— Pas totalement invraisemblable, répondit Tomek.

— Je sais, mais il agissait bizarrement. Il... souriait à tout. C'était super bizarre. Ça m'a mise un peu mal à l'aise.

— Tu as une photo de lui ? Des images de vidéosurveillance ?

Ses yeux s'écarquillèrent tandis qu'elle hochait vigoureusement la tête. Elle bondit du canapé sans prévenir, se précipita dans la cuisine pour récupérer son téléphone, et revint avec l'image déjà affichée à l'écran. Si ç'avait été Tomek qui lui montrait quelque chose, il en serait encore à l'écran de verrouillage. Elle lui tendit l'appareil et Tomek examina attentivement l'image. Avec précaution.

La prise de conscience fut immédiate. La peur et l'angoisse suivirent quelques instants plus tard.

Le fixant du regard, souriant comme un enfant dans un magasin de jouets, se trouvait Jimmy Hunter.

CHAPITRE
QUARANTE

Je cours et je cours encore. L'école. Le magasin. Les enfants. Les vélos. Ils sont tous là. Mais pas nets. Plutôt flous, granuleux, comme si quelqu'un les avait barbouillés avec un pinceau fin. Mais cette fois, je m'en moque parce que quelque chose semble différent. Je me sens différent. Comme si je pouvais entendre le sang bouillonner autour de mes oreilles, le souffle s'échapper entre mes dents, jaillir dans l'air libre, se transformant en vapeur d'eau juste devant moi.

Je ressens des choses que je n'ai jamais ressenties auparavant. Tout est nouveau pour moi. Alors je cours et je cours et je cours.

Jusqu'à ce que j'arrive au terrain de jeux.

J'entends tous les sons.

Les coups, les pleurs, les gémissements, les murmures, les ricanements tandis qu'ils extirpent la vie de mon frère à coups de pied. J'entends tout. En 4K.

Rien ne peut m'arrêter cette fois. Dès que je les vois, je me précipite vers eux. Ils ne me repèrent pas avant que je sois à environ dix mètres, un tigre bondissant sur sa proie dans la nuit noire. Quand ils m'aperçoivent, c'est déjà trop tard. J'ai vu leurs visages. Nathan Burrows. Celui de droite. Vêtu d'une doudoune bleue avec un jogging et des chaussures d'un blanc éclatant. Il est le plus repérable, et le plus stupide car c'est lui qui s'est fait prendre en premier.

Mais l'autre... il est là. Dans toute sa splendeur brumeuse. Plus grand que le premier. Blond. Tout vêtu de noir. Manteau, pantalon, chaussures. Même des gants.

Pas de doute, ils sont bien deux maintenant. Depuis trop longtemps, je me juge moi-même, je doute de ma mémoire. Depuis trop longtemps, j'ai écouté ce que la police m'a raconté. Ils voulaient qu'il n'y ait qu'une seule personne, parce que c'était ce que prouvaient les indices et ils étaient trop paresseux pour chercher le second.

Mais au fond de moi, je sais depuis longtemps qu'il y en avait un autre.

Et maintenant je le tiens.

— Charlie !

Un nom à associer. Faible, comme un écho.

Nathan appelle son ami en le poursuivant. — Attends !

En arrivant au corps de Michał, je remarque de nouvelles choses. Des choses horribles. Comme le fil qu'ils ont enfoncé dans ses oreilles et dans ses narines. Mais je m'en fiche.

Tout ce qui m'importe, c'est le visage.

Et le nom.

Charlie.

CHAPITRE
QUARANTE-ET-UN

Tomek monta les escaliers quatre à quatre et fit irruption dans la chambre. Il trouva Katie allongée là, vêtue uniquement de ses sous-vêtements, les membres pendant mollement hors de la couette, tordue comme une poupée de chiffon. Son visage était enfoncé profondément dans l'oreiller.

Il se précipita vers elle et la secoua pour la réveiller.

— Katie ! Katie ! Katie !

Elle murmura en émergeant des profondeurs du sommeil.

— Quoiiii ?

— J'ai réussi. Je l'ai vu. Je l'ai trouvé.

— Qui ? Le tueur ?

— Oui ! Mais non !

Tomek ne pouvait pas contenir son excitation. Il se sentait comme un petit enfant à Disneyland. Il voulait s'élancer à toute vitesse vers l'horizon, se lier d'amitié avec tous les super-héros et les princesses Disney et se retrouver au sommet des montagnes russes avec eux.

Il voulait emmener Katie avec lui.

— De quoi tu parles ? demanda-t-elle, en se redressant dans une position plus confortable.

— Le tueur. L'assassin de mon frère. Je l'ai *vu*. Dans mes rêves.

Elle se frotta les yeux pour chasser le sommeil. Et quand elle comprit enfin, son visage s'illumina. Elle lui montra ses dents et l'étreignit. Le serrant fort contre elle.

— C'est génial ! C'est fantastique ! Qu'est-ce que tu vas faire maintenant ?

— Trouver ce salaud, dit-il.

— Comment ?

— Je ne sais pas. Mais maintenant j'ai un point de départ, je sais par où commencer.

Tomek s'était résigné depuis longtemps au fait qu'il ne découvrirait peut-être jamais l'identité du deuxième meurtrier de son frère. Et maintenant qu'il la connaissait, il savait que ce serait un processus long et ardu pour le retrouver en chair et en os. Et ce serait un processus encore plus long pour obtenir une quelconque condamnation.

Mais il avait un point de départ. Un point de départ trente ans après les faits.

— C'est grâce à toi. Il lui prit les bras et les serra entre ses mains.

— Quoi... Qu'est-ce que j'ai fait ?

— Tu m'as aidé à *voir*. Depuis que tu es entrée dans ma vie, les choses sont devenues plus claires, plus nettes. Les choses ont commencé à avoir plus de sens. Et c'est entièrement grâce à toi. Sans toi, je ne pense pas que tout cela aurait été possible.

Katie baissa les yeux vers la couette. — Je... Je n'ai rien fait. J'ai...

— Ne dis pas de bêtises. C'est grâce à toi. Et je ne pourrais pas être plus heureux que tu sois dans ma vie. Je t'aime.

Les mots avaient franchi ses lèvres avant que son esprit ne les ait traités. Mais maintenant qu'ils étaient sortis, maintenant qu'ils avaient quitté sa bouche et étaient dans le monde, tangibles, à portée de main, ils ne pouvaient plus être repris.

Non pas qu'il le voulait.

Elle passait tellement de temps chez lui qu'elle avait pratiquement emménagé. Le sol était jonché de ses vêtements, sa brosse à dents avait laissé des traces sur le lavabo, et ses cheveux étaient partout dans la douche. Mais ça ne le dérangeait pas. Il l'aimait.

Il l'*aimait*...

Alors que ces mots se gravaient sur le visage de Katie, son teint s'éclaircit, ses yeux se plissèrent, ses joues rougirent. Puis elle se pencha en avant, attrapa l'arrière de sa tête et l'embrassa.

— Je t'aime aussi, dit-elle en s'écartant.

Tomek jeta un coup d'œil rapide à l'heure. 7 h 50. Il devait quitter la maison dans vingt minutes.

Mais ce matin, il se fichait d'être en retard.

CHAPITRE
QUARANTE-DEUX

Une effervescence régnait dans la salle des opérations. Une énergie qui avait disparu ces dernières semaines. Mais pas complètement. Elle était plutôt restée en sommeil, au repos. Attendant la percée dont ils avaient besoin.

Une équipe d'agents en uniforme avait été envoyée au domicile de Jimmy Hunter.

Et ils l'avaient trouvé.

Il devait revenir bientôt. Ce qui signifiait que Tomek, qui dirigerait l'interrogatoire (après tout, c'était lui qui l'avait déniché de son trou), avait un peu de temps pour se préparer.

Après la révélation de Katie la veille au soir, Tomek avait chargé l'agent Anna Kaczmarek de fouiller dans les registres financiers de la boutique d'uniformes scolaires, de retrouver les coordonnées de la carte bancaire appartenant à Jimmy Hunter, puis d'utiliser ces informations pour localiser son adresse. Il leur avait fallu un peu plus de deux heures pour terminer le processus. Risible, quand on pense qu'il leur avait fallu près de trois semaines depuis le début de l'enquête pour le trouver.

Jimmy Hunter était un alias qu'il utilisait pour se présenter en ligne. De son vrai nom Richard Williams (que Tomek trouvait incroyablement banal et ennuyeux), il habitait à quelques portes de chez Gary Kershaw, dans le lotissement de Basildon. Tomek avait essayé plusieurs fois d'imaginer l'homme sur la scène de crime l'autre jour, mais sans succès. Il était soit en train de traquer d'autres prédateurs, soit caché. Tomek était déterminé à découvrir laquelle de ces options était la bonne.

Il était un peu plus de seize heures lorsque Richard Williams avait été enregistré au commissariat. La porte de la salle des opérations s'ouvrit, et Sean se tenait là, haletant, incapable de contenir l'excitation sur son visage.

— Tu ne devineras jamais ?

— Tu as encore abusé du Red Bull ?

Sean leva les yeux au ciel. — C'était *une* seule fois, d'accord ! Une seule fois ! Il se précipita vers Tomek et le fit pivoter sur sa chaise pour qu'ils se retrouvent face à face. — Encore mieux que tous les Red Bulls du monde. C'est Richard...

— Oui... ? Quoi avec lui ?

— Son ADN. Quand on l'a enregistré à l'instant, son ADN correspond à celui de la nuit où tu étais chez Rosenthal.

— Ce fils de pute est Poings de Laitue ? Le salaud qui m'a frappé ?

— On dirait qu'il faisait bien plus que ça. Son ADN a été retrouvé dans la maison, tu te souviens. C'était lui qui fouinait.

— Ce petit con chanceux aux bras faibles.

━━

Richard Williams était exactement comme Tomek s'en souvenait. Grand, mince, presque ringard. Sauf que maintenant, c'était agréable de le voir dans toute sa splendeur. Éclairé par la lumière artificielle au-dessus de lui. Et sans son masque.

— Vous êtes un homme difficile à trouver, commença Tomek.

À ses côtés était assise Rachel, et en face d'elle se trouvait l'avocat de Williams.

— Peut-être que vous êtes juste nul à votre boulot, rétorqua Richard.

— Je comprends pourquoi vous pourriez penser ça.

— J'ai mis plus de prédateurs et de pervers derrière les barreaux que vous tous réunis.

— Et pourtant, vous n'êtes pas payé pour ça. Si vous étiez venu nous voir plus tôt, je suis sûr qu'on aurait pu vous offrir un poste. Nous sommes toujours à la recherche de nouveaux talents. Mais maintenant, vous vous êtes fait arrêter. Vous avez tout gâché.

— Je n'ai rien gâché du tout.

— On verra bien. Tomek sourit en ouvrant le dossier devant lui. — Vous avez été arrêté pour suspicion de meurtre sur Timothy Rosenthal. Avez-vous quelque chose à nous dire maintenant ?

La réponse fut un « non » résolu et silencieux.

— Très bien. Tomek lui demanda alors où il se trouvait la nuit du meurtre de Timothy Rosenthal.

— Sans commentaire.

— Nous avons des preuves qui vous placent sur la scène du crime. La maison de Timothy Rosenthal. Vos empreintes digitales ont été retrouvées sur place, et votre ADN a été prélevé sur moi à l'endroit où vous m'aviez agressé. Quelque chose à dire à ce sujet ?

Si Richard reconnaissait Tomek de leur rencontre précédente, son visage n'en montrait rien.

— Sans commentaire.

— Quelle est votre relation avec Timothy Rosenthal ?

— Sans commentaire.

— Gary Kershaw ?

— Sans commentaire.

Tomek voyait bien dans quelle direction allait l'entretien. Une réponse interminable et monotone de « sans commentaire », ce qui lui indiquait que l'homme avait quelque chose à cacher. Ils l'avaient pris la main dans le sac pour s'être introduit dans la maison de Timothy Rosenthal en pleine nuit et avoir agressé un officier de police, il n'avait donc aucune raison de nier sa présence, sa culpabilité. Tomek sentait qu'il y avait autre chose.

Pourquoi il était là, à rôder sur une scène de crime. Et il voulait aller au fond des choses.

— Nos preuves vous placent là-bas, Richard. Ça ne sert à rien de nier. Ce que nous voulons savoir, c'est pourquoi vous étiez là. Avez-vous tué Timothy Rosenthal, Richard ?

— Non.

— Et Gary Kershaw ?

— Non.

Deux réponses d'un coup. Comme ça. Ces réponses prirent Tomek par surprise, et il lui fallut un moment avant de formuler sa question suivante. — Pouvez-vous le prouver ?

— Oui.

— Alors que faisiez-vous chez Timothy Rosenthal le soir après sa mort ? Que cherchiez-vous ?

— Des preuves.

— Des preuves de quoi ?

— Qu'il était mort.

— Conneries. Vous fouiniez dans ses dossiers. Qu'est-ce qu'il y avait dedans que vous deviez détruire ?

Tomek n'avait pas eu l'occasion de consulter le rapport sur le contenu de ces dossiers (c'était la dernière chose à faire sur sa liste avant que Sean ne l'interrompe et ne le distraie), et il nota de les vérifier pendant la pause.

— Je ne voulais rien détruire. Comme je l'ai dit, je cherchais des preuves.

— La bande de police et le panneau sur la porte ne suffisaient pas ?

Richard hésita, soupira profondément par le nez en préparant sa réponse. — C'était pour mes abonnés.

— Vos abonnés ?

— Oui. Mes *abonnés*. Les milliers de personnes qui aiment ma page Facebook et les nombreuses *centaines* de milliers qui regardent toutes mes vidéos.

— Et ces vidéos sont vos opérations de piégeage, c'est bien ça ?

— Oui.

— J'en ai vu quelques-unes. Elles sont plutôt bien montées, je dois dire.

— Merci ? L'intonation dans la voix de Richard laissait entendre qu'il ne savait pas comment réagir.

— Et d'après ce que j'ai vu, vous avez fait tomber pas mal de prédateurs potentiels. Comme vous l'avez dit, vous en mettez plus derrière les barreaux que nous, et c'est louable. Mais comment un homme comme vous passe-t-il de les trouver, les piéger et s'assurer qu'ils vont en prison, à s'aventurer dans le monde trouble du meurtre ? Quelque chose vous a fait basculer ?

— Je ne les ai pas assassinés !

— Alors qui l'a fait ?

— Je... Richard s'arrêta. Puis dit : — Je ne sais pas.

Tomek laissa cette pépite de la conversation en suspens et poursuivit. — Avez-vous des enfants, Richard ?

— Non.

— Quelqu'un dans votre famille en a-t-il ?

Richard hésita. — Non. Personne dans ma famille n'en a. Pourquoi ? Quelle est la pertinence ?

Pour autant que leurs preuves contre Richard Williams soient valables, elles étaient au mieux circonstancielles. Oui, ils avaient les preuves pour l'impliquer dans l'agression de Tomek, mais ils n'avaient aucune preuve le plaçant sur la scène de crime pour les meurtres de Timothy Rosenthal et de Gary Kershaw. D'ailleurs, ils n'avaient aucune preuve impliquant *qui que ce soit*. Pas de témoins oculaires. Aucune preuve ADN (s'ils en avaient eu, elle serait apparue lors de son arrestation). Et pas d'arme du crime. Mais ils devaient trouver quelque chose.

N'importe quoi.

— Nous pensons que le tueur utilise un mineur pour attirer les victimes vers leur mort.

— Je ne savais rien de tout ça.

— Dites-nous ce que vous savez.

Richard baissa les yeux vers la table, fixant le premier plan. Il massa plusieurs fois ses pouces dans ses mains, les passant sur ses paumes jusqu'à ce qu'ils deviennent rouges. Tomek et Rachel attendaient patiemment. Ils n'étaient pas pressés.

— Il y a ce groupe, commença-t-il, et Tomek se prépara à ce qui allait suivre, mâchant ses gencives comme si c'était du pop-corn imaginaire. — C'est sur Facebook. Un groupe de gens comme moi.

— Des gens comme vous ?

— Oui. Des chasseurs de pédophiles. Sauf qu'ils ne sont pas tous comme moi. C'est un groupe de personnes d'horizons divers. Nous sommes plus de deux cents, et chaque personne apporte un ensemble de compétences différentes.

Un ensemble de compétences ? Qu'est-ce que c'était ? Un groupe de super-héros justiciers tueurs de pédophiles ?

— Le groupe est l'endroit où je puise mes idées et mon inspiration. Quelqu'un va publier les détails d'une personne qu'il soupçonne d'être un prédateur, et j'utilise ces informations pour organiser mon piège. Parfois, ils publient des observations de personnes dans la rue qu'ils ont confrontées. C'est comme un groupe de surveillance de quartier, mais pour les chasseurs de pédophiles.

— Discutez-vous de les tuer ?

Richard secoua la tête. — Je vérifie chaque membre, et je n'ai jamais rencontré quelqu'un qui ait mentionné tuer un prédateur. Nous voulons seulement les envoyer en prison et les retirer de la société pour qu'ils ne puissent plus faire de mal à personne.

— Eh bien, quelqu'un les tue, dit Rachel, parlant pour la première fois. — Est-il possible que quelqu'un du groupe soit devenu incontrôlable ?

Richard haussa les épaules. — C'est possible.

Tomek pensait qu'il n'y avait aucun doute là-dessus ; il était fort probable que la personne qu'ils recherchaient se cachait quelque part dans cette communauté en ligne. Cependant, cela n'exonérait pas complètement Richard, et Tomek tenait à le lui rappeler.

— Alors, comment ça marchait ? demanda-t-il. — Vous leur envoyiez les informations, et ensuite ils s'en occupaient ? Ou était-ce l'inverse - quelqu'un vous envoyait les informations sur la victime, et vous vous assuriez qu'elle ne ferait plus jamais de mal à personne ? Je suppose que c'est la couverture parfaite.

— Pourquoi ferais-je ça ? Ça fait de moi le suspect évident. J'ai peut-être quitté l'école sans diplôme, mais je ne suis pas stupide, inspecteur. Je vous ai dit que je n'avais rien à voir avec leurs meurtres, et je ne sais pas qui les a tués.

Richard mentait. Tomek pouvait le sentir. Le seul problème, c'est qu'il ne savait pas comment le prouver.

— Quel est le nom du groupe ? demanda-t-il.

— La Société Royale de Repassage Extrême.

Tomek faillit éclater de rire.

— C'est une blague ? demanda Rachel.

— Non, répondit sévèrement Richard.

— Est-ce que « repassage » est un euphémisme pour « meurtre », par hasard ?

— Non. C'est une vraie société qui existe, juste sous un nom différent.

Une fois qu'il se fut composé intérieurement, Tomek rejoignit la conversation. — Et vous pensiez que c'était assez unique et obscur pour vous assurer que n'importe qui ne puisse pas rejoindre le groupe.

— Exactement. Nous devions rester discrets, entre nous. Nous ne voulions pas que des prédateurs passés sous le radar y entrent et puissent exposer ce que nous faisions à leurs petits copains pervers. Et nous ne voulions certainement pas que la police y entre.

— Mais permettre à un tueur d'infiltrer vos rangs, c'est très bien ?

— Et permettre à un pervers d'entrer dans les vôtres est tout aussi acceptable, n'est-ce pas ?

La respiration de Tomek s'arrêta. C'était la deuxième fois qu'il entendait de telles conneries, et il commençait à devenir de plus en plus intolérant à ce sujet.

— De quoi parlez-vous ?

— Lisez les messages et découvrez-le par vous-même. L'un des vôtres... un prédateur sexuel. Dégoûtant.

À cela, Tomek n'avait rien à dire. Avant que Richard ne puisse prendre le dessus sur lui, et avant que Tomek ne saute par-dessus la table pour chercher réparation pour la contusion sur sa tête et le mal de tête lancinant qui l'avait suivi pendant vingt-quatre heures, Tomek interrompit l'entretien et laissa Richard avec son avocat pour discuter de leur prochain plan d'action.

———

Lorsque Tomek retourna à son bureau, il trouva une enveloppe portant son nom qui l'attendait. Il la déchira et en sortit la carte. Un dessin d'un fantôme parlant à un public de citrouilles le regardait. À côté des yeux du fantôme, il était écrit « Vous êtes *fantastiquement* invités ». Tomek ouvrit la carte et lut à l'intérieur :

À : Tomek et Katie,

Vous êtes cordialement invités à la fête annuelle d'Halloween chez moi. Nous aurons des friandises savoureuses, un dîner diaboliquement délicieux et un moment à faire dresser les cheveux sur la tête.

Quand : 31 octobre, 19 h.

Avec affection, Nadia

Tomek regarda de l'autre côté de la pièce la femme enceinte assise à son bureau, fixant son écran. *Dieu la bénisse*, pensa-t-il. En tant que figure maternelle de l'équipe, elle adorait organiser des fêtes et saisissait toutes les occasions pour renforcer son rôle dans l'équipe comme la meilleure hôtesse. Des fêtes d'anniversaire, des anniversaires de travail, et personne ne pouvait oublier ses légendaires fêtes de Noël qui se prolongeaient jusqu'aux premières heures du matin. Aux célébrations plus inhabituelles comme les anniversaires des conjoints et les anniversaires des enquêtes qu'ils avaient clôturées (en mémoire des victimes, bien sûr). Elle avait même une fois célébré l'anniversaire de la castration de son chat. Ça faisait un an sans ses couilles, avait-elle dit, et elle voulait lui montrer qu'elle était fière qu'il ait survécu si longtemps sans elles. Elle avait ensuite ajouté que la plupart des hommes qu'elle connaissait, son mari et Tomek inclus, n'auraient pas pu vivre sans les leurs une minute, encore moins toute une année.

Il jeta un autre regard à la carte avant de la remettre sur son bureau. Il y réfléchirait plus tard. Ce n'était pas le moment. À la place, il rechercha les notes de l'affaire concernant l'intrusion de Richard Williams dans la maison de Timothy Rosenthal. Mais avant qu'il ne puisse les lire, son téléphone sonna. C'était Harriet Montgomery, l'une des victimes de Gary Kershaw. Un nœud se forma dans son estomac lorsqu'il reconnut le nom ; il avait eu l'intention de faire un suivi avec elle et son frère insaisissable, mais avait été distrait par d'autres branches de l'enquête.

— Il a disparu, lui dit-elle. — Personne ne l'a vu ni ne lui a parlé depuis trois jours. Nous commençons tous à nous inquiéter. Pensez-vous que cela pourrait avoir un rapport avec votre enquête ?

— Pas à moins qu'il soit un prédateur sexuel, dit Tomek, sans la moindre trace de bienséance. — Je veux dire, je suis sûr qu'il réapparaîtra à un moment donné.

— Pouvez-vous nous aider ? Si elle avait été offensée par son commentaire précédent, elle n'en donnait aucune impression.

Tomek baissa les yeux sur la carte d'Halloween devant lui, son regard perdu dans l'orange de la citrouille. — Je peux venir ce soir si vous voulez ? Je dois juste terminer quelque chose ici et je passerai.

Cela sembla la rassurer, et après avoir terminé l'appel, il se précipita de l'autre côté de la pièce vers l'agent Oscar Perez. Il trouva l'homme assis droit comme un piquet sur sa chaise, son corps l'incarnation même de la posture parfaite au travail.

— Monsieur Perez, commença Tomek, en déposant les dossiers sur le bureau d'Oscar. — Vous avez examiné ceux-ci, n'est-ce pas ?

— En fait, c'était moi-même et le sergent-détective Campbell, monsieur.

— Alors c'était *vous*, n'est-ce pas ?

— Et le sergent-détective Campbell.

Tomek abandonna rapidement sa tentative de gagner la bataille et continua. — Avez-vous trouvé quelque chose de suspect dedans ? Une raison pour laquelle Richard Williams aurait pu les examiner au milieu de la nuit ?

— En fait, non. Mais maintenant que vous le mentionnez... Oscar tourna son attention vers l'écran. Quelques secondes plus tard, il chargea un document sur HOLMES 2. C'était un rapport sur les preuves trouvées dans l'ordinateur portable et le téléphone de Timothy Rosenthal. — Je n'y ai pas beaucoup réfléchi au début, mais maintenant que nous savons que Jimmy Hunter est en réalité un certain Richard Williams... Quand il fit une pause, Tomek était certain qu'il le faisait exprès dans une nouvelle démonstration de son caractère odieux.

Tomek se pencha en avant et observa son collègue mettre en surbrillance un passage particulier du texte. Et puis Tomek lui pardonna chaque petite habitude agaçante qu'il avait eue au fil des ans.

Armé de ces nouvelles informations, il tapa dans le dos d'Oscar, puis se dirigea vers la salle d'interrogatoire.

———

La courte pause avait donné à Richard Williams et à son avocat le temps de discuter de leur plan d'action. Et lorsque Tomek retourna dans la salle d'interrogatoire, il se heurta à un mur de silence. Comme si l'avocat de Richard l'avait forcé à sceller sa bouche avec de la colle Gorilla.

Mais cela ne dérangeait pas Tomek. Il était certain d'avoir les preuves pour la rouvrir.

Il plaça une impression sur la table et la fit glisser vers Richard. Il lui donna le temps de la lire. Tout le temps dont il avait besoin.

Tandis que ses yeux la parcouraient, comme prévu, la bouche de Richard s'ouvrit, et ses yeux s'écarquillèrent à la taille d'assiettes.

— Vous voulez bien expliquer ceci ? demanda Tomek.

Richard ne le fit pas. Sa bouche était peut-être ouverte, mais les mots ne sortaient pas. Pas encore.

— Voyez-vous, je pense que c'est ce que vous cherchiez. Tomek sortit une photo du dossier. Il la fit glisser. — Et je pense que vous cherchiez également ceci.

Richard n'eut pas le courage de regarder la photo de lui-même assis sur un banc de parc avec une petite fille mineure.

— Je croyais que vous aviez dit que vous n'aviez pas d'enfants, Richard ?

— Je... je n'en ai pas.

— Et aucun de vos amis ou de votre famille non plus, avez-vous dit.

— Ils... ils n'en ont pas.

— Alors qui est la fille sur cette photo ? Ce ne peut pas être une des filles que vous prétendez être dans vos opérations de piégeage parce que, si j'ai bien compris, c'est toujours vous. Tomek se pencha en avant sur sa chaise et appuya son doigt sur le visage de la petite fille. — Alors, qui est-elle ?

— C'est... une amie.

— Vous avez beaucoup de jeunes enfants comme amis, Richard ? Et celle-ci ? Est-elle aussi votre amie ?

Tomek prit une autre photographie et la fit glisser sur la table, la plaçant soigneusement à côté de la première. Cette fois, la photographie montrait Richard marchant main dans la main à travers un parc avec une fille d'âge similaire à la première. Malheureusement, aucune des deux filles ne correspondait à la description de la fille au manteau rouge.

— Est-ce pour cela que vous étiez chez Timothy Rosenthal cette nuit-là ? demanda Tomek. — Parce que vous ne vouliez pas que nous trouvions ces photos ? Est-ce pour cela que vous avez tué Timothy Rosenthal ? Parce qu'il vous faisait chanter ? Est-ce pour cela que vous avez organisé toutes ces opérations de piégeage - pour masquer la culpabilité de ce que vous avez fait et de qui vous êtes ? Ou est-ce pour qu'il y ait plus de proies là-bas juste pour vous, sans concurrence ?

Des larmes se formèrent dans les yeux de Richard, et son visage commença à se crisper. Sa lèvre inférieure tremblait et son menton frémissait. Les pleurs continuèrent tandis que Tomek lui expliquait qu'il était en état d'arrestation pour avoir sollicité des enfants mineurs, le meurtre de Timothy Rosenthal, le meurtre de Gary Kershaw, violation de domicile et agression sur un officier de police.

CHAPITRE
QUARANTE-TROIS

Tomek avait réussi à s'éclipser du bureau avant le coucher du soleil. Mais il avait commis la bêtise de partir pendant l'heure de pointe. Ce qui aurait dû être un trajet de dix minutes vers Shoeburyness s'était transformé en trente, et à son arrivée, les rues étaient illuminées et la température avait chuté considérablement.

Harriet Montgomery lui ouvrit la porte vêtue d'un survêtement, avec un sweat-shirt tombant d'une épaule, laissant apparaître la bretelle de son soutien-gorge. De sombres cernes pendaient sous ses yeux et son teint semblait plus pâle que la dernière fois qu'il l'avait vue. Sans compter qu'elle paraissait plus mince, plus émaciée. Il lui fallut quelques secondes pour réaliser sa présence sur le pas de sa porte.

— Ah, c'est vous, dit-elle finalement.

— Vous attendiez quelqu'un d'autre ?

— Non...

— Puis-je entrer ? demanda-t-il poliment, cherchant à échapper au froid.

L'esprit ailleurs (aussi loin que possible du moment présent), Harriet s'écarta pour le laisser passer. Cette fois, en entrant, il examina la maison plus en détail. Les chaussures éparpillées au sol, les vêtements abandonnés en tas dans l'escalier, la couche de poussière qui recouvrait la rampe. Même dans le couloir, c'était bien différent de sa visite quelques semaines auparavant. La maison était mortellement silencieuse. Pas de bruits de friture ou de fracas provenant de la cuisine. Pas de petits pas furtifs sur le parquet à l'étage.

Puis, en pénétrant dans le salon, il comprit pourquoi.

Quatre visages affligés, choqués et abattus le fixaient. Chacun paraissait plus dévasté que l'autre. Il avait l'impression d'entrer dans un centre de traumatologie en pleine catastrophe naturelle. Devant lui se trouvaient deux visages qu'il reconnaissait et deux qu'il ne connaissait pas.

Les deux inconnus appartenaient à des hommes. Tous deux devaient être les hommes de la famille. Le frère et le père d'Harriet.

— Merci d'être venu, dit sa mère en se levant pour lui serrer la main. Nous apprécions vraiment que vous preniez le temps de nous voir.

Tomek lui serra la main lentement, avec précaution, jetant un regard circulaire dans la pièce. Plus il restait là, plus il avait l'impression d'entrer dans un cercle de la famille Manson. Intérieurement, il se préparait silencieusement à l'abattoir.

— Je vous en prie, asseyez-vous.

Prudemment, Tomek obéit tout en gardant un œil sur la porte et l'autre sur la petite fille assise à côté de la mère d'Harriet. Depuis la dernière fois que Tomek l'avait vue, la fille d'Harriet avait presque doublé de volume, et elle semblait à peine reconnaissable. Le suivant, Harriet prit place à côté de son père et posa ses mains sur ses genoux, fixant la moquette. Sa mère posa une main réconfortante sur son épaule.

— Comme vous pouvez le voir, détective, commença-t-elle en désignant son fils. Notre Donovan n'a pas disparu. Mais nous avons besoin de votre aide.

— D'accord...

— Depuis votre visite, et depuis que la nouvelle a éclaté que Gary Kershaw était l'une des victimes de ce tueur justicier que vous avez sur les bras, notre Harriet souffre. Elle souffre terriblement.

Tomek pouvait le constater. Elle n'était plus que l'ombre d'elle-même.

— Peu importe comment elle a mis la main dessus, nous avons juste besoin qu'elle arrête cette substance.

— Quelle substance exactement ?

— L'héroïne.

Tomek n'était pas à l'aise avec la présence de la fille d'Harriet. Quelqu'un de si jeune exposé à une conversation si adulte et potentiellement traumatisante.

— Pardonnez-moi, dit-il, mais qu'attendez-vous exactement de moi ?

— Vous l'avez mise dans ce pétrin. Nous voulons que vous l'en sortiez.

— Moi ?

— Oui. Avec votre photographie et vos questions.

— La nouvelle de la mort de Kershaw allait se savoir de toute façon. Je suis seulement venu vous prévenir avant que l'information n'arrive jusqu'à vous.

— Oui, et maintenant voyez où nous en sommes.

Tomek prit un moment pour se recomposer. Il n'arrivait pas à croire ce qu'il entendait.

— Je suis désolé mais je ne vois pas en quoi c'est ma faute. Bien que je compatisse sincèrement, je ne pense pas que le blâme doive m'être attribué.

— Donc vous n'êtes pas disposé à aider ?

— Bien sûr que je veux aider. Mais je ne suis pas sûr *comment* exactement. La seule chose que je puisse suggérer est de parler à l'un de nos conseillers qui aide les victimes de viol et de crimes violents. Ils disposent d'une équipe qui peut vous offrir plus de conseils que moi, j'en ai peur. Harriet a-t-elle déjà souffert de toxicomanie auparavant ?

Sa mère hocha lentement la tête, puis se tourna vers sa fille, qui continuait à paraître abattue et ailleurs. — Oui, mais pas aussi gravement. Nous avions réussi à la maîtriser à l'époque. Mais ça fait sept ans maintenant.

Sept ans. Juste autour de l'âge où elle avait subi le viol. Il n'aurait pas pu imaginer ce qu'avait dû être la vie pour elle à cet âge. Sans compter qu'elle venait de commencer sa puberté. Les hormones, les déséquilibres chimiques, la souffrance, les changements corporels, les changements dans sa vie. Et comment elle avait développé une toxicomanie dès un si jeune âge... Gary Kershaw avait causé tout cela. Gary Kershaw était responsable de tout. Et c'était écoeurant de voir à quelle vitesse tout avait changé. Comment, quelques semaines auparavant, elle était pétillante, effervescente, pleine de vie, et maintenant, elle avait l'air comme si le dernier souffle de son âme s'apprêtait à quitter son corps.

— Je vous aiderai de toutes les façons possibles, dit-il soudainement. Vous avez mon numéro de portable, et je vous mettrai en contact avec des personnes compétentes. Je parlerai avec mon supérieur pour voir s'il y a autre chose que nous pouvons faire pour vous aider.

— Merci, dit le père d'Harriet. Sa voix était profonde et respectueuse. Tomek fut surpris par lui ; il n'avait pas crié, ni menacé ou intimidé Tomek. Aucun d'entre eux ne l'avait fait. Peut-être qu'au fil des années, ils avaient réalisé que tout cela ne servait à rien. Que ça n'aboutissait à rien. Que la compassion et la retenue étaient les seuls moyens d'avancer dans la vie.

Tomek les respectait énormément.

Il se tourna vers le frère d'Harriet.

— Vous n'êtes donc pas porté disparu ?

Son visage s'éclaira tandis qu'il riait maladroitement. — Non, pas du tout. Désolé de vous avoir manqué l'autre semaine. Juste un malentendu. Le soir du meurtre de Gary Kershaw, j'ai emmené la petite Gracey en voiture. Elle voulait faire la course alors nous sommes allés à Canvey Island. Nous ne sommes rentrés qu'aux premières heures du matin.

— Oui, ajouta la mère d'Harriet. Et nous lui avons parlé de *ça*. Croyez-moi quand je dis qu'il n'y aura plus de sorties nocturnes jusqu'à ce que tout revienne à la normale.

Quelle que soit la définition de « normale » pour cette famille, pensa Tomek, tandis qu'il disait au revoir et retournait à sa voiture.

CHAPITRE
QUARANTE-QUATRE

Deux jours s'étaient écoulés depuis l'arrestation de Richard Williams et les chefs d'accusation portés contre lui pour son vaste éventail de délits. Et l'équipe n'était toujours pas plus proche de trouver les preuves nécessaires pour le lier au meurtre de Timothy Rosenthal. Certes, ils avaient l'ADN prouvant qu'il était dans la maison au moment de l'arrivée de Tomek, mais rien ne suggérait que c'était lui qui avait tranché le pénis de Timothy et l'avait enfoncé dans sa bouche. Pas de fibres, pas d'empreintes, pas de follicules pileux. Rien. Une équipe médico-légale avait été envoyée pour analyser la maison de Richard, où ils avaient récupéré son ordinateur portable et des échantillons de sa brosse à dents, ainsi que quelques échantillons supplémentaires de ses vêtements. Tout ce qu'ils pouvaient obtenir pendant qu'ils y avaient accès. Maintenant, c'était juste une question de patience pour voir quels résultats l'équipe d'investigation numérique pourrait rassembler concernant les appareils électroniques de Richard.

Depuis, l'urgence au sein de l'équipe s'était apaisée. Ils tenaient leur homme. Tout ce qu'ils avaient à faire maintenant, c'était de s'assurer qu'ils pouvaient le prouver dans le délai imparti.

Mais Tomek n'était pas convaincu.

— Je ne dis pas qu'il est complètement innocent, commença-t-il, en s'adressant à la salle lors de leur briefing matinal. Évidemment, les photos de lui avec les filles, et le coup qu'il m'a donné à la tête sont irréfutables, mais je ne pense pas que Richard ait tué Timothy. Ni même Gary Kershaw.

— Explique-toi, dit Nick, qui avait été occupé par des bêtises bureaucratiques ces derniers jours et avait finalement honoré l'équipe de sa présence.

— Pour plusieurs raisons. Les impressions plastifiées pour...

— Toi et ta fichue fascination pour la plastification, l'interrompit Tony en levant les yeux au ciel. Tu as un faible pour cette histoire et tu ne lâches pas le morceau.

— Et toi, tu as un faible pour Richard Williams. Leurs regards se croisèrent, aucun des deux ne voulant rompre le contact visuel. On verra bien qui a le plus gros faible à la fin, d'accord ?

— Un bon vieux duel de qui-en-a-le-plus. Excitant ! dit Nadia, à la surprise générale. Quand elle remarqua que toute la salle la fixait, elle réalisa davantage ce qu'elle venait de dire. Désolée, ce sont les hormones. Elles détraquent ma chimie cérébrale et me font croire que tout ce que vous dites est hilarant. Le cerveau de femme enceinte fait faire les choses les plus folles.

L'équipe ricana doucement. Tomek et Tony continuaient de se fixer.

— Deuxièmement, poursuivit Tomek, je ne pense pas que Richard ait tué Timothy parce qu'il ne serait pas allé chez lui près de vingt-quatre heures après l'avoir tué — *après* que nous et le reste des forces de l'ordre d'Essex ayons fouillé la maison. Je pense qu'il a appris les meurtres *après* qu'ils se soient produits, a vu sa seule opportunité de récupérer les dossiers que Rosenthal avait sur lui, et l'a saisie. Il a risqué de se faire prendre pour s'assurer de ne pas se faire prendre.

— Tu penses que le tueur a communiqué avec lui ? demanda Nick.

Tomek haussa les épaules. — J'imagine qu'on le saura une fois que l'équipe numérique aura fini d'examiner ses appareils.

Un bref silence, puis une main se leva. Celle du DC Perez. — En fait, dit le Capitaine, ils ont déjà terminé.

Nick frappa dans ses mains bruyamment. Le son résonna dans la pièce. — Fantastique, Capitaine ! Et alors ?

Oscar s'installa plus confortablement dans son fauteuil et plaça quelques notes sur le bureau devant lui. — J'ai bien peur que ce soit un mélange de bonnes et de mauvaises nouvelles. Du côté positif, ils ont trouvé des preuves que Richard attirait des filles en ligne. Il leur envoyait des messages sur Facebook, TikTok et Instagram, prétendant être un ami ou un collègue de leurs parents. Des choses assez anodines au début, jusqu'à ce qu'il leur demande de le rencontrer. Il disait à ses victimes qu'il devait discuter de la relation de leurs parents. Qu'ils traversaient une période difficile et qu'elles pouvaient toujours compter sur lui pour les soutenir. Naturellement, les choses ont progressé d'une manière plus sordide, mais le résultat final était le même. Nous ne savons pas clairement si une activité sexuelle a eu lieu entre Williams et les filles.

— Savons-nous qui elles sont ? demanda Nick.

— Oui. Leurs noms et coordonnées figurent sur leurs pages de profil.

— Parfait. Dans ce cas, je veux que toi et Anna parliez aux familles. Informez-les de ce qui s'est passé.

Tony s'éclaircit la gorge avant de parler. — Est-ce que l'une des filles ressemble à celle au manteau rouge ? L'espoir et l'excitation dans sa voix étaient évidents.

Oscar mit un moment avant de répondre. — Je ne crois pas. Richard les aimait... plus âgées. La plus jeune fille, selon les données, a douze ans. Ce qui la place hors de notre tranche d'âge.

— Enfoiré.

— Quoi qu'il en soit, parlez-leur, offrez-leur tout le soutien dont elles ont besoin, ajouta calmement Nick. Puis : Oscar, je t'en prie, continue.

— Bien, monsieur. Maintenant les mauvaises nouvelles... Ils ont parcouru ses fichiers et n'ont trouvé aucune mention ou message entre lui et quelqu'un d'autre concernant les meurtres. Il n'y a rien qui indique qu'il les ait planifiés seul ou avec quelqu'un d'autre. Rien.

— Et tu en es sûr ? demanda Tony.

— Je suis sûr que c'est ce que les informations devant moi disent, *oui*.

S'il avait pu ajouter un « en fait » là-dedans, il l'aurait fait. Mais quelque chose l'en empêchait, et le reste de la salle le sentait.

Nick intervint avant que Tony ne puisse tourner en rond. Ce qui semblait si facile, si évident, paraissait maintenant complètement ouvert. Et l'homme ne pouvait pas le supporter.

Oscar poursuivit. — Ce n'est pas *totalement* catastrophique non plus. Il y a plus de deux cents membres de la Société Royale pour le Repassage Extrême. L'équipe numérique n'a pas eu le temps d'examiner chacun d'entre eux — c'est en fait notre responsabilité — mais ce qu'ils ont fait, c'est d'exporter les noms et de les recouper en fonction de la localisation géographique. Selon ce rapport, ils sont convaincus qu'il n'y a pas moins de vingt-quatre personnes de l'Essex dans ce groupe. Douze pour cent. Une des plus grandes sections.

— Mon Dieu, on déteste vraiment les violeurs et les pédos par ici, n'est-ce pas ? remarqua Tomek avec désinvolture.

— Mais pas autant que je déteste ces salopards du front de mer, dit Chey. Ces bâtards m'ont fait payer trop cher un paquet de frites. Et ils avaient mis trop de vinaigre dessus !

La salle le fixa, leur silence stupéfait incommensurable. — Oui, parce que c'est *exactement* la même chose, dit Nick, d'une voix légère. À la surprise de Tomek, le commissaire principal avait vu le côté amusant du commentaire. Était-il en train de s'habituer à l'idée d'être plus... drôle ? Ou était-ce juste quand Chey disait quelque chose de marrant ?

— Autre chose à ajouter ? demanda Nick à Oscar, ramenant la conversation sur les rails.

— Une dernière chose. Lors de son interrogatoire, Richard a dit qu'il vérifiait tous les membres pour protéger le groupe des pédophiles infiltrés et autres. Et cela se confirme. Tout le monde peut être identifié. Sauf un. Un certain Charlie Hampton.

Les oreilles de Tomek se dressèrent. Ce nom déclenchait des sonnettes d'alarme dans sa tête. Charlie. Charlie. Le même nom que le garçon dans ses rêves. Le même nom que l'individu qui avait tué son frère. Ça ne pouvait pas être la même personne, n'est-ce pas ? Il savait que les chances étaient astronomiques, et même l'idée était ridicule... mais il avait gardé espoir pendant trente ans. Ce n'était pas le moment de faiblir.

— Le seul problème, poursuivit Oscar, c'est que la localisation de Charlie Hampton, selon la prouesse technique que l'équipe d'investigation numérique a pu réaliser, se situe à des kilomètres. À Exeter.

— Exeter ?

— L'endroit près de la mer, monsieur, ajouta Sean innocemment.

— Oui, merci pour cette précision, Sean. Donc il n'est pas vérifié et il vient d'Exeter. S'il n'y a personne à interroger, je pense qu'il faudra laisser tomber pour l'instant. En attendant, il faut parler à chacun de ces vingt-quatre individus. Nous devons savoir ce qu'ils savent, et nous devons le savoir rapidement.

CHAPITRE
QUARANTE-CINQ

Tomek a reçu les noms des deux Repasseurs Extrêmes, comme on les appelait, avec lesquels il devait s'entretenir peu après la réunion. Rachel était venue à son bureau pour lui donner les détails – juste après qu'ils aient discuté de la fête d'Halloween, bien sûr. Cette fête était toujours au second plan dans l'esprit de Tomek. Mais elle occupait le premier plan dans celui de tous les autres. Y compris Rachel, qui avait déjà été mise au courant de la débauche qui se déroulait habituellement lors de cet événement tant attendu.

— Tu sais ce que tu vas porter ? lui avait-elle demandé.

Il avait répondu que non. Qu'il porterait probablement le même costume que d'habitude. Tomek Perforé. Un costume constitué de trois trous ensanglantés sur le côté droit de son corps. Un costume inspiré d'un épisode de *The Office*, et qui était généralement accueilli par des soupirs exaspérés et des appels à faire plus d'efforts l'année suivante.

— Apparemment, le thème est « ton pire cauchemar », avait-elle ajouté.

Tomek ne pensait pas que se présenter comme un frère mort serait un choix de tenue approprié. Bien qu'il estimait que se présenter sous les traits de Timothy Rosenthal ou de Gary Kershaw serait plus pertinent.

Le premier nom sur sa liste était Kenny O'Malley. Ce Repasseur Extrême était à l'opposé de ce que Tomek avait imaginé : un homme acariâtre de soixante ans qui n'avait rien de mieux à faire que de passer son temps sur Internet à insulter des inconnus sans jamais rien faire de concret à ce sujet.

La réalité était bien différente. D'abord, quand Kenny a ouvert la porte à Tomek, il portait un costume. Ce qui était déjà mieux que le survêtement taché que Tomek avait imaginé.

Et quand Tomek a fini de se présenter, Kenny a répondu calmement, doucement. Une amélioration par rapport à l'agressivité mécontente à laquelle il s'était préparé.

Kenny O'Malley était analyste de données dans une entreprise FinTech en ville et avait étudié à l'Université de Bristol jusqu'à l'âge de vingt-sept ans, obtenant une licence en commerce et un master en analyse commerciale. En résumé, c'était un homme intelligent. Mais quel était exactement son rôle dans le groupe des Repasseurs Extrêmes, Tomek l'ignorait. Il avait l'intention de le découvrir.

— Thé ? Café ? demanda Kenny en conduisant Tomek au salon.

— Un verre d'eau sera parfait, merci.

Kenny revint un instant plus tard, laissant à peine le temps à Tomek d'apprécier le décor coûteux du salon.

— J'espère que tout va bien, dit Kenny en s'asseyant sur le canapé en face. Bien que, à en juger par votre patience, rien de grave ne s'est produit.

— C'est à la fois le cas et pas le cas, Monsieur O'Malley.

— D'accord. Je vous écoute.

— Est-ce que les noms Timothy Rosenthal et Gary Kershaw vous disent quelque chose ?

— Ces noms ne me disent rien, inspecteur. Auriez-vous des photos d'eux ? Je retiens mieux les visages.

— Je suis ravi que vous me demandiez cela.

Tomek plongea la main dans sa poche et montra les photos d'identité judiciaire prises lors des premières arrestations des criminels. L'éclair de reconnaissance était clair sur le visage de Kenny, comme s'il venait de voir un billet de vingt livres par terre. Et puis il avait joué les indifférents, nonchalants, comme s'il essayait subtilement de ramasser le billet et de le mettre dans sa poche sans que personne ne s'en aperçoive. Malheureusement pour lui, Tomek était assez perspicace pour le remarquer. Ce n'était pas son point fort, mais au fil des années, il en était venu à comprendre que c'était une compétence qui pouvait être affûtée, plutôt qu'une avec laquelle on naissait.

— Non, ils ne me disent rien, dit Kenny O'Malley.

— Vous êtes sûr ?

— Devrais-je les connaître ?

— Eh bien, leurs visages ont été diffusés en ligne et à la télévision ces dernières semaines. À moins que vous n'ayez vécu dans un trou.

— J'ai été occupé par mon travail.

— Et qu'est-ce que c'est exactement ?

— Je suis analyste de données.

— Oui, et qu'est-ce que c'est *exactement* ?

— J'examine des données.

— D'accord.

— Et je les analyse.

— Brillant.

— Et ensuite je transmets mon analyse.

— Oh, donc pas seulement de l'analyse de données ? On pourrait vous appeler un analyste de données transmetteur d'informations.

— Inutile d'être facétieux. Le visage de Kenny devint impassible, stoïque.

— Et inutile d'être obtus. J'essaie juste de vous poser quelques questions concernant une enquête pour meurtre.

— Ai-je fait quelque chose de mal ?

— C'est ce que j'espère que vous pourrez me dire. Tomek promena son regard dans le salon. Sur le miroir orné suspendu au-dessus d'une cheminée à bois. Sur la façade de briques qui l'entourait. Sur la coûteuse bibliothèque en acajou de l'autre côté de la pièce, remplie de livres de toutes formes, couleurs et tailles. Puis Tomek se tourna vers Kenny ; le visage de l'homme restait placide. Vous savez, pour un Repasseur

Extrême, je m'attendais à voir au moins *un* fer à repasser sur votre cheminée.

À la mention de ces deux mots, les pupilles de Kenny se dilatèrent et le haut de son front se crispa.

— Je ne suis pas sûr de comprendre de quoi vous parlez, inspecteur.

— Intéressant. Mais vous savez que mentir à un policier peut être considéré comme une infraction pénale, surtout si cela a un rapport avec une enquête sur un double meurtre ?

À en juger par la fine couche de sueur qui commençait à se former sur le front de Kenny, il savait soudain exactement de quoi Tomek parlait.

— Ce que j'ai du mal à comprendre, c'est comment un analyste de données peut avoir une contribution pratique dans un groupe conçu pour traquer et cibler des pédophiles et des violeurs. Peut-être pouvez-vous m'aider ?

Kenny O'Malley resta assis là, dans un silence stupéfait. Sa poitrine ne bougeait plus et ses narines ne frémissaient plus.

— La façon dont je vois les choses, et corrigez-moi si je me trompe, c'est que vous – comme vous le dites vous-même – analysez les données et transmettez vos conclusions. Dans le contexte de la Société Royale du Repassage Extrême, cela signifie que vous analysez les données concernant une cible potentielle et évaluez la probabilité du succès de Jimmy Hunter à l'attirer dans un piège. Est-ce que ça semble correct ?

Même si Kenny O'Malley avait voulu répondre, il en était incapable, car les synapses de son cerveau travaillaient à plein régime juste pour l'aider à respirer à nouveau.

Tomek sortit son téléphone de sa poche. Il le déverrouilla et fit défiler jusqu'à sa section Notes. — En voici un que vous avez dit l'autre semaine. « Étant donné qu'il se trouve à moins de six cents mètres de l'école la plus proche, j'estimerais la probabilité qu'il tombe dans le piège à quatre-vingt-quinze pour cent ». Pourquoi les cinq pour cent manquants ? demanda Tomek. Je veux dire, vous avez étudié pendant près de dix ans, gravi les échelons de votre entreprise, obtenu une licence *et* un master, tout ça pour en arriver à la conclusion qu'un ancien pédophile qui vit à moins de six cents mètres d'une école est susceptible de récidiver. Ce n'est pas vraiment de la science spatiale, n'est-ce pas ?

— Suis-je en état d'arrestation ici ?

Tomek décida de ne pas répondre à la question. Mieux valait le laisser mijoter et prier Dieu qu'il ne le soit pas.

— Qu'est-ce que vous gagnez avec ce groupe ? demanda Tomek.

— Nous nettoyons les rues. Et nous...

— Oui, et vous faites apparemment un meilleur travail que nous. C'est ce que j'entends dire continuellement. Mais qu'est-ce que *vous* tirez de votre implication ? De la fierté ? De la satisfaction ? Ou y a-t-il aussi un avantage financier ? J'ai vu les revenus que Jimmy Hunter tire de ses vidéos sur les différentes plateformes, et j'ai vu le taudis dans lequel il vit. Donc quelque chose ne colle pas. Est-ce qu'il les partage équitablement entre vous tous, ou est-ce basé sur votre contribution individuelle dans l'opération ? Je peux le découvrir facilement, je me demandais juste si vous seriez assez aimable pour m'épargner du temps.

— Pas particulièrement. La peur et l'anxiété de Kenny O'Malley commençaient à se dissiper. Le fait que Tomek ne l'ait pas encore arrêté signifiait qu'il n'allait pas le faire, et il n'avait malheureusement pas fallu longtemps à Kenny pour s'en rendre compte.

Mais Tomek n'avait pas encore baissé les bras.

— Avez-vous une idée de qui pourrait avoir tué Timothy Rosenthal et Gary Kershaw ? D'après ce que j'ai pu trouver dans le groupe et vos messages sur la plateforme, il semble que vous les ayez estimés à cent pour cent pour un comportement récidiviste. Ce sont les seuls deux à avoir un tel accolade prestigieux. Pourquoi ces deux-là ?

La question de Tomek fut accueillie par le silence.

— Vous n'auriez pas eu quelque chose à voir avec leurs meurtres, par hasard ?

— J'analyse les données...

— Et vous transmettez vos conclusions, oui. Tomek leva les yeux au ciel intérieurement. Après cela, vous vous en lavez les mains et laissez quelqu'un d'autre faire le sale boulot ?

Pas de réponse.

Tomek en avait assez. Il remercia l'homme pour son temps, lui tendit une carte de visite et lui dit qu'il le recontacterait bientôt.

Tomek n'avait aucune intention d'arrêter l'homme. Il n'était pas le tueur. Il n'était que l'analyste de données. Mais cela ne signifiait pas qu'il n'envisagerait pas de faire pression sur lui de temps en temps. Extraire autant d'analyses que possible de l'homme jusqu'à ce qu'il puisse transmettre l'information.

CHAPITRE
QUARANTE-SIX

Un nœud de la taille d'un ballon de football s'était formé dans l'estomac de Tomek. Aujourd'hui allait être une journée de premières.

La première fois qu'il présenterait une petite amie à ses parents. Et la première fois qu'il commémorerait l'anniversaire de la mort de son frère avec eux en personne. Chaque année, il recevait son invitation. Chaque année, il la déclinait. Au lieu de cela, il se rendait sur la scène du crime de son frère et s'asseyait sur les balançoires, se balançant silencieusement dans le vent. Réfléchissant, contemplant, parfois parlant à son frère. Chaque fois sans obtenir de réponse. Jusqu'à ce jour, il ne pouvait toujours pas se résoudre à visiter la tombe de son frère.

Ce soir, il savait à quoi s'attendre. Une soirée de partage — souvenirs, moments, rires, blagues. Toutes ces choses dont il ne voulait pas. Rien de tout cela n'allait ramener Michał. Rien du tout. Il possédait déjà toutes ces pensées dans sa tête. Il n'avait pas besoin de les entendre encore et encore, recyclant les mêmes histoires dix fois juste pour satisfaire sa mère.

Mais ce soir, Katie avait insisté. Elle avait qualifié son refus de l'invitation pendant tant d'années de démoniaque et indécent. Elle avait dit que cela pourrait l'aider à guérir ses blessures, à reconstruire les ponts.

Il ne nourrissait pas beaucoup d'espoir.

Ils se garèrent devant la maison, entourée d'obscurité, et sortirent de la voiture. Ils étaient tous deux élégamment vêtus. Tomek portait une chemise bleu clair avec un jean qui épousait ses fesses plus étroitement qu'une caisse claire. Et Katie portait une robe bleu foncé presque noire qui accentuait toutes les bonnes choses. Elle n'avait pas voulu avoir l'air d'aller à un enterrement, mais elle s'en approchait suffisamment pour que Tomek ait presque envisagé de s'arrêter à la morgue en chemin.

Elle frappa à la porte. Quelques secondes plus tard, Dawid, le frère aîné de Tomek, ouvrit. Malgré les cinq ans d'écart, Dawid paraissait aussi jeune — sinon plus jeune — que Tomek. C'était comme s'ils possédaient tous un gène de Benjamin Button qui inhibait le processus de vieillissement. Et Tomek le détestait pour ça. En grandissant, Dawid avait toujours été le plus athlétique, le plus beau, le plus intellectuel, le plus accompli. Celui que tout le monde admirait, plaçait le plus haut sur le piédestal. Et cela avait laissé Tomek regarder depuis les tribunes pendant que Dawid franchissait toutes les étapes que Tomek ne pourrait jamais atteindre.

Une carrière réussie dont ses parents étaient fiers. Un mariage avec une femme belle et tout aussi accomplie. Une famille de trois garçons triplets.

Dawid le saint.

Dawid le putain de héros.

— Bonsoir, dit Dawid, descendant les marches pour serrer Tomek dans ses bras. Tu as pris du poids ? demanda-t-il. Définitivement un peu plus de poignées d'amour depuis la dernière fois que je t'ai vu.

— Ouais, répondit Tomek. Probablement le poids que tu as perdu. T'as l'air malade, mec.

— Aneta m'a mis à ce régime.

— Un de ceux où tu ne manges rien du tout et où tu te demandes ensuite pourquoi ton corps s'effondre ? Très à la mode apparemment.

Dawid tourna son attention vers Katie et sourit de façon exubérante. — Et qui avons-nous ici ?

— Elle vient du ministère de l'Intérieur, dit Tomek. Elle est venue pour expulser ton cul décharné et te renvoyer d'où tu viens.

— Oh, j'ai hâte !

Dawid et Katie se présentèrent, puis s'enlacèrent. Un peu trop longtemps au goût de Tomek, mais il décida de ne rien dire. Dawid leur fit signe d'entrer dans la maison en premier et les conduisit à la cuisine au fond où se trouvait le reste de la famille. Tomek avait à peine franchi la porte qu'il fut assailli par une série de balles de pistolet Nerf. Les petits projectiles en mousse frappèrent sa poitrine, sa cuisse et son entrejambe, le faisant plier de douleur. Les auteurs de cette attaque dévastatrice étaient ses neveux. Kristian, Patryk et Jakub, dix ans.

— Qu'est-ce qui se passe, bordel ? cria Tomek en s'écrasant contre le mur.

— Ton langage ! hurla la voix de sa mère de l'autre côté de la pièce.

— Je me suis fait tirer dans les couilles !

— Je vais te tirer dans les couilles dans une minute si tu ne te comportes pas bien. Maintenant, excuse-toi auprès d'eux.

À contrecœur, se sentant comme s'il venait d'être transporté trente-cinq ans en arrière, il fit ce qu'on lui disait. Puis il reconnut la présence de sa famille avec une brève et maladroite étreinte à sa belle-sœur, ses neveux, et enfin sa mère. Quand vint le tour de son père, il serra l'homme plus longuement et lui donna une vigoureuse tape dans le dos. De tous, c'était toujours lui qu'il était le plus content de voir.

— Tout le monde, voici Katie. Katie, voici tout le monde.

Les enfants furent les premiers à se présenter. Ils le firent en visant son ventre avec leurs balles et en menaçant d'ouvrir le feu sur elle.

— Non ! cria-t-elle. Prenez tout l'argent et courez ! Mais ne tirez pas ! Et puis elle sortit un pistolet imaginaire et tira sur eux tous.

À sa surprise, les victimes s'effondrèrent sur le sol, se tenant l'estomac et les parties vitales. C'était la première fois qu'il voyait cela. D'habitude, quand il ouvrait le feu sur eux (parfois avec un arsenal de regards énervés et peu impressionnés), ils continuaient à le poignarder et à lui tirer dessus, jusqu'à ce qu'il finisse par faire le mort pendant cinq minutes. Mais pas avec elle — en quelques instants, Katie les avait déjà conquis. Étonnamment efficace pour quelqu'un qui n'aimait pas les enfants, remarqua-t-il.

— Le dîner sera prêt dans dix minutes, annonça la mère de Tomek. Vous êtes arrivés juste à temps.

Au bon moment, pensa Tomek. Assez proche du dîner pour qu'ils puissent se débarrasser des banalités avant d'avoir la bouche pleine de nourriture. Sans doute trouverait-il une excuse pour partir tôt.

Au menu ce soir, sa mère avait préparé quelques plateaux polonais, un assortiment de viandes froides roulées en tubes, des fromages coupés en cubes et en tranches, et des bâtonnets de kielbasa coupés en deux, le tout posé sur un lit de laitue. Elle en avait préparé trois au total, sachant que rien n'en resterait à la fin du repas. Et elle avait raison : c'était un véritable chacun pour soi. Des mains plongeaient de tous les angles, s'emparant des différentes assiettes de nourriture. Et Tomek, au grand désarroi évident de Katie, était le pire. Sans s'en rendre compte, il l'avait ignorée et s'était servi autant qu'il pouvait. Alors que son assiette était pleine, celle de Katie restait vide. Et il ne restait plus grand-chose sur la table pour elle.

— Espèce d'égoïste, lança Dawid de l'autre côté. Puis il lui tendit son assiette et l'invita à se servir. — Mon frère a toujours été comme ça. Toujours à penser à lui, jamais aux autres.

— Surtout quand il s'agit de nourriture, ajouta sa mère. On dirait qu'il s'est aussi servi de tout à la maison.

— Oui. Merci, Maman.

Katie refusa l'offre de l'assiette de Dawid et prit plutôt de celle de Tomek.

— Est-ce que Tomek te fait faire la cuisine à la maison, Katie ? demanda sa mère.

Le nœud dans l'estomac de Tomek se resserra. C'était ça. La partie de la soirée qu'il redoutait. L'interrogatoire de sa famille. De tous les angles. Tirant des coups bien plus forts et plus blessants que n'importe quelle balle Nerf.

— Nous partageons les responsabilités, dit-elle avec une légère réticence. Comme si en dire trop pouvait les mettre tous les deux dans le pétrin d'une manière ou d'une autre. Mais Tomek est un bon cuisinier.

— Quand il veut l'être, j'en suis sûre.

Tomek ne dit rien. Il n'avait rien à dire. Il continua à manger et à apprécier sa nourriture. Au fil des années, il avait appris à faire abstraction des piques et à ignorer les commentaires. Pendant la demi-heure suivante, ils concentrèrent leur attention sur Dawid et sur sa réussite dans la vie. En tant que courtier en assurances, il connaissait de plus en plus de succès au fil des ans. Tant mieux pour lui. Tomek s'en foutait complètement, même s'il essayait.

Et dès que la conversation se tourna vers lui et sa carrière, il commença à se déconnecter à nouveau.

— Comment va cette enquête qui est la tienne, Tom ? demanda son père.

Cet homme, de tous, était le seul capable de susciter une réponse de sa part. Il se sentait obligé de répondre.

— Lentement, répondit-il. Nous avons arrêté notre principal suspect, mais je reste convaincu qu'il y a un autre suspect là-dehors auquel nous n'avons pas encore pensé.

— Tu penses avoir arrêté le mauvais homme ?

— Je ne dirais pas ça. J'ai juste le sentiment qu'il y en a plus d'un, c'est tout. Quelqu'un, quelque part, l'aide.

— Laisse tomber, Tomek, ajouta sa mère.

— Pardon ?

— Toi et tes deux tueurs. Tu penses toujours qu'il y a quelqu'un d'autre impliqué. D'abord c'était ton frère, et maintenant...

Tomek jeta sa serviette sur son assiette et repoussa la table avec tant de force que sa chaise se renversa.

— Où vas-tu ?

— À la maison.

— Tu ne vas nulle part, commença-t-elle, mais c'était déjà trop tard. Tomek avait soulevé Katie de son siège et se dirigeait vers la porte. Tu ne peux pas quitter la table ! Si tu pars maintenant, tu ne manques pas seulement de respect envers nous, mais aussi envers ton frère. Sa mère regarda vers le ciel.

Tomek s'arrêta à la porte. Les vannes de la rage commençaient à s'ouvrir. Et il devait partir avant de dire quelque chose qu'il regretterait, mais au moment où il ouvrait la bouche, quelqu'un le devança.

— Je suis désolée, dit Katie, sa voix autoritaire et sévère. Je sais que ce n'est pas à moi de le dire, mais la façon dont vous traitez votre fils est méprisable, et vous devriez avoir honte. Vous tous. Il n'est que gentillesse, douceur, attention, et il est bien plus adulte que vous ne lui en donnez crédit. Ça lui a demandé beaucoup de courage de venir ici ce soir. Saviez-vous qu'il se blâme encore pour ce qui est arrivé à son frère ? Qu'il ne passe pas une journée sans penser à lui ? Je suis sûre que c'est la même chose pour vous tous ; vous n'êtes pas les seuls à avoir perdu un proche ce jour-là. Lui aussi. Et c'est lui qui l'a trouvé. Vous êtes-vous déjà arrêtés pour vous mettre à *sa* place, voir ce qu'*il* voit, ressentir ce qu'*il* ressent, penser ce qu'*il* pense ? Bien sûr que non, parce que vous vous accrochez tous encore à la culpabilité que vous lui faites porter. Ça fait trente ans. Je pense qu'il est temps que vous passiez tous à autre chose.

Silence. Un silence profond et magnifique. Tomek lutta contre le sourire sur son visage et la tira hors de la pièce avant que quiconque ne puisse répondre. Elle les avait remis à leur place, leur avait dit exactement ce qu'elle ressentait, et à ce moment-là, il tomba encore plus profondément amoureux d'elle. Venir chez ses parents n'avait pas été la meilleure décision, mais ça avait certainement été la bonne.

CHAPITRE
QUARANTE-SEPT

Encore des courses. Encore des cris. Toujours la même chose.

Cette fois, rien de nouveau. Ce qui me surprend. Maman, Papa et Dawid n'ont finalement pas réussi à perturber mes pensées. Ils n'ont aucun impact sur mes souvenirs, mes cauchemars, ce dont je me souviens. Je pourrais tous les laisser derrière moi et je serais toujours capable de me rappeler les contours du visage. Et le nom.

Charlie.

Char-Leigh.

Mais la constante demeure. La seule personne qui me rend heureux et qui m'a donné l'énergie et la concentration nécessaires pour explorer davantage mes rêves. Nous n'en avons pas beaucoup parlé entre nous. Elle sait que c'est une conversation difficile pour moi, mais elle a été si compréhensive. Je suis tellement heureux qu'elle soit entrée dans ma vie. Sans elle, l'assassin de Michał pourrait être perdu à jamais. Et maintenant, nous avons un peu d'espoir.

J'ai un peu d'espoir.

Et puisse-t-il durer longtemps.

Katie, tu ne liras jamais ceci, mais je t'aime. Je t'aime, je t'aime, et je t'aime.

Maintenant, je vais regarder du football ou une émission violente, comme un vrai homme.

CHAPITRE
QUARANTE-HUIT

L'heure du déjeuner. Le bruit de l'estomac gargouillant de Tomek couvrait tous les autres bruits du bureau. Le claquement des touches, les conversations discrètes au téléphone, le clic constant des souris d'ordinateur.

Mais il était trop occupé pour se nourrir. La découverte du groupe en ligne avait accaparé chaque pensée, chaque action et chaque souffle de l'équipe. Ensemble, ils étaient tous déterminés à trouver le tueur. Et Tomek avait passé les dernières heures à éplucher le forum de discussion, lisant chaque ligne, chaque phrase, chaque ponctuation manquante et chaque faute de grammaire. Le tueur se cachait quelque part dans le groupe et, comme un exterminateur, il devait faire sortir le rongeur de sa cachette.

C'était, cependant, difficile. Malgré le fait que le groupe se trouvait dans une partie isolée de l'écosystème Facebook, où très peu (voire aucun) regards ne se posaient, les membres étaient étonnamment discrets. Une combinaison de réponses monosyllabiques et de phrases d'approbation. Une question par-ci par-là. Une phrase qui lançait le nom d'une cible potentielle. Mais rien de concret. Rien qui suggérait qu'un tueur se trouvait parmi eux.

Il était difficile de ne pas se sentir découragé, alors Tomek essaya de se remonter le moral avec un Subway acheté dans la grand-rue. Un BLT, son préféré. Avec du fromage, de la mayonnaise et des jalapeños en supplément.

Quand il est revenu à son bureau, quelque chose a attiré son attention qui lui a coupé l'appétit.

Un message avait été publié sur le forum pendant qu'il était absent du bureau.

Ironers. Harrison Coady. Récemment libéré de HMP Winchester. Déplacé à Leigh-on-Sea pour un avenir plus sûr. À surveiller. Quelqu'un pour lui rendre visite ?

Tomek lut le message deux fois, trois fois. Chercha dans son esprit une phrase similaire à la dernière. *Quelqu'un pour lui rendre visite ?* Dans tous les messages et commentaires qu'il avait dévorés, il n'avait jamais reconnu ces mots auparavant. S'adressaient-ils au tueur ? Lui demandaient-ils d'éliminer définitivement Harrison Coady ?

Tomek bondit de sa chaise et se précipita vers le bureau de Tony. Il entra sans frapper et trouva Tony en train de se gratter dans une position compromettante.

— Bon sang, Tomek, dit l'homme, en retirant sa main de son postérieur. Tu n'as jamais eu de portes quand tu étais gamin ?

— Pas dans les terres désolées de la Pologne post-communiste, monsieur.

Tony soupira et leva les yeux au ciel. — Qu'est-ce que tu veux ?

— Je ne veux plus jamais toucher ta main, si ça ne te dérange pas.

— La ferme. Maintenant, qu'est-ce qui est si important que tu ne peux pas frapper ?

— Je pense qu'il y a une autre victime à l'horizon.

Sans attendre, Tomek contourna le bureau et tendit la main vers la souris de Tony. Heureusement, il s'arrêta avant de la toucher.

— Fais-le toi-même. Je ne toucherai pas ça après avoir vu où ta main a été.

— C'était *par-dessus* le pantalon, dit Tony, en réveillant l'écran de l'ordinateur d'un coup de souris.

— Ça ne rend pas les choses meilleures, répliqua Tomek, puis il dirigea Tony vers le message Facebook.

Il laissa à l'homme quelques instants pour lire et assimiler l'information. Quand il eut terminé, sa bouche s'ouvrit et ils se regardèrent fixement.

— Qu'en penses-tu, monsieur ?

— Que la vie de Harrison Coady est en danger.

Tony se leva d'un bond, mais Tomek le retint. — Où vas-tu ?

— Nous devons envoyer une équipe chez lui, pour le prévenir.

Tomek sauta de l'autre côté du bureau et bloqua la sortie de Tony. — Prenons un moment, dit-il. J'ai eu une idée. Mais avant d'aller où que ce soit, tu dois te laver les mains.

———

— Vas-y, on t'écoute.

Tony, Sean et Rachel avaient tous été convoqués dans le bureau du DCI Cleaves pour écouter l'idée de Tomek.

Il déglutit avant de commencer. — S'il y a une chose que je sais sur les pédophiles, et c'est quelque chose que j'ai appris récemment, c'est que peu importe combien on veut les avertir du danger potentiel qui pèse sur leur vie, ils ne sont pas prêts à faire quoi que ce soit. Gary Kershaw, par exemple... il a quand même essayé de rencontrer la fille au manteau rouge même s'il savait ce qui était arrivé à Timothy Rosenthal. La même chose pourrait se produire ici avec Harrison Coady.

— Alors, quelle est ta proposition ? demanda Nick.

— Que nous le mettions sous surveillance. Juste quelques-uns d'entre nous, veillant sur lui, s'assurant que personne ne vienne lui faire du mal.

— Tu suggères que nous l'utilisions comme appât ?

— Je canalise mon Jimmy Hunter intérieur, répondit-il avec ironie.

— Espérons que ce ne soit pas le côté sombre de la pédophilie, commenta Sean, avec un coup de poing amical sur le bras.

— Bien envoyé.

Mais Tomek ne voyait pas le côté amusant de la chose. Tout au long de sa recherche dans le groupe Facebook Extreme Ironing, il avait repéré plusieurs mentions qu'un individu au sein de la police se trouvait du mauvais côté de la cour de récréation. Et chaque mention avait fait bouillir son sang.

— Tu crois qu'on est fait d'argent ? demanda Nick, avec un profond soupir.

— Toi, peut-être pas. Mais le service, si.

— Pas avec le budget que nous avons déjà dépensé pour le grand total de que dalle jusqu'à présent dans cette enquête. Ce que tu suggères, c'est une tonne d'heures supplémentaires.

— La vie de quelqu'un pourrait être en danger, monsieur. Ne voulez-vous pas faire tout ce qui est possible pour empêcher cela ?

Nick réfléchit un moment. Se frotta les mains. Soupira. Il savait que Tomek le tenait par les couilles. Une menace crédible pour la vie était suffisante pour justifier une opération de surveillance. Peu importe pour qui c'était.

— Très bien, dit-il finalement. Mais vous vous relayerez tous. Nous surveillerons Harrison Coady pendant quelques jours et verrons comment les choses se passent. Si rien ne se produit d'ici là, je vous retire tous.

CHAPITRE
QUARANTE-NEUF

Il y avait longtemps que Tomek n'avait pas revu le Southend Football Club. Plus de vingt ans, en fait. Peut-être même davantage, bien qu'il n'aimât pas penser au nombre exact. C'était lors d'une sortie scolaire avec l'équipe de football de son école, et il avait été l'un des ramasseurs de balles pendant le match Southend-Doncaster. Il se souvenait des rugissements de la foule, de l'ambiance, de l'adrénaline qu'il ressentait chaque fois que la balle venait vers lui. Cette sensation exaltante quand le ballon frappait le fond des filets. Le match s'était terminé 3-1 pour Doncaster, mais c'était une soirée qu'il n'oublierait jamais.

Et il espérait que ce soir serait pareil.

Southend contre Woking.

Dix mille supporters du Surrey et de l'Essex réunis pour un match de National League, le plus bas échelon professionnel du football anglais. L'apogée des récents succès de Southend remontait au milieu des années 2000, lorsqu'ils s'étaient retrouvés en Championship et avaient battu Manchester United 1-0 lors d'une froide soirée de novembre. Depuis, leur chute avait été rien moins que catastrophique. À cause d'une série de difficultés financières et d'interdictions de transfert, le stade, Roots Hall, était en mauvais état, le personnel et les joueurs n'avaient pas reçu leurs salaires depuis des mois, et l'équipe avait rapidement dégringolé dans la hiérarchie du football, brisant le cœur de leurs milliers de supporters.

Tomek savait ce que ça faisait de voir son équipe reléguée. C'était arrivé à West Ham plus de fois qu'il ne voulait l'admettre, mais ils avaient toujours rebondi vers l'élite. Il n'imaginait pas ce que ça devait être de s'enfoncer dans les divisions inférieures du football anglais.

Ce sport avait été une passion durant toute son existence. Depuis qu'il savait marcher, il tapait dans un ballon avec ses frères dans le jardin ou dans le champ en face de leur maison. S'attirant des engueulades pour avoir cassé les serres des voisins et fracassé leurs voitures. Certes, il n'était pas assez bon pour devenir professionnel (ce qui avait été son rêve à une époque, comme pour la majorité des garçons à un moment de leur développement), mais la passion et *certaines* aptitudes techniques étaient bien là. À tel point qu'il les avait conservées jusqu'à la quarantaine. Les week-ends, quand les contraintes du travail le permettaient, Sean et lui jouaient pour le Southend Police Football Club. Ils avaient leurs propres maillots, et lui occupait le poste de milieu de terrain. Le pivot sur le terrain. Le commandant. Le capitaine. Il avait demandé à Katie si elle voulait le voir jouer, mais à cause des horaires d'ouverture de la boutique, elle n'avait jamais pu, ce qui était dommage car il aurait adoré l'avoir là, faire le beau devant elle, déployer ses plumes comme un paon.

Serrés l'un contre l'autre pour se protéger du froid, ils passèrent les tourniquets à l'entrée et se dirigèrent vers leurs sièges au milieu des centaines de fans excités. Tomek leur avait acheté un coca et un hot-dog chacun. Ce n'était pas grand-chose, mais cela faisait partie de l'expérience authentique du football qu'il voulait lui faire vivre.

— Tu t'amuses jusqu'ici ?

Ce qui restait visible de son visage — derrière l'écharpe, le bonnet et la capuche — lui indiquait que la réponse était non. Elle était trop engourdie pour bouger correctement. Il la serra contre lui et l'enveloppa de son bras, frottant ses bras et l'embrassant sur le front.

Le froid, en hiver, était le véritable test de soutien d'un fan. Parfois, le temps devenait atroce — vents violents, neige, températures négatives, pluie — mais il persévérait et continuait d'assister aux matchs à domicile de West Ham quand il le pouvait. Et les gens avec qui il partageait l'amour du sport, les inconnus au bar, les ivrognes odieux mais adorables dans le train du retour — ils formaient comme une famille dérangée et unique pour lui. Le football était son échappatoire. Et il adorait chaque seconde. Victoire ou défaite.

Cependant, la froideur de Katie ne dura pas longtemps. Peu après le coup d'envoi, il la vit s'impliquer, criant et encourageant les joueurs chaque fois que quelqu'un glissait pour un tacle croquant ou tirait au but. La plupart des règles et des tactiques lui passaient au-dessus de la tête, et elle lui demandait des explications presque toutes les secondes, mais cela ne semblait pas le déranger. Elle paraissait s'amuser, et c'était tout ce qu'il pouvait demander.

À la mi-temps, le froncement de sourcils sur son visage s'était estompé. Et à la fin du match, il s'était transformé en un sourire chaleureux et excité. Score final : 3-1 pour Southend.

— Ils ne gagnent pas tout le temps, lui dit-il, alors qu'ils commençaient à quitter le stade.

— Peut-être que c'était juste pour moi alors.

— Je leur avais dit que tu venais. C'est pour ça qu'ils ont fait un effort supplémentaire.

Peu après, ils se retrouvèrent au milieu d'une foule jubilante et ivre de Southend qui ondulait à travers le stade. Tomek se laissa emporter et commença à chanter avec eux. Un homme à côté de lui, l'homme le plus courageux du stade dont le T-shirt avait disparu, le fixait en chantant. Bière à la main. Tomek passa son bras autour de lui et ensemble, ils entamèrent un horrible falsetto.

Deux inconnus, racontant des bêtises et chantant.

Deux inconnus, bras dessus bras dessous, jurant qu'ils s'aimaient l'un l'autre.

Deux inconnus qui ne se reverraient jamais, mais qui, à cet instant, partageaient quelque chose de spécial.

C'était ça, la beauté de ce sport. C'était pour ça que Tomek l'aimait.

En sortant du stade, les milliers de supporters se dispersèrent dans les rues de Southend, retournant à leur vie. Certains se dirigeaient vers la gare, d'autres vers la station de taxis sur la grande rue, tandis que Tomek et Katie se dirigeaient vers le parking.

À sa surprise, il était vide. Sauf pour une femme debout à côté de sa voiture, juste à côté de celle de Tomek.

Il ne la reconnut pas tout de suite, mais ensuite, quand ses traits devinrent visibles, il aurait préféré ne pas la reconnaître.

— Tom ! dit-elle. Qu'est-ce que tu fais ici ?

— Je viens de voir le match. Tomek attira Katie plus près de lui. Il pouvait sentir son corps se raidir. Et toi, qu'est-ce que tu fais là ?

— La même chose que toi.

— Ils t'ont mise aux sports maintenant ?

Abigail eut un sourire narquois, le regardant avec un air flirteur. — Il faut bien gagner sa vie. Nous ne sommes qu'une équipe de cinq. Nous sommes les yeux et les oreilles de Southend, comme on dit. Nous devons être capables de tout voir et tout entendre.

— J'imagine. Un moment de silence gêné s'abattit entre eux comme un rocher, infranchissable et inamovible. Abigail ne faisait pas mine de partir, et Tomek ne sentait plus ses pieds. Ils étaient donc coincés là. — Excuse-moi, commença-t-il, où sont mes manières ? Abigail, je te présente Katie, ma compagne. Katie, voici Abigail, la journaliste qui m'a jeté sous le bus dans son article sur l'Opération Highlander.

Abigail ignora la dernière remarque et serra la main de Katie. Tout très formel. — Donc c'est elle, l'heureuse élue, dit-elle. Sean m'a tellement parlé de toi.

— *Et* de l'affaire, je suppose, dit Tomek avant que Katie ne puisse répondre.

— Il partage ce qu'il peut.

— Mais tu ne le dénonces pas dans tes articles ?

— C'est parce que je n'en ai pas besoin.

— Et ça aide quand on couche ensemble...

Les yeux d'Abigail flamboyèrent, et Tomek sut immédiatement quelle serait sa réponse. Mais c'était trop tard. La balle était sortie du canon et rien ne pouvait arrêter la destruction imminente. — Tu as eu ta chance il y a longtemps, dit-elle.

La chair de poule parcourut la peau de Tomek. Il savait qu'il n'y avait aucune chance – absolument aucune chance – que Katie n'ait pas entendu tout cela. Que le sourire sur son visage n'était que de façade, et qu'elle attendait qu'ils soient dans la voiture pour déchaîner toute l'étendue de sa colère. Restait à savoir si elle serait dirigée contre lui ou contre Abigail.

———

Il le découvrit peu après être sorti du parking.

— Tu as essayé de coucher avec elle, n'est-ce pas ?

Ça commence, pensa-t-il.

— Non. Ce n'était pas comme ça.

— Alors c'était quoi ?

— Un stupide baiser alcoolisé une fois lors d'une cérémonie de remise de prix. Elle voulait plus, pas moi.

— Et rien ne s'est passé depuis ?

Tomek hésita. — Elle a essayé, mais je lui ai toujours dit non. Pour garder les choses... professionnelles. Il lui lança accidentellement un sourire gêné, du genre s'il te plaît-ne-m'engueule-pas.

— Ce n'est pas le moment de flatter ton putain d'ego, Tomek. Et pour qui elle se prend à t'appeler *Tom* ? Personne ne t'a jamais appelé comme ça. À l'exception peut-être de ton père. Mais pas moi. Pas ta mère, pas ton frère. Elle se croit spéciale ?

Tu devras lui demander.

À la réflexion, ce n'était probablement pas la meilleure idée.

— Elle essaie juste de foutre la merde, lui dit-il. C'est une journaliste, c'est ce qu'elle fait. Elle s'interpose entre toi et quelque chose d'autre pour obtenir ce qu'elle veut. Comme l'autre semaine quand elle m'a demandé une déclaration. Elle m'a pratiquement acculé dans un coin.

— Oh, ça t'a plu, n'est-ce pas ?

— Quoi ?

— D'être si proche d'elle à nouveau. Katie regardait par la fenêtre, incapable de le regarder dans les yeux. — Tu as intérêt à ne pas me mentir, poursuivit-elle, ou je te couperai les couilles. Je n'aime pas les menteurs et je n'aime pas les tricheurs. Si je découvre que tu as...

— Je n'ai rien fait, je te le promets. Tu dis des bêtises. C'était il y a longtemps, et j'ai coupé court aussi vite que possible. En plus, elle sort avec Sean maintenant...

Tomek ne savait pas quoi ajouter de plus ; il espérait que c'était suffisant pour apaiser un peu ses craintes. De retour chez lui, elle alla directement se coucher et le laissa seul pour regarder la télévision. Leur première vraie dispute. *Sa* première vraie dispute depuis longtemps. Et il ne savait pas comment y faire face.

Il décida donc de laisser tomber, de reléguer ça au fond de son esprit et d'oublier. Exactement comme il l'avait fait avec tout le reste dans sa vie.

CHAPITRE
CINQUANTE

Le bacon, avec sa bonté salée et grasse, guérissait tout. Les gueules de bois, la dépression, la faim.

Même les disputes.

Mais pas, comme il allait le découvrir, celle-ci.

En se garant dans l'allée, il attrapa le paquet de 12 tranches de bacon fumé du siège passager et coupa le moteur. Tandis qu'il enfonçait sa clé dans la serrure de la porte d'entrée, son estomac gargouilla. Déjà, il sentait le bacon, l'œuf, le toast.

Quand il ouvrit la porte, il trouva Katie assise sur le canapé, les bras croisés sur la poitrine, une jambe posée sur l'autre, qui s'agitait de haut en bas. L'expression de fureur sur son visage.

— Qu'est-ce que tu fais debout ? lui demanda-t-il. J'ai essayé de ne pas te réveiller avant que je—

À côté d'elle, cachée derrière sa jambe, se trouvait une culotte de femme. Rose. En dentelle. Avec un petit nœud à l'avant. Elle la tenait en l'air, s'attendant à ce qu'il sache ce que c'était.

— Tu veux... ? J'allais nous préparer le petit-déjeuner d'abord, mais je suppose que je—

— J'ai trouvé ça dans le canapé, espèce d'ordure.

Oh-oh.

— Et ce n'est pas à toi ?

— Bien sûr que ce n'est pas à moi. Je ne porterais jamais quelque chose d'aussi vulgaire ! Regarde ça, il n'y a rien !

Double oh-oh. Un putain de gros oh-oh.

— Avec qui tu couches ? Avec qui tu baises dans mon dos ?

Malgré les grossièretés et l'agressivité dans sa voix, Katie était étrangement calme. Ce qui l'effrayait plus que si elle lui avait lancé des assiettes ou lui avait crié au visage. Il sentait que toute la fureur de sa colère était sur le point d'éclater.

— Personne... personne, dit-il lentement, tandis que son esprit tentait frénétiquement de se rappeler d'où elles venaient et à qui elles appartenaient.

Et puis il comprit. Molly. La fille de la nuit du meurtre de Timothy Rosenthal.

Avait-il couché avec elle cette nuit-là ? Il ne s'en souvenait pas. Était-elle entièrement habillée quand il l'avait mise dans le taxi ? Il pensait que oui. Il était parti tellement précipitamment qu'il n'avait pas eu le temps de vérifier.

— Qui est-elle ? Réponds-moi.

— C'est une erreur, dit-il, sachant qu'aucune réponse ne suffirait à le sortir du trou très profond dans lequel il se trouvait. Elles ont été laissées par erreur. Quelqu'un d'il y a longtemps. Une certaine Molly...

— Donc non seulement tu as embrassé toutes les filles de l'Essex, mais tu as aussi couché avec elles !

— Absolument pas.

— Ça m'en a tout l'air !

— Oui. Il hocha la tête, essayant de trouver une réponse. Je comprends pourquoi tu pourrais penser ça. Mais ce n'est absolument pas le cas. Absolument pas.

— On dirait que quelqu'un a une crise d'absolument, dit-elle, le visage impassible. Ça ne va pas te sauver maintenant. Rien ne le pourra à moins que tu t'expliques.

Et c'est ce qu'il fit. Il lui raconta tout en détail. Ce qui s'était passé cette nuit-là. Comment c'était arrivé peu après le meurtre de Timothy Rosenthal, et comment il avait été forcé de se débarrasser d'elle en urgence.

— Tu n'as aucun putain de respect ?

— Bien sûr que si.

— Des conneries. Tu es un porc. Un mec typique, comme tous les autres.

— Katie...

— Je savais que tu étais comme tous les autres. Je suppose que je pensais pouvoir te changer d'une manière ou d'une autre...

— Katie, s'il te plaît.

Elle l'ignora et, en se levant du canapé, lui jeta la culotte au visage, puis monta l'escalier en trombe. Quelques minutes plus tard, elle revint, entièrement habillée avec son sac à la main. Elle ne lui dit pas au revoir en le laissant avec ses douze tranches de bacon.

CHAPITRE
CINQUANTE-ET-UN

Le moment était venu pour Tomek et Sean de prendre leur tour dans la voiture banalisée de police, au milieu d'une rue résidentielle animée, en plein cœur de Leigh-on-Sea, pour les douze prochaines heures. Pour se préparer, ils avaient apporté un pique-nique de véritables délices. Un pack de six canettes de Coca, des bouteilles vides pour uriner, un paquet familial de chips Walkers et une boîte de sélection Cadbury. Il y avait aussi quelques salades de pâtes et des formules repas Tesco avec eux, mais ils ne s'en souciaient guère. Ils n'avaient d'yeux que pour les bonnes choses (ou les mauvaises, selon votre point de vue).

— Tu veux boire quelque chose ?

— Volontiers.

Tomek se pencha vers l'arrière de la voiture et déchira l'emballage du pack de canettes de Coca-Cola. Puis il en tendit une à Sean. Le sifflement de la canette qui s'ouvrait résonna dans l'habitacle, et il prit une gorgée. Dès que le goût frais et désaltérant toucha ses lèvres, il aurait souhaité être ailleurs, assis dans le jardin d'un pub avec un match de foot en arrière-plan et une pinte de Peroni à la main. Laissant le soleil imprégner sa peau.

Au lieu de cela, il se retrouvait dans une Volvo de quinze ans, sur un siège qui avait été usé par plus de fesses que la voiture n'avait de kilomètres au compteur, entouré par l'odeur de sueur et de cigarettes qui s'était incrustée dans le tissu.

Sean leva sa canette en l'air. Tomek n'avait pas besoin qu'on lui dise quoi faire.

Cling.

— Ça fait un moment qu'on n'a pas fait ça, dit Sean.

— Je ne crois pas qu'on ait jamais fait *ça*.

— Non, je voulais dire juste nous deux. Quelques canettes à la main, d'autres en réserve. Je n'ai pas été au pub depuis des semaines.

— Moi non plus, dit Tomek, sentant une vague de culpabilité le submerger. Depuis que sa relation avec Katie avait évolué jusqu'à son état actuel, il avait négligé son meilleur ami. Ces dernières semaines, ils s'étaient très peu vus, que ce soit au travail ou sur le plan personnel. C'était peut-être le moment de rattraper le temps perdu.

Ce n'est pas comme s'ils avaient autre chose à faire.

— Peut-être que c'est ce qu'on devrait faire désormais, poursuivit Sean. Siroter du Coca au lieu de la bière pour le reste de nos vies.

— Peut-être qu'on devient trop vieux pour tout ça, répondit Tomek.

— Le pub ?

— Ouais. Peut-être. Je ne sais pas.

Sean ricana. — Wow, c'est vraiment sérieux, alors ? Je n'aurais jamais pensé entendre ces mots sortir de ta bouche.

— Va te faire foutre.

— Tu as rencontré sa famille ?

— Est-ce que sa colocataire et la fille de sa colocataire comptent ? Parce que je les ai vues quelques fois.

— Wow. La famille élargie. Les choses doivent *vraiment* bien se passer entre vous deux alors.

C'était bien là le problème. Ce n'était pas le cas. Loin de là. C'était même tout le contraire. Et Tomek ne savait pas quoi faire. Il ne savait pas comment gérer ça. Pire encore, il ne savait même pas comment en parler. Sean était son ami le plus proche depuis plus de quinze ans, et s'il ne pouvait pas lui parler, alors à qui ?

Au lieu de cela, il était censé intérioriser et gérer tout seul. Ne parler à personne, tout garder à l'intérieur. C'était le problème auquel lui, et des millions d'autres hommes, étaient confrontés. Lui plus que quiconque ; c'était tout ce qu'il avait connu toute sa vie. Ne jamais pouvoir discuter de ses pensées et de ses sentiments avec sa famille, ses amis. Parce qu'ils ne comprendraient pas. Comment ses amis de treize ans (l'âge auquel il s'était vraiment fait des amis) auraient-ils pu comprendre ce qui était arrivé à son frère et ce qu'il ressentait à ce sujet alors qu'un professionnel rémunéré n'y parvenait pas ? Comment ses parents, qui le blâmaient chaque jour pour le trou qui s'était formé du jour au lendemain dans leur vie, auraient-ils pu comprendre alors qu'ils ne lui avaient jamais montré une once d'attention ou de compassion ?

Il avait été forcé de gérer ses pensées, ses émotions et ses sentiments seul à l'époque.

Et ce ne serait pas différent maintenant.

— Ouais, dit-il. Les choses se passent plutôt bien.

Un autre mensonge. Pas seulement à Sean mais aussi à lui-même. Mais le pire mensonge qu'il se racontait était que c'était peut-être ce qu'il méritait. Que c'était de sa faute si sa relation partait en vrille. Sa faute s'il avait commis toutes ces erreurs dans le passé – avec Abigail, avec Molly. Sa faute s'il n'avait jamais pu maintenir une relation stable plus longtemps qu'un week-end.

Parce que c'était ce qu'il méritait.

L'univers qui le punissait pour Michał.

— Et toi et Abigail ? demanda Tomek, espérant changer de conversation.

Sean haussa les épaules. — Bof.

— Oh, désolé d'entendre ça, mon pote.

— Ouais. Elle a été distante ces derniers jours. Je ne peux pas la blâmer. J'ai été occupé, et elle aussi. Mais... si je suis honnête, je pense que c'est à cause de toi.

Il n'y avait aucune accusation ni colère dans sa voix, juste une pointe de désespoir.

— *Moi* ? demanda Tomek, comme s'il ne savait pas déjà pourquoi.

Sean plaça la canette de Coca dans le porte-gobelet de la console centrale. — Elle m'a parlé du baiser...

— Ah...

— Je sais que c'était il y a longtemps, et je ne t'en veux pas ou quoi que ce soit – tu as le droit de faire ce que tu veux en tant qu'homme célibataire – mais elle semble toujours accrochée à ça. Elle parle toujours de toi, demande de tes nouvelles. Apparemment, elle t'a vu l'autre jour au match.

— Ouais.

— D'après ce qu'elle m'a dit, on aurait cru que tu l'avais dévorée des yeux et que vous aviez fait l'amour à l'arrière de la voiture.

— Désolé, mon pote... Tomek fit une pause. Il pensa à partager avec lui la réaction de Katie. Après tout, si Sean était assez courageux pour être franc avec lui, alors il devrait faire de même. Mais il se ravisa. Peut-être une autre fois. — Honnêtement, c'était une erreur cette nuit-là. Je n'aurais pas dû le faire, et juste pour que tu le saches, je n'ai jamais rien tenté depuis. Et je ne le ferais jamais.

Sean sourit derrière la douleur dans ses yeux. — Je sais, mon pote. Et je l'apprécie. Tu es un bon ami.

— Alors où vas-tu à partir de là ? Tu as toujours envie de faire ce double rendez-vous ?

— Peut-être qu'on devrait, dit Sean avec un rire. Les laisser se chamailler pendant qu'on s'éclipse au bar.

— Et nous prendre quelques canettes de Coca.

Sean leva sa canette en l'air et ils trinquèrent à cette idée.

Peu après, ils perdirent la notion du temps. Les heures qui suivirent furent consacrées à rattraper le temps perdu, à se remémorer le passé et à dire des absurdités jusqu'à ce qu'ils éclatent de rire.

Ce ne fut que lorsque l'horloge du tableau de bord passa à 19 heures que la rue s'anima. Des navetteurs revenant de leurs emplois ennuyeux et monotones en ville ; des enfants rentrant chez eux après avoir joué dans les champs avec leurs amis. Et Harrison Coady quittant sa maison dans une épaisse doudoune.

— Mouvement, dit Tomek, dès qu'il vit l'ombre se déplacer dans le cône de lumière provenant du réverbère devant sa maison.

— Je me demande où va ce petit démon ? dit Sean, en démarrant le moteur.

Jusqu'à ce moment, il n'y avait eu aucune activité à la maison de Coady, et Tomek s'était demandé s'il avait pris la bonne décision de poursuivre l'opération de surveillance. Mais, étant donné que les meurtres précédents avaient eu lieu dans l'obscurité, ses convictions semblaient se révéler justes.

— Tous les monstres sortent jouer la nuit, dit-il.

Ils regardèrent Harrison Coady descendre du trottoir et se précipiter vers sa voiture de l'autre côté de la rue. Heureusement, il était garé dans la même direction qu'eux, alors quand il s'engagea sur la route, ils purent le suivre sans risque de le perdre pendant qu'ils manœuvraient dans la rue.

L'idée que Coady puisse se diriger vers sa mort ne vint à l'esprit de Tomek que lorsqu'ils arrivèrent au parc de Chalkwell dix minutes plus tard.

La sueur coulait sur la peau de Tomek tandis qu'il regardait Coady sortir de la voiture et, enveloppé par l'obscurité, serpenter jusqu'à l'entrée pour s'asseoir sur un banc près d'un grand chêne.

— Qu'est-ce qu'on fait ? On reste ou on part ?

— Ce n'est pas le moment de réciter les paroles de The Clash, dit Tomek, en ouvrant la portière de la voiture et en se dirigeant vers l'entrée du parc.

Il s'arrêta juste devant le portail. Une silhouette, légèrement plus petite que Harrison, s'était assise à côté de lui sur le banc. Tomek plissa les yeux pour mieux voir. La faible lumière rendait presque impossible de distinguer quoi que ce soit. S'agissait-il de la fille au manteau rouge, ou de quelqu'un d'autre ? Le tueur observait-il depuis les coulisses, attendant de bondir sur Coady ?

Et puis il réalisa que cela ne correspondait à aucun des meurtres précédents. C'était trop ouvert, trop évident. Trop tôt. Certes, Timothy Rosenthal était mort dans un jardin ouvrier, mais c'était au beau milieu de la nuit, et c'était un endroit uniquement fréquenté par les exhibitionnistes et les voyeurs. Le parc de Chalkwell, en revanche, était un lieu prisé des adolescents, des promeneurs de chiens et des coureurs nocturnes. Sans compter qu'il n'était que sept heures du soir, et que la circulation autour du parc était bien plus importante que celle du jardin ouvrier.

Non, ce n'était pas un meurtre sur le point de se produire.

C'était Harrison Coady qui essayait de prendre son pied.

Tomek se dirigea vers le banc, avançant rapidement, mais aussi silencieusement que possible. Avec Sean sur ses talons.

En s'approchant, les traits de la jeune fille devinrent plus distincts. Elle était jeune, oui, mais pas aussi jeune que la fille au manteau rouge. Il estimait son âge à treize ans, peut-être un an ou deux de moins. Elle avait de longs cheveux blonds attachés en queue de cheval, et était habillée pour l'été plutôt que pour la fraîcheur automnale qui balayait les arbres.

— Tu es très jolie ce soir, dit Coady à distance. Ta mère t'a-t-elle posé des questions avant que tu partes ?

Avant que la fille ne puisse répondre, Tomek et Sean s'arrêtèrent devant eux.

— Harrison Coady ? commença Tomek.

— Oh, merde.

— Oh, merde, en effet. Tomek brandit sa carte professionnelle devant le visage de Coady, mais dans la faible lumière, il était difficile pour lui de voir. Quoi qu'il en soit, il savait qui était Tomek, et il savait pourquoi il était là.

— Je...

— Je pense qu'il vaudrait mieux vous emmener au poste, n'est-ce pas ?

Tomek se tourna vers l'adolescente. — Ça va ?

Elle hocha la tête.

— Tu es en sécurité maintenant, d'accord ? Mon collègue va t'emmener à la voiture et nous appellerons tes parents. Ensuite, nous t'emmènerons au poste et nous nous assurerons que tout va bien.

Sans rien dire d'autre, la fille se leva et suivit Sean jusqu'au véhicule. En partant, Tomek entendit Sean appeler des renforts.

— Tu n'as pas pu t'en empêcher, n'est-ce pas, mon pote ? demanda Tomek.

— Tu ne sais pas ce que c'est...

C'était vrai. Tomek ne savait pas. Et il ne voulait jamais savoir ce que c'était que de posséder le même genre de maladie que Coady, Rosenthal et Kershaw. C'étaient tous des hommes très malades qui ne semblaient pas s'améliorer, peu importe le temps qu'ils avaient passé en prison.

Tandis que Tomek faisait monter Coady dans le véhicule de police arrivé cinq minutes plus tard, il se demanda si quelqu'un pouvait un jour être guéri de sa maladie.

CHAPITRE
CINQUANTE-DEUX

Annalise Keesing s'était vu proposer un chocolat chaud, de l'eau ou une canette de Fanta. Elle avait opté pour le chocolat chaud. La jeune fille de treize ans était assise dans l'une des deux salles de sensibilité du commissariat. À l'intérieur se trouvaient deux canapés, une télévision et une coiffeuse. Ses parents étaient assis de part et d'autre d'elle, protégeant leur précieuse fille. La pièce était conçue pour les victimes d'agressions sexuelles, spécialement aménagée pour les mettre à l'aise, les détendre avant qu'elles ne soient forcées de revivre l'horreur de ce qui leur était arrivé.

Compte tenu de l'âge et du sexe de la victime, Tomek était contraint de regarder sur un écran dans la salle des opérations. Cela signifiait également que les agents DC Chakrabarti et DC Kaczmarek, en tant qu'officiers de liaison avec la famille, étaient les seules autorisées à l'interroger.

Elles entrèrent ensemble dans la pièce avec décontraction et offrirent à la famille leur accueil le plus chaleureux.

— Pouvons-nous vous apporter autre chose ? demanda Nadia. Un thé pour Maman ? Pour Papa ?

Personne ne voulait rien, si ce n'est en finir au plus vite et rentrer à la maison dès que possible.

— Maintenant, Annalise, nous aimerions te poser quelques

questions, si tu es d'accord ? poursuivit Nadia une fois installée dans son fauteuil. Elle était assise avec une main sur son ventre et l'autre sur l'accoudoir.

— Pas de problème, répondit Annalise avec assurance, sans la moindre trace d'appréhension ou de peur dans sa voix.

— Connais-tu le nom de l'homme que tu devais rencontrer ce soir ? demanda Nadia.

— Il m'a dit qu'il s'appelait Harrison... Harrison Coady.

— C'est exact. Et comment en êtes-vous venus à vous rencontrer au parc ?

— Il m'a demandé si je voulais y aller. Nous discutions depuis quelques jours déjà.

— Comment communiquiez-vous ?

— Via Snapchat.

Snapchat. L'application de médias sociaux où les messages et les photos étaient supprimés peu après leur ouverture et leur lecture. L'application qui pourrait rendre difficile la récupération de données compromettantes.

— Et quel genre de choses M. Coady te disait-il ?

— Il disait que j'étais jolie.

— D'accord.

— Et qu'il pensait que je devrais être mannequin. Il m'a dit qu'il travaillait pour une agence de mannequins.

— C'était la raison pour laquelle il voulait te rencontrer ?

— Oui. Mais il a dit que c'était top secret et que je ne devais le dire à personne.

Les parents d'Annalise se crispèrent de part et d'autre d'elle. Tomek observa son père qui se tortillait inconfortablement sur le canapé, luttant contre l'envie de dire quelque chose.

— Et, je dois poser cette question, mais prends ton temps pour y répondre si nécessaire... est-ce que M. Coady t'a déjà demandé de lui envoyer des photos ?

Annalise n'eut besoin d'aucun délai de réflexion ; elle acquiesça immédiatement. Un petit cri étouffé s'échappa de l'un de ses parents. Le visage de son père se tordit de douleur, et celui de sa mère se décomposa sous le choc.

— Étais-tu nue sur ces photos ? Cette fois, c'était Anna qui posait la question.

— Presque. J'étais en sous-vêtements. Je ne me sentais pas à l'aise pour enlever quoi que ce soit d'autre.

— L'a-t-il demandé ?

— Il a demandé à voir mon vagin.

Nouveau cri étouffé. Plus de contorsions.

Tomek se sentit mal et avala difficilement pour refouler sa nausée. Il n'était pas sûr de pouvoir en entendre davantage.

La conversation se poursuivit pendant encore trente minutes. Chaque minute qui passait apportait de nouvelles révélations sur la dépravation de Harrison Coady. Et chaque minute augmentait le respect et l'admiration de Tomek pour la jeune fille. Elle se tenait avec force et assurance, répondant à toutes les questions d'Anna et de Nadia sans hésitation.

Jusqu'à ce qu'elles arrivent à la dernière question.

S'il y avait autre chose qu'elle souhaitait ajouter.

— En fait, commença-t-elle, puis elle hésita pendant un temps qui sembla anormalement long.

— L'officier de police qui est venu au parc... poursuivit-elle.

Tomek sentit la température chuter dans la salle des opérations. De qui parlait-elle ? Et qu'allait-elle dire ensuite ?

— L'homme qui est resté avec Harrison Coady...

Oh, merde.

— Qu'en est-il de lui ? demanda lentement Nadia.

— Quel était son nom ?

— DS Tomek Bowen, je pense que c'est de lui dont tu parles.

— Oui. C'est bien lui, dit-elle. Je l'ai reconnu.

— D'accord...

Où voulait-elle en venir ?

— Il est venu dans mon école l'autre jour. Southend High School for Girls. Il a parlé des dangers de discuter avec des inconnus en ligne.

Tomek poussa un long soupir de soulagement – dont Nasty Nick lui-même aurait été fier.

— Attends une minute, interrompit le père d'Annalise. Un policier est venu dans ton école pour te parler des dangers de discuter avec des inconnus sur les réseaux sociaux, et tu l'as quand même fait ? Annalise, comment as-tu pu être aussi stupide ?

— Je... Je... J'essayais d'aider...

— D'aider à quoi ?

— Pour que la police puisse attraper les méchants qui sont là-bas.

— Mais s'ils ne t'avaient pas trouvée ? demanda son père. S'ils n'avaient pas été là ? C'est un miracle qu'ils l'aient été. Quelque chose de grave et de dangereux aurait pu t'arriver. Quelle petite écervelée tu fais !

Annalise éclata alors en sanglots contre la poitrine de sa mère. Celle-ci la serra plus fort et lui caressa les cheveux. Sentant que la famille avait besoin d'un moment ensemble, Anna et Nadia quittèrent la pièce. Elles revinrent dans la salle des opérations quelques instants plus tard.

En entrant, elles trouvèrent Tomek fixant l'écran de télévision. Il tentait d'assimiler ce qu'il venait d'entendre. L'un des enfants qu'il avait voulu informer et éduquer l'avait complètement ignoré et s'était mise en danger. Il avait involontairement mis la vie d'une enfant en péril. Et il ne se serait jamais pardonné si quelque chose lui était arrivé.

CHAPITRE
CINQUANTE-TROIS

— Son père avait raison, commença Nick. C'était un miracle que vous soyez tous les deux là.

Tomek ne voyait pas les choses sous cet angle. Il ne le pouvait pas.

Peu importe comment il analysait la situation, il avait mis la vie de cette enfant en danger.

— N'importe quoi, lui dit Nick. Tu l'as sauvée.

— D'une situation dans laquelle elle ne se serait jamais retrouvée si ce n'était pas à cause de moi.

Nick contourna le bureau et posa une main sur l'épaule de Tomek. — Ne te blâme pas, mon vieux. Elle va bien, elle est en sécurité, c'est l'essentiel. Quant à Harrison Coady, il retournera là où est sa place en un rien de temps.

— Et maintenant, chef ? demanda Sean à côté de lui.

Tous deux avaient été convoqués dans le bureau de Nick dès le lendemain matin. Ils avaient passé une nuit agitée, occupés à gérer l'arrestation de Coady et à l'interroger jusqu'aux premières heures du jour. Ils avaient envisagé de rentrer chez eux pour quelques heures de sommeil, mais avaient finalement décidé de rester au bureau. Tomek avait trouvé un espace confortable sur son bureau pour fermer les yeux tandis que Sean avait eu l'idée judicieuse de dormir sur le canapé de la salle d'interrogatoire où Annalise avait été questionnée.

On frappa à la porte avant que Nick ne puisse répondre.

— Je viens d'apprendre ce qui s'est passé, dit Tepid Tony en entrant et en se plaçant derrière Tomek. C'est une bonne chose que vous ayez été là à ce moment-là.

— Ouais, répondit Tomek, souffrant à la fois de découragement et de fatigue.

— Je n'ose pas imaginer ce qui aurait pu se passer si vous n'y étiez pas. Il hésita. Aucun signe de notre tueur qui rôdait dans les parages alors ?

Tomek secoua la tête. — Ce n'était pas ce genre de rencontre. Ils sont toujours dehors. Quelque part.

— Et maintenant nous devons redoubler d'efforts pour découvrir où, dit Nick, énonçant l'évidence.

— Des idées, chef ? demanda Sean.

Une idée surgit dans l'esprit de Tomek.

— L'école, dit-il avant de laisser la chance à quiconque d'autre. La directrice. Sa fille. Cathy Sharpe...

Tout était lié d'une façon ou d'une autre.

— De quoi parles-tu ?

— Cathy Sharpe était l'agent de probation de Timothy Rosenthal et Gary Kershaw. Ils sont tous les deux morts alors qu'ils étaient sous sa surveillance. J'ai vérifié hier soir et Harrison Coady vient d'être ajouté à sa liste.

— Tu penses qu'elle les tue ?

— Peut-être, peut-être pas. Mais elle en sait plus sur eux que n'importe qui d'autre. Et elle a un petit ami qui est un ancien détenu. Charlie Hampton. Ça vous dit quelque chose ? C'est le même nom que celui du mystérieux compte dans la Société Royale de Repassage Extrême. L'autre jour, Chey a fait une recherche approfondie sur la vie de Cathy Sharpe. Elle a découvert qu'elle sort avec ce Charlie Hampton depuis des années. Il a été arrêté pour coups et blessures graves il n'y a pas si longtemps. Chey a aussi découvert que Miranda Hartwell, directrice de Southend High, est liée à Cathy. Ce sont des cousines. Sans oublier que Miranda a une fille. Sept ans. Elle va à Chalkwell. Et je ne pense pas que ce soit trop tiré par les cheveux de suggérer qu'elle aurait pu attirer Annalise Keesing pour servir d'appât pour Harrison Coady. Pour nous détourner. Pourquoi chercherions-nous une fille de treize ans alors que tout ce que nous avons comme indice est une fille avec un manteau rouge ?

— A-t-on prélevé l'ADN d'Annalise Keesing ?

Tomek acquiesça. — Et nous n'avons trouvé aucune correspondance avec l'ADN des cheveux trouvés sur les scènes de crime précédentes.

— Donc elle n'est qu'une anomalie.

— Pour nous détourner, oui. C'est ce que je crois.

Nick réfléchit un moment avec un long soupir. Puis il se tourna vers Tony, cherchant son avis. — Qu'en penses-tu, Hunt ?

— Je pense que c'est plausible, répondit-il. Mais par où commencer - la directrice ou Cathy Sharpe ?

— On les fait toutes venir, dit Nick.

— Et n'oubliez pas le petit ami, ajouta Tomek. Quelqu'un doit le trouver.

CHAPITRE
CINQUANTE-QUATRE

Le petit ami de Cathy Sharpe s'appelait Charlie Hampton.

Et séduisant, il ne l'était pas. On aurait dit que, durant ses trente années d'existence, il s'était injecté de l'héroïne plus de jours qu'il n'avait vécu. C'était une ombre creuse et décharnée d'homme. Une équipe d'agents en uniforme avait été envoyée à son adresse en même temps que Cathy et sa cousine, Miranda Hartwell, avaient été interpellées. Aucun d'entre eux n'était encore en état d'arrestation, mais pendant que l'équipe les interrogeait (la décision avait été prise d'interroger Charlie Hampton en dernier), plusieurs mandats de perquisition avaient été approuvés pour inspecter leurs propriétés. La recherche de preuves les reliant à l'une ou l'autre des scènes de crime était en cours.

Et jusqu'à présent, ça ne s'annonçait pas bien.

Les deux femmes avaient nié toute implication dans les meurtres. Oui, c'était malheureux que Cathy connaisse les deux victimes, mais elle niait fermement tout acte répréhensible. Quant à Miranda Hartwell, la directrice de l'école pour filles de Southend High, elle affirmait avoir été occupée avec sa fille, qui ne se sentait pas bien. Pendant que Tomek attendait le feu vert pour interroger Charlie Hampton, l'équipe avait vérifié les alibis de Miranda et de Cathy. Jusqu'à présent, tout concordait. Et il n'y avait toujours rien qui les reliait au crime, y compris l'ADN du cheveu trouvé sur la scène de crime. Il ne correspondait à personne – ni à Miranda, ni à Cathy, ni même à Diana, la fille de Miranda.

Les deux femmes avaient été relâchées, dans l'attente d'un complément d'enquête.

Tous leurs espoirs reposaient donc sur la probabilité que Charlie Hampton soit impliqué de façon singulière dans le meurtre de Timothy Rosenthal et de Gary Kershaw. Et ensuite de le prouver.

Cette responsabilité particulière incombait à Tomek. Une tâche qu'il savourait.

— Merci d'être venu, commença-t-il.

L'homme en face de lui avait pris la précaution de trouver un avocat. Et à la surprise de Tomek, il n'avait pas conseillé une interview « sans commentaire » au début. Ce qui signifiait qu'il allait parler. Et, avec un peu de chance, dévoiler tous ses petits secrets.

— Vous m'avez pas vraiment laissé le choix, hein ? dit Charlie en grattant les cicatrices dans le pli de son avant-bras. J'ai rien fait de mal.

— C'est à nous d'en juger, répondit Tomek. Vous pouvez faciliter les choses en nous disant ce que vous savez.

— Je sais comment ça marche. J'ai déjà été là avant, tu t'souviens.

Charlie Hampton avait en effet déjà été là. Il y a un peu plus de dix ans. Pour coups et blessures graves. Agression sur un homme qui avait passé les six mois suivants dans le coma avant de finalement s'en remettre. Hampton avait été condamné à quatre ans de prison, et avait passé trois de ces années à la prison de Chelmsford, et le reste de sa peine à la prison de The Mount, dans le Hertfordshire.

— Quand votre relation avec Cathy Sharpe a-t-elle commencé ? demanda Tomek.

— Environ deux mois après ma sortie.

— Et elle était votre agent de probation, c'est bien ça ?

— Oui.

— Et vous êtes ensemble depuis ?

— Oui.

— Et comment décririez-vous l'état de votre relation avec Mademoiselle Sharpe ?

Un moment d'hésitation pendant qu'il calculait une

réponse. — Bien. J'ai pas à me plaindre. Pourquoi, vous lui avez aussi parlé ?

— Je suis simplement curieux, c'est tout. Et qu'en est-il de votre relation avec son travail ? Partage-t-elle des détails avec vous ?

— Non. Elle peut pas. Et elle est pas assez stupide pour foutre sa carrière en l'air. Y en a pas beaucoup qui traînent de nos jours.

— Tout à fait. Tomek fit une pause pour regarder entre Charlie et son avocat. — A-t-elle déjà ramené son travail à la maison ?

— Tout le temps. Elle s'arrête jamais.

— Et vous n'avez jamais été tenté de jeter un œil à ses notes de dossier, voir qui est sur sa liste ?

— Pourquoi j'voudrais faire ça ?

Tomek ignora la question et regarda à nouveau ses notes.

— Est-ce que les noms Timothy Rosenthal et Gary Kershaw vous disent quelque chose ? demanda-t-il.

La réponse fut immédiate. — Je savais que vous alliez me demander ça. Oui, je connais ces noms. Mais pas parce que je les ai tués. Cathy les a mentionnés quelques fois. Elle a dit qu'elle détestait les voir parce qu'ils la rendaient malade à chaque fois qu'elle leur rendait visite. Même si elle était bien en dehors de leur tranche d'âge, elle avait toujours l'impression qu'ils la déshabillaient du regard et la baisaient des yeux chaque fois qu'elle leur rendait visite.

— Et qu'est-ce que cela vous a fait ressentir ?

Charlie haussa les épaules, nonchalant. — Elle peut se débrouiller toute seule.

— Comment vous sentiez-vous qu'elle travaille avec ce genre de personnes ?

— J'veux dire, comprenez-moi bien, j'aimais pas ça. On en avait quelques-uns pendant que j'étais à l'intérieur. Ils se faisaient souvent tabasser, malmener un peu, mais je voulais rien avoir à faire avec ça. J'essayais juste de faire profil bas et de purger ma peine pour pouvoir sortir de là dès que possible.

Cela correspondait. Selon les rapports de prison de Charlie, il avait été recommandé pour une libération anticipée pour bonne conduite.

— Mais y avait ce mec qui en avait après Timothy Rosenthal pendant qu'on était là-bas ensemble.

— Vous étiez en prison en même temps que Rosenthal ?

— Brièvement, ouais. Juste vers la fin de mon séjour, avant d'être transféré. Tiny Tim, ils l'appelaient. Pas parce qu'il était petit, mais parce que sa bite était de la taille d'un gland, et ils plaisantaient toujours en disant que ça expliquait pourquoi il baisait des petits gosses et tout ça. Mais un des gardiens de prison le détestait, genre il supportait pas sa vue. Il m'a même dit qu'il fantasmait à l'idée de le tabasser dans sa cellule quand personne ne regardait. Tellement d'entre eux étaient corrompus qu'il avait même reçu des offres de certains détenus pour le faire à sa place. Mais il disait non, qu'il voulait le faire lui-même.

— Qu'est-ce qui lui est arrivé ?

— Je crois que les pontes en ont eu vent et puis il a été transféré dans une prison près de Newcastle.

— Connaissez-vous son nom ?

— Darryl Peters.

Tomek nota le nom et le fit passer dans le fichier mental de sa mémoire. Rien ne lui vint. Mais il le garda pour plus tard.

— Y a-t-il autre chose dont vous vous souvenez à propos de Darryl Peters ? demanda lentement Tomek, la sincérité transpirant dans sa voix.

— Pas pour l'instant, mais j'y réfléchirai.

Tomek passa au sujet suivant de l'entretien. La Société Royale de Repassage Extrême et le profil anonyme qui avait été créé en son nom. Tomek n'avait pas tout de suite réalisé qu'il s'agissait de la même personne jusqu'à ce qu'il reconnaisse le nom. Mais lorsqu'on l'interrogea à ce sujet, Charlie nia toute connaissance. Il n'avait jamais entendu parler du Repassage Extrême et dit que cela ressemblait à un groupe pour les accros à la gym. Quant à savoir comment son nom s'était retrouvé dans le groupe, il n'avait pas de réponse. Juste que quelqu'un l'avait créé en son nom.

Tomek hocha la tête d'un air pensif et continua. Il sortit la photo de la fille au manteau rouge et la fit glisser sur le bureau.

— Reconnaissez-vous la fille sur cette photo ?

Charlie examina brièvement l'image. — Pas particulièrement, dit-il en la repoussant vers Tomek. La qualité est assez merdique, non ?

— C'est le mieux que nous ayons. Et vous êtes sûr de ne reconnaître ni les cheveux ni le manteau ?

— Sûr. Bien que, maintenant que j'y pense... Il reprit la photo et la regarda à nouveau sous un angle différent. — Quel âge a-t-elle sur cette photo ?

— Nous soupçonnons entre six et huit ans.

Le visage de Charlie se figea tandis qu'il faisait d'autres calculs dans sa tête. — Eh bien, ne me citez pas là-dessus, mais j'étais à l'intérieur pendant environ quatre ans. Quand je suis parti, il y a environ sept ans, juste au moment où je partais, je me souviens que Darryl avait dit qu'il avait une fille. Sa femme venait d'accoucher quelques semaines avant. Maintenant, je sais pas où elle est ni à quoi elle ressemble maintenant, mais c'est quelque chose à quoi réfléchir pour vous.

Tomek n'en revenait pas. L'homme faisait leur travail pour eux. À moins qu'il n'essaie de détourner tous les soupçons de lui pour les reporter sur les épaules de Darryl Peters.

Mais Tomek était intrigué de voir comment il allait réagir à la prochaine question. Il sortit une autre photo du dossier et la garda face cachée pour le moment. Celle-ci avait été prise plus tôt dans l'après-midi, lors de la perquisition des locaux de Charlie Hampton par l'équipe médico-légale.

Il la retourna et la fit glisser.

D'abord, le visage de Charlie afficha la stupeur, puis la confusion, suivie brièvement par la colère.

— J'ai jamais vu ça de ma vie.

— Cet objet a été trouvé dans votre jardin, dit Tomek. Caché derrière votre abri de jardin.

— J'ai jamais vu ça de ma vie. Pas moyen. Vous êtes en train de me piéger. Je savais que j'aurais jamais dû venir ici, mec.

— On a trouvé sur la lame le sang de Timothy Rosenthal et de Gary Kershaw. Avez-vous quelque chose à dire à ce sujet ?

— Va te faire foutre, cracha Charlie.

Et cela conclut l'entretien. Tomek se sentit légèrement coupable en inculpant l'homme et en lui lisant ses droits. Il avait été ouvert, honnête et, franchement, incroyablement utile. Mais il était impossible d'ignorer le fait que l'arme du crime avait été trouvée dans son jardin. S'il voulait d'une manière ou d'une autre se sortir de ce pétrin, il aurait besoin de plus qu'un avocat silencieux qui ne disait rien.

Il aurait besoin d'un miracle.

Et, apparemment, Darryl Peters aussi.

CHAPITRE
CINQUANTE-CINQ

L'appartement commençait à paraître vide sans Katie. Cela ne faisait que quelques jours et déjà sa présence lui manquait. Tout comme à l'appartement.

La cuisine était dans un état lamentable. La vaisselle non lavée, abandonnée dans l'évier. Des tasses de café avec des fonds qui commençaient à moisir et à développer d'autres bactéries nocives.

Le reste de l'endroit n'était pas en meilleur état non plus. Il y avait des piles de linge en attente de lavage sur le dossier des chaises de la salle à manger ; des couches de poussière protégeaient les meubles de son toucher.

Ce n'était pas qu'elle rangeait l'appartement pour lui, ou même qu'elle lui disait de le faire. C'était plutôt qu'il se sentait inspiré à nettoyer et à prendre soin de lui-même quand elle était là. Qu'il avait une raison de le faire. Maintenant, sans ses séjours chez lui, il était retombé dans ses anciennes habitudes, vivant dans sa propre crasse. Et alors qu'il fixait la boîte en carton du plat préparé qui cuisait dans le four, il savait exactement ce qu'il allait en faire.

La laisser sur le comptoir et attendre que les elfes magiques du nettoyage viennent la ramasser pour la mettre à la poubelle.

Les elfes magiques du nettoyage qui ne viendraient jamais.

Au moment où il posait la boîte en carton sur le comptoir de la cuisine, la sonnette retentit dans tout l'appartement. Le bruit soudain le fit sursauter, et son pouls s'accéléra. Un visiteur était à la porte. Un qu'il n'attendait pas. Katie ?

Ou alors c'était le tueur qui venait pour lui.

La réponse n'était ni l'un ni l'autre. Debout de l'autre côté de la porte, habillée aussi légèrement que la dernière fois qu'il l'avait vue, se tenait Molly. Ses cheveux avaient été teints d'un blanc plus éclatant, assorti à ses dents. Elle lui sourit avec excitation.

— Molly... dit-il. Qu'est-ce que tu... ?

— J'ai reçu ton message, dit-elle d'une voix aiguë.

— Mon message ? Je ne me souviens pas...

— Sur Insta. À propos de mes sous-vêtements.

Que se passait-il ? Était-il en train de rêver ? La moisissure dans ses tasses de café lui causait-elle des hallucinations, lui faisant voir une apparition vive et lucide de la fille qu'il ne voulait pas voir ?

— Je ne t'ai pas envoyé de message sur Insta, répondit-il. Je n'ai même pas de compte.

— Bien sûr, dit-elle, ne prenant pas non pour une réponse.

— Pour quoi as-tu dit que tu étais venue ?

Elle lui lança un sourire coquin et posa subrepticement une main sur sa hanche. — Pour les sous-vêtements que j'ai laissés, dit-elle en gloussant. Je pensais que je pourrais peut-être entrer et les essayer... pour m'assurer qu'ils sont bien les miens.

Eh bien, si ce n'était pas le cas, c'était un gros malentendu.

— Non... dit-il, sans vouloir être abrupt.

Mais cela ne fonctionna pas. Le visage de Molly se décomposa, et elle parut découragée, comme un enfant à qui l'on avait dit qu'il devait attendre pour quitter la table.

— Désolé, dit-il, faisant marche arrière. Mais le mal était fait. C'est compliqué. Tiens, attends ici.

Il lui tourna le dos et sprinta dans l'appartement. Il passa les deux minutes suivantes à chercher frénétiquement les sous-vêtements que Katie avait trouvés coincés sur le côté du canapé. Conscient du fait qu'il la faisait attendre dehors dans le froid. Mais l'alternative était bien pire : l'inviter à entrer, pour *ensuite* essayer de s'en débarrasser.

Finalement, il trouva le sous-vêtement au milieu de la pile de linge sur le dossier d'une chaise et dévala les escaliers. Il tenait la culotte en l'air comme s'il s'agissait d'une sorte de trophée.

— C'est celle-là ?

— Combien d'autres as-tu là-haut ?

Oh putain, pensa-t-il. *Ne commence pas toi aussi.*

— Merci... murmura-t-elle.

La douleur dans sa voix le fit se sentir mal, et pendant un moment, il pensa à la laisser entrer. Mais il se ravisa. Les répercussions ne vaudraient pas la peine.

Il y avait cependant quelque chose qui le tracassait.

— Peux-tu me montrer les messages que je t'ai envoyés sur Instagram, s'il te plaît ?

— Euh...

— Je veux juste regarder. Ne t'inquiète pas, je ne regarderai pas tes autres messages.

Après avoir fouillé dans son sac pendant ce qui semblait une éternité, elle sortit son téléphone et le lui passa. En effet, là, dans le coin supérieur gauche de la conversation, il y avait une photo de lui, avec son nom d'utilisateur à côté : TomekBowen_DS.

Il n'y avait aucun doute que ça lui ressemblait, que ça sonnait comme lui, et à toutes fins utiles, c'était lui. Mais d'où cela venait-il ? Quelqu'un avait dû créer un compte en son nom. Et puis il comprit.

Katie. Elle était la seule personne à avoir su pour les sous-vêtements. Elle devait avoir envoyé un message à Molly, en se faisant passer pour lui.

Mais pourquoi ? Quel était le but de tout cela ? Était-ce une sorte de test, ou était-elle simplement assez folle pour se faire passer pour un officier de police sans considérer les conséquences ?

Avant qu'il ne puisse y réfléchir davantage, il prit conscience de la fille peu vêtue qui se tenait devant lui, attendant impatiemment qu'il lui rende son téléphone.

— Désolé, dit-il, riant maladroitement. Comment m'as-tu trouvé ?

— Tu es apparu comme ami suggéré.

— D'accord.

— Alors je t'ai envoyé un message et... Eh bien, me voilà.

— Super. Je pense que je vais devoir changer mon nom d'utilisateur quand je deviendrai inspecteur. Est-ce qu'on peut faire ça ?

— Oui, dit-elle, comme si c'était une connaissance commune. Comme si c'était aussi évident que deux venant après un.

Tomek la remercia d'avoir récupéré les sous-vêtements, puis la congédia. Il ferma la porte avant qu'elle n'ait atteint le bout de l'allée. Le four bipait dans la cuisine. Son dîner était prêt.

Mais juste au moment où il allait plonger sa fourchette dans les spaghetti carbonara Tesco Finest, la sonnette retentit à nouveau.

Qu'a-t-elle oublié maintenant ? pensa-t-il en se dirigeant vers les escaliers. Plus lentement cette fois.

Il ouvrit la porte. Se figea. Debout se tenait une autre femme. Entièrement vêtue, avec des cheveux brun foncé et des dents légèrement tachées.

— Katie... que fais-tu... ?

— Est-ce que je peux entrer ?

Bien sûr qu'elle le pouvait. Elle pouvait avoir tout ce qu'elle voulait. Y compris la tasse de thé qu'elle demanda en s'asseyant sur le canapé.

— Voilà pour toi, dit-il en la lui tendant.

Il fait rebondir sa jambe de haut en bas en attendant qu'elle parle, qu'elle explique ce qu'elle faisait ici. Toute pensée concernant Molly, le compte Instagram et les messages s'étaient envolées de son esprit pour se retrouver quelque part au soleil avec le reste des mannequins Instagram.

— J'espère que je n'interromps rien, dit-elle.

— Non, pas du tout. Juste le dîner le plus triste du monde et l'homme le plus triste du monde. Bien que, en toute transparence, Molly vient de passer, mais juste pour récupérer ses sous-vêtements.

— Je sais.

— Quoi ?

— Je sais. C'est moi qui lui ai envoyé un message. Je te testais.

— Tu me testais ?

De tous les tests qu'il avait passés dans sa vie – les GCSE, les A-Levels, son examen de sergent, même le questionnaire qu'il avait dû remplir lorsqu'il s'était inscrit chez son nouveau médecin – aucun n'avait été aussi bizarre et surréaliste que celui-ci. Que devait-il dire ?

Heureusement, elle répondit à sa place.

— S'il te plaît, ne réagis pas excessivement, dit-elle. Je voulais juste voir comment tu te comporterais. À quel point tu étais honnête. Je voulais voir si tu allais faire ce que je pensais que tu pourrais faire.

— Et c'était ? Même s'il connaissait déjà la réponse, il voulait juste l'entendre le dire.

— Je pensais que tu aurais pu coucher avec elle.

Il posa une main sur sa cuisse et la serra. — Bien sûr que non. Je te l'ai dit... Je ne t'ai jamais trompée.

Son visage s'illumina tandis qu'elle se penchait pour l'embrasser.

— Et maintenant je sais que tu ne le feras jamais.

CHAPITRE
CINQUANTE-SIX

Je ne sais pas ce qui se passe.

Rien n'est clair cette fois, à l'exception de ces petits cons qui traînent près de la supérette. Eux, je les vois parfaitement de l'autre côté de la rue. Je distingue même leurs survêtements Adidas et Nike, et les taches sur le devant de leurs pulls. Sales racailles.

À part ça, rien d'autre n'est clair.

Bizarrement, je marche. Comme si tout allait bien. Comme si je n'étais pas du tout en retard. Comme si mon frère n'était pas sur le point de mourir.

Et puis ça coupe.

Le sang est partout. Tout ce que je vois, c'est du rouge qui luit sur le gravier, comme si quelqu'un l'éclairait avec une lumière infrarouge. Et j'en ai plein les mains aussi. Comme si c'était moi qui l'avais battu à mort.

Silence. Il n'y a personne aux alentours. Je ne sais même pas si mon frère est là ou si je fixe mon propre sang.

Et puis ça coupe.

Je suis dans la voiture, en train de rouler. Papa est à l'arrière avec moi. Maman est ailleurs, ça je peux le déduire. Il n'y a pas de musique dans la voiture, pas de radio. Juste le son du silence pendant que nous sommes tous plongés dans nos pensées. Mais le sang est toujours là.

Je regarde par la fenêtre, mais je ne vois rien. Le visage a disparu — ses *traits aussi. Je ne pense même pas que je pourrais m'en souvenir s'il me fixait en face.*

Et puis ça coupe.

Au commissariat, assis face au policier. Il me pose des questions. Me dit qu'il n'y avait qu'un seul agresseur. Qu'il ne pouvait pas y en avoir deux. Que j'ai dû avoir des hallucinations.

C'est drôle. Parce que s'il était dans ma tête pendant mon rêve, il aurait tort.

Parce que là, maintenant, je ne vois absolument rien.

CHAPITRE
CINQUANTE-SEPT

Le train pour Newcastle avait pris trois heures de plus que nécessaire. Il y avait eu un obstacle sur la voie à Peterborough depuis King's Cross. Un trajet de cinq heures qui en avait duré huit. Presque toute une journée de travail, assis là dans le train, mourant d'ennui. Il avait emporté du travail avec lui, mais il lui avait été presque impossible d'accomplir quoi que ce soit, compressé contre la personne à côté de lui, ses rotules s'usant progressivement à chaque soubresaut du train. Sans compter que les notes qu'il avait emportées étaient sensibles et confidentielles, et il ne pouvait pas se permettre que des yeux indiscrets se penchent pour jeter un coup d'œil à ce qu'il lisait.

Le profil de Darryl Peters avait donc dû attendre.

Tout comme Darryl lui-même.

Le surveillant pénitentiaire avait été interpellé et amené au commissariat de Northumbria peu avant l'arrivée prévue de Tomek. Ce pauvre bougre se demandait probablement pourquoi on l'avait fait venir.

Et Tomek avait hâte de le lui dire. La mission de Tomek était de se rendre dans le nord, de l'interroger, puis de le ramener à Southend pour un interrogatoire plus approfondi s'il l'estimait nécessaire. Et après que Charlie Hampton eut vendu la mèche sur les opinions de Darryl, il était presque certain que l'ex-résident d'Essex allait retourner chez lui une dernière fois.

Le commissariat de Northumbria n'était qu'à quelques minutes à pied de la gare, situé à l'angle d'un carrefour animé. Le grand bâtiment de briques rouges brillait d'un orange profond alors que le soleil commençait à se coucher au nord. Il fut accueilli par une femme aux cheveux roux flamboyants et bouclés qui paraissait encore plus contrariée que lui par ce retard.

— Sergent-détective Bowen ? demanda-t-elle, allant droit au but. Sans chichi.

— C'est moi.

— Vous êtes en retard. Il vous attend. Suivez-moi.

Se sentant comme un étudiant qu'on escorte vers le fond d'une salle d'examen, Tomek la suivit à travers le dédale de portes et de couloirs jusqu'à ce qu'ils arrivent finalement devant la salle d'interrogatoire. À l'intérieur se trouvait Darryl Peters, seul.

— Parfait, dit Tomek en entrant dans la pièce. Il remercia la femme de lui avoir montré où aller, puis ferma la porte derrière lui. — Désolé pour le retard. J'espère qu'on s'occupe bien de vous ici.

— J'ai mon eau, répondit-il.

Darryl Peters était un homme bien avancé dans la quarantaine, mais il paraissait presque deux fois plus âgé. Le demi-cercle de cheveux sur les côtés de sa tête grisonnait, son ventre avait la taille d'un ballon de plage, et son cou était... eh bien, presque inexistant. Sa poitrine se soulevait et s'abaissait lentement, mais lourdement. Comme si chaque respiration était un défi. À première vue, Tomek ne pensait pas qu'il avait devant lui le visage d'un tueur. Il n'arrivait pas non plus à imaginer cet homme diriger les détenus d'une prison. Mais il avait déjà commis l'erreur de sous-estimer quelqu'un par le passé. Et il était toujours heureux que les gens le surprennent.

— Savez-vous pourquoi vous êtes ici ? demanda Tomek. — Est-ce qu'on vous l'a expliqué ?

Darryl Peters bougea la tête. Était-ce un hochement ou un mouvement de dénégation ? Tomek n'aurait su le dire. Au lieu de lui demander, pour sauver la face, il lui expliqua quand même.

— Vous avez été arrêté comme suspect dans les meurtres de Timothy Rosenthal et Gary Kershaw. Vous êtes également soupçonné d'avoir divulgué des informations confidentielles au grand public. Avez-vous quelque chose à dire ?

— Je veux un avocat.

———

Salaud. Ce salaud avait fait attendre Tomek une heure de plus pour qu'un avocat arrive et qu'ils puissent discuter de l'entretien. Pendant ce temps, Tomek s'était fait quelques connaissances. Des personnes qu'il avait interceptées dans le commissariat et qui ne semblaient pas trop occupées. L'une d'elles était une femme qu'il avait trouvée à la cantine, versant quatre sucres dans sa tasse de thé. L'autre était un homme qui se goinfrait d'un Kit Kat tout en descendant l'un des nombreux couloirs. Quatre Sucres avait été surprise de voir un « étranger », comme elle l'avait appelé, et ils avaient brièvement discuté du but de sa visite ; tandis que Monsieur Kit Kat (ce qui équivalait à peu près à quatre sucres, sinon plus) avait répondu par monosyllabes tout en continuant à se remplir la bouche pendant qu'il parlait à Tomek. Maintenant, Tomek comprenait pourquoi il préférait parler aux femmes plutôt qu'aux hommes. Non seulement il était plus attiré par elles, mais il trouvait aussi qu'elles étaient plus sympathiques. Tant qu'il ne passait pas pour un pervers, il se rendait compte qu'elles étaient plus réceptives à sa présence. Surtout quand elles le voyaient comme un exotique étranger.

Un exotique *étranger*.

Lorsque Tomek retourna dans la salle d'interrogatoire, il ne se sentait plus aussi mécontent d'être en retard qu'à son arrivée.

— Où en étions-nous ? demanda-t-il en posant son dossier sur la table. — Ah oui, c'est vrai. Timothy Rosenthal et Gary Kershaw. Je pense que c'est le meilleur endroit pour commencer. Connaissez-vous ces individus ?

— Sans commentaire.

— Et si nous nous concentrions sur eux un par un ? Pour vous simplifier la tâche. Tomek fit une pause pour observer la réaction de l'homme ; s'il y avait une émotion quelconque, elle était perdue derrière les nombreux plis de peau. Tomek fit glisser la photo d'identité de Timothy Rosenthal sur la table. — Reconnaissez-vous ce visage ?

— Sans commentaire.

Puis celle de Gary Kershaw.

— Sans commentaire.

— Nos dossiers indiquent que M. Rosenthal était autrefois sous votre responsabilité pendant son séjour à la prison de Chelmsford. Est-ce que cela vous dit quelque chose ?

— Je vois beaucoup de gens.

Une fissure, une fissure qui fit sourire Tomek intérieurement. Et Tomek allait y enfoncer sa main autant que possible pour l'ouvrir en grand.

— J'en suis certain. Mais comme vous en conviendrez sûrement, il y a certaines personnes, certains visages, qu'on n'oublie jamais. Ce sont des personnes spéciales. Timothy était-il une personne spéciale pour vous ?

— Sans commentaire.

Et juste comme ça, il l'avait perdu à nouveau. Peu importe, Tomek était prêt à attendre aussi longtemps qu'il le faudrait. Il s'était déjà résigné au fait qu'il allait très probablement devoir passer la nuit dans le Toon.

— Nous avons une source *assez* fiable qui affirme que vous connaissiez très bien M. Rosenthal, poursuivit Tomek. — Si bien que vous saviez comment vous alliez le tuer.

Tomek attendit une réponse. Il n'en obtint pas. Guère surprenant en réalité, étant donné que Darryl était habitué à traiter avec des chiens plus méchants, aux morsures plus grandes et plus effrayantes que celles de Tomek. Alors peut-être qu'il devait changer d'approche. Au lieu de devenir un Rottweiler agressif, il devait se transformer en chiot Labrador doré et tirer sur les cordes sensibles de Darryl.

Heureusement, il avait exactement ce qu'il fallait. Mais cela devrait attendre.

— Nous avons également d'autres preuves suggérant que vous connaissiez les deux hommes incroyablement bien. Tomek montra à Darryl plusieurs captures d'écran des moments où Darryl avait posté dans le groupe de la Société Royale de Repassage Extrême. Comme son lieu de résidence avait été changé pour Newcastle sur sa page Facebook, il n'était pas apparu sur la liste des vingt-quatre personnes basées dans l'Essex, et était sorti du champ de leur enquête. Il figurait sur la liste des personnes à interroger, mais plus bas dans les priorités, et personne n'avait songé à vérifier les anciens résidents qui avaient pu quitter le comté.

— Voici les adresses personnelles de M. Rosenthal et M. Kershaw. Les reconnaissez-vous ?

— Sans commentaire.

Tomek produisit les photographies de la scène de crime. En particulier les gros plans des pénis des victimes dans leur bouche.

— Ce sont les mêmes personnes, retrouvées mortes peu après que ces informations ont été publiées. Avez-vous connaissance de quoi que ce soit concernant ces meurtres ? Darryl ?

Pas de réponse.

Et quand on lui demanda où il se trouvait les nuits des deux décès, il n'avait toujours rien à dire.

Tomek tapota les captures d'écran d'un doigt en sueur.

— Pourriez-vous lire le nom sur ces captures d'écran, s'il vous plaît, Darryl ? Non ? Voulez-vous que je le fasse ? Tomek s'éclaircit la gorge comme un professeur mécontent qui venait de surprendre deux enfants en train de chuchoter au fond de la classe. — Le profil s'appelle *Darryl Peters*. Et si vous consultez ce profil, vous tombez sur la page suivante. Une autre capture d'écran. Cette fois, une prise du profil personnel de Darryl. — Ça vous ressemble beaucoup, n'est-ce pas ?

Pas de réponse.

— Vous pensez probablement que quelqu'un a créé ce profil en votre nom, et vous avez peut-être raison. Mais quand nous avons examiné le profil plus en profondeur, il y avait certainement beaucoup de haine. Vous n'aimez vraiment pas les pédophiles ni les délinquants sexuels, n'est-ce pas ?

Toujours pas de réponse.

— Mais peut-être que les choses les plus intéressantes étaient les photos de votre fille...

Cette fois, il y eut une réaction. Une réaction faciale. Tomek n'était pas convaincu que c'était de la surprise. Plutôt... de la peur. La peur de l'insinuation derrière ce commentaire.

Il fit glisser la photo de la fille au manteau rouge à travers la table. Darryl la prit et l'examina.

— Reconnaissez-vous la fille sur cette photo ?

Darryl était incapable de détacher son regard de la fille. — Sans commentaire.

— Est-ce votre fille ? demanda Tomek.

— Sans commentaire.

— Elles se ressemblent presque comme deux gouttes d'eau. Mais nous devions nous en assurer. Alors mes collègues d'Essex ont rendu visite à la petite Patricia, et pendant qu'ils y étaient, ils ont prélevé quelques échantillons. Savez-vous quelle est la chose vraiment intéressante, Darryl ?

Le sang afflua aux joues de Darryl, et une goutte de sueur se forma sur son front. Sa respiration était devenue laborieuse, audible, et effrayante à regarder. Tomek craignait en partie que l'homme ne fasse un infarctus à tout moment, et il était soucieux de régler cette affaire avant que cela ne se produise.

Comme Darryl ne répondait pas, il poursuivit.

— Nous avons emporté quelques échantillons. Rien de majeur, juste un peu de cheveux de la brosse de votre fille, et il s'est avéré que c'était une correspondance. Son ADN a été trouvé sur les scènes de crime des meurtres de Timothy Rosenthal et de Gary Kershaw. Savez-vous quelque chose à ce sujet ?

Respiration. Une respiration plus lourde et laborieuse.

— Et ce qui est encore plus important, c'est que lorsque nous avons parlé à votre femme, elle a dit que vous étiez dans l'Essex pendant toute la semaine précédant et suivant leurs décès, pour rendre visite à votre fille. Maintenant, si vous me demandez mon avis, cela semble indiquer que vous pourriez en savoir un peu plus sur ce qui leur est arrivé que ce que vous m'avez dit ce soir. Alors j'aimerais savoir : y a-t-il autre chose que vous souhaiteriez ajouter ou dire à ce stade ?

— Sans commentaire.

CHAPITRE
CINQUANTE-HUIT

Un travail bien fait méritait d'être célébré.

La célébration en question consistait à prendre un verre avec Quatre Sucres dans un bar du coin.

Après avoir terminé l'interrogatoire et rempli tous les formulaires avant dix heures, Tomek l'avait croisée en sortant du commissariat.

— Tu ne connaîtrais pas un endroit décent où je pourrais loger ? avait-il demandé.

— Il y a un petit hôtel mignon de l'autre côté de la gare. Tant que ça ne te dérange pas de supporter le bruit des trains qui vont et viennent toutes les deux minutes ?

Tomek s'en fichait. Et après qu'elle lui eut montré l'hôtel, où il avait réservé une chambre pour la nuit, il avait déposé ses sacs dans sa chambre et l'avait rejointe dans le hall.

— Tu n'as pas envie de rentrer dans l'Essex avec ton pote ? demanda-t-elle en quittant l'hôtel.

Si par pote elle faisait référence à Darryl Peters, la réponse était non. Après avoir été inculpé, il avait été placé à l'arrière d'un fourgon de police et était actuellement en route pour l'Essex. Selon les calculs de Tomek, il arriverait aux premières heures du matin après un trajet, espérons-le, long, fastidieux et sans sommeil. Rien de moins que ce qu'il méritait.

— C'est l'occasion de célébrer, lui dit Tomek. Je ne vais pas me compromettre avec l'ennemi.

— Sage décision.

Le bar où elle l'emmenait se trouvait à quelques pâtés de maisons de l'hôtel. Pendant qu'il marchait, il sentait le froid du nord s'enfoncer de plus en plus dans sa peau, jusqu'aux os. Son souffle formait du brouillard devant son visage, et il remonta la fermeture éclair de son manteau jusqu'à son cou.

— Maintenant je comprends pourquoi on dit que vous les gens du sud êtes des mauviettes, dit-elle en plaisantant.

— Et maintenant je comprends pourquoi on dit que vous les gens du nord êtes des petits enfoirés mal élevés.

— Il faut être un enfoiré pour en reconnaître un, dit-elle en traversant la rue.

Quand il la rattrapa enfin, il dit : — Je n'ai jamais su ton nom...

— Freya. Freya Nightingale.

Tomek lui serra la main et se présenta. — Avec un nom comme Freya, je pense que tu t'intégrerais parfaitement parmi les bourgeois du sud, en particulier à Londres.

— Et tu en connais, de ces gens-là ? Tu crois que tu pourrais me les présenter ? J'ai entendu dire que les soirées sexuelles qu'ils organisent là-bas sont sauvages.

Tomek aimait à penser qu'il était bon juge de caractère, surtout quand il s'agissait des femmes. Mais celle-ci était aussi difficile à déchiffrer que Katie l'avait été lorsqu'il l'avait rencontrée pour la première fois.

C'était peut-être ce qui lui plaisait chez elle...

L'établissement faisait partie d'une chaîne nationale et débordait de monde. Du côté gauche se trouvait le bar, où des files de personnes attendaient pour obtenir leurs boissons, et du côté droit se trouvait l'espace des places assises. Le décor était sur le thème de la jungle. Des tiges de bambou tapissaient les murs, avec des rivières de feuilles vertes et de lianes qui serpentaient à travers elles. De petits palmiers étaient placés dans les coins de la pièce, et de faux animaux de la jungle pendaient du plafond. En arrière-plan, un DJ jouait le dernier morceau house quelque part dans le bâtiment.

Ils trouvèrent une table pour deux nichée dans un coin, et après un bref coup d'œil au menu, Tomek alla commander les boissons. Un Cosmopolitan pour elle, un JD Coca pour lui. Il revint près de cinq minutes plus tard.

— Ces boissons ont intérêt à valoir l'attente, dit-il.

— Oh, aye. Elles le valent. La compagnie n'est pas mal non plus.

— Le jury délibère encore là-dessus.

Le flirt était évident pour lui, mais il prenait soin de ne pas dépasser les limites. À sa connaissance, Katie et lui formaient toujours un couple. Un couple endommagé et brisé, certes, mais un couple quand même. Et il ne voulait rien faire qui puisse compromettre cela.

De plus, il n'y avait aucun mal à rencontrer de nouvelles personnes...

— Alors parle-moi de toi, Tomek. D'où viens-tu et quelle équipe supportes-tu ? Si tu réponds autre chose que les puissants Toon, j'ai bien peur que nous devions écourter cette soirée.

— Je suis un homme des Hammers, jusqu'au bout des ongles.

— Bonne chance en Championship, dit-elle.

— Il y a encore un long chemin à parcourir. Calme-toi.

Parler de football était rafraîchissant. Quelque chose qu'il ne pouvait pas faire avec Katie. Quelque chose qu'il ne pouvait pas faire non plus avec beaucoup de femmes qu'il rencontrait. Mais Freya était différente. Elle avait même un tatouage de l'emblème de Newcastle United gravé sur son épaule.

— À quel point étais-tu ivre quand tu t'es fait faire ça ?

— Pas aussi ivre que j'aurais dû l'être, répondit-elle. Depuis combien de temps es-tu dans la police ?

— Assez longtemps. Je cours toujours après ce poste d'inspecteur, cependant.

— Ça viendra, ne t'inquiète pas. Il faut juste être patient. Je n'ai eu le mien que l'année dernière après presque quinze ans.

Tomek essaya de calculer son âge dans sa tête, mais la combinaison de l'alcool, de Freya en face de lui, et de l'excitation de l'enquête qui commençait à toucher à sa fin, fit qu'il perdit rapidement tout intérêt. Avant qu'il ne s'en rende compte, ils avaient déjà fini un verre. C'était maintenant au tour de Freya de payer. La même chose. Pendant qu'il attendait, il jeta un coup d'œil à son téléphone. Puis il se rendit compte qu'il n'avait pas prévenu Katie qu'il passerait la nuit sur place. N'avait pas eu le temps.

Elle répondit presque instantanément.

Et tu ne penses à me le faire savoir que maintenant ? Incroyable. J'étais inquiète pour toi.

Son inquiétude s'était manifestée par un total de quinze messages et six appels manqués. Le manque de confiance dans leur relation devenait de plus en plus évident chaque jour. Au début, il avait pensé que c'était de sa faute, un produit de son passé avec d'autres femmes. Mais maintenant, il commençait à réaliser que ce n'était peut-être pas du tout son problème.

Où es-tu ?

Dès que le message arriva, il roula des yeux. Il fut suivi d'un autre.

Avec qui es-tu ? Tu n'es pas avec quelqu'un, n'est-ce pas ?

Il savait comment gérer cela : éteindre le téléphone et l'ignorer. Comme il n'avait pas fait ses bagages pour passer la nuit, il se rendit compte qu'il avait l'excuse parfaite : pas de chargeur de téléphone portable pour recharger son appareil.

Suce-moi ça, Katie.

Au fur et à mesure que la nuit avançait, et que leur taux d'alcoolémie augmentait considérablement, Tomek se retrouva à siroter quelque chose. Il ne savait pas ce que c'était, mais on lui avait assuré que c'était le meilleur cocktail de Newcastle. Et en matière de cocktails, il admettait que c'était le meilleur qu'il ait bu dans ce code postal particulier.

Quand il regarda à nouveau sa montre, il était presque minuit. D'une manière ou d'une autre, il avait réussi à passer deux heures en compagnie d'une parfaite inconnue sans partager un seul moment gênant avec elle. C'était bon d'être de sortie à nouveau, agréable, rafraîchissant. Et pas une seule fois il n'avait pensé à Katie, pas depuis qu'il avait éteint son téléphone et l'avait laissée tranquille.

C'est-à-dire jusqu'à ce que Freya aborde le sujet des relations.

— Je suppose que je vais toujours vers les connards, tu sais, dit-elle.

— Ouais. Je les déteste. Je comprends.

— Au début, ils sont tous séduisants et tout. Ils t'emmènent sortir, te traitent bien. Et puis *boum*, ils te voient le lendemain matin et c'est tout, *bye-bye*.

Tomek aspira fort dans sa paille.

— Il n'y a plus de bons gars dehors, continua-t-elle. Puis elle se rendit compte qu'elle parlait à elle-même plutôt qu'à Tomek. — Y a-t-il quelqu'un dans ta vie ?

Tomek lui parla alors de Katie. Comment ils avaient commencé, comment ils s'étaient rencontrés. Et comment les choses avaient évolué.

— La fille d'à côté qui s'avère être une psycho. Déjà entendu celle-là, se moqua Freya. Mais d'après ce que j'entends, tu n'es pas très heureux.

— Qu'est-ce que tu veux dire ?

— À l'instant. Quand tu parlais d'elle, pas une seule fois je ne t'ai vu sourire. Peut-être au début quand tu as commencé à parler d'elle, mais pas vers la fin.

C'était révélateur. Et il ne s'était même pas rendu compte qu'il l'avait fait.

Freya posa son verre sur la table et se rapprocha de lui.

— Si on le mettait à l'épreuve...

Le corps de Tomek se raidit alors qu'elle s'approchait. Il savait où cela menait...

Et, pire encore, il savait où *lui* se dirigeait...

Elle posa une main sur sa cuisse.

— Si tu l'aimes vraiment et que tu tiens à elle, commença-t-elle, alors tu ne me laisseras pas faire ça...

Et puis elle se pencha et l'embrassa. Ses lèvres sur les siennes. Son corps sur le sien.

Sa langue dans sa bouche.

Puis sa langue dans la sienne.

Avant qu'il ne s'en rende compte, ils se pelotaient sur la chaise au fond de la salle. Les mains tâtonnant et touchant, sentant les contours du corps de l'autre. Incapables de se contrôler.

Il n'était pas sûr si c'était le mélange grisant d'alcool et d'excitation de l'enquête, ou si c'était sa propre aversion pour sa relation qui l'avait conduit sur cette voie irrévocable, mais il savait que c'était une voie qu'il allait devoir suivre jusqu'au bout.

Ce qui le surprit le plus, cependant, fut le manque flagrant de remords qu'il ressentit après que cela se soit produit.

Sans doute viendrait-il une fois que l'alcool se serait dissipé de son système.

— Je crois que nous avons notre réponse... dit Freya en s'écartant, essuyant ses lèvres.

— Je croyais que tu avais dit qu'il n'y avait plus d'hommes bien dans le monde.

— Et je crois que tu as prouvé mon point, répondit-elle. Mais le monde n'est pas dirigé par vous, tu sais. Nous avons aussi cinquante pour cent de droit de parole. Et nous sommes autorisées à être des connasses de temps en temps si nous le voulons aussi.

Tomek se sentait utilisé. Comme un pion. Un jouet d'enfant. Elle avait repéré une proie facile, prête à être cueillie, et s'était lancée sur lui. Mais était-ce différent de ce qu'il avait fait dans le passé ? Maintenant, il faisait l'expérience de ce que c'était que d'être dans la position inverse.

CHAPITRE
CINQUANTE-NEUF

C'était le soir de la fête d'Halloween, et Tomek avait à peine eu le temps d'analyser les événements de la veille à Newcastle. Ça n'avait pas arrêté depuis son retour au pays. Briefings, réunions avec Tony et Nick, dactylographie de ses notes, soumission de rapports.

Sans arrêt.

Mais tout cela en avait valu la peine.

Ils tenaient leur tueur. Ou, comme il l'avait soupçonné, leurs *tueurs*.

Cet après-midi-là, Darryl Peters et Charlie Hampton avaient été inculpés pour les meurtres de Timothy Rosenthal et Gary Kershaw. Ils avaient retrouvé l'arme du crime dans le jardin de Hampton, et l'ADN reliant la fille de Darryl Peters à la fille au manteau rouge. Et les preuves avaient été transmises au CPS pour qu'ils préparent la prochaine étape du processus. Qui plus est, ils avaient découvert que la fille de Darryl Peters allait à la même école que celle de Miranda Hartwell, à l'école primaire de Chalkwell Hall, renforçant davantage le lien entre les deux hommes. L'équipe était confiante quant à un résultat positif, et avec un peu de chance, à vingt-deux heures, le pays entier saurait qui étaient les meurtriers de Timothy Rosenthal et Gary Kershaw.

Et Tomek était ravi, soulagé.

— Si ce n'est pas quelque chose à célébrer, je ne sais pas ce que c'est ! cria Nick à la fin de son discours. Il venait de passer les cinq dernières minutes à les féliciter, à les remercier pour leur travail acharné, et à souligner les actions vitales et décisives de Tomek. Malheureusement, il n'y avait ni récompense financière, ni même l'offre d'un jour de congé supplémentaire ; juste la fierté et l'honneur de savoir qu'il avait joué un rôle important. Deux sentiments que Tomek était heureux d'accepter.

La fierté et l'honneur se faisaient rares en ce moment.

Après être retourné à l'hôtel, suite au baiser, Tomek avait refoulé ce moment de son esprit. Il y avait eu des choses plus importantes sur lesquelles se concentrer. Mais maintenant qu'elles étaient réglées, les images, les pensées, les sensations du baiser l'envahissaient à nouveau. Et puis il pensa à Katie pour la première fois. Comme il se détestait pour ses actes. Comme il avait trahi sa confiance. Comme il lui avait menti, fait exactement ce qu'il avait promis de ne pas faire.

Et il n'avait aucune excuse.

Mais avant qu'il ne puisse y réfléchir davantage, Nadia prit la place de Nick à la tête du salon et prit immédiatement le contrôle de la soirée.

— J'espère que vous êtes tous prêts pour quelques jeux, dit-elle, désireuse d'éloigner la soirée du travail pour la diriger vers son idée du divertissement. La nuit est encore jeune et nous avons beaucoup à faire !

La maison de Nadia avait été équipée pour l'événement. Elle s'était surpassée, avait porté les choses à un autre niveau. Des toiles d'araignée pendaient des corniches et des encadrements de porte ; des squelettes se balançaient à travers les portes ; des bonbons thématiques d'horreur en gelée avaient été éparpillés sur le sol et les meubles ; et dans le jardin de devant, elle avait recréé une scène de *Beetlejuice* qui avait presque foutu une trouille bleue à Tomek lors de son arrivée.

Le premier jeu de la soirée était "Devine ce qu'il y a dans la boîte". Un titre sans imagination, mais un jeu amusant et divertissant néanmoins. Cinq boîtes en plastique avaient été recouvertes de draps noirs et remplies de parties du corps macabres et lugubres, et chaque joueur devait écrire ce qu'il pensait trouver à l'intérieur. Le gagnant était celui qui avait le plus de bonnes réponses.

— Il n'y a pas vraiment de parties de corps là-dedans, n'est-ce pas ? demanda Nick avec une légère note d'inquiétude dans la voix. On ne va pas trouver le pénis de Timothy Rosenthal, hein ?

— Le perdant devra donner le sien, dit Tomek, déclenchant un chœur de rires.

Il était le dernier à passer. Au moment où ce fut son tour, il avait eu l'avantage de voir tout le monde crier et se tortiller lorsque leurs mains entraient en contact avec le contenu des boîtes. Et il avait déjà réussi à calculer ce qu'il y avait à l'intérieur. Mais, toujours showman, il joua son rôle et cria chaque fois que sa main y pénétrait. À la fin, il soumit ses suppositions et attendit le verdict final.

Les résultats étaient tombés.

Boîte 1 : spaghetti "épouvantognaise", conçus pour ressembler à des intestins.

Boîte 2 : viande hachée, pour le cerveau (bien qu'au moment où Tomek y passa, cela ressemblait davantage à du vomi).

Boîte 3 : un accessoire de doigt coupé, avec de l'os et du sang qui en dégoulinait (à ne pas confondre avec le pénis de Timothy Rosenthal ou de Gary Kershaw).

Boîte 4 : des billes qui avaient été enduites de lubrifiant pour ressembler à des yeux (encore une fois, à ne pas confondre avec le reste des parties génitales des défunts).

Et enfin, boîte 5 : un duo de champignons bonnet d'ivoire qui étaient le portrait craché d'une paire de tétons.

La dernière avait déconcerté tout le reste de l'équipe, mais pas Tomek. Et pour ses efforts, il obtint un respectable score de dix points. Lui valant l'honneur d'être couronné champion.

— Évidemment que *toi*, tu as trouvé celle des tétons, dit Nadia, en lui tendant son trophée de friandises. Une expression de déception s'étalait sur son visage. Ça m'a pris tellement de temps à imaginer. Je pensais vous avoir tous piégés.

— Peut-être l'année prochaine, Nads. Tomek se pencha et lui fit un bisou sur la joue. En se retirant, la longue perruque vert foncé de son costume de sirène se coinça dans la bouche de Tomek, qui la recracha.

Les costumes exposés étaient peut-être les meilleurs et les plus réfléchis qu'il ait jamais vus. Malgré la pression des dernières semaines, ils avaient tous réussi à trouver le temps de faire des efforts. Sauf Tomek, qui avait déjà prévenu l'équipe de son manque d'effort persistant.

Nadia était déguisée en sirène meurtrière, avec sa longue perruque verte, sa combinaison moulante tachée de sang qui mettait en valeur son ventre de femme enceinte, et sa hache couverte de matière cérébrale.

Méchant Nick avait choisi une concoction particulièrement nauséabonde. Il était venu déguisé en Jimmy Savile, complet avec canne, lunettes et cigare. Un choix approprié, vu l'affaire qu'ils venaient de clore.

Oscar avait, comme toujours, porté son costume habituel. Le même depuis cinq ans. Un costume de super-héros avec la lettre "A" gravée sur la poitrine. Capitaine Actually de nom, Capitaine Actually de nature.

Sean, avec son mètre quatre-vingt-treize et ses épaules de la taille de boules de démolition, s'était déguisé en Terminator sexy. C'était le costume habituel du Terminator, avec maquillage et pistolet inclus, mais comme il était si petit pour lui - malgré que ce soit la plus grande taille disponible - il montrait un peu trop de peau au niveau du ventre et des bras.

Tiède Tony avait choisi d'adopter le surnom que Tomek lui avait donné (et celui dont Tomek ne savait pas qu'il connaissait), et s'était déguisé en Slender Man. Une tenue simple composée d'un costume noir avec des manches surdimensionnées et une combinaison blanche en dessous qui couvrait son visage. La combinaison était d'une seule pièce faite d'un matériau fin qui permettait à celui qui la portait de voir et de respirer à travers. Le seul problème était pour manger... et pour aller pisser. Tomek n'avait pas peur d'admettre que l'ensemble lui fichait une trouille bleue.

Chey, en tant que benjamin de l'équipe, était venu vêtu d'une combinaison rouge avec un masque facial noir à mailles. Sur le masque se trouvait le symbole d'un triangle blanc. Lorsqu'on lui demandait l'inspiration derrière cela, il citait le succès Netflix *Squid Game*. Étant le seul à avoir regardé la série, seul Chey pouvait l'apprécier.

Enfin, il y avait Rachel qui, pour sa première fête d'Halloween avec l'équipe, avait assez peu étonnamment joué la sécurité. Elle avait gardé les choses simples avec un chapeau et un balai de sorcière, un peu de faux sang ici et là, et une cape noire pour compléter l'ensemble. Ce n'était pas grand-chose, mais c'était plus d'efforts que Tomek.

Au fil de la soirée, ils ont complété davantage de jeux qui avaient été conçus pour eux : La Course des Momies, où les concurrents, les jambes attachées avec du papier toilette, étaient forcés de courir vers la ligne d'arrivée à l'autre bout du couloir ; Bowling des Fantômes et Citrouilles, un jeu qui ne nécessitait absolument aucune compétence, juste une force brute pour lancer une citrouille sur la piste de bowling et renverser autant de rouleaux de papier toilette que possible ; Épingler l'Araignée sur la Toile, un jeu pour lequel, à mesure que la nuit avançait, ils ne sentaient plus le besoin de bandeaux, car ils voyaient déjà double partout ; et enfin, un jeu intéressant de Twister Citrouille, une variante effrayante du jeu bien-aimé.

Naturellement, en tant qu'adultes, ils les avaient transformés en jeux à boire, et les perdants du tour étaient forcés d'avaler deux Blood Shots, qui étaient une dose malsaine de Campari au nom créatif.

À la fin, Tomek avait gagné deux jeux et était à égalité avec Tony en tête. Le match décisif était un face-à-face au jeu du Détective Frontal. Chaque joueur devait écrire le nom de quelqu'un au hasard, mort ou vivant, ou quelqu'un qu'ils connaissaient, sur un Post-it et le claquer sur le front de l'autre. Tomek ressentit une grande satisfaction en claquant la tête de Tony. Ce n'était guère un sport passionnant pour les spectateurs, alors pour pimenter les choses, Nadia avait introduit deux nouvelles règles : ils avaient chacun cinq questions à poser pour guider leur supposition, et ils devaient le faire tout en trottinant sur place.

Le jeu ne nécessitait pas de compétence particulière, juste leur capacité à déchiffrer et déduire une réponse à partir d'une série de questions. En tant que détectives, c'était leur pain quotidien. Leur travail de tous les jours pour une raison. Et Tomek avait hâte de battre Tony à ce jeu.

Il était le premier à répondre aux questions.

— Suis-je célèbre ? demanda Tony.

Tomek garda son regard fixé sur le nom qu'il avait placé sur le front de Tony. — Tu aimerais bien... Mais, oui. Tu es célèbre.

— Suis-je... un chanteur ?

— Non.

— Un acteur ?

— Non.

— Un politicien ?

Tomek regarda l'espace où les yeux de Tony auraient dû être. — Connais ton public, mon pote. Qu'est-ce que je connais aux politiciens ?

— Tu as raison. Est-ce que je peux poser une autre question ?

— Non ! vint l'écho du reste de la pièce derrière eux.

— C'est tout, ton temps est écoulé, dit Nadia, se plaçant entre eux. Tony, tu dois deviner.

— Quoi ? Pourquoi ! C'était seulement quatre questions.

— Non, ce n'était pas le cas. Puis elle sortit ses doigts en comptant. — Es-tu célèbre ? Non. Es-tu un chanteur ? Non. Es-tu un acteur ? Non. Es-tu un politicien ? Non. Est-ce que je peux poser une autre question ? C'est cinq. Et non. Donc maintenant tu dois deviner.

— C'est truqué !

Nadia haleta de façon exagérée. Tomek vola immédiatement à sa défense. — Tu remets en question l'intégrité de notre hôte et maître du jeu, Tony ? C'est un renvoi instantané, non ?

Un rassemblement de huées et de sifflets fit écho depuis le fond de la pièce. Les cris pour qu'elle retire le joueur du jeu étaient écrasants.

Nadia les fit taire d'un geste de la main. Et pendant un moment, la pièce fut captivée, attendant son verdict le souffle coupé.

— Que les jeux continuent !

Tomek soupira et gémit tandis que son concurrent brandissait le poing en l'air et célébrait comme s'il avait gagné.

— Tu dois encore prendre ta décision, lui rappela Tomek.

— Ça pourrait littéralement être n'importe qui.

— Oui, c'est *littéralement* le but.

Tony réfléchit un moment tandis que des dizaines de noms tourbillonnaient dans sa tête. — Madonna ?

Tomek ne put s'en empêcher. Il était sur le sol, se roulant de rire, s'agrippant à son ventre, avant même de s'en rendre compte.

— Madonna ? Quelle partie de ne pas être une chanteuse n'as-tu pas comprise ?

— J'ai paniqué ! Je ne pouvais penser à personne d'autre.

— C'est révélateur. Très révélateur.

Mais ensuite, ce fut le tour de Tomek. Et la gravité de la situation pesa lourdement sur ses épaules. Il y avait beaucoup en jeu. L'honneur d'être nommé champion pour une année entière. La fierté d'avoir un avantage sur Tony, sur une échelle sans doute plus importante que toutes celles qu'ils avaient eues auparavant.

— Est-ce que je suis vivant ? demanda Tomek.

— Oui, répondit Tony.

— Masculin ?

— Non.

— Est-ce que je connais cette personne ?

À travers la combinaison blanche, le front de Tony se plissa.

— Oui.

Il était sur la bonne voie.

— Cette personne fait-elle partie de notre équipe ?

— Non.

Dernière question. *Bon, Tomek. Réfléchis. Prends ton temps.*

En arrière-plan, la sonnette retentit. Quelqu'un derrière lui quitta la pièce pour ouvrir, mais Tomek n'y prêtait pas attention. Il ne les entendit pas entrer dans la pièce.

— Est-ce que je suis...

— Tomek ?

— ... Katie ?

Il prononça son nom sans la voir. Puis il pivota sur place et la vit qui planait dans l'encadrement de la porte du salon.

— Bordel de merde ? demanda Tony, mais Tomek ne l'écoutait pas. — Comment as-tu deviné ?

Tomek retira le Post-it de sa tête et vit le nom de Katie. Il le froissa entre ses doigts, puis le laissa tomber au sol.

— Qu'est-ce que tu... qu'est-ce que tu fais ici ?

— J'étais invitée, non ?

— Oui... Bien sûr que tu l'étais. C'est juste...

Elle était déguisée en Petit Chaperon Rouge couvert de sang. Dans sa bouche, elle avait placé des crocs, et ses yeux étaient couleur de sang grâce à des lentilles de contact fantaisie.

— *Juste* quoi ? dit-elle.

Et puis tout lui revint en trombe. Cette nuit. Le bar. Freya. Le baiser. L'érection qu'il avait ressentie. Le désir de continuer à l'hôtel. Tout jaillit au premier plan.

— Je pense qu'on doit parler...

— Je le savais.

— Quoi ?

— Je sais ce que tu vas dire.

— Non, tu ne le sais pas.

— Alors dis-moi pourquoi tu ne répondais pas à ton téléphone hier soir ?

— Je n'avais pas mon chargeur avec moi. Mon téléphone est mort. Même lui ne croyait pas à la façon dont il l'avait dit.

— Des conneries. Selon Find My Friends, ton téléphone était éteint. Pourquoi était-il éteint, Tomek ?

Il ne répondit pas. Confirmant presque ses soupçons.

— Qui était-elle ? Hein ? C'était un bon coup ? Ça en valait la peine ?

Tomek prit soudainement conscience de tout le monde dans la pièce. Leurs yeux les fixaient. Leurs pensées les jugeaient - le jugeaient, *lui*.

— Écoute, je peux-

— Ça ne sert à rien, lui dit-elle. Tu sais, quand je t'ai rencontré, je voulais croire que tu étais différent. Je voulais croire que tu n'étais pas comme les autres hommes. Que peut-être je pourrais te changer d'une certaine façon. Mais tu viens de me prouver que j'avais absolument raison. Tu es comme tous les autres. Un putain de *porc* ! Tu peux garder ma brosse à dents chez toi - et le reste. Je ne veux plus jamais te revoir !

CHAPITRE
SOIXANTE

Daniel Heathcliff souffrait d'une terrible crise de ses pulsions malsaines ce soir. Les envies qu'il avait tant lutté pour réprimer remontaient à la surface de façon irrésistible. Il avait déjà essayé de les combattre en se masturbant quatre fois, mais elles ne faiblissaient pas. Ces pulsions abjectes étaient tout simplement irrépressibles.

Jusqu'à ce qu'il ait l'idée brillante d'engager une prostituée. Quelqu'un en qui il pourrait se décharger. Quelqu'un qu'il pourrait... maîtriser.

Quelqu'un dont il pourrait enserrer le cou entre ses mains et serrer... serrer... serrer...

La pornographie hardcore ne lui procurait qu'une sensation limitée. Ce qu'il lui fallait, c'était quelque chose de réel. Et c'était exactement ce qu'il allait obtenir.

Après avoir raccroché avec le proxénète, ayant commandé la charmante jeune femme qui devait bientôt se rendre chez lui, il avait soudain changé d'avis. Coucher avec une prostituée n'était pas ce qu'il recherchait. Ce n'était pas assez proche de la réalité. C'était elle qui lui donnait le pouvoir de lui faire des choses ; ce n'était pas quelque chose pour lequel il s'était battu, qu'il avait mérité. Sa profession et son existence même impliquaient de lui céder le pouvoir.

Non, ce qu'il voulait, c'était un défi, une adversaire, quelqu'un qu'il pourrait dominer. Il voulait voir la peur dans les yeux de quelqu'un alors qu'il la subjuguerait et la déshabillerait. Alors qu'il baisserait son pantalon et s'introduirait en elle.

Avant de quitter la maison, il appela le proxénète pour annuler la commande. Comme s'il s'agissait de quelque chose d'aussi anodin et bénin qu'une livraison de nourriture.

Ce soir, c'était Halloween. La nuit la plus excitante et terrifiante de l'année.

Des femmes de tous âges se promèneraient dans les rues, à moitié nues. Ivres. Rentrant chez elles après une soirée en boîte. Peut-être seules, peut-être avec des amies.

Peu importait. Il aimait les défis, et plus c'était difficile, plus c'était exaltant.

Il était un peu plus de minuit quand il quitta sa maison et se dirigea vers Chalkwell Park. L'endroit grouillait généralement d'adolescents ivres qui avaient passé la soirée à boire avec leurs amis, à flirter, à baiser. C'était aussi mal éclairé, ce qui en faisait un terrain de chasse parfait.

Il ne tarda pas à trouver une victime potentielle. Une jeune femme portant une robe minuscule, trébuchant maladroitement sur ses talons ridicules, serrant fermement son sac contre son corps comme si c'était cette partie d'elle qui avait besoin d'être protégée.

Daniel l'aperçut de l'autre côté du parc et changea de direction pour se diriger vers elle. Elle se tenait à la périphérie du parc, aux extrémités, aux endroits les plus proches de la route principale - et de la civilisation. Si quelque chose devait lui arriver, il y avait une possibilité que quelqu'un puisse voir.

Peut-être, mais pas si les pulsions malsaines avaient leur mot à dire. Il sentit son corps frémir de délice en traversant le parc, réduisant drastiquement la distance entre eux. Il étudia les contours de son corps, la façon dont il bougeait alors qu'elle essayait de marcher avec assurance.

Et puis il le sentit. Sortant de nulle part.

Les frémissements disparurent tandis que la sensation était remplacée par la peur. Se répandant dans tout son corps. Le tranchant d'un couteau appuyé contre sa gorge. La main dans son dos.

Il n'osa pas bouger, crier, respirer. Pas s'il voulait rester en vie.

— Tu vas avoir ce que tu mérites, espèce de déchet sans valeur.

Puis la lame trancha sa gorge. Alors que le sang jaillissait de son cou, il aperçut une dernière fois la jeune fille, qui continuait de marcher vers la sortie du parc. Inconsciente de sa présence et de celle de la personne derrière lui.

La dernière pensée qui lui traversa l'esprit ne concernait pas ses pulsions malsaines, ni les choses horribles qu'il aurait faites à cette fille sans méfiance. C'était, en fait, de se demander s'il avait été piégé, si cela faisait partie du stratagème de la fille. Il se souvenait d'avoir vu aux informations que les tueurs de Timothy Rosenthal et Gary Kershaw avaient été trouvés. Il avait pensé qu'il était sûr de quitter la maison. Il avait pensé qu'il était sûr de céder à ses pulsions malsaines.

Mais maintenant, il commençait à penser que la police détenait peut-être les mauvais hommes.

CHAPITRE
SOIXANTE-ET-UN

Peu après que la poussière soit retombée, Tomek s'est retrouvé assis sur le canapé, entouré de ses collègues. À sa grande surprise, ils le consolaient. Lui, le méchant. Lui disant de ne pas s'inquiéter, que tout s'arrangerait. Qu'ils trouveraient une solution.

Lui disant ce qu'il voulait entendre.

Nadia à sa gauche, Rachel à sa droite. Comme la mère et la sœur qu'il n'avait jamais eues.

— Les choses n'allaient plus depuis quelques jours, quelques semaines, expliqua-t-il, espérant justifier ses actions.

— Comment ça ?

Et alors il leur raconta l'incident avec Molly et les sous-vêtements. Les disputes et le manque de confiance qui s'étaient répandus dans leur relation comme un poison.

— Elle t'a poussé à bout, Tom, dit Nadia. Elle t'a acculé dans un coin. Et s'il n'y a jamais eu de confiance dès le départ, ça ne pouvait pas marcher.

— Je suppose.

— Tu n'as pas à te sentir coupable.

— Je suppose.

— Si tu veux mon humble avis, pour ce qu'il vaut. Tomek ne leva pas les yeux pour croiser le regard de Tony. L'homme était ivre, et il ne voulait pas savoir ce qu'il avait à dire. Mais il allait l'entendre quand même. — Je pense que tu as évité une balle, mon pote.

— Ah bon ?

— Je ne connais pas grand-chose aux femmes, mais elles sont comme des énigmes... Impossible de savoir ce qu'elles pensent... J'essaie toujours de comprendre la mienne après vingt ans... Mais je crois que je m'en approche enfin... Tony s'interrompit en essayant de se rappeler où il voulait en venir avec cette importante parcelle de sagesse. — Bref, ce que je veux dire, c'est que tu as évité une balle. Il y a plein d'autres poissons dans la mer, comme on dit.

Tomek n'était pas vraiment d'accord. Il aurait pu y avoir un milliard de poissons qui faisaient la queue pour lui, mais il ne les aurait pas poursuivis parce qu'il croyait encore qu'il y avait quelque chose à sauver dans leur relation. Quelque chose qui valait la peine d'être préservé, peu importe à quel point c'était fracturé et déchiré.

La porte du salon s'ouvrit brusquement, brisant le silence en deux. Oscar, tenant son portable à l'oreille, fit irruption dans la pièce.

— C'est Anna, commença-t-il. Elle surveille le groupe de la Société Royale de Repassage Extrême... Il s'arrêta pour reprendre son souffle. — Elle pense qu'il y a eu un autre meurtre. Quelqu'un a posté à propos d'un homme appelé Daniel Heathcliff.

À ce moment-là, alors que ces mots pénétraient dans l'esprit de chacun dans la pièce, le téléphone de Nasty Nick commença à sonner. Il s'éloigna pour répondre, et la tension se déplaça immédiatement des problèmes relationnels de Tomek à la possibilité bien réelle que le tueur soit toujours en liberté.

Nick revint quelques secondes douloureuses plus tard.

Confirmant leurs pires craintes.

— Un corps a été découvert à Chalkwell Park.

CHAPITRE
SOIXANTE-DEUX

Le problème immédiat auquel ils faisaient tous face était la quantité d'alcool qui circulait actuellement dans leur sang. Ils étaient incapables de se rendre sur la scène de crime et ne pouvaient s'en approcher avant d'avoir dessoûlé. Impossible de savoir quelles erreurs ils pourraient commettre ou quelles preuves ils risqueraient de détruire. Il suffisait qu'une personne trébuche pour anéantir toute chance de retrouver le tueur.

Sans compter que cela n'arrangeait rien — et ne faisait pas très professionnel — qu'ils soient tous habillés comme des meurtriers et des psychopathes. La seule présentable de l'équipe (et aussi la seule sobre) était Nadia, enceinte jusqu'aux yeux, qui s'efforçait de se débarrasser de la peinture verte sur son visage et de démêler la perruque de ses cheveux.

Avant de les autoriser à s'approcher de la scène de crime, Nick leur avait ordonné de rentrer chez eux, de se nettoyer, de se doucher, de se rafraîchir et de s'administrer une dose peu raisonnable de Berocca. Au moment où Tomek s'est senti suffisamment présentable pour arriver sur les lieux, il était un peu plus de quatre heures du matin, et son cerveau était en bouillie. L'alcool avait ramolli ses neurones, et le mélange d'émotions qui tiraillait ses processus de pensée faisait de lui une loque. Incapable de réfléchir correctement et clairement.

S'il avait eu le choix, il aurait attendu l'après-midi, après avoir eu la chance de dormir pour atténuer la gueule de bois imminente. Mais la réalité était qu'une personne avait été tuée — *assassinée* — et que le meurtrier courait toujours. Avec seulement quelques heures d'avance sur eux.

Tomek adopta son masque professionnel en entrant dans le parc en pleine nuit. L'avantage d'arriver sur la scène de crime aux petites heures du matin était l'absence de témoins. Il n'y avait pratiquement aucun signe de vie, hormis quelques chauffeurs de taxi ramenant des gens chez eux. À part cela, la vie à Chalkwell Park et dans les environs était endormie.

Un cordon avait été établi autour de tout le parc, et au milieu du terrain se dressait une immense tente blanche, protégeant le corps des éléments et des téléphones portables qui, sans aucun doute, seraient pointés directement vers lui dans quelques heures. Des nuées de personnes vêtues de combinaisons blanches de la police scientifique s'affairaient autour de la tente, tandis que les flashs des gyrophares dansaient sur les structures d'escalade et les arbres dispersés en périphérie.

Tomek se glissa sous le cordon et se dirigea vers la tente. Il retrouva Nick, Rachel et Sean à l'extérieur. Les autres étaient encore en train de se préparer ; ceux qui n'étaient pas là avaient eu la chance de pouvoir dormir un peu.

— Toujours le dernier, hein Tom ? commenta Nick. Étrange de penser que quelques heures auparavant, Nick était d'humeur agréable.

— Veuillez m'excuser, monsieur. Je devais me mettre en condition.

— Eh bien, nous allons en avoir besoin.

Tandis que Nick les conduisait dans la tente, il fit signe à plusieurs techniciens de scène de crime de s'écarter pour leur donner de l'espace.

Le corps, comme prévu, semblait encore chaud. Presque vivant. Il était nu, avait été démembré, et la cause du décès était l'énorme entaille qui lui traversait la gorge. À côté de sa tête se trouvait un permis de conduire, indiquant que la victime s'appelait Daniel Heathcliff, ainsi qu'une copie de son casier judiciaire.

Il était évident que Heathcliff avait été assassiné de la même façon que Timothy Rosenthal et Gary Kershaw, cela ne faisait aucun doute.

Mais cela impliquait également quelque chose de plus sombre, plus inquiétant. Durant toute l'enquête, la plupart des informations relatives aux meurtres — le papier plastifié, les extraits de casier judiciaire, les permis de conduire, les portefeuilles et vêtements volés — étaient restées confinées au commissariat de Southend. Rien n'avait été communiqué à la presse, ni n'avait trouvé son chemin sur les réseaux sociaux. Ce qui signifiait qu'il était impossible pour un tueur imitateur de connaître les subtilités des meurtres.

Ce qui signifiait qu'il était impossible que Darryl Peters et Charlie Hampton soient les tueurs.

Sans compter le fait qu'ils étaient tous deux en cellule dans l'attente d'autres accusations.

Tous les membres de l'équipe étaient silencieusement — et douloureusement — conscients de ce fait. C'était gravé sur chacun de leurs visages.

— Le tueur a dû faire ça au milieu de la nuit, dit Tomek. Déshabiller quelqu'un, lui couper les parties génitales et mettre en scène le crime comme ça ne peut pas être rapide. Il a dû avoir besoin d'au moins une demi-heure, peut-être même une heure. C'est beaucoup de temps pendant lequel il risquait que quelqu'un passe et le voie.

— Nous lancerons un appel à témoins demain matin, dit Nick. Cette fois, nous offrirons une récompense.

Cela aidait généralement. Les gens étaient beaucoup plus enclins à agir lorsqu'ils y trouvaient un intérêt.

Tomek s'approcha de la tête de Daniel Heathcliff et s'accroupit à côté de la lettre concernant le casier judiciaire. En l'examinant de près, il remarqua qu'un autre document avait été placé en dessous. Également plastifié.

— Qu'est-ce que c'est ? dit-il, puis il appela un technicien pour retirer la preuve de la scène, l'enregistrer, et ensuite la lui remettre dans un sachet de preuves.

Le document était un court texte qui avait été imprimé sur une feuille A4. Et plastifié. Tomek ne pouvait ignorer le fait qu'il avait été plastifié.

Il le lut à haute voix pour ses collègues.

« Un de plus mourra. Un de plus paiera pour ses péchés. Quelqu'un que vous connaissez, quelqu'un en qui vous avez confiance, quelqu'un avec qui vous travaillez. L'un des vôtres. Il n'y a pas le temps de le protéger, ou de le changer, il faut le débarrasser de sa maladie. Et c'est la seule façon. »

CHAPITRE
SOIXANTE-TROIS

Dès l'aube, la nouvelle du meurtre à Chalkwell Park s'était répandue en ligne, de manière organique, grâce au monde entier et son cousin possédant un smartphone avec appareil photo et une plateforme de médias sociaux pour le partager.

Habituellement, Tomek aurait déploré que quelqu'un partage la nouvelle de la mort de quelqu'un pour quelques milliers de likes et de partages sur Twitter, mais cette fois, ils avaient eu une vague de témoins potentiels qui s'étaient manifestés. La plupart avaient été vérifiés dans le cadre du processus de contrôle et étaient soit des personnes qui faisaient perdre du temps, soit des personnes qui n'avaient rien de vraiment valable à ajouter (en bref, elles habitaient à proximité et pensaient que cela signifiait qu'elles savaient ce qui s'était passé, d'une manière ou d'une autre). À l'exception d'une.

Une jeune femme de dix-huit ans s'était présentée. Selon son appel téléphonique à la ligne d'assistance qui avait été mise en place, elle avait traversé le parc au moment même où la police estimait l'heure du décès. Une façon de vérifier son histoire, et sa validité en tant que témoin clé, était le moment du décès. Cette information n'avait pas été communiquée au public, et lorsque la majorité des appelants avaient été interrogés, ils s'étaient soit complètement trompés, soit il était évident qu'ils devinaient.

Naomi Jones n'entrait dans aucune de ces catégories. Elle *avait été* dans le parc après minuit, et elle en avait la preuve.

L'appel téléphonique enregistré qui avait eu lieu entre elle et son petit ami prouvait qu'elle y était, qu'elle avait peut-être vu ce qui s'était passé.

Ou peut-être l'avait-elle fait elle-même.

Tomek et Rachel avaient été sélectionnés pour recueillir la déposition du témoin.

— Pouvez-vous vous rappeler exactement à quelle heure vous avez traversé le parc ? demanda Tomek.

— C'était environ deux minutes après avoir appelé mon petit ami, donc minuit et demi. Je suis sortie d'un taxi au bas du parc avec mes amis, puis j'ai marché jusqu'à chez moi à partir de là.

— Seule ?

— Oui. Mes amis habitent d'un côté du parc. J'habite de l'autre. Ça n'a pas de sens que le chauffeur de taxi me dépose alors que je peux marcher.

Tomek pensait qu'elle ne prendrait plus ces risques désormais.

— Et c'est quelque chose que vous avez toujours fait ?

Elle hocha la tête. — Mon petit ami me fait l'appeler chaque fois que je sors avec mes amis. Il veut s'assurer que je suis en sécurité.

Tomek pensait que c'était une bonne idée en théorie, mais si quelque chose était arrivé à Naomi, il doutait qu'il y aurait eu le temps de la protéger ou même de la défendre. Selon son casier judiciaire, Daniel Heathcliff était un violeur et un exhibitionniste en série. Au cours des trente dernières années, il était entré et sorti de prison pour trois viols, et avait été inculpé de plusieurs autres chefs d'attentat à la pudeur. Il choisit de ne pas lui dire cela.

— Où êtes-vous allée hier soir ? demanda Rachel. Sa voix était beaucoup plus douce que celle de Tomek, et dès qu'elle parla, on voyait clairement qu'elle mettait Naomi plus à l'aise que lui ne le pourrait. Sur ce, il décida de la laisser continuer avec les questions.

— Nous étions dans un club. À Southend. Mayhem.

— Et quelqu'un vous a-t-il suivie ? Avez-vous vu quelqu'un sortir d'une voiture en même temps que vous ?

— Non. Je ne crois pas. Il faisait sombre...

— Je comprends. Et quand vous traversiez le parc, avez-vous remarqué quelqu'un d'autre là-bas, vu quelqu'un qui ressemblait à cet homme ici ? Elle fit glisser une photo à travers la table et laissa à Naomi un moment pour l'étudier.

— Comme je l'ai dit, il faisait sombre... Je ne me souviens pas avoir vu qui que ce soit. J'ai juste gardé la tête baissée et j'ai marché aussi vite que possible.

Naomi Jones s'était révélée être une impasse. Tout comme tous les autres faiseurs de temps perdu.

Après l'avoir laissée entre les mains compétentes de Rachel, Tomek retourna dans la salle des opérations où il trouva Sean, Tony et Nick en pleine conversation. Ils planaient près du tableau blanc. Une photo du dernier ajout à l'enquête avait été ajoutée à une nouvelle section.

— Pour autant que nous sachions, il n'y a aucune raison de croire que la fille au manteau rouge a fait une apparition, dit Tony.

— Comment pouvons-nous en être sûrs ? demanda Sean.

— Vu le dossier de Daniel Heathcliff, j'aurais dit qu'il était peu probable qu'il se soit laissé attirer dans le piège de coucher avec une mineure. La plus jeune qu'il ait jamais violée, d'après les enregistrements, avait dix-neuf ans.

— Ce n'est pas parce que ce n'est pas enregistré que cela ne s'est pas produit, dit Tomek, en entrant dans la pièce.

— C'est vrai, mais je pense que nous devons concentrer nos efforts loin de la jeune fille. Elle n'a pas figuré dans ce meurtre, et c'est significatif.

— Ce que je trouve *plus* significatif, commença Tomek, c'est la note que le tueur a laissée derrière lui.

— Quoi à ce sujet ?

— Le fait qu'apparemment quelqu'un dans l'équipe joue pour le mauvais camp - dans tous les sens du terme.

— Oh, *ça* ? dit Nick. Je ne m'en inquiéterais pas. Il y a eu des rumeurs en ligne ces deux dernières semaines à ce sujet. Rien ne s'est produit depuis.

Comme si cela aurait dû se produire. Comme si la pomme pourrie, s'il y en avait vraiment une, aurait dû être découverte maintenant.

— Mais c'est la première fois que nous le voyons de la part du tueur...

Parfois avec l'Affreux Nick, c'était comme parler à un mur de briques. Un mur de briques chauve avec des contours mous et potelés. Mais c'était aussi un mur de briques qui avait le dernier mot. Et Tomek savait trop bien qu'il ne fallait pas le remettre en question. S'il voulait le faire avec un quelconque succès, il devait choisir son moment.

Que cachait-il ?

Qui protégeait-il ?

Lui-même ?

C'était impensable. Avant que Tomek ne puisse y réfléchir davantage, un coup à la porte perturba le silence dans la pièce.

Le DC Oscar Perez passa sa tête par la porte. — Désolé de vous interrompre, commença-t-il, mais j'ai pensé que vous devriez tous savoir que nous avons localisé le compte qui a publié les détails de Daniel Heathcliff dans la Société Royale.

— Où ? demanda Nick en soupirant.

— Il est basé dans le Kent, monsieur.

— Je ne fonce pas là-bas, dit immédiatement Tomek. J'ai déjà fait ma part de voyage pour cette enquête. Si quelqu'un d'autre veut tromper sa femme, alors il a mon vote pour y aller.

— Ce ne sera pas nécessaire, Tomek, répondit Nick. J'allais de toute façon envoyer Sean. Il se tourna vers l'homme qui faisait presque deux fois sa taille. — Campbell, c'est à vous. Descendez là-bas et ramenez-le. Je veux qu'il soit interrogé en interne et selon nos conditions. Je ne veux pas que ces salauds du Kent s'en mêlent.

Une combinaison de peur et de surprise se dessina dans les rides de la peau de Sean. — Absolument, monsieur. Je m'en occupe tout de suite.

— Et prenez Rachel avec vous.

— Une raison particulière ?

— Parce que je vous l'ai dit, c'est la putain de raison. Maintenant disparaissez de ma vue et faites ce qu'on vous dit.

CHAPITRE
SOIXANTE-QUATRE

Cet après-midi-là, Sean et Rachel sont retournés au commissariat avec leur mystérieux compte Facebook. Dennis Argyle. Un homme de cinquante-quatre ans qui avait travaillé comme ouvrier toute sa vie. Ses mains étaient calleuses, ses épaules larges, et son ventre témoignait d'une vie passée à boire dans les pubs et à déguster un bon curry après une longue journée sur les chantiers. Tomek observait l'homme sur un écran d'ordinateur. Sean et Rachel étaient assis dans la salle d'interrogatoire avec Dennis, tandis que lui et les autres dans le bureau étaient contraints de regarder. Malheureusement, cette fois, Tomek n'était pas d'humeur à manger du pop-corn. Sa motivation et son enthousiasme avaient été écrasés comme un punching-ball.

— Monsieur Argyle, commença Sean, sa voix métallique sur les haut-parleurs de l'ordinateur portable, vous êtes interrogé concernant la mort de Daniel Heathcliff. Il s'agit d'un entretien volontaire, mais sachez que nous pouvons vous arrêter à tout moment si nous avons des motifs raisonnables de le faire. Comprenez-vous ?

Argyle hocha la tête. Le mouvement de sa tête était presque imperceptible pour Tomek. — Oui. Je comprends.

— Très bien alors, poursuivit Rachel. Que pouvez-vous nous dire sur la Société Royale de Repassage Extrême ?

— Si vous avez déjà trouvé le groupe, je ne pense pas avoir besoin de répondre à ça, n'est-ce pas ?

— Comment avez-*vous* découvert ce groupe ?

— Par un ami.

— Quel ami ?

— Jimmy Hunter.

— Le célèbre chasseur de pédophiles ?

— C'est bien lui.

— Saviez-vous que M. Hunter a été arrêté l'autre jour pour soupçon de manipulation d'enfants et d'exploitation sexuelle ?

Tomek se pencha en avant sur sa chaise, observant attentivement l'expression d'Argyle.

— C'est... une nouvelle pour moi.

— Vous ne saviez pas que votre ami rencontrait de jeunes filles ?

— Quand je dis ami, je ne veux pas dire *ami* ami. Je veux juste dire ami. Vous voyez ?

— Comme un ami ? demanda Sean.

— Non... l'autre mot ?

— Meilleur ami ?

— Non !

— Une connaissance... dit Rachel abruptement.

— Si vous saviez que c'était le mot que je cherchais, pourquoi ne pas l'avoir dit plus tôt ?

Rachel ignora le commentaire et poursuivit l'interrogatoire. — Depuis combien de temps êtes-vous membre de la Société Royale ?

— Une bonne paire d'années. Au moins trois.

— Et qu'est-ce qui vous a poussé à y adhérer ?

— C'est évident, non ?

Rachel et Sean ne dirent rien. Comme s'ils avaient besoin qu'on leur explique tout en détail.

— Parce que je ne supporte pas les violeurs et les pédophiles. Je ne comprends pas pourquoi c'est un si gros problème ou un concept si difficile à saisir pour vous. Les pédophiles et les violeurs sont la lie de cette terre. Ils m'ont pris mon Emma. Timothy Rosenthal m'a pris mon

Emma. Il a détruit nos deux vies, et tous les autres sont pareils. Pour ça, je pense qu'ils devraient avoir ce qu'ils méritent.

— Et ce serait quoi ? demanda Rachel. Une mort accidentelle ? Une visite accidentelle à l'hôpital ?

— Si c'était moi qui le faisais, oui. Mais j'ai vu ce que ce tueur a fait aux infos et dans le groupe. Ils font ce que le reste d'entre nous a peur de faire.

Rachel et Sean firent une pause, se regardant mutuellement. L'interrogatoire avait soudainement pris une tournure différente, et ils avaient sauté quelques étapes pour arriver là où ils voulaient être.

— Savez-vous qui pourrait être derrière ces meurtres ? demanda Sean, prenant les rênes pour les prochaines minutes.

— Non. Désolé. Mais je n'ai rien à voir avec la mort de Timothy Rosenthal... Bien que je ne m'en plaigne pas.

— Mais c'est vous qui avez posté les informations de Daniel Heathcliff sur le groupe hier.

— C'est exact.

— Vous voulez nous dire pourquoi ?

— Parce que j'ai vu ce qu'il a fait et j'ai pensé que quelqu'un devrait faire quelque chose à ce sujet, comme ce connard de Rosenthal s'est fait avoir.

— Le tuer, vous voulez dire ?

— Si c'est ce qui s'est passé, alors c'est ce qui s'est passé.

— Vous vous rendez compte que c'est un délit criminel, n'est-ce pas ? Cela fait de vous un complice de meurtre.

— Je... Je... Argyle commença à s'agiter avec ses bras, se massant le menton, se grattant les joues.

— D'où avez-vous obtenu les informations sur Heathcliff ? dit Sean, tournant la vis. Ces informations sont confidentielles et accessibles seulement à une poignée de personnes.

— Je... Je...

— Nous le dire maintenant rendra votre vie plus facile à l'avenir, M. Argyle. Si le juge reconnaît votre aide et votre soutien dans nos enquêtes, il sera plus enclin à regarder favorablement votre peine.

La grosse déglutition d'Argyle était visible à l'écran tandis que sa pomme d'Adam montait et descendait, bien que malheureusement le bruit n'ait pas été capté par le microphone. Ils le tenaient. Exactement où ils le voulaient. Suant, paniquant.

Mais Tomek n'était pas content. Argyle n'était pas leur homme.

— Qui a partagé ces détails avec vous ?

— Un ami, d'accord ! C'était un ami !

— Qui ?

— Un type que je connais au pub. Il... il travaille pour une des prisons du Kent. Après avoir discuté un soir, je lui ai parlé du groupe. Mais il a dit qu'il ne voulait pas y adhérer au cas où il se ferait prendre et perdrait son boulot.

Un peu tard pour ça maintenant, pensa Tomek. Une fois qu'ils l'auraient trouvé et pourraient prouver qu'il avait partagé les informations de Daniel Heathcliff avec Argyle, alors il n'aurait presque certainement plus d'emploi auquel retourner. Ils s'en assureraient.

— Quand avez-vous parlé à votre « ami » pour la dernière fois ? demanda Sean, utilisant ses doigts comme guillemets.

Tournant la vis.

— Hier soir. Au pub. Il m'a parlé de Heathcliff alors je l'ai posté sur le groupe. Ensuite, nous avons regardé si quelqu'un avait aimé ou commenté. Je lui ai parlé du tueur, mais je ne sais toujours pas qui c'est. Je le promets.

— À quelle heure avez-vous quitté le pub ?

— Vers minuit. Puis je suis rentré directement chez moi. Je le promets.

Une vérification rapide ANPR sur son véhicule confirmerait s'il avait utilisé le tunnel de Dartford ou non. Et à partir de là, ils découvriraient qu'Argyle était resté chez lui, qu'il n'était pas parti jusqu'à ce qu'il soit récupéré par Sean et Rachel. Qu'il n'était pas leur tueur.

Et ni l'agent pénitentiaire qui avait divulgué les informations de Daniel Heathcliff pour les mêmes raisons.

Tomek avait vu tout ce dont il avait besoin. Alors qu'il quittait la pièce, se dirigeant vers le bureau de Nick, il se heurta au petit homme. Leurs épaules se cognèrent, et Tomek était certain que sa main avait tâtonné Nick à un endroit malencontreux. Si c'était le cas, il n'y avait aucun regard de surprise ou d'embarras sur le visage de Nick.

— Pressé, monsieur ? demanda Tomek.

— J'essayais de te trouver, en fait.

— Maintenant je sais ce que c'est que la sensation de sérendipité.

— Et comment ça se passe pour toi ?

Tomek grogna. — Je lui donne un bon six sur dix.

— Magique. Maintenant, suis-moi.

▭

Il serait faux de supposer que Tomek ne se sentait pas nerveux. Chaque fois qu'il avait été convoqué dans le bureau de Nick — que ce soit pour des broutilles ou des choses importantes — il n'avait jamais ressenti de peur. Il avait toujours été discrètement confiant, persuadé de pouvoir se sortir de la situation à laquelle il allait faire face.

Mais il y avait quelque chose cette fois-ci, quelque chose dans la façon dont Nick marchait lentement (comme s'il avait besoin de ce temps supplémentaire pour peaufiner le discours dans sa tête), qui inquiétait Tomek. Nick se comportait d'une manière qu'il n'avait jamais expérimentée auparavant.

Il a même tenu la porte ouverte pour que Tomek entre d'abord dans son bureau.

Quand il l'a fermée, il l'a verrouillée pour s'assurer qu'il n'y aurait pas d'intrus.

— Asseyez-vous, s'il vous plaît, Sergent.

Sergent ? Oh merde, c'*était* sérieux.

Avec hésitation, comme s'il était tenu en joue, Tomek s'assit sur la chaise la plus proche de la porte. Au cas où il aurait besoin de faire une sortie rapide.

— Tomek, commença Nick en s'effondrant dans son fauteuil. J'ai bien peur qu'il n'y ait pas de façon facile de dire cela...

— Alors ne le faites pas. Quoi que ce soit, ne le faites pas. Vous n'en avez pas besoin, chef.

Que diable se passait-il ? Allait-il être arrêté ? Pensaient-ils que c'était *lui* l'officier de police mentionné dans la note sur la scène de crime de Heathcliff ? Pensaient-ils qu'il avait violé quelqu'un, ou pire, eu des relations sexuelles avec une mineure ?

Cette pensée le rendait malade.

Nick, pour la première fois depuis que Tomek le connaissait, respira doucement par le nez. Rassemblant le courage de le dire. Mais la lutte sur son visage suggérait que les mots ne sortiraient pas. Ils ne pouvaient pas rouler sur sa langue.

— Tomek...

Était-ce un accroc dans sa voix ?

— Tomek, essaya-t-il à nouveau. Nous avons... nous avons reçu une plainte.

— Une plainte ?

— Oui. Est-ce que le nom d'Elizabeth Wheeler vous dit quelque chose ?

Tomek parcourut mentalement son répertoire de noms. La plupart des entrées étaient floues, rien qu'une photographie barbouillée avec des lettres écrites en dessous dans une écriture de médecin.

Elizabeth... Elizabeth...

Wheeler... Wheeler...

Il connaissait une Elizabeth, et il connaissait un Wheeler, mais pas d'Elizabeth Wheeler.

— Non, chef. Ça ne me dit rien. Ça devrait ?

— Pour information, c'est l'une des filles du lycée de Southend. Elle dit qu'elle vous a appelé dans la salle d'assemblée pendant que vous faisiez votre tournée. Elle dit aussi que vous avez flirté en retour. Et peu après l'assemblée, vous auriez commencé à échanger des messages en ligne...

Des messages en ligne ? Que se passait-il ?

— Elle a partagé les messages avec Anna, et ils semblent assez inoffensifs au début... mais vous ne pouvez pas envoyer des photos de vous nu à des écolières, Tomek.

— De-quoi-est-ce-que-tu-parles ?

Nick tourna son attention vers l'ordinateur et chargea quelques captures d'écran. Puis il fit pivoter l'écran et le montra à Tomek. Sous ses yeux s'affichait une image d'un historique de discussion avec Elizabeth

Wheeler. L'identifiant Instagram de Tomek était en haut ; sur le côté gauche se trouvait une série de vignettes. Nick cliqua avec la souris et en agrandit une.

— C'est ton pénis, Tomek ?

— Oui... mais... Il n'arrivait pas à croire ce qu'il voyait. N'arrivait pas à croire qu'on lui demandait de confirmer si c'était son pénis. N'arrivait pas à croire que cela lui arrivait.

— Mlle Wheeler affirme que vous avez abusé de votre position et que vous la harcelez sexuellement avec ces photos explicites et non sollicitées. J'espère que vous réalisez qu'il s'agit d'une affaire sérieuse, Sergent. Et, à partir de maintenant, je vais devoir vous suspendre en attendant une enquête plus approfondie. Je vous contacterai concernant toute mise à jour de l'enquête, mais pour l'instant, je vous demande de prendre vos affaires et de quitter les lieux.

CHAPITRE
SOIXANTE-CINQ

Tomek avait la tête qui tournait. Submergé par des pensées nauséabondes et vertigineuses. Et en se dirigeant vers sa voiture, il a vomi sous la roue arrière.

Il a conduit jusqu'à chez lui comme un aveugle, inconscient du monde extérieur, s'appuyant uniquement sur son instinct et sa mémoire musculaire pour éviter un accident ou endommager sa voiture.

Comment cela avait-il pu lui arriver ?

Comment quelqu'un avait-il pu faire quelque chose d'aussi tordu ?

La réponse l'a frappé dès qu'il a ouvert la porte d'entrée. Un rappel... d'elle. Une agression pour ses sens. L'odeur de son parfum lui a donné encore plus la nausée.

Puis ce sentiment s'est transformé en rage, en colère pure, tandis que son esprit mettait tout en perspective.

Avant même de mettre un pied dans son appartement, il a tourné le dos à la porte et a sauté dans sa voiture. C'était un court trajet jusqu'à la grande rue. En longeant la promenade bordée de magasins, il a foncé entre les piétons, se heurtant à eux sans leur prêter attention. Ils étaient sur son chemin, et il était sur le sentier de la guerre.

Arrivé devant la boutique d'uniformes scolaires de Katie, il a fait irruption par la porte, manquant presque d'arracher la petite clochette suspendue au-dessus. Devant lui s'étalait un désordre. Des portants étaient en train d'être déplacés d'un côté du magasin à l'autre ; des cravates et des jupes étaient tombées au sol ; des panneaux annonçant des offres spéciales et des promotions temporaires pendaient du mobilier sur du papier plastifié aux couleurs vives.

Des vêtements partout. Mais elle n'était visible nulle part.

Jusqu'à ce que : — Je suis à vous dans un instant ! a-t-elle crié depuis l'arrière-boutique.

Tomek a attendu, le pouls battant, la main toujours accrochée à la poignée de la porte.

Puis elle est apparue, interrompue au milieu d'une tâche. Elle s'est arrêtée.

— Oh, a-t-elle commencé, c'est vous.

— Pour qui vous vous prenez ? a demandé Tomek. Il tenait à rester de l'autre côté du magasin, de peur qu'en s'approchant trop, elle ne l'accuse d'autre chose qu'il n'avait pas fait. — Qu'est-ce qui ne va pas chez vous ? Vous m'avez coûté mon putain de travail. Vous vous en rendez compte ?

— Je ne sais pas de quoi vous parlez.

— Oh, allez vous faire foutre. Vous savez parfaitement ce que vous avez fait. Elizabeth Wheeler. Mon faux compte Instagram. Vous avez ruiné ma vie.

— Ouais, et vous avez ruiné la mienne !

Tomek n'a pas pu retenir le rire exaspéré qui a franchi ses lèvres. — Comment vous en arrivez à cette conclusion ?

— Parce que je tombais amoureuse de vous. Je vous aimais. Je vous faisais confiance. Et puis vous avez fait ce que vous avez fait...

— Ne jouez pas à ça, a dit Tomek, la rage bouillonnant en lui. — J'ai vu les horodatages sur les messages que vous lui avez envoyés. Ils dataient d'*avant* mon départ pour Newcastle. Vous prépariez tout ça depuis des lustres. Comment l'avez-vous même trouvée ?

— Internet est un endroit vaste et effrayant, Tomek. Et quand on sait où chercher, on peut tout trouver facilement. D'ailleurs, vous m'aviez déjà donné son prénom quand vous m'en avez parlé – le reste a été facile.

— Vous êtes complètement cinglée.

— J'étais jalouse. J'allais la dénoncer à ses parents, la faire punir pour avoir parlé à des hommes plus âgés... Mais ensuite vous avez fait ce que vous avez fait.

— Vous aviez prévu de ruiner sa vie mais vous avez pensé que ce serait mieux de foutre en l'air la mienne ?

— Comme vous avez foutu en l'air la *mienne* ?

Tomek a ri d'incrédulité. — Vous êtes folle, vous le savez ? Il s'est tapé le côté de la tête. — Complètement malade. Une psychopathe. Vous avez besoin d'aide.

— J'essayais juste de vous tester, a-t-elle dit.

Puis elle s'est avancée d'un pas. Tomek a tendu la main pour qu'elle reste où elle était. Il voulait qu'ils soient tous les deux bien en vue de la caméra de vidéosurveillance qui se trouvait dans le coin de la pièce, enregistrant toute la conversation.

— Vous êtes la personne la plus dérangée que j'aie jamais rencontrée, a-t-il dit. — Vous devez venir au commissariat et leur dire ce que vous avez fait. Je ne peux pas perdre ma carrière à cause de ça. Je ne peux pas tout perdre à cause... à cause de vous. Si vous faites ça, je n'aurai plus rien.

— Si, vous aurez quelque chose... Elle a fait un autre pas en avant. Mais Tomek n'avait nulle part où reculer. — Vous m'aurez moi. Maintenant vous saurez ce qui se passera si jamais vous me mentez encore, si jamais vous me trahissez encore – nous pourrons être heureux après ça. Vous aurez appris votre leçon. Vous aurez changé !

— Je ne veux pas changer ! J'aimais les choses telles qu'elles étaient. Pas d'attaches, pas d'engagements, pas d'attachement. C'était simple. C'était amusant. Ça *marchait*. Mais ça... c'est tordu au-delà de tout ce que je pensais possible. Vous avez jusqu'à la fin de la journée pour vous présenter et expliquer à Nick ce que vous avez fait, ou je le ferai pour vous. Et à ce moment-là, je ne pourrai plus rien faire pour vous.

CHAPITRE
SOIXANTE-SIX

Le temps était le parfait reflet de son humeur et de l'endroit où il se trouvait. Misérable et déprimant. Une couverture grise recouvrait le ciel, et des rafales de vent le frappaient par la gauche, avec la menace omniprésente de la pluie.

Tomek avait honte d'admettre qu'il n'avait pas su où aller. Qu'il avait été contraint d'appeler Dawid pour obtenir la réponse de son frère. Quand celui-ci lui avait demandé pourquoi, Tomek avait répondu qu'il avait besoin de parler à quelqu'un.

— Tu veux me parler à moi ? avait demandé Dawid. Je pourrais peut-être t'aider.

Tomek l'avait remercié pour l'information, puis avait raccroché.

Il n'y avait rien dans cette situation que Tomek voulait partager avec son frère aîné. C'était plutôt réservé à Michał. Celui qui lui manquait chaque jour. Celui qu'il fixait actuellement du regard, assis sur un banc.

Le cimetière de Southend était immense, trois fois plus grand que dans ses souvenirs — et il n'avait que dix ans à l'époque. Il lui avait fallu cinq minutes pour trouver la pierre tombale de son frère. La pierre elle-même était petite, de la taille d'une feuille A3. Au fil des années, la mousse et le lichen avaient commencé à pousser sur les bords, et les gravures s'étaient dégradées.

Tomek lut l'épitaphe.

Michał Bowen. 1980-1991. Toujours le plus bruyant. Montre-leur, petit.

Le message avait été rédigé par son père, après que personne d'autre dans la famille n'ait eu la force de l'écrire. Il était certain que ses parents visitaient régulièrement la tombe, surtout le jour de son anniversaire. Au pied de la pierre tombale se trouvait une petite lampe. En Pologne, elles étaient populaires et souvent présentes sur les tombes comme marque de respect, une façon d'honorer les morts. Celle-ci était là depuis un moment, veillant sur son frère jusqu'à ce qu'il soit temps de la remplacer.

Une rafale de vent passa près de lui, portant les murmures des morts. Il tendit l'oreille pour entendre la voix de son frère, mais n'entendit rien. Peut-être devait-il être le premier à parler, pour lui faire savoir qu'il était là.

Le seul problème, c'est qu'il ne savait pas par où commencer.

— On a beaucoup de choses à rattraper, dit Tomek. Maladroit, lent au début. Le son de sa propre voix le fit grimacer. Comme s'il s'entendait pour la première fois sur un enregistrement. — Désolé que ça fasse si longtemps. *Trop* longtemps. Je mentirais si je disais que j'ai été occupé tout ce temps, mais la vérité, c'est que j'ai eu peur. Je n'ai jamais eu le même courage que toi et Dawid. Je n'ai jamais pu faire les choses que vous faisiez. Je n'ai jamais pu me résoudre à venir. Mais me voilà, espérant que tu me pardonneras mon absence. Dieu sait que j'ai besoin que quelqu'un me pardonne maintenant.

— Je suis sûr que chaque fois que Maman est venue, tu as tout entendu sur ma situation. Sur sa déception et sa tristesse à mon égard. Elle a toujours eu quelque chose à dire. Et je ne sais pas comment arranger les choses. Je ne sais pas comment lui faire plaisir, comment me réconcilier avec elle. Et j'ai peur que les choses restent comme ça pour toujours. On s'est disputés l'autre jour et je ne lui ai pas parlé depuis. Je ne saurais même pas par où commencer.

Une autre rafale de vent. Cette fois, il était certain d'avoir entendu quelque chose. Un murmure porté par la brise.

— Je sais que c'est à moi de faire le premier pas. Je dois lui dire ce que je ressens. Je suppose que… j'ai juste trop peur. Et si les choses tournaient mal ? Et si elle ne voulait plus jamais me parler après ? Il fit une pause. Réfléchit. — Je suppose que c'est le risque que je vais devoir prendre.

— Tout le monde semble très bien réussir. Dawid est au sommet dans les assurances. Il a une femme et trois enfants. Mais on savait tous qu'il serait celui parmi nous qui réussirait, ce petit malin. Moi ? Je suis dans la police. Mais je suis sûr que tu le savais. Je sais que Maman et Papa sont fiers de Dawid et de sa famille, mais je ne pense pas qu'ils soient fiers de moi. Je ne pense pas qu'ils l'aient jamais été. Et on dirait que bientôt ils n'auront plus besoin de mentir.

— Il y a cette affaire. C'est difficile. Et on n'est pas plus près de trouver le tueur. Un peu comme la tienne, d'ailleurs. Mais pour celle-là, j'ai quand même fait des progrès. Je continue à travailler dessus, mon pote. Même si personne d'autre ne le fait. Cependant, si cette plainte aboutit et que je perds mon travail, alors je suis foutu. Et toi aussi. On ne saura jamais qui t'a fait ça. On ne saura jamais qui s'en est tiré. Tomek ravala ses larmes. Il ne pleurerait pas. Il ne pleurerait *absolument* pas. — Je veillerai à ce que ça n'arrive pas, mon vieux. Jamais. Je continuerai à me battre, à chercher, à prier pour toi. Et toi, tu dois commencer à prier pour moi aussi. Ensemble, on peut y arriver. Et qui sait, j'espère que la prochaine fois que je te verrai, j'aurai plus à partager.

— J'espère que la prochaine fois, je viendrai avec Maman et Papa et Dawid. J'aimerais ça. Nous tous réunis ici pour la première fois en trente ans. J'aimerais beaucoup ça. Ne va nulle part, hein ! On ne veut pas que tu disparaisses comme cette fois où tu es allé chez le voisin et qu'on n'a pas pu te retrouver pendant un jour. Tomek se mit à rire de façon incontrôlable. — Je me souviendrai toujours de l'expression sur le visage de Maman quand elle a réalisé que tu avais disparu. Elle était calme, presque en état de choc, incrédule.

Elle ressemblait beaucoup à la façon dont elle le regardait souvent.

Comme s'il était perdu.

S'était éloigné du troupeau.

Et, tout comme lorsque Michał avait disparu, il avait finalement retrouvé son chemin.

Peut-être que sa mère espérait la même chose pour lui.

Qu'il retrouve son chemin vers la sécurité de la famille.

Où il pourrait être à nouveau aimé.

CHAPITRE
SOIXANTE-SEPT

L'avantage d'avoir des parents retraités, c'était qu'ils étaient disponibles à toute heure de la journée, n'importe quel jour de la semaine. Alors quand il leur rendait visite à l'improviste, ils n'avaient aucune excuse pour être pris au dépourvu.

Ce qui ne l'empêchait pas de leur demander s'il les dérangeait.

— J'étais juste dans le garage et ta mère était au jardin, lui expliqua son père tandis qu'ils traversaient la cuisine. Ça fait plaisir de te voir, mon grand.

— Oui.

— Cela dit, si j'étais toi, j'y irais doucement avec ta mère. Elle n'a toujours pas digéré ce qui s'est passé l'autre soir.

— Ne t'inquiète pas. Moi non plus. C'est pour ça que je suis là. Je pense qu'il est grand temps qu'on discute tous ensemble...

Son père sourit et lui serra le bras. — Je ne pourrais pas être plus d'accord.

Tomek attendit dans le salon pendant que son père allait chercher sa mère au jardin. Quand ils entrèrent finalement, elle s'arrêta sur le seuil de la porte et, dès qu'elle l'aperçut, amorça un demi-tour. Son père la retint et la poussa à l'intérieur.

— Je pense que tu voudras entendre ça, lui chuchota-t-il à l'oreille.

À voir son expression, ce n'était pas le cas. Mais au moins, elle était prête à lui laisser une chance. Tomek n'allait pas prendre ça à la légère.

— Salut, Maman, dit-il, timide comme un petit enfant.

— *Dzień dobry*, fut la réponse glaciale.

— Je ne resterai pas longtemps. Je sais que vous avez tous les deux des choses à faire, et j'ai une enquête à boucler. Alors je vais commencer par dire que je suis désolé. Désolé pour l'autre soir. Désolé pour la façon dont Katie et moi vous avons parlé, à toi et à la famille. Désolé de l'avoir fait entrer dans nos vies. Tu seras contente d'apprendre que nous ne nous voyons plus.

— Pourquoi devrais-je être contente d'entendre ça ? demanda-t-elle. J'ai vu comment vous étiez ensemble. C'était le plus heureux que je t'aie vu depuis des années. Pourquoi serais-je contente que ce ne soit plus le cas ?

Tomek s'arrêta un instant avant de répondre. Ses paroles le remplissaient de chaleur. Elle voulait qu'il soit heureux. Elle reconnaissait sa présence, sa relation. Elle se souciait *vraiment* de lui.

— Parce que je serai plus heureux sans elle, dit-il. Crois-moi. La vie sera bien meilleure pour tout le monde sans elle.

— Eh bien... c'est bien. Je suis *contente* de l'entendre.

Il remarqua la sincérité dans sa voix et continua. — Je voulais aussi dire que je suis désolé pour les trente dernières années. Je ne sais pas ce qui s'est passé. Je ne sais pas pourquoi. Mais j'espère qu'on pourra aller de l'avant.

— Pour aller de l'avant, il faut d'abord comprendre pourquoi les choses étaient ainsi, commença son père. Tu dois revenir au début. Tu ne peux pas réparer un moteur de voiture sans d'abord savoir à quoi il ressemblait et comment il fonctionnait.

Tomek acquiesça. Mais il n'écoutait pas. Au lieu de cela, les rouages tournaient dans son cerveau. Calculant. Analysant.

— Le début... tu as raison, Papa. Le début. Je dois retourner au commencement.

Il bondit de sa chaise et leur sourit, presque démoniquement. Puis il les remercia de lui avoir fait voir les choses clairement, leur donna une accolade chacun, et quitta la maison, les laissant dans un état de stupéfaction.

Sa relation avec ses parents pouvait attendre.

Découvrir l'identité du tueur, en revanche, ne le pouvait pas.

La vie d'un policier était en danger.

Et le compte à rebours avait déjà commencé.

CHAPITRE
SOIXANTE-HUIT

Le commencement.

C'était si simple en théorie. Mais la question principale demeurait : le commencement de quoi ?

De la vie de Timothy Rosenthal ? Le début de la nuit où il était mort ? Ou le commencement de l'enquête ?

Finalement, Tomek décida de commencer par le début de la vie de Timothy Rosenthal. Depuis qu'il avait vu le premier corps, il y avait quelque chose dans la gravure inscrite sur la poitrine de Rosenthal qui l'avait secrètement préoccupé, inquiété, qui avait semé le doute dans son esprit. Ce n'est que lorsque son père lui avait donné ce conseil qu'il s'en était souvenu.

Timothy Rosenthal était la seule victime à avoir une inscription dans sa chair. Il était également le seul à avoir quinze plaies perforantes dans son corps. Celui qui l'avait tué avait déversé sur son corps sans vie des années de colère, de frustration et de haine. Tomek en savait assez sur les tueurs en série pour savoir que leurs premiers meurtres étaient généralement chaotiques, non planifiés et désordonnés. Mais tout dans la mort de Timothy Rosenthal avait été méticuleusement organisé. Ils avaient préparé son corps d'une certaine manière ; ils l'avaient emmené dans un endroit isolé et reculé où personne ne pouvait les entendre ; ils avaient même orienté et désorienté la police avec ses cartes bancaires et sa voiture disparues. Rien dans tout cela n'était désorganisé ou improvisé.

Pourtant, les quinze trous dans son corps indiquaient le contraire.

Pour Tomek, ils criaient que c'était personnel.

Une vengeance, peut-être. Qui couvait depuis des années.

Quand il rentrerait chez lui, il avait l'intention de découvrir pourquoi.

Mais d'abord, il avait un problème. Les notes qu'il avait ramenées du travail étaient insuffisantes. Elles ne concernaient que l'enquête, pas ce qui était arrivé à Timothy Rosenthal dans la période précédant son emprisonnement.

Pour cela, il aurait besoin de HOLMES 2. Quand il ouvrit son ordinateur portable pour y accéder, il rencontra un problème. Ses identifiants ne fonctionnaient plus. Les salauds des RH avaient déjà bloqué son accès au portail.

— Beau travail, l'équipe, dit-il. Ils étaient efficaces, à défaut d'autre chose.

Mais cela ne l'aidait pas. S'il ne pouvait pas se connecter, il ne pourrait pas trouver le tueur.

Et dans l'état d'esprit où il se trouvait, il ne faisait pas non plus confiance à ses collègues pour le faire à sa place.

Sauf un.

— Sean, dit Tomek après avoir appelé son ami. Tu peux me parler ?

— Ouais, patron, répondit-il. Qu'est-ce qu'il te faut ?

— Tes identifiants HOLMES.

— Pour quoi faire ?

— Pour faire ton boulot à ta place.

— Tu crois que c'est une bonne idée ?

— Il faut bien que quelqu'un le fasse.

— Non, je veux dire, tu crois vraiment que c'est une bonne idée ? Nick m'a raconté ce qui s'est passé. Si tu utilises mes identifiants, ça ne fera que jeter de l'huile sur le feu. Ne donne pas à l'IOPC une autre raison de virer ton cul stupide.

— Tu me dois bien ça, dit Tomek sans réfléchir. Il filait sur l'autoroute à cent soixante kilomètres heure sans clignotants. Il ne voyait que ce qui était devant lui et n'avait aucune intention de s'arrêter.

— Comment ça ?

— Abigail. Je t'ai couvert quand l'article est sorti. Tu te souviens ?

Le silence indiqua à Tomek qu'il s'en souvenait et qu'il cherchait une réponse.

— Allez, mec. Aide-moi. Tu sais que je ne te demanderais pas si je n'avais pas une bonne raison.

— Je sais, mec. C'est juste que...

L'hésitation dans la voix de Sean révélait également quelque chose à Tomek. Quelque chose de bien plus décevant.

— Oh putain, Sean. Tu y crois vraiment, n'est-ce pas ? Tu crois que j'ai envoyé ces messages et ces photos à cette fille ? Tu penses que je suis le flic pédophile dont ils parlent dans ce groupe ?

— Non... Je... C'est juste que... Pourquoi tu ne m'as pas dit que tu avais Instagram ?

— *Quoi* ?

— Pourquoi tu n'as pas mentionné que tu l'avais ? J'aurais pu te suivre. Alors je...

— Quoi ? Tu m'aurais peut-être cru ? Je suis content que ce soit tout ce qu'il faut, mec. Un abonnement sur les réseaux sociaux. Plutôt que ma *parole*. Tomek respira profondément, tentant de se calmer. Ça ne marcha pas. — Je-ne-l'ai-pas-fait.

— Alors d'où viennent ces messages ?

— Katie. Elle essayait juste de se venger de ce qui s'est passé à Newcastle. Elle l'avait déjà fait avant. Avec la fille avec qui j'étais la nuit où Timothy est mort. Si tu ne me crois pas, demande-lui. Elle s'appelle Molly Chaplain. Elle pourra confirmer ce qui s'est passé.

———

Tomek devait lui reconnaître ça. Sean avait été minutieux dans son enquête, et plusieurs heures plus tard, il avait finalement accordé à Tomek l'accès à son compte HOLMES 2. Tomek n'aimait pas le fait que son meilleur ami n'ait pas pris sa parole au pied de la lettre, mais en fin de compte, il ne faisait que son travail, et il avait sa propre carrière à considérer. Tomek ne pouvait pas le lui reprocher. Tout le monde ne se serait pas sacrifié comme lui.

Maintenant que Tomek avait accès au système, il pouvait commencer. Il passa les heures suivantes à créer une encyclopédie de la vie de Timothy Rosenthal jusqu'à sa mort. Timothy, avant son arrestation, avait été un riche promoteur immobilier, et avait été responsable de la construction de plusieurs nouvelles communautés résidentielles à Maldon et Chelmsford, près de la maison des parents de Tomek. Il avait également été marié. À une femme nommée Charlotte Hanton. Après une brève recherche sur son nom, il avait découvert un acte de naissance pour une certaine Megan Rosenthal. Ce qui signifiait que Timothy Rosenthal avait une fille. Elle était née peu après le procès de Timothy et, selon l'estimation de Tomek, elle avait un peu plus de sept ans. Le même âge que la fille au manteau rouge.

CHAPITRE
SOIXANTE-NEUF

Adventure Island, l'une des destinations touristiques les plus populaires de Southend. En moyenne, le parc d'attractions accueillait près de deux millions de visiteurs chaque année et abritait certaines des attractions les plus prisées du pays. C'était cependant la première fois qu'il y mettait les pieds. Ce n'était guère son genre d'endroit — il y avait beaucoup trop de monde et beaucoup trop d'enfants qui hurlaient à son goût — mais c'était là qu'elle avait choisi de le rencontrer.

Le parc d'attractions n'était ouvert que depuis une heure, et déjà il était bondé de familles dont les enfants auraient sûrement dû être à l'école, courant d'une attraction à l'autre pour satisfaire leur progéniture pendant que leurs visages se gavaient de barbe à papa et de boissons glacées et sucrées. Au centre du parc trônait les montagnes russes appelées Rage. Inaugurée à la fin des années 2000, cette attraction avait autrefois été considérée comme la meilleure du pays, mais avait rapidement été dépassée par d'autres manèges plus imposants et plus sensationnels comme ceux de Thorpe Park et d'Alton Towers.

Il se tenait près du bien nommé Kiddie Koasta. De petites montagnes russes conçues pour les enfants, qui les propulsaient autour du circuit dans des wagonnets de mineurs. Des cris éclataient au-dessus de sa tête alors que le dernier groupe était ballotté. Il leva les yeux vers eux, et quand il baissa de nouveau le regard, il la vit debout devant lui.

La fille de la photo. La fille au manteau rouge, sauf qu'elle ne portait pas de manteau rouge cette fois. Elle l'avait changé pour un vert, tout aussi éclatant.

— Bonjour, dit-il.

Elle le regarda, nerveuse. Ses joues étaient teintées d'une légère couleur orangée, et ses cils paraissaient plus foncés qu'ils n'auraient dû l'être. Comme si du maquillage avait été appliqué sur son visage.

— Tu sais pourquoi tu es ici ? lui demanda-t-il.

Elle hocha lentement la tête. Elle ne parlait pas beaucoup pour une fille qui avait été assez ouverte en ligne.

— Tu veux venir avec moi ?

— Oui. J'aimerais beaucoup.

Et il la conduisit donc hors du parc d'attractions, sa main dans la sienne, vers sa voiture. Alors qu'ils traversaient le parc, personne ne leur accordait un regard, personne ne les remettait en question. Ils n'étaient qu'un père et sa fille profitant de leur matinée à Adventure Island. Rien d'alarmant ou d'inquiétant à cela.

Tout était parfaitement normal.

Et tout se passait parfaitement bien jusqu'à ce qu'il ouvre la portière du passager et sente le couteau dans son dos.

CHAPITRE
SOIXANTE-DIX

Le jour suivant, après seulement quelques heures de sommeil, Tomek rendit une nouvelle visite chez Cathy Sharpe.

— Je vous ai déjà dit que je ne sais rien de plus, dit-elle. Laissez-moi tranquille.

Tomek se plaça devant la porte, se calant entre elle et la sortie. — Je ne suis pas venu pour parler de ça, dit-il, dissimulant son mensonge derrière un sourire. C'est à propos de Timothy Rosenthal. Je crois comprendre que vous aviez une relation avec lui quand il est allé en prison pour la première fois.

Elle le regarda d'un œil méfiant. — Seulement pendant quelques semaines.

— Parfait. J'ai juste besoin de vous poser quelques questions sur lui... et sur sa femme et sa fille. S'il vous plaît. C'est urgent.

Elle hésita au bord de l'admission. Finalement, après quelques secondes d'attente douloureuse, elle s'écarta et le laissa entrer. Elle l'emmena dans le salon, où il attendit le thé qu'elle avait insisté à préparer. Elle l'apporta quelques instants plus tard. Sans lait, deux sucres. Exactement comme il l'aimait. Alors qu'il portait la tasse à ses lèvres, elle commença.

— Vous avez de la chance de me trouver pendant mon jour de congé, dit-elle. Et vous avez de la chance que Charlie ne passe pas aujourd'hui. Je ne pense pas que vous soyez sa personne préférée en ce moment.

Tomek laissa échapper un petit rire. — Je peux le comprendre. Comme je l'ai dit, merci de prendre le temps de me parler.

— Vous ne m'avez pas vraiment laissé le choix, dit-elle en sirotant son thé. Qu'avez-vous besoin de savoir ?

Avant de continuer, Tomek observa le salon. Il avait tous les attributs d'une personne menant une vie de famille agréable, avec des photos de proches sur les rebords de fenêtres, et semblait indiquer que chaque centime économisé par Cathy Sharpe avait été investi dans la rénovation pour en faire un espace aussi chaleureux que possible.

— Je veux en savoir plus sur la femme de Timothy Rosenthal. Celle avec qui il était marié avant d'aller en prison.

— Et... en quoi puis-je vous aider ? Elle faisait obstruction pour une raison. Il voulait savoir pourquoi.

— Avez-vous eu beaucoup d'interactions avec elle ?

— Seulement pendant le procès.

— Si j'ai bien compris, elle était enceinte. Avez-vous déjà parlé du bébé ?

— Je pense que oui.

Tomek soupira et posa son thé sur l'accoudoir du fauteuil. — Cathy, si vous voulez vous débarrasser de moi le plus rapidement possible, je vous suggère de répondre à mes questions aussi précisément que possible. Plus vous tournerez autour du pot, plus je serai obligé de rester.

Cela sembla faire l'affaire. Elle croisa une jambe sur l'autre et plia les bras sur sa poitrine.

— Elle était enceinte d'environ six mois pendant le procès. Elle ne voulait pas le garder, mais après tout le stress de l'enquête, elle n'avait pas le choix. Elle a eu de la chance de ne pas faire une fausse couche.

Tomek hocha la tête en prenant des notes dans son carnet.

— Je crois qu'elle est tombée enceinte quelques semaines avant qu'il ne soit arrêté et interrogé concernant le viol d'une autre femme...

— Sophia Wainwright ?

— Elle et Emma Argyle, oui.

— Et Timothy Rosenthal savait-il qu'il allait être père ?

— Il s'en est rendu compte à un moment donné. C'était assez évident une fois qu'elle a commencé à montrer.

— Son nom n'était pas sur l'acte de naissance. Savez-vous pourquoi ?

Elle secoua la tête. — Je n'en ai pas la moindre idée. Peut-être qu'elle ne voulait pas que son mari violeur soit associé à sa fille.

C'était logique. Et c'était peut-être la seule chose logique que quelqu'un avait dite depuis un moment.

— Savez-vous ce qui est arrivé à la famille depuis ?

Elle secoua de nouveau la tête. Cette fois, quand elle parla, sa voix était plus émotive, sincère. — Je n'en ai aucune idée, mais je ne lui en aurais pas voulu si elle avait voulu s'éloigner d'ici autant que possible. Pourquoi ? Vous pensez qu'elle pourrait l'avoir tué ?

— Possiblement. Soit c'est elle, soit une de ses victimes. Nous avons interrogé le père d'Emma Argyle l'autre jour. Nous l'avons arrêté comme complice de meurtre.

— Génial, dit-elle. Encore un dont je vais sans doute devoir m'occuper.

— Pas cette fois, répondit-il avec un sourire. Il vit maintenant dans le Kent, alors avec un peu de chance, ce sera leur problème.

— Plus on est de fous, plus on rit.

Tomek la remercia pour son temps, puis se dirigea vers la sortie. En franchissant la porte d'entrée, il la remercia à nouveau et dit : — Y a-t-il autre chose que vous pensez que je devrais savoir ? N'importe quoi ?

Elle hésita. Quelque chose bouillonnait en elle, la travaillant de l'intérieur. Ce n'est que lorsqu'il insista une troisième fois qu'elle finit par céder.

— Darryl Peters, commença-t-elle.

— Il est en garde à vue, oui...

— Sa fille. L'école. Je pense que vous trouverez ce que vous cherchez là-bas...

CHAPITRE
SOIXANTE-ET-ONZE

Tomek se dépêcha de retourner à sa voiture, galvanisé par cette piste. Tout s'effondra lorsqu'il répondit à son téléphone.

— Tomek ?

— C'est moi, répondit-il, sans vérifier l'identité de l'appelant.

— C'est moi... Nick...

— Monsieur, dit-il, en se glissant dans la voiture et en fermant la portière derrière lui. Étouffant le monde extérieur.

— Nous avons un problème.

— Oh, désolé d'apprendre ça, monsieur.

— C'est Tony, lui annonça Nick.

— Il a encore oublié sa soupe pour le déjeuner ?

— Non. Il a disparu.

Les sens de Tomek ralentirent, devinrent sourds. Sa respiration, son ouïe, sa conscience spatiale. Il n'était que vaguement conscient de l'endroit où il se trouvait et de ce qui se passait, comme s'il vivait une crise existentielle.

Tony. Disparu.

La lettre qui avait été laissée à côté de Daniel Heathcliff surgit devant les yeux de Tomek. Tony était-il le pédophile/violeur que la police avait soi-disant protégé ? D'une certaine façon, cela avait du sens. L'homme *était* étrange, mais cela ne faisait pas de lui un prédateur sexuel.

— Quand a-t-il été vu pour la dernière fois ? demanda Tomek.

— Ce matin quand il a quitté la maison pour aller travailler. Il n'est pas réapparu depuis.

— Et personne n'a la moindre idée d'où il pourrait être ?

— Son téléphone est éteint. Le dernier endroit où il a été localisé était le long du front de mer, près d'Adventure Island.

Le terrain de jeu du pédophile. Un endroit rempli d'enfants. Le verdict ne s'annonçait pas bon pour Tony.

— Qu'attendez-vous de moi, monsieur ?

— Reviens. Aide l'équipe. Nous devons le retrouver, Tomek.

— Cela signifie que je suis de retour pour de bon ? Les espoirs de Tomek montèrent en flèche.

— Ne pousse pas, mon vieux. Jusqu'à ce qu'on le retrouve, tu es de retour dans l'équipe. Après, ta suspension reprend. Considère ça comme mettre pause dans un jeu vidéo.

Et pendant ce temps, on s'attendait à ce qu'il tue le boss et revienne victorieux avant d'être repoussé à l'arrière de la foule pendant que tous les autres profitaient des célébrations. Tomek ne savait pas combien de jeux vidéo Nick avait joués, mais ce n'était certainement pas ainsi que les choses étaient censées se passer.

CHAPITRE
SOIXANTE-DOUZE

Trouver Tony était désormais l'objectif numéro un, la priorité absolue. Toutes les autres pistes d'enquête, y compris l'entretien avec la fille de Darryl Peters, devaient être mises en suspens pour le moment.

S'ils trouvaient Tony, ils trouveraient le tueur.

Le seul problème était de trouver par où commencer leurs recherches.

Lorsque Tomek arriva dans la salle d'opération, l'équipe avait déjà réussi à obtenir les images de vidéosurveillance de l'intérieur d'Adventure Island et les examinait frénétiquement, signalant chaque silhouette ou homme qui ressemblait à Tony avec son corps grand et élancé.

— C'est le grand échalas le plus bizarre que j'aie jamais rencontré, dit Sean, ce qui était significatif venant de lui. Comment peut-il être si difficile à trouver ?

— Parce qu'il ne veut pas être trouvé, idiot, répondit Oscar à côté de lui. S'il a réussi à nous échapper pendant tout ce temps, il ne va pas s'arrêter maintenant, n'est-ce pas ?

L'arrivée de Tomek dans la pièce fut accueillie par un bref regard et un grognement de reconnaissance avant qu'ils ne reportent tous leur attention sur le problème en cours. Il les rejoignit à l'arrière du groupe et commença à regarder les images de vidéosurveillance avec eux.

Vingt minutes plus tard, ils le trouvèrent. Debout à côté d'une des attractions, la tête pivotant comme une tourelle de canon, vêtu d'une épaisse parka qui camouflait sa taille, et portant une casquette de baseball pour dissimuler son visage. Selon l'horodatage des images, il était là depuis l'ouverture du parc à 11 heures. La dernière localisation de son téléphone portable par l'antenne-relais la plus proche avait été enregistrée à 12 h 27, ce qui signifiait qu'il y était depuis plus d'une heure. Debout au même endroit. À attendre.

Ce n'est que lorsque l'horloge indiqua 12 h 15 qu'ils le virent bouger. Cette fois, il était accompagné d'une jeune fille, portant un manteau vert, avec de longs cheveux auburn flottants. Malgré le changement évident d'apparence, il était indéniable qu'ils regardaient la même personne.

La fille au manteau rouge.

Elle l'entraînait hors du parc d'attractions vers le parking plus bas sur la promenade. À partir de là, les images de caméra s'arrêtaient.

— Où est-il allé ? demanda Nick, faisant les cent pas à l'avant de la salle d'opération.

— C'est tout ce que nous avons, répondit Chey. Les caméras dans cette zone du parking ne fonctionnent pas depuis des semaines.

— Putain de merde ! Nick passa sa main sur son crâne chauve. Et les LAPI ? Nous connaissons sa plaque d'immatriculation et nous savons l'heure à laquelle il est parti.

— La dernière fois qu'elle a été captée, c'était sur l'A130 en direction nord vers Chelmsford, monsieur, répondit Rachel. Ensuite, nous l'avons perdue.

Les systèmes de lecture automatique des plaques d'immatriculation étaient efficaces pour suivre les voitures sur de longues distances, mais pas sur de courtes. Pas de Southend à Chelmsford. Surtout dans certaines des zones plus rurales du comté.

— Qu'est-ce qu'il va faire à Chelmsford ? Ça n'est pas apparu dans nos enquêtes, n'est-ce pas ?

Un sentiment inquiétant commença à se former au creux de l'estomac de Tomek. Il attrapa Chey et l'attira à l'écart.

— Peux-tu m'imprimer une copie du visage de la fille sur ces images, s'il te plaît ? demanda-t-il.

Chey confirma qu'il le pouvait et disparut vers son bureau dans le service principal. Pendant qu'il attendait, Tomek se connecta à son ordinateur. Par miracle, ses autorisations avaient été restaurées. Ils n'étaient peut-être pas les favoris de tous, mais on ne pouvait nier que les crétins des ressources humaines étaient bons dans leur travail.

Une fois connecté, Tomek trouva le numéro du plus proche parent de Tony, sa femme Susan, dans leur base de données interne et l'appela.

Le téléphone sonna et sonna. Sonna et sonna.

Jusqu'à ce qu'elle réponde enfin.

— Allô ?

— Bonjour, Susan, c'est le Sergent-Détective Tomek Bowen, un des collègues de votre mari. Comment allez-vous aujourd'hui ?

— Bien... Merci.

Tomek ne l'avait rencontrée qu'une fois, lors d'un événement de la police en été, où elle avait un peu trop bu, était devenue très tactile et s'était ridiculisée. Mais d'après le peu qu'ils avaient parlé ce soir-là, il se souvenait d'elle comme étant insouciante et drôle, à l'opposé de ce qu'elle semblait maintenant.

Effrayée et terrifiée.

Sans doute parce qu'elle recevait *l'appel*. Celui qui laissait entendre que quelque chose de terrible s'était produit.

— Je me demandais si vous aviez eu des nouvelles de Tony ce matin ?

— Il n'est pas au travail ? Il est parti tôt aujourd'hui. Il a dit qu'il avait des choses à faire.

— Malheureusement, nous ne le trouvons pas. Je me demandais s'il avait mentionné qu'il pourrait aller quelque part avant ?

Tomek connaissait la réponse avant même d'avoir posé la question. Mais cela l'aidait à la calmer un peu. Si Tony rencontrait vraiment une mineure pour des relations sexuelles, il était peu probable qu'il aurait dit à sa femme autre chose que le fait qu'il allait au travail.

Susan confirma les soupçons de Tomek. Tony n'avait rien dit d'inhabituel.

— Est-ce que Tony a un ordinateur portable à la maison ? demanda-t-il. Je sais qu'il est un peu dinosaure au bureau, alors ça ne me surprendrait pas s'il n'en avait pas !

Tomek essayait de garder un ton aussi décontracté et léger que possible pour la mettre à l'aise. Comme si son mari n'était pas sur le point de mourir aux mains d'un tueur en série.

— Il a un ordinateur qu'il utilise parfois pour le travail. Mais je préfère ne pas y toucher.

— Pouvez-vous y jeter un coup d'œil pour moi ? demanda Tomek. Il n'avait pas le temps d'aller là-bas et de le faire lui-même.

Un moment plus tard, Susan s'était rendue dans son bureau et était assise au bureau de Tony. — Que voulez-vous que je fasse ?

— Pouvez-vous vous connecter ?

Elle le pouvait. Ensuite, Tomek la dirigea vers Google Chrome. Il voulait voir s'il y avait des onglets que Tony aurait pu oublier de fermer.

Il y en avait.

Deux d'entre eux.

L'un concernait les horaires d'ouverture d'Adventure Island. L'autre était une fenêtre Facebook Messenger, qui était restée ouverte sur la conversation la plus récente.

— Est-ce que le nom de l'autre personne est indiqué en haut de l'écran ? demanda Tomek. Aider cette femme à naviguer dans l'interface de Facebook Messenger était une expérience pénible et fastidieuse, et il était reconnaissant de n'avoir jamais eu à le faire avec ses parents.

— Oui... dit-elle. Il pouvait presque l'entendre plisser les yeux pour le voir. — Ça dit qu'il parlait à une personne appelée Megan Rosenthal.

CHAPITRE
SOIXANTE-TREIZE

Megan Rosenthal. La fille de Timothy Rosenthal.

La fille au manteau rouge. Depuis le tout début.

Et ils n'avaient jamais su qu'elle existait, n'avaient même jamais pensé à l'examiner comme piste d'enquête. C'était pourtant sous leurs yeux depuis le début.

Le seul problème maintenant était de la retrouver. Et de retrouver Tony.

Après avoir remercié Susan pour l'information, Tomek demanda à l'un des agents de police du commissariat d'aller la rassurer en attendant d'avoir plus d'informations. Maintenant, il concentrait toute son énergie à retrouver Megan Rosenthal. C'était bien beau de connaître son nom, mais cela ne l'aidait pas à la localiser. Il commença par le seul endroit auquel il pouvait penser.

Le PNC. Le système informatique national contenait des millions de données et d'informations personnelles. Si elle était passée par le système, cela apparaîtrait. Il saisit son nom dans la barre de recherche.

Rien.

Elle n'existait pas.

Et puis il eut une autre idée. Un autre endroit où la trouver.

Tout au long de l'enquête, l'agent Anna Kaczmarek avait compilé une base de données de tous les écoliers de l'Est de l'Essex. Une liste de plus de quarante mille noms, filtrés par âge et par école. Si un élève avait été transféré ou avait quitté le pays, son nom y figurait. S'il avait récemment été expulsé ou suspendu, son nom y figurait.

Impossible d'échapper à l'attention méticuleuse de Triple Word Score.

Et c'était le dernier espoir de Tomek.

Il saisit à nouveau le nom de Megan Rosenthal dans la barre de recherche.

Il attendit... attendit... pendant que la base de données parcourait des milliers de points de données.

Elle ne trouva rien.

— Putain de merde ! s'écria Tomek.

Cette fois, il ne se retint pas et frappa plusieurs fois du poing sur la table jusqu'à ce que sa paume et ses phalanges lui fassent mal.

Une impasse.

Impasse après impasse après impasse.

Rien de ce qu'ils essayaient ne fonctionnait. Rien de ce qu'ils tentaient ne faisait la moindre différence.

Il resta assis un moment, affalé dans sa chaise au point que ses fesses dépassaient du siège, et fixa le plafond. Il espérait que cette surface blanche et unie pourrait inspirer quelques bribes de réflexion, un soupçon de créativité. Au lieu de cela, elle se moquait de lui, riait de lui. Il pouvait l'entendre, entendre la voix de l'enfant et du meurtrier. Qui l'appelait. Qui le narguait.

Ce ne pouvait pas être la fin, n'est-ce pas ? Ce moment d'inertie où ils ne pouvaient rien faire d'autre qu'attendre que le corps de Tony soit retrouvé au milieu de nulle part ?

Il ne voulait pas y penser.

Il resta là quelques minutes de plus jusqu'à ce que finalement son esprit se vide.

Et c'est à ce moment-là que ça lui revint.

Fort. Et clair.

Les paroles de Cathy Sharpe résonnaient dans sa tête comme une symphonie. Se rejoignant au moment culminant.

Darryl Peters.

« Sa fille. L'école. Je pense que vous trouverez ce que vous cherchez là-bas... »

CHAPITRE
SOIXANTE-QUATORZE

Aussitôt que Tony put ouvrir les yeux, il essaya d'observer son environnement, mais c'était inutile. La cagoule noire sur son visage l'empêchait de voir quoi que ce soit. Son sens le plus important était neutralisé. Il ne pouvait compter que sur les autres.

Mais ils ne fonctionnaient pas non plus.

La dernière chose dont il se souvenait était la sensation du couteau dans son dos. Puis le coup qu'il avait reçu à la tête.

Comme pour confirmer ses pensées, la douleur à sa tempe droite s'intensifia, et des étoiles aussi brillantes que le soleil scintillèrent dans son champ de vision. Tandis qu'il grimaçait de douleur, son corps commença à bouger. C'est alors qu'il comprit ce qui lui arrivait.

Ses mains étaient attachées au-dessus de sa tête, la corde lui coupant la peau. Il était suspendu quelque part, mais il ne pouvait pas déterminer où exactement.

Puis il sentit une brise contre son corps.

Son corps nu.

Pourquoi diable était-il nu ?

Et puis il comprit pourquoi. Et il réalisa ce qui allait se passer.

Il allait subir le même sort que les autres. Comme Timothy Rosenthal. Comme Gary Kershaw. Comme Daniel Heathcliff.

Il allait être mutilé et exposé, révélant ses secrets au monde entier.

Le secret qui n'en avait jamais vraiment été un.

Tony se figea un instant, retenant son souffle. Il tendit l'oreille, cherchant des indices qui pourraient indiquer où il se trouvait. Tout ce qu'il pouvait entendre était le vent qui s'infiltrait à travers les fissures du bâtiment et le son des oiseaux au loin. Ou peut-être étaient-ce des corbeaux, tournoyant au-dessus, attendant leur festin.

Puis il entendit des pas. Légers. Délicats.

Il sentit la présence s'approcher avant même de sentir le doigt le toucher.

— Tu es réveillé, dit la voix. Féminine. Douce, gentille. Mais subtilement séductrice. — Tous les autres étaient déjà morts quand j'ai pu faire ce dont j'avais besoin. C'était fini trop vite. Maintenant, je vais pouvoir m'amuser un peu. Avec toi.

Avant qu'il ne puisse répondre, sa main saisit ses testicules et serra. La douleur explosa dans son abdomen et remonta rapidement jusqu'à sa gorge. La nausée fut violente et soudaine, lui donnant envie de vomir. Mais avant qu'il puisse y penser, il sentit la morsure de la lame brûler contre sa cuisse.

Montant et descendant le long de sa jambe.

Il espérait que l'incision serait rapide. Comme quand on arrache un pansement.

Sauf que ce ne serait rien de comparable.

À la place, elle allait lui arracher les couilles.

Il espérait que tout serait bref. Une sortie rapide de ce monde.

Il ne voulait pas le sentir. Il ne voulait pas savoir ce qui se passait.

Dès que la lame sectionna ses testicules, Tony perdit connaissance avant même que son cri n'ait fini de franchir ses lèvres.

CHAPITRE
SOIXANTE-QUINZE

Tomek patientait depuis cinq minutes.

Cinq minutes qu'ils ne pouvaient pas se permettre de perdre.

Il était seul dans le bureau, pendant que le reste de l'équipe se trouvait dans la salle d'incident, cherchant frénétiquement à localiser leur collègue disparu. Tomek était reconnaissant pour ce silence qui lui avait inspiré un bref moment de clarté mentale. C'était tout ce dont il avait eu besoin. Un bref instant.

Quelqu'un décrocha enfin, et à l'autre bout du fil se trouvait Harvey Prince, directeur de Chalkwell Hall.

— Bonjour, détective, commença Harvey. Je comprends que vous souhaitez avoir des renseignements sur certains membres du personnel de mon école ?

— Oui, s'il vous plaît.

— D'abord, j'ai besoin de savoir si l'un de mes enfants risque d'être en danger.

— Pas à moins qu'ils ne soient pédophiles ou violeurs, répondit-il.

— Pardon ?

— Non, dit-il sèchement. Ils ne courent aucun danger. Pouvez-vous me dire s'il y a des enfants qui ne se sont pas présentés à l'école ce matin ? Peut-être ont-ils appelé pour signaler qu'ils étaient malades ? Et si vous avez des membres du personnel qui ont fait la même chose ?

Pour obtenir ces informations, Harvey dut consulter ses collègues, et il mit donc Tomek en attente. Tomek n'avait pas son mot à dire et se retint de hurler dans le combiné alors qu'il était contraint d'écouter le silence à l'autre bout de la ligne.

Quand Harvey revint finalement au téléphone, son corps était devenu tendu de frustration, ses articulations blanchies tant il serrait le combiné.

— Veuillez m'excuser pour l'attente, dit Harvey. Maintenant que vous le mentionnez, nous avons effectivement quelques élèves qui ont appelé pour signaler qu'ils étaient malades aujourd'hui.

— Je vous écoute...

Harvey lui énuméra la liste des noms.

Tomek en reconnut un.

Puis il lui donna la liste des noms des membres du personnel qui avaient également appelé pour signaler leur absence pour maladie. Il n'y en avait qu'un seul.

Tomek reconnut également ce nom.

CHAPITRE
SOIXANTE-SEIZE

Lorsque Tony se réveilla à nouveau, la première chose qu'il remarqua fut le goût métallique écœurant dans sa bouche.

Suivi par la sensation que sa bouche était remplie de quelque chose. Et puis il comprit ce que c'était.

Son pénis. Enfoncé dans sa bouche.

Les poils de ses testicules chatouillaient sa gorge et le faisaient suffoquer, mais il ne pouvait pas le recracher. L'ensemble était trop volumineux et avait été fourré là fermement. Il ne pouvait pas avaler, et bientôt il eut l'impression de s'étouffer avec son propre sang et sa salive. Il toussa violemment derrière l'obscurité du masque jusqu'à ce qu'il se force à respirer calmement par le nez.

Aussi calmement qu'il pouvait, du moins.

Suspendu là, désespérément en manque d'air, il envisagea la possibilité de mordre à travers son propre pénis. De le réduire en morceaux plus petits pour pouvoir respirer correctement. Mais il n'existait aucune volonté au monde qui aurait pu le convaincre que c'était la bonne solution.

Au lieu de cela, il se résigna à son sort et attendit, perché au bord de la mort.

La douleur dans son entrejambe avait engourdi ses jambes, tandis que la douleur dans ses bras avait engourdi la partie supérieure de son corps. Bien qu'il ressentît tout — chaque respiration difficile et laborieuse, chaque mouvement et tressaillement inconfortable sur la corde — il ne sentait rien. Son cerveau s'était mis en veille et se concentrait sur les fonctions vitales.

Vue, respiration, ouïe.

Mais il souhaitait qu'elles s'arrêtent toutes. Il souhaitait que l'étreinte réconfortante de la mort l'enveloppe et l'emporte.

Il regrettait d'avoir répondu à cette fille.

Il regrettait d'avoir caché cela au reste de l'équipe.

Il regrettait de s'être servi lui-même comme appât.

Tony n'était pas médecin. Il n'était pas un professionnel de la santé. Il ne comprenait pas la différence entre l'hémoglobine et l'hématose. Il n'avait qu'une connaissance rudimentaire des premiers secours.

Une connaissance qui lui permettait simplement de savoir qu'une quantité phénoménale de sang avait déjà quitté son corps.

Une connaissance qui lui indiquait que, si cela continuait à ce rythme, il se viderait bientôt de son sang et serait enfin arraché à son enfer sur terre.

Avec un peu de chance, tout serait terminé avant son prochain réveil.

CHAPITRE
SOIXANTE-DIX-SEPT

Tomek freina brusquement la voiture et était déjà à mi-chemin de l'allée avant que la portière ne se referme. Il sprinta le long de la maison et bondit sur le perron. Il frappa violemment à la porte avec ses jointures, le bruit résonnant dans toute la rue.

Une partie de lui ne s'attendait pas à ce qu'ils répondent. Qu'à cette heure-ci, ils auraient déjà quitté la maison et le comté.

Ça aurait été la chose intelligente à faire. S'enfuir pendant qu'ils le pouvaient encore.

Mais à sa grande surprise, la porte s'ouvrit quelques instants plus tard. Et, le dévisageant avec une expression de confusion plaquée sur son visage, se tenait Sophie. La colocataire de Katie et sa meilleure amie.

Dès qu'elle reconnut Tomek devant elle, elle tenta de claquer la porte. Mais il fut trop rapide et coinça son corps dans l'ouverture.

— Je dois vous parler, Sophie... ou devrais-je dire *Sophia* Wainwright ? dit-il, se forçant à entrer dans la maison. Où est-elle ?

— Qui ?

— Caitlin. Où est-elle ?

— À l'école. Sophia posa une main sur sa poitrine, l'empêchant d'avancer davantage.

— Non, elle n'y est pas. Je viens de parler à l'école. Vous avez toutes les deux appelé pour vous mettre en arrêt maladie aujourd'hui. Où est-elle et où est Tony ?

Avant que l'assistante d'enseignement ne puisse répondre, un bruit provint du salon à l'avant de la maison. Aussitôt, Tomek se faufila devant Sophia et plongea dans la pièce. Elle tenta de l'arrêter, saisissant mollement ses bras, mais sa défense était trop faible.

Là, dans le salon, assise sur le canapé avec son iPad en main, se trouvait Caitlin. La petite Caitlin de sept ans. La fille qu'il n'avait vue qu'une poignée de fois. La fille à laquelle il n'avait prêté que peu ou pas d'attention. La fille qu'il avait ignorée alors qu'il essayait de faire avancer sa relation avec Katie.

La fille au manteau rouge.

Et là, jeté sur l'accoudoir du siège à côté d'elle, se trouvait le manteau vert qu'elle avait porté à Adventure Island ce matin-là.

— Bonjour, Caitlin...

— Tomek, non. La voix de Sophia résonna derrière lui, mais il l'ignora.

— Bonjour, Caitlin... continua Tomek, mais la petite fille l'ignora. Elle continuait à fixer l'écran de la tablette. Absorbée par ce qu'on lui avait dit de regarder.

— Tomek, laissez-la en dehors de ça. S'il vous plaît. Venez dans la cuisine et nous pourrons en discuter.

— Non, répondit Tomek calmement, pour ne pas perturber ou alarmer Caitlin. Nous pouvons le faire ici. Je ne vous laisserai pas sortir de mon champ de vision, ni l'une ni l'autre.

À contrecœur, Sophia céda et se déplaça vers le côté de Caitlin. Elle se percha sur le bord du siège à côté d'elle et entoura la petite fille de ses bras, puis commença à lui caresser les cheveux.

— S'il vous plaît... ne criez pas, lui dit-elle. Nous n'élevons pas la voix dans cette maison.

Non, mais vous tuez des gens.

— Vous avez des explications à donner, commença-t-il, incapable de se contenir. Où est Tony ? Où est Katie ? Il fit un pas en avant quand elle ne répondit pas. Où est-elle, Sophia ? Où est-elle ?

— Vous ne les trouverez pas.

Tomek ricana. — Si. Je vous ai trouvés, *vous*, n'est-ce pas ?

— Éventuellement. Mais le temps que vous arriviez jusqu'à eux, il sera trop tard. Il n'y a aucun moyen de le sauver, Tomek. Il reçoit la justice qu'il mérite.

— La même justice que Timothy Rosenthal, Gary Kershaw et Daniel Heathcliff méritaient ?

— Vous n'avez aucune idée.

Les yeux de Sophia durcirent, s'assombrirent, devinrent presque démoniaques, et il vit en elle un côté qu'il n'avait jamais vu auparavant lors des quelques fois où ils s'étaient brièvement rencontrés. Il se dit qu'il regardait la vraie elle, celle qu'elle gardait cachée du public et loin de l'école.

Alors qu'il se tenait là, observant son âme lentement s'aigrir, une pensée soudaine vint à l'esprit de Tomek. Il était seul. Et personne ne savait où il se trouvait.

Pour remédier à la situation, il plongea la main dans sa poche et sortit son téléphone portable. Déverrouillant l'écran, il fit défiler son carnet d'adresses et appela le 999.

— Bonjour, ici le Sergent-Détective Tomek Bowen. Je demande un soutien policier immédiat au 57 Battle Square Drive, Leigh-on-Sea. Veuillez également alerter la brigade criminelle.

— Compris. Quelqu'un sera là dans cinq minutes.

Cinq minutes, c'était long. Peut-être trop long. Mais il n'avait pas le choix. Il ne pouvait pas se permettre de les laisser sans surveillance et avec un accès facile à une voiture. Ils lui avaient échappé si longtemps qu'il n'allait pas les perdre maintenant.

— Où est-elle, Sophia ? demanda-t-il à nouveau, pour gagner du temps.

— Elle est partie, dit Caitlin, tout en continuant à regarder l'iPad, prenant Tomek par surprise.

— Tais-toi, Caitlin. Souviens-toi, nous ne devons parler de Maman à personne, n'est-ce pas ?

— Désolée, Maman.

Tomek fit un pas en arrière, interloqué.

Et puis tout commença à prendre sens pour lui.

— Sophia, commença-t-il, la police arrive. Quand ils seront là, ils vous arrêteront, et vous ne reverrez jamais votre fille. Si vous voulez la voir, si vous voulez passer quelques minutes de plus avec elle, j'ai besoin que vous me disiez où sont Tony et Katie. Ne faites pas que ce soit la dernière fois que vous voyez votre fille...

Sophia réfléchit un moment. Puis elle baissa la tête et se tourna vers Caitlin, continuant à caresser les cheveux de sa fille. — Vous savez déjà où elle est. Elle vous y a emmené pour une raison.

CHAPITRE
SOIXANTE-DIX-HUIT

La police était arrivée près de dix minutes après l'heure annoncée. Ils avaient fait irruption, arrêté Sophia, et comme il l'avait promis, Tomek avait demandé aux policiers de laisser à Sophia et Caitlin quelques minutes supplémentaires pour se dire au revoir.

Une fois assuré qu'elles étaient entre les mains sûres de la loi, Tomek a sauté dans sa voiture et s'est dirigé vers la marina de Tollesbury. Vingt minutes plus tard, à son arrivée, il a remarqué la voiture de Tony garée maladroitement dans la baie, les roues enfoncées dans le sable. Au bout du ponton qui menait au bord de l'eau se trouvait la boutique de kayaks où Katie et lui avaient loué leur équipement lors de leur rendez-vous. Tomek a sprinté vers celle-ci, a fait irruption à l'intérieur et a loué un équipement complet. Il n'avait pas le temps d'expliquer – ni même de payer d'ailleurs – alors il a sorti sa carte professionnelle et a expliqué qu'il s'agissait d'une urgence.

Puis, pour la deuxième fois de sa vie seulement, il s'est glissé dans le kayak et s'est retrouvé à flotter sur l'eau. L'adrénaline déferlait dans ses veines tandis qu'il naviguait entre les passages et les impasses, luttant contre la puissance de l'eau, à la recherche de la maison au milieu des marais. Après dix longues et angoissantes minutes, ses membres supérieurs lui faisaient mal, comme s'il était maintenu sous l'eau.

Le temps pressait, et il n'avait aucune idée du délai qui lui restait pour sauver son collègue.

Pour ce qu'il en savait, son ami pouvait déjà être mort. Mais il chassa cette pensée de son esprit et continua à pagayer.

Jusqu'à ce que finalement, à travers la brume basse qui s'était installée sur l'eau comme par magie, le hangar à bateaux en ruine apparaisse progressivement. Plus petit que dans son souvenir. Plus isolé. À l'extérieur, deux kayaks flottaient sur des pontons, attachés ensemble par un bout de corde. Un pour Katie, l'autre pour le corps inconscient de Tony. Il se rappela avec quelle facilité elle l'avait battu sur l'eau auparavant, et comment elle aurait eu la force nécessaire pour transporter un homme de la taille de Tony sur l'eau avec la même aisance relative. Il se dit qu'il n'aurait probablement pas pu le faire lui-même. Mais si elle en était capable... de quoi d'autre était-elle capable ?

Avec précaution, veillant à faire le moins de bruit possible, Tomek ralentit le kayak jusqu'à l'arrêt complet et mit pied dans l'eau. Il perdit l'équilibre et fit un grand bruit d'éclaboussure en montant sur la berge. Jurant intérieurement, espérant que le bruit n'avait pas été entendu, il s'approcha à pas feutrés de la cabane. Au loin, des corbeaux volaient en criant. Présage de ce qu'il pourrait trouver à l'intérieur. Arrivé devant la porte, il s'arrêta et tendit l'oreille. Des gémissements provenaient de l'autre côté.

Puis il fit irruption à l'intérieur.

Et regretta aussitôt.

Là, occupant la place centrale, comme la Joconde au milieu du Louvre, se trouvait Tony, suspendu au plafond, les mains liées au-dessus de sa tête, complètement nu, des fontaines de sang jaillissant de son entrejambe le long de ses jambes.

À côté de lui, un couteau pressé contre la gorge de Tony, se tenait Katie.

L'irruption soudaine les surprit et provoqua une entaille à la gorge de Tony. L'incision n'était que superficielle, mais le flot de sang qui jaillissait de son cou ne l'était pas.

— Pose ce couteau, Katie !

Elle se tourna vers lui, se tenant entre Tony et lui. — Tu es enfin venu, dit-elle, un sourire démoniaque s'étirant sur son visage.

— C'est toi qui m'as indiqué cet endroit, lui dit-il. Tu m'as amené ici pour une raison. J'aurais dû le trouver plus tôt.

— Mieux vaut tard que jamais. Mais je suis contente que tu puisses enfin voir ce que j'ai essayé de t'enseigner ces dernières semaines.

— M'enseigner ?

— Oui. L'épreuve ultime. Peux-tu laisser mourir ton ami, maintenant que tu sais qu'il est pédophile ?

— De quoi tu parles, bordel ?

— Tu ne vois pas ? Tout cela était pour *toi*. Pour te faire *comprendre*. Ces gens sont malades. Ils sont dérangés. Ils ne peuvent jamais être sauvés. La seule façon de les guérir est de les tuer.

— C'est ça que tu fais ? Tu purifies la population ? C'est ce que tu as fait à ton mari ?

Le visage de Katie se figea. — Comment sais-tu...

— J'ai compris. L'inscription que tu as laissée sur sa poitrine était plutôt révélatrice. Mais il y a encore des choses que j'ignore.

— Je peux tout te dire si tu laisses cet homme mourir.

Selon l'estimation de Tomek, Tony n'avait plus que quelques minutes à vivre. Et ils étaient coincés au milieu de nulle part, le secours étant à plus de vingt minutes de kayak. Sur cette base, il ne pensait pas que les chances de survie étaient bonnes, même s'il ramenait lui-même l'homme jusqu'à la rive – ce qui était un exploit dont il doutait sérieusement être capable.

D'ailleurs, elle n'avait pas tort. Au cours de l'enquête, il avait appris que ces personnes *étaient* malades, qu'il n'y avait aucun moyen de les sauver. Que la douleur qu'ils infligeaient à leurs victimes était éternelle. Pour cela, il était d'accord, ils devaient faire face à un autre type de justice. Le genre que le système judiciaire ne pouvait pas imposer.

— Dis-moi tout, dit-il.

En arrière-plan, Tony releva la tête, et leurs regards se croisèrent. Les yeux de Tony étaient vides, creux, et ils brillaient dans la faible lumière. Sa bouche s'ouvrait et se fermait, mais le pénis coincé à l'intérieur l'empêchait de parler.

— Par où commencer ?

— Depuis le début, lui dit-il.

Et elle s'exécuta.

— Timothy était mon mari. À l'époque, j'étais Charlotte Hanton. Heureusement mariée à l'homme avec qui je pensais passer le reste de ma vie. Mais ensuite, il a changé. Il a commencé à sortir tard le soir, à disparaître. Chaque fois que nous avions des relations sexuelles, c'était différent... plus brutal. J'en suis venue au point de refuser sauf si c'était selon mes conditions. Mais ça ne lui plaisait pas. Et une nuit, il m'a forcée. Il m'a violée. Mon propre mari... m'a clouée au sol et m'a baisée jusqu'à ce qu'il finisse à l'intérieur de moi.

— Et Caitlin en a été le résultat ?

— Oui. Je ne voulais pas qu'elle sache qui était son père. Je ne voulais pas qu'elle ait un quelconque lien avec lui. Et elle n'en a pas eu. Elle a toujours grandi avec deux mamans. Elle a toujours pensé que c'était la norme. Sophia et moi nous sommes rencontrées pendant le procès. Nous partagions un lien, une haine mutuelle pour les hommes qui abusaient de leur pouvoir sur les femmes. Après, nous avons vécu ensemble et élevé Caitlin ensemble. Dès que le procès s'est terminé, j'ai changé nos deux noms. Megan Rosenthal est devenue Caitlin Wainwright et Sophia est devenue Sophie.

— Katie Norton-Downs..., dit-il à haute voix, plus pour son propre bénéfice que pour le sien. Son esprit peinait à suivre.

— Juste une astuce intelligente, lui dit-elle. La tueuse d'à côté. KND. Dès que nous avons découvert où Timothy allait vivre après sa libération, nous avons commencé à louer la maison voisine de la sienne il y a quelques semaines. Nous avons eu quelques rencontres rapprochées avec lui, mais il gardait toujours la tête baissée, un profil bas. En plus, nous étions toujours absentes de la maison, au travail. Quant à vous autres, nous avons pensé que personne ne soupçonnerait les deux femmes et la petite fille d'à côté. Certains pourraient dire que c'était un hasard providentiel ; je dirais que c'est l'univers qui nous aide à obtenir justice.

— Tu as utilisé ta propre fille comme appât..., dit-il, toujours désorienté.

— Il le fallait. Ces hommes n'allaient jamais nous rencontrer, nous, deux femmes adultes, n'est-ce pas ? Ils avaient un type, et nous avions une fille qui correspondait parfaitement. Elle ne savait pas faire autrement. Elle faisait ce que nous lui disions et nous nous assurions toujours qu'il ne lui arrive rien et qu'elle ne voie rien.

— Mais qu'en est-il de la Royal Society ? Jimmy Hunter ? Darryl Peters ? Charlie Hampton ? Comment s'intègrent-ils dans tout ça ?

Elle fit un pas en avant, le sourire sur son visage s'agrandissant. — Sophia travaillait avec la fille de Darryl, Patricia, à l'école. Elle l'aidait dans certains de ses cours. Elle parlait toujours de son papa comme de l'homme le plus courageux qu'elle connaissait, travaillant dans les services pénitentiaires. Dès que nous l'avons su, nous savions que nous avions quelqu'un à qui faire porter le chapeau. Il ne nous a pas fallu longtemps pour découvrir Miranda Hartwell et ses liens avec Cathy Sharpe et Charlie Hampton. Quant à *lui*... c'était une coïncidence heureuse. Nos noms n'étaient pas trop dissemblables, et il se trouvait qu'il était un ancien prisonnier. Voilà encore cette providence.

— D'où avez-vous obtenu toutes les informations sur les victimes ?

— De la Royal Society. Des personnes partageant les mêmes opinions que nous étaient très désireuses et heureuses de partager tous les détails sans que nous ayons besoin de les demander. Darryl Peters inclus. Nous avons utilisé les informations que lui et Jimmy Hunter ont partagées avec nous pour nous aider à planifier les meurtres. Imprimées dans mon magasin et à l'école de Sophia et plastifiées...

Le papier plastifié. Bien sûr. C'était tellement évident quand c'était juste devant lui.

— Je me demandais si tu ferais jamais le lien entre ces deux éléments. L'école et ma boutique...

Tomek choisit d'ignorer la partie de la conversation qui mettait en évidence son inaptitude, et passa à autre chose.

— Timothy Rosenthal..., commença-t-il. Comment avez-vous procédé ?

— Sophia est allée au pays de Galles pour servir de leurre parce que nous savions que quelqu'un de l'équipe la contacterait. Heureusement, toutes ses cartes et adresses sont encore enregistrées chez ses parents. Mais elle est revenue en train à temps pour la rencontre.

— Alors vous avez volé la voiture de Timothy ?

Un sourire traversa son visage. — Tu m'as vue assise devant ta maison ?

Tomek hocha lentement la tête, tandis que des images de la voiture apparaissaient dans son esprit.

— J'ai pensé que ça te plairait, dit-elle. On voulait juste attirer ton attention.

— Pourquoi ? Pourquoi moi ? demanda-t-il, sa voix s'élevant. De quoi aviez-vous besoin de ma part ?

Katie pencha légèrement la tête sur le côté. — Voyons, Tomek, dit-elle. Je pense que tu connais la réponse à cette question.

— Tu m'as *utilisé* ?

Tomek prit un moment pour réfléchir à ce qu'il entendait. Une multitude de questions continuaient à tourbillonner dans sa tête, se disputant la première place. Il ne pouvait croire à rien de tout cela. Qu'elle avait été juste devant lui tout ce temps. Que leur rencontre fortuite devant la maison de Timothy Rosenthal avait été mise en scène. Que toute leur relation avait été fabriquée de toutes pièces. Qu'elle l'avait manipulé pour se rapprocher de l'enquête. Qu'elle avait toujours réussi à garder une longueur d'avance.

— Mon amour pour toi était réel, lui dit-elle. Je... Malgré moi, je suis tombée amoureuse de toi. Mais ensuite, tu as tout gâché...

— Je pense que, sachant ce que je sais maintenant, je suis content d'avoir pris les décisions que j'ai prises.

— Voyons si tu peux vivre avec celle-ci...

Katie lui tourna le dos et, d'un mouvement rapide, poignarda Tony dans l'estomac, avant de se précipiter derrière lui et de sortir par l'arrière du hangar à bateaux.

Tomek se précipita vers son ami, son collègue. Le sang jaillissait du corps de Tony, ce qui signifiait qu'il était encore en vie, son cœur continuant à pomper la vie en lui. Mais pour combien de temps encore ? Tomek chercha son pouls... Faible, ténu. Quelques minutes, c'était tout ce qui restait à Tony. Si tant est.

Il ne pouvait rien faire pour lui.

Puis il entendit un murmure. Encore plus faible et plus ténu que son pouls.

Tomek n'arrivait pas à l'entendre, puis réalisa que c'était le pénis qui obstruait les mots. Il retira le membre ensanglanté de la bouche de Tony et se pencha.

— S'il te plaît... fut tout ce qu'il entendit. S'il te plaît... Désolé...

Mais il était trop tard pour les excuses. Tony était allé rencontrer Caitlin. Il avait abusé de son pouvoir, de sa position de confiance. Il était allé là-bas pour agresser sexuellement une enfant. Pour cela, Tomek ne pourrait jamais lui pardonner.

Il lui jeta un dernier regard avant de tourner le dos à son collègue et de sortir du bâtiment. Il concentra immédiatement son attention sur Katie et l'eau.

Il avait une tueuse à attraper.

En sortant à l'air libre, il fut accueilli par un mur blanc. Le nuage bas et menaçant s'était épaissi et englobait maintenant l'ensemble des marais. Si trouver Katie et la rattraper lui semblait difficile au départ, c'était maintenant impossible.

Mais cela ne l'empêcherait pas d'essayer.

Il sprinta à travers la berge et descendit au bord de l'eau. Là, flottant dans l'eau, se trouvaient les deux kayaks avec lesquels Katie était venue, retournés et gorgés d'eau. Pour le retarder, elle avait volé son kayak et retourné le sien. En entrant dans l'eau, il saisit le kayak de Katie par le dessous et le redressa, l'eau se déversant dans les marais. Puis il détacha le second kayak et s'élança.

L'adrénaline continuait à déferler dans son corps tandis qu'il se frayait un chemin à travers les passages. Ses mouvements étaient frénétiques et erratiques, projetant de l'eau en l'air et à l'intérieur du kayak. C'était comme la première fois. Complètement désordonné. Bambi sur la putain de glace. La panique avait pris le dessus et tenait maintenant le volant. Le retardant davantage.

Il continua ainsi pendant dix minutes, se frayant un chemin à travers les nuages, à travers les rives et les impasses sans fin.

Jusqu'à ce que la marina apparaisse. Par miracle, il y était arrivé.

Il ignorait avec combien de retard sur elle.

À mesure que la marina se dessinait plus clairement, il reconnut sa voiture garée sur le côté de la rive, à côté de celle de Tony. Mais cette fois, il y en avait une autre. Une qu'il ne reconnaissait pas. Un peu plus loin, floue derrière le nuage.

Utilisant ses dernières réserves d'énergie, il pagaya jusqu'à la marina. En arrivant, il heurta le ponton en bois et, secoué par le choc de la collision, grimpa sur la terre ferme. Puis il sprinta vers les voitures. Au loin retentissait le bruit d'une agitation.

Il la trouva au bout de la marina.

Chevauchant Katie, Rachel la maintenait au sol, son genou pressé contre le cou de Katie.

Tomek se précipita et s'assit à califourchon sur ses jambes, s'assurant qu'elle n'avait nulle part où aller.

— Comment m'as-tu trouvé ? demanda-t-il à Rachel, haletant, cherchant son souffle. Content de la voir.

— Ton téléphone, dit-elle. Nous t'avons suivi sur la carte. Heureusement que les RH ont réactivé ton accès professionnel.

— Où sont les autres ?

Un léger sourire souleva le coin de ses lèvres. — Je suis de Londres, tu te souviens ? Je conduis mieux que vous tous. Ils ne sont pas loin derrière.

Une pause pendant que Katie continuait à se débattre sous leur emprise.

— Où est Tony ? demanda Rachel.

Tomek ignora la question et concentra son attention sur Katie.

— Charlotte Hanton, je vous arrête pour les meurtres de Timothy Rosenthal, Gary Kershaw, Daniel Heathcliff, et le meurtre de Tony Hunt. Vous n'êtes pas obligée de dire quoi que ce soit, mais cela pourrait nuire à votre défense si vous ne mentionnez pas, lors de l'interrogatoire, quelque chose sur lequel vous vous appuierez ultérieurement au tribunal. Tout ce que vous direz pourra être retenu comme preuve.

CHAPITRE
SOIXANTE-DIX-NEUF

La nouvelle de l'arrestation à la marina de Tollesbury s'était répandue comme une pandémie et, dès le lendemain matin, le hashtag EssexKiller était en tendance sur Twitter, avec plus de quarante mille tweets associés. Une horde de journalistes campait devant le commissariat de Southend, attendant que Katie soit escortée et placée à l'arrière d'un fourgon pénitentiaire.

Étant donné la proximité de Tomek avec l'affaire, il avait été dispensé de l'interrogatoire de Katie. Une décision dont il était reconnaissant.

Il ne supportait pas de la voir, ne supportait même pas de penser à elle, encore moins d'être dans la même pièce qu'elle. Le sommeil l'avait fui la nuit précédente, et il avait passé la matinée à fixer l'écran de son ordinateur d'un regard vide. Un voile de solennité était tombé sur le bureau, et un silence de mort régnait, à l'exception du bruit intermittent des claviers et des clics de souris tandis que chacun prétendait travailler tout en essayant d'accepter la mort de Tony à sa manière.

Tomek devait faire une déposition clé à midi. Il leur dirait ce qui s'était passé, ce qu'il avait vu, ce qu'on lui avait dit. Ensuite, le DCI Cleaves et les hautes sphères de la police d'Essex décideraient de son sort. Selon que son récit corresponde ou non à celui de Katie.

Il repassa plusieurs fois les événements dans sa tête, s'efforçant chaque fois davantage de justifier sa décision d'avoir laissé Tony mourir.

Cherchant des moyens de convaincre ses collègues que c'était la bonne chose à faire. Que Tony était déjà pratiquement au seuil de la mort. Qu'il n'aurait rien pu faire. Et s'ils le menaçaient de poursuivre l'affaire, il était prêt à se défendre. À défendre sa position. À demander si quelqu'un d'autre aurait agi différemment. Sachant ce qu'ils savaient sur Tony, qu'il était là pour rencontrer la fille au manteau rouge à des fins sordides, qu'il était un pédophile – est-ce que quelqu'un d'autre aurait fait les choses différemment ? Il ne le pensait pas. Pas quand plusieurs membres de l'équipe avaient maintes fois exprimé leur mépris pour les victimes, laissant entendre qu'ils approuvaient secrètement les motifs du tueur.

L'entretien dura tout l'après-midi, et une fois terminé, Sean et Nadia lui proposèrent d'aller boire une bière au pub.

— Ça pourrait t'aider à oublier un peu, lui dit Sean.

— Je vais avoir besoin de plus qu'une seule.

— Tu peux avoir la mienne, dit Nadia, en glissant son bras sous le sien alors qu'ils quittaient le bâtiment et entamaient la courte marche vers le Last Post tout proche.

C'était plus calme que d'habitude, et ils trouvèrent leur coin habituel, à l'écart et loin du reste de la clientèle. Sean commanda la première tournée pendant que Nadia et Tomek s'installaient confortablement.

— Comment ça s'est passé cet après-midi ? demanda Sean en posant deux pintes et un verre d'eau sur la table.

— Comme prévu. J'ai raconté à Nick ce qui s'est passé, il a écouté, n'a rien laissé transparaître, et me voilà maintenant.

— Il n'a rien dit sur ce qui va se passer ensuite ?

Tomek secoua la tête. — Je dois attendre. Ma suspension est toujours en vigueur à cause des messages échangés entre Katie et la fille de Southend High. Alors qui sait combien de temps je pourrais rester sur la touche ?

— L'IOPC est réputé pour sa rapidité et son efficacité d'action, dit Nadia en lui touchant le bras. Elle ne le laissait pas tranquille, mais ça ne le dérangeait pas. Il appréciait ce réconfort. En avait besoin, même.

— Et comment étais-tu hier soir ? demanda-t-elle.

— Je n'ai pas pu dormir. Je n'ai pas pu manger. Je n'ai rien bu jusqu'à maintenant. Mais ça ira.

— Voilà cette classique masculinité mal placée dont j'ai entendu parler, lui dit-elle. Tu sais, c'est normal de dire que tu ne vas pas bien, Tomek. C'est normal d'admettre que tu ne gères pas cette situation correctement. Personne ne pourrait te le reprocher. Personne. Et si quelqu'un le fait, qu'il aille se faire foutre, lui et toute sa famille. Nous sommes tes amis. Tu peux tout nous dire.

Elle le regarda d'un air expectatif.

Mais il n'était pas prêt à lui dire ce qu'elle voulait entendre. Pas encore.

— Tu sais à quoi je n'arrête pas de penser ? dit-il en fixant une petite entaille dans la table en bois.

— Dis-nous, dit Sean.

— Que j'ai couché avec une tueuse en série sans même le savoir.

— Pire titre de chanson de tous les temps.

Nadia donna une tape sur le bras de Sean pour avoir pris la situation à la légère.

— Maintenant, je crains que Netflix ne veuille faire un documentaire sur moi.

Ce fut à son tour de recevoir une tape sur le bras pour ce commentaire.

— S'ils ont besoin de quelqu'un pour jouer ton rôle, commença Sean, je serais ravi de prendre le rôle principal.

Tomek le regarda abasourdi, puis éclata de rire. — Je ne pense pas que ce soit comme ça que fonctionnent les documentaires, mec.

— Ça le sera quand je le réaliserai !

Tous les trois éclatèrent dans un fou rire. Et pendant un bref instant, Tomek oublia tout des pédophiles, des violeurs, des ex-petites amies tueuses en série, des enfants dont les vies avaient été manipulées et façonnées par des mensonges et la vengeance. À la place, il pensa à l'amitié, à la solidarité, à la famille. S'il avait pu rester dans cette bulle pour le reste de sa vie, ça n'aurait pas été un mauvais endroit où vivre.

Mais peu après, les pensées revinrent l'assaillir en trombe. Et il savait qu'il faudrait beaucoup de temps avant qu'elles ne disparaissent.

Si jamais elles disparaissaient.

CHAPITRE
QUATRE-VINGTS

Foutu néant.

Rien. Comme si rien ne s'était jamais passé. Rien que du noir. Je ne vois même pas l'école quand je pars. Je ne vois même pas les enfants de l'autre côté de la rue, ni les voitures qui passent. Ce n'est qu'un bruit blanc rempli d'obscurité. La cour de récréation n'existe pas. Et tout ce que je peux voir de Michał, c'est le sang. Le sang et le visage brisé. Le visage brisé et l'os qui dépasse à travers sa peau.

Et puis ça se coupe.

Au trajet en voiture pour rentrer. Assis dans la voiture. Avec des gens que je ne connais pas. Leurs visages méconnaissables. Presque comme regarder des personnes portant des masques d'Halloween.

Et puis ça se coupe.

À des cris. Maman, hurlant à pleins poumons. Incontrôlable. Devant être maîtrisée. Sauf qu'elle ne ressemble pas à ma mère.

Elle a les cheveux d'une couleur différente. Blonds, au lieu de bruns.

Elle a une carrure différente. Grande, au lieu de petite. Avec des épaules plus minces, plus étroites.

Tout chez elle est différent.

Et puis je me concentre.

Et juste avant que ça ne se coupe, je réalise qui c'est. Katie. Qui me sourit narquoisement. Me hantant dans mes rêves. Se jouant de moi dans l'au-delà. Se jouant de ma famille dans l'au-delà. Piétinant tous les progrès que j'ai faits.

M'empêchant de découvrir l'identité du meurtrier de mon frère.

Charlie

Charlie Hanton.

Charlotte Hanton.

Peut-être que le nom du tueur n'avait jamais été Charlie du tout. Peut-être que c'était une projection de mon subconscient. Peut-être que j'avais su, au fond de moi, que Katie m'avait menti depuis le début.

Ce serait vraiment bien de le penser.

Et puis ça se coupe.

CHAPITRE
QUATRE-VINGT-UN

Tomek jeta son stylo sur le bureau et commença à faire les cent pas dans la maison. Les cauchemars, depuis ce jour avec Katie et Tony dans le hangar à bateaux, avaient été les pires qu'il ait connus depuis longtemps. Voire *les* pires. Et tout cela à cause d'une femme, d'un événement, d'une personne. Katie. Peu importe le nombre de fois où l'équipe lui avait dit que c'était sa façon de gérer les conséquences, le choc d'avoir découvert que son ami était un prédateur sexuel et que sa petite amie était une tueuse en série, il refusait de le croire. Les rêves étaient pires parce qu'elle n'était plus là. Elle n'était plus là pour le guider à travers le labyrinthe de son subconscient.

À l'époque où il était amoureux d'elle, elle l'avait aidé à atteindre une clarté mentale. Elle l'avait aidé à comprendre comment une relation était censée être - sans compter les meurtres en série et les niveaux de confiance précaires, bien sûr - mais elle l'avait aidé à apprendre ce que c'était d'aimer quelqu'un. Ce que c'était de laisser quelqu'un entrer dans sa vie. Mais maintenant, ses défenses seraient toujours levées. La douleur et la blessure étaient trop profondes.

Il avait peur des cauchemars à venir. Les cauchemars qui le suivraient pour le reste de sa vie. Comment ils seraient désormais encore plus horribles qu'avant, comment ils seraient des manifestations décousues d'un esprit fragmenté et torturé.

Il avait peur des nuits blanches à venir.

Ce matin-là, Tomek s'habilla et rendit visite à ses parents. Il fut absent presque toute la journée, assis avec eux dans leur salon, ayant la conversation qu'il aurait dû avoir avec eux l'autre jour. La conversation qu'ils auraient dû avoir bien avant cela, à vrai dire.

Tomek leur expliqua tout en détail. Katie, les cauchemars, Tony. La façon dont il s'était senti négligé au fil des ans, la façon dont il estimait avoir été maltraité par sa propre famille, et comment on ne pouvait pas s'attendre à ce qu'il les respecte et les aime aussi facilement qu'ils le souhaitaient. Pendant tout ce temps, ils restèrent assis et écoutèrent en silence, *entendant* vraiment ce qu'il avait à dire pour la première fois de sa vie d'adulte. Puis sa mère s'était levée de sa place sur le canapé, lui avait dit de se lever, puis l'avait serré dans ses bras. Fortement, étroitement, le tirant plus près contre sa poitrine.

Tomek avait pleuré. Et c'était comme si les vannes s'étaient ouvertes et que trente ans de douleur et de négligence avaient jailli à travers les barrières. Ce n'était pas une étreinte particulièrement longue, mais c'était juste suffisant. Juste assez pour marquer le début d'une nouvelle ère pour eux en tant que famille. Les choses seraient différentes à l'avenir. Et il aurait leur soutien, quoi qu'il arrive.

Quand il rentra chez lui cet après-midi-là, il découvrit presque immédiatement qu'il allait en avoir besoin.

Maintenant plus que jamais.

Il était quinze heures et il avait faim. Il n'avait pas mangé chez ses parents et rien ne l'avait tenté sur le chemin du retour. Alors il avait commandé un en-cas rapide. Rien de trop extravagant, juste quelque chose d'un peu plus savoureux - et plus présentable - que les plats préparés au micro-ondes auxquels il s'était astreint en l'absence de Katie. Un bon sandwich BLT de l'un des nombreux cafés et bars petit-déjeuner de Leigh.

Pendant qu'il attendait, il ferma les yeux et pensa à Tony. À la suspension, à l'enquête. En ce qui le concernait, il n'avait rien fait de mal. Et Tony était déjà mort quand il était arrivé. C'était maintenant à l'IOPC de déterminer s'ils pensaient la même chose.

Combien de temps cela pourrait-il prendre ? Il ne savait pas. Entre six semaines et six mois. Tout ce qu'il pouvait faire maintenant, c'était trouver quelque chose pour s'occuper.

Il ouvrit les yeux et porta son regard vers le rebord de la fenêtre. Vers les bonsaïs qui avaient été mal entretenus pendant l'enquête. Négligés alors qu'il était aveuglé par l'amour. Ils avaient désespérément besoin d'un peu d'amour, de temps et d'attention, mais il n'avait rien eu de tout cela à leur offrir. Les revigorer l'occuperait certainement. Et peut-être pourrait-il en acheter un nouveau après avoir terminé, pour qu'ils n'aient plus l'air si seuls sur le rebord de la fenêtre.

Peut-être pourrait-il même s'occuper du jardin qui était devenu envahi par les mauvaises herbes.

Peut-être pourrait-il désherber l'allée, ou refaire les joints des carreaux dans la salle de bain.

Peut-être pourrait-il enfin accomplir toutes les corvées qu'il avait repoussées pendant des mois, des années.

Comme commencer par la poignée de la porte d'entrée, en fait.

Elle se bloqua, sans surprise, lorsqu'il essaya de l'ouvrir pour le livreur.

— Saloperie, murmura-t-il pour lui-même.

Puis il l'ouvrit enfin et fit pivoter la porte plus fort qu'il ne l'avait prévu, manquant presque de la cogner contre le mur et d'agrandir l'entaille qui s'était déjà formée les fois précédentes où il avait fait cela.

Debout devant lui ne se trouvait pas la personne qu'il attendait. Elle ne portait pas de tenue de motard avec un casque. Elle ne transportait pas son sac de nourriture.

Au lieu de cela, elle était beaucoup plus jeune qu'il ne l'aurait imaginé. Une adolescente, peut-être treize, quatorze ans, habillée de façon décontractée d'un legging et d'un sweat-shirt bleu ample. Ses cheveux étaient coiffés, et son maquillage était révélateur de sa génération - impeccable, comme s'il avait été fait professionnellement, ou tout du moins comme si elle y avait passé toute la matinée.

Dans sa main, elle tenait son téléphone portable, et derrière elle se trouvait une valise.

Pendant un instant, Tomek se demanda si elle s'était trompée de maison. Puis il se demanda s'il s'agissait de Molly, la fille qu'il avait mise à la porte deux fois, qui revenait pour lui jouer un tour cruel. Ou qui revenait une troisième fois avec une nouvelle coiffure et une nouvelle identité.

La réalité était bien pire.

— Salut, commença-t-il, nerveux. Ça va ? Je peux t'aider ?

— Ouais, dit-elle en mâchant bruyamment un chewing-gum. Vous êtes Tomek Bowen ?

— Oui...

— Bien. Je suis au bon endroit alors. — Elle tendit sa main pour qu'il la prenne. — Enchantée. Je m'appelle Kasia. Je suis votre fille.

ÉGALEMENT PAR JACK PROBYN

La série d'enquêtes criminelles du DS Tomek Bowen :

LIVRE 1 : LA JUSTICE DE LA MORT

Southend-on-Sea, Essex : Le Détective Sergent Tomek Bowen – déterminé, tenace et hanté par la mort de son frère – est appelé sur l'une des scènes de crime les plus choquantes qu'il ait jamais vues. Un homme a été rituellement assassiné et abandonné dans un jardin ouvrier près de l'aéroport local. Les premières investigations indiquent que cet homme avait un passé. Un passé qui lui a valu de nombreux ennemis.

Télécharger La Justice de la Mort

LIVRE 2 : L'ÉTREINTE DE LA MORT

Annabelle Lake pensait reconnaître la Ford Fiesta qui attendait devant son école, ainsi que son conducteur. Elle se trompait. Son corps est retrouvé quelque temps plus tard, suspendu à une balançoire dans une aire de jeux locale sur l'île de Canvey.

Télécharger L'Étreinte de la Mort

LIVRE 3 : LE TOUCHER DE LA MORT

Lorsque le brouillard se dissipe un matin de décembre dans l'Essex, le corps d'une adolescente est découvert gisant face contre terre dans un champ. L'affaire atterrit rapidement sur le bureau du DS Tomek Bowen qui, tout en essayant de jongler avec sa nouvelle vie de parent célibataire d'une fille de treize ans, doit déterrer l'enchaînement mortel des événements et faire éclater la vérité au grand jour.

Télécharger Le Toucher de la Mort